À UN SOUFFLE DE TA VOIX

DU MÊME AUTEUR

L'Amour entre deux rives, Nouvelles Plumes, 2018.
Vers un autre rivage, Nouvelles Plumes, 2019.

Marine IENZER

À UN SOUFFLE DE TA VOIX

Éditions de Noyelles,
avec l'autorisation des Éditions Nouvelles Plumes

31, rue du Val de Marne, Paris

ISBN : 978-2-298-16699-6

À Kevin, sois en paix.

1

SARAH

Le réveil

Le souffle léger de l'air effleura ma peau, la faisant frissonner. Les yeux clos, je pris doucement conscience des sensations qui m'entouraient. Je me sentais bien, paisible. Tout autour de moi, j'entendais les oiseaux siffler et le vent chanter à travers les feuilles des arbres. Un doux parfum floral me chatouilla les narines et les rayons du soleil vinrent caresser mes joues. Ma respiration était lente et régulière, en harmonie parfaite avec la bise qui me sortait peu à peu du sommeil. Mes mains cherchèrent autour d'elles des réponses au sujet de l'endroit où je me trouvais. Sous mes doigts, je sentis une épaisse couche d'herbe sur laquelle j'étais confortablement allongée. Près de mon oreille, je perçus le bruit à peine audible des battements d'ailes d'un papillon qui vint se poser sur mon épaule. Ses pattes minuscules m'effleuraient la peau, achevant lentement de me réveiller. Je battis des paupières, aveuglée par la lumière du soleil. Après un moment, mes yeux s'habituèrent à l'éclat joyeux de l'astre et je me redressai sur mon séant, l'esprit encore embrumé. J'avais l'impression de sortir d'un très long sommeil et d'être encore engourdie d'avoir été trop longtemps immobile. Mon regard parcourut les environs et le paysage me coupa le souffle. Je me trouvais au milieu d'une immense prairie, peuplée de fleurs aussi variées que colorées sur lesquelles butinaient des abeilles et des papillons par milliers. Des chênes immenses arboraient cet endroit et, au loin, des montagnes recouvertes de sapins apportaient une touche finale à ce tableau idyllique.

Je me levai et fis quelques pas dans cet environnement qui m'était inconnu. J'étais sans doute en plein milieu d'un rêve, c'était la seule façon d'expliquer ma présence ici. Pourtant, peu à peu, à mesure que mes pensées devenaient plus claires, une angoisse inexpliquée prit source au fond de moi. Tout me semblait trop réel pour qu'il s'agisse d'un simple songe : les sons, les odeurs, les couleurs, les hautes herbes frôlant mes paumes... tous mes sens me criaient de croire ce que je voyais. Je m'arrêtai un instant et regardai autour de moi, subitement inquiète.

Il n'y avait que de vastes prairies, des forêts et des montagnes aux sommets infranchissables à perte de vue. Pas une seule habitation à l'horizon ou un quelconque signe de vie humaine : j'étais seule et perdue. Je me pinçai, espérant de tout cœur que tout ceci ne soit que le fruit de mon imagination, mais je restai là, seule au milieu de nulle part. Mon cœur se serra dans ma poitrine et la peur me saisit brusquement. Où étais-je ? Et comment m'étais-je retrouvée là ?

Je fouillai dans ma tête à la recherche de réponses mais je ne trouvai rien que le néant. Je ne me souvenais pas de l'endroit où je me trouvais avant de me réveiller ici, ni ce que je faisais. Tout était noir, vide. Je ne savais même pas qui j'étais. Seul le prénom Sarah me vint à l'esprit. J'imaginai donc que c'était le mien. Ma respiration s'accéléra brutalement, je fus prise de panique et sentis mon cœur battre si fort dans ma poitrine que j'eus l'impression qu'il allait exploser. Mes yeux cherchèrent une solution, une issue, une échappatoire dans ce décor qui, quelques secondes plus tôt, me semblait magique mais qui, à présent, me donnait le vertige.

Un rêve qui se transformait en cauchemar... c'est ce que j'étais en train de vivre.

Avancer. Il fallait avancer et chercher de l'aide, mais je ne savais même pas quelle direction emprunter. De nouveau, je fermai les yeux en tentant par tous les moyens de retrouver un souvenir mais je me heurtais une nouvelle fois au vide. Bientôt, une douleur lancinante me traversa le crâne, si forte que j'en perdis l'équilibre et tombai assise sur le sol. Mon cœur battait à tout rompre et mes poumons ne trouvaient plus l'air suffisant pour respirer. La panique prenait le dessus, je suffoquais. Ma tête se mit à tourner et tout à coup, sans que je m'en rende vraiment compte, je m'évanouis avec l'espoir que lorsque j'ouvrirais à nouveau les yeux, je réaliserais que tout ceci n'était qu'un mauvais rêve…

2

SARAH

Antara

— Hé oh ! Est-ce que tout va bien ?

Une voix masculine me sortit lentement de ma torpeur. Le cauchemar me revenait subitement en mémoire. Ce n'était qu'un rêve. En tout cas, c'est ce que j'espérais.

Une main se posa sur mon épaule et me secoua légèrement :

— Tu crois qu'elle est morte ? demanda une autre voix, féminine cette fois.

— Tu sais bien que non, elle est seulement inconsciente.

J'ouvris les yeux et vis une silhouette penchée sur moi mais n'en distinguais pas les traits, la lumière du soleil derrière elle m'aveuglait.

— Doucement, dit l'homme amicalement en m'aidant à m'asseoir. Prends ton temps… tout va bien.

Je me frottai les yeux et constatai avec effroi que je me trouvais à l'endroit exact où je m'étais évanouie quelque temps plus tôt. Ma mémoire était encore vide de souvenirs, le dernier étant mon réveil dans cette prairie.

La présence d'autres personnes autour de moi aurait dû me rassurer, pourtant, ce n'était pas le cas.

Je me relevai si brusquement que l'homme près de moi fit un pas en arrière, surpris.

— Où suis-je ? Qu'est-ce qui se passe ? Et qui êtes-vous ? demandai-je la voix pleine d'anxiété.

Mon interlocuteur me regarda avec un sourire sur les lèvres et me répéta calmement que tout allait bien.

Non ! Tout n'allait pas bien ! Paniquée comme j'étais, j'avais probablement l'air d'une folle. Pourtant, il ne semblait pas surpris. Je ne comprenais rien à ce qui se passait.

— Je m'appelle Côme, dit-il en se désignant.

Il se tourna vers la femme derrière lui qui me regardait avec sympathie :

— Et voici Alice. Tu n'as rien à craindre de nous, nous ne te voulons aucun mal.

En regardant au fond de leurs yeux, je compris qu'ils disaient la vérité et souhaitaient seulement m'aider. Je pris le temps de mieux les observer : l'homme devant moi devait avoir environ 35 ans. Il était très grand, brun et mince. Ses yeux verts pétillaient de malice et son visage reflétait la gentillesse. Il inspirait confiance. Les fossettes sur ses joues étaient probablement la trace laissée par son humeur joyeuse. La femme derrière lui semblait un peu plus jeune. Elle n'était pas très grande, avait de longs cheveux blonds relevés en une queue-de-cheval dont de nombreuses mèches rebelles lui retombaient sur le visage, et des yeux bleu clair qui reflétaient sa nature douce et amicale.

Plus en retrait, une dizaine d'autres hommes et femmes les attendaient près d'une charrette en bois tirée par un âne, et recouverte de foin. Des lapins fraîchement chassés étaient suspendus de chaque côté de la carriole. Tous étaient vêtus d'habits en coton et cuir : tuniques et pantalons pour les hommes, robes longues pour les femmes. Je constatai que mes vêtements étaient semblables aux leurs.

J'ignorais quoi dire ou même quoi faire face à ces inconnus qui, visiblement, attendaient un mot de ma part.

— Et toi ? me demanda Côme en voyant mon air confus. Quel est ton nom ?

J'hésitai un instant avant de répondre finalement :

— Je suis Sarah... je crois.

Mon manque d'assurance lui arracha un petit ricanement qui accentua ses fossettes.

— Je sais que tu te sens paniquée, reprit-il. Tu te poses sans doute des tas de questions, je...

— En effet, l'interrompis-je. Où sommes-nous ?

Je le vis grimacer avant de poursuivre :

— J'allais justement te dire que nous ferions de notre mieux pour t'aider mais que, nous-mêmes, nous n'avons pas toutes les réponses.

— Je n'y comprends rien. Qui êtes-vous ?

— Nous sommes comme toi, intervint Alice en se rapprochant de moi. Nous aussi, nous nous sommes réveillés ici un jour en nous posant les mêmes questions. Nous savons donc à quel point tu peux te sentir perdue.

— Je ne me souviens de rien. Je ne sais même plus qui je suis.

— C'est le cas de tout le monde ici, fit Côme.

Je le vis lever les yeux au ciel et froncer les sourcils, l'air tendu.

— Nous devrions partir, continua-t-il en m'invitant à les suivre. Nous devons être rentrés avant la nuit.

J'hésitais. Je ne savais rien d'eux, ni de l'endroit où ils comptaient m'emmener. Alice posa sa main sur mon bras avant de continuer :

— Je sais que c'est difficile d'ouvrir les yeux et de se rendre compte que sa mémoire est vide de tout souvenir, je suis aussi passée par là. Nous sommes TOUS passés par là, rectifia-t-elle. Côme et les autres m'ont beaucoup aidée. Je t'assure qu'avec le temps, les choses deviennent plus faciles. Pour l'instant, tu dois juste savoir que tu n'es pas seule. Viens avec nous. Je te promets que nous ferons de notre mieux pour t'aider et t'apporter des réponses... Mais pour l'instant, nous devons rentrer.

Je la suivis finalement. Qu'aurais-je pu faire d'autre ? Continuer à errer seule dans la prairie sans savoir où aller ? J'aurais probablement fini par mourir de faim ou de soif. J'accompagnais le convoi parce que je ne savais pas quoi faire d'autre, sans même savoir quelle était notre destination. Je détestais ce sentiment de n'avoir aucun contrôle sur ce qui m'arrivait. Je me sentais oppressée.

Nous marchâmes plusieurs heures au cours desquelles nous passâmes à travers des paysages très variés. La montagne était derrière nous. Nous déambulions à présent à travers la forêt dans un silence presque absolu. Mes compagnons semblaient sur leurs gardes, anxieux, les mains posées sur leurs ceintures en cuir où pendaient des dagues. Certains portaient un arc et un carquois rempli de flèches dans le dos et tous semblaient prêts à dégainer leurs armes en cas de besoin. Leur comportement ne me rassurait en aucun cas. Cette terre devait sans doute être hostile pour qu'ils soient ainsi armés lors de leurs déplacements.

Sur le qui-vive, le cœur battant, j'observais les arbres autour de moi sans savoir vraiment ce que je cherchais. L'atmosphère de ce bois était pesante et je me sentais menacée. Aucun chant d'oiseau, aucun son familier, juste le silence. J'en frissonnais.

Finalement, nous quittâmes la forêt pour rejoindre des landes plus plates au milieu desquelles coulait une rivière au fort courant. Côme, Alice et les autres semblaient à nouveau plus détendus et avaient retrouvé leur humeur joviale et décontractée. La jeune femme tentait de me distraire en me parlant des paysages magnifiques qui nous entouraient. En temps normal, je me serais peut-être extasiée devant eux. Ou peut-être pas. Je n'en avais aucune idée en réalité, mais pour l'instant, je ne parvenais pas à en distinguer la beauté. Pour moi, tout cet environnement était étranger, hostile et austère. La seule chose à laquelle je pensais, c'était obtenir des réponses à mes questions.

J'observais un à un mes compagnons de voyage en

tentant vainement de deviner leur histoire. Ils discutaient tout en riant et semblaient sincèrement heureux. Je ne comprenais pas comment ils pouvaient être aussi sereins alors qu'une partie entière de leur vie s'était envolée. Vivre sans avoir de passé était-il réellement possible ? En ce qui me concernait, j'avais beaucoup de mal à l'envisager.

Alice me parla d'elle et de ce qui lui était arrivé depuis que Côme l'avait trouvée en train d'errer près de la rivière. Ça n'avait pas été facile pour elle non plus mais elle avait fini par comprendre qu'elle n'avait nulle part ailleurs où aller. Lorsqu'elle avait compris cela, elle avait commencé à se bâtir une nouvelle existence ici. Elle me raconta qu'elle s'était fait de bons amis et mentionna à plusieurs reprises les noms de Côme et Morgan dans son histoire :

— Qui est Morgan ? demandai-je curieusement.

— C'est notre leader. Il a fait énormément pour nous tous ici. Tu le rencontreras bientôt.

Nous arrivâmes sur le haut d'une colline où nous nous arrêtâmes un moment. En contrebas se trouvait une vaste cité bâtie sur les roches de la côte. Elle était entourée d'une haute muraille de pierres, si haute que seuls les toits recouverts de tuiles en argile des habitations étaient visibles depuis l'extérieur. Les vagues venues du large se fracassaient violemment contre la bâtisse. Le soleil s'était couché et il ne restait plus que quelques lueurs orangées qui illuminaient partiellement le ciel. À cette heure de la journée, ce lieu isolé, plongé dans la pénombre, me fit frissonner. Le mur de pierres qui l'entourait me faisait penser à une prison.

— Nous voilà arrivés, dit gaiement Côme. Bienvenue à Antara !

Il poursuivit sa route en empruntant un sentier qui descendait vers la cité, suivi par ses compagnons. Ces remparts me faisaient peur. Une fois à l'intérieur, me permettraient-ils de sortir ?

Alice se tourna vers moi en me demandant avec ironie si je préférais rester ici. Mon estomac qui criait famine me convainquit de lui emboîter le pas. J'espérais trouver quelque chose à me mettre sous la dent en pénétrant dans cette étrange forteresse.

Chaque pas nous rapprochant du portail me faisait me sentir plus anxieuse. Nous arrivâmes enfin à un pont en bois qui surplombait des douves. Les immenses portes se mirent à grincer sur leurs gonds et s'ouvrirent sur notre passage. J'observai avec attention tout ce qui se passait autour de moi et mon cœur fit un bond lorsque l'arcade se referma bruyamment derrière nous.

Nous nous retrouvâmes dans une vaste cour pavée où des villageois s'entraînaient à l'épée. Un homme les observait, les bras croisés sur la poitrine et l'air austère. Il semblait froid, glacial même. Ses sourcils étaient froncés, ses lèvres pincées et il avait la mine renfrognée. Depuis mon réveil, c'était la première personne que je rencontrais qui me paraissait aussi peu sympathique. Son attention tout entière était occupée par les hommes et les femmes qui se battaient devant lui.

— Morgan ! l'interpella Côme.

Il se retourna et s'approcha de mon compagnon de route avec un grand sourire, en contraste total avec l'expression qu'il affichait deux secondes plus tôt. Les deux hommes semblaient visiblement heureux de se retrouver.

— Côme ! répondit-il en le serrant dans ses bras avec fraternité. Bon sang, où étiez-vous passés ? Ça fait presque trois jours que vous êtes partis. Qu'est-ce qui vous a pris autant de temps ?

Il parcourut du regard le reste du groupe, s'arrêtant furtivement sur moi avant de poursuivre avec anxiété :

— Où sont les autres ?

Côme secoua la tête, résigné.

De nouveau, le visage du leader se ferma.

J'ignorais ce qui était arrivé aux autres membres du convoi avant qu'ils me rencontrent et je n'étais pas certaine de vouloir le découvrir. Je vis Côme prendre sur lui pour retrouver son humeur habituelle et poursuivre en se tournant vers moi :

— Nous avons fait une nouvelle rencontre en chemin. Je te présente Sarah !

Morgan m'observa en plissant les yeux. C'était un homme très charismatique, grand, brun et élancé, aux yeux bleus insondables. Il y avait quelque chose d'intimidant chez lui, je n'aimais pas sa façon de me regarder.

De toute évidence, l'arrivée de nouvelles personnes à Antara devait être monnaie courante car il ne sembla pas étonné, lui non plus, de me voir ici.

Il se tourna finalement vers Alice et lui dit avec détachement :

— Montre-lui sa chambre et apporte-lui de quoi se nourrir correctement, elle est aussi maigre qu'un clou !

Je restai coite à ces mots. Je n'aimais pas la façon qu'il avait de s'adresser aux autres comme si je n'étais pas là.

— Pardon ? dis-je, emportée par mon agacement. Pour qui est-ce que vous vous prenez au juste ? Si vous avez des choses à me dire, vous pouvez le faire directement sans passer par un intermédiaire. Et pour votre information, si je suis maigre comme un clou, vous êtes aussi aimable qu'une porte de prison !

Côme et Alice gloussèrent comme deux adolescents devant ma répartie. Morgan, lui, semblait surpris.

— Bien, si vous n'avez pas faim, il suffisait de le dire... Montre-lui seulement sa chambre, reprit-il à l'intention d'Alice.

— Non ! intervins-je. Je n'ai jamais dit que je n'avais pas faim ! Juste que...

En le voyant hausser un sourcil, je compris qu'il se fichait pas mal de ce que je pouvais lui raconter. Je m'interrompis avant de m'enfoncer davantage dans l'embarras et de me voir privée d'un repas qui me faisait terriblement envie.

Je suivis Alice dans une petite rue bordée de modestes maisons mitoyennes en pierres. De toutes parts, lorsque je levai les yeux, je ne voyais que cette immense muraille qui me donnait l'impression d'être prisonnière. Nos pas résonnaient dans la ruelle pavée partiellement éclairée par des torches accrochées aux façades des maisonnettes. La jeune femme entra dans une grande bâtisse dont le long couloir desservait plusieurs portes. Elle s'arrêta devant l'une d'entre elles et m'invita à entrer. Un grand lit à baldaquin trônait au milieu d'une vaste pièce chauffée par un feu qui crépitait dans une imposante cheminée. Une fenêtre percée dans la pierre et protégée par d'épaisses barres de fer offrait une vue sur la cour pavée où je me trouvais quelques minutes plus tôt. De là où je me tenais, je voyais Côme lancé en pleine conversation avec Morgan. Ce dernier ne m'avait pas fait bonne impression du tout et j'étais prête à parier que c'était réciproque. Les choses s'annonçaient plutôt mal si, à peine arrivée, je me mettais déjà à dos le leader de cette étrange communauté. Je regardai la chambre plus en détail. Près de la fenêtre, un grand miroir était suspendu au-dessus d'une vasque creusée dans la roche. J'observais mon reflet pour la première fois depuis mon réveil. Bien que mes souvenirs aient disparu de ma mémoire, je reconnus mes traits fins, mes yeux verts et ma longue chevelure brune qui me tombait en cascade jusqu'à la moitié du dos. Pourtant, un détail me frappa : j'étais maigre.

Morgan avait raison et cela me dérangeait. Je passai mes mains le long de mes hanches et n'en sentis que les os pointus. Que m'était-il donc arrivé ?

Mon estomac me rappela soudain à l'ordre et mon ventre se mit à gargouiller si fort qu'Alice ne put s'empêcher de ricaner. Elle désigna une petite table dans le coin de la pièce où étaient entreposés une grande diversité de mets : des fruits et de la viande encore fumante dont l'odeur me mit l'eau à la bouche.

— Sers-toi ! me dit-elle. Prends tout ce qui te fait envie !

— Merci, lui répondis-je sincèrement en la voyant quitter la chambre.

— Je t'en prie, continua-t-elle aimablement. Tu es ici chez toi, n'hésite pas si tu as besoin de quoi que ce soit, ma chambre est la porte juste à côté.

J'acquiesçai amicalement et la laissai rejoindre ses quartiers. Je me retrouvais seule pour la première fois depuis que j'avais ouvert les yeux. « Tu es ici chez toi », avait dit Alice. Pourtant, en observant ces barreaux aux fenêtres et la muraille qui encerclait la cité, j'avais beaucoup de mal à me sentir libre et en sécurité. Ne tenant plus, je me jetai sur le plat de viande et mangeai si goulûment que je me demandai à quand remontait mon dernier repas. Quand j'eus terminé, je m'allongeai sur le lit, épuisée. Mais je ne parvins pas à trouver le sommeil, toute cette situation m'interpellait. Je fermai les yeux en essayant de faire le point sur ce que je savais et ce que j'ignorais. J'avais conscience de tout ce qui m'entourait, de ce à quoi je ressemblais et, même si c'était flou, j'avais quelques brides de l'endroit d'où je venais, et ce dont j'étais certaine, c'est qu'il était bien plus évolué, moins... primaire.

Je me souvenais également de ce qu'on m'avait enseigné à l'école. Ma tête n'était pas complètement vide de souvenirs, je possédais le savoir. En revanche, tout ce qui touchait à ma vie personnelle s'était évaporé. Qui étaient mes parents, mes amis ? Que m'était-il arrivé ? J'eus beau fouiller à m'en donner la migraine, rien ne vint. Finalement, épuisée par tous ces questionnements, la fatigue finit par m'emporter.

3

SARAH

L'évasion

Le grincement d'une porte me réveilla en sursaut. Puis, j'entendis des pas et des chuchotements résonner dans le couloir. Intriguée, je me levai précipitamment, me dirigeai vers l'entrée de la pièce et tendit l'oreille. Deux hommes discutaient à l'entrée du couloir, je le devinai à l'intonation de leur voix, mais leur échange était si bas que je ne parvins à en comprendre que quelques mots. Lentement, j'appuyai sur la poignée et entrouvris la porte en jetant un œil vers l'extérieur. Plus loin, Côme et Morgan semblaient en désaccord sur un sujet qui m'échappait.

— On aurait dû l'avertir de ne pas quitter Antara, dit Côme. Elle ne sait pas ce qui se passe ici, elle vient à peine d'arriver. Je pense qu'on devrait lui dire…

De toute évidence, c'était de moi dont il s'agissait. Je redoublai d'attention en déglutissant avec appréhension.

— C'est trop tôt, répondit Morgan. Elle connaîtra bien assez vite les dangers auxquels elle est exposée en étant ici. Ça ne sert à rien de l'alarmer pour l'instant. Il faut garder un œil sur elle et ne pas la laisser quitter ces murs.

D'effroi, je refermai la porte en me jetant sur mon lit. Mes pires craintes s'avéraient exactes, j'étais retenue ici contre mon gré. Affolée, je rassemblai des provisions que je cachai dans les poches de mon jupon et attendis que le calme soit revenu dans le couloir. Je n'entendais plus rien. Les deux hommes avaient dû rejoindre leurs appartements, tout était silencieux. J'ouvris prudemment la porte, veillant à ce que personne ne me voie quitter la chambre en m'engageant dans le couloir sur la pointe des pieds. Mon cœur, agité par la peur de me faire surprendre, tambourinait si fort dans ma poitrine qu'il résonnait jusque dans mes tempes.

Je pris le même chemin que celui emprunté avec Alice plus tôt, mais dans le sens contraire. Je descendis les marches de la bâtisse pour remonter la rue jusqu'à la cour. Il faisait nuit noire. En dehors de quelques torches encore allumées m'éclairant partiellement le chemin, les autres s'étaient consumées, ne laissant dans leur sillage que l'obscurité. Ma respiration était rapide, j'avais peur. Tout était calme. La nuit devait être suffisamment avancée pour que les villageois dorment à poings fermés. Les seuls sons qui parvenaient jusqu'à mes oreilles étaient ceux de mes pas sur les pavés et de mon souffle court. Je m'approchai du portail en regardant régulièrement derrière moi. J'étais toute proche de retrouver ma liberté mais je devais encore passer ces portes. Je les observai en détail, cherchant à comprendre comment les ouvrir. Elles étaient attachées à d'énormes percherons qui somnolaient dans l'attente de recevoir de nouveaux ordres. Près d'eux, des hommes s'étaient endormis dans la paille. Je supposai qu'ils étaient en charge de surveiller l'entrée de la ville. On ne pouvait décemment pas dire qu'ils prenaient leur travail très au sérieux. Je savais que les réveiller gâcherait toutes mes chances de sortir d'ici mais je savais aussi que j'avais besoin de très peu de temps pour disparaître derrière ce portail. Sans réfléchir davantage, je donnai une grande claque sur la croupe de l'un des chevaux qui se mit à hennir de mécontentement avant de s'agiter et avancer. La porte grinça et pivota sur ses gonds alors que les deux gardiens s'éveillaient peu à peu. J'attendis avec anxiété que l'espace laissé par l'ouverture de la porte fût suffisant pour m'échapper et lorsqu'enfin ce fut le cas, je me mis à courir aussi vite que je le pouvais, loin de la cité.

Mon repas copieux m'avait permis de reprendre des forces et, bien que j'ignorais où mes pas me conduiraient, la seule chose qui m'importait, c'était de fuir.

Cela faisait maintenant des heures que je marchais dans le noir, seulement éclairée par les faibles lueurs de la lune, dans un paysage qui m'était complètement étranger. J'ignorais où j'allais et ma conviction de faire le bon choix encore quelques heures plus tôt s'était étiolée à mesure que l'adrénaline était redescendue. Je déambulais dans la forêt depuis un long moment maintenant avec la désagréable sensation d'être suivie. À plusieurs reprises, j'entendis des branches craquer derrière moi, me faisant sursauter à chaque fois. Pourtant, je ne voyais rien ni personne. Un oiseau de nuit se déplaçait d'arbre en arbre, ses battements d'ailes me terrorisant dès qu'il changeait de perchoir. J'eus l'impression qu'il me suivait lui aussi mais me raisonnai rapidement : ce n'était qu'un oiseau. Il était probablement en train de chasser.

Des sons d'animaux me firent frissonner et je continuai ainsi mon chemin, en perdant peu à peu espoir que cette forêt ait une fin. Cette nuit dura une éternité et je fus soulagée en voyant les premières lueurs du jour apparaître. Ainsi éclairé, le bois semblait moins terrifiant. J'entendis une nouvelle fois l'oiseau qui m'avait accompagnée lors de ma balade nocturne battre des ailes, et en vis pour la première fois la silhouette quand il se posa sur une branche près de moi. C'était un imposant faucon. Je l'observai un moment, intriguée par la façon dont il me regardait. J'avais la sensation qu'il me surveillait et cette impression me mettait mal à l'aise. Je fis un pas en arrière, désireuse de m'éloigner de cet animal au bec très crochu. Il ne m'inspirait pas confiance et je préférais maintenir une distance raisonnable entre lui et moi. J'éprouvais une certaine crainte à son égard et je devinai alors que je ne devais pas tellement apprécier la compagnie des animaux dans ma vie passée.

Tout à coup, mon dos buta contre quelque chose de dur. Je me retournai vivement, surprise, et me retrouvai nez à nez avec un homme, ou une femme, je n'aurais su le dire puisque cette personne portait une capuche et un masque noir ainsi qu'un pantalon, une tunique et des bottes de la même couleur. Ses yeux eux-mêmes étaient ébène, insondables. La silhouette, immobile, me fixa en inclinant légèrement la tête. Mon sang se glaça dans mes veines, j'eus le souffle coupé. Puis soudain, sa main recouverte d'un gant aussi sombre que le reste de sa tenue enserra ma gorge sans que je puisse m'y opposer. Celui qui se trouvait en face de moi avait une force démesurée. Comme si j'étais aussi légère qu'une plume, il me souleva de terre sans relâcher son emprise, tout en restant impassible. Ses doigts autour de mon cou me firent bientôt manquer d'oxygène. Je me débattais pitoyablement en cherchant à faire entrer de l'air dans mes poumons, sans résultat. Je sentis une larme rouler le long de ma joue en même temps que ma vision se troubla. Peu à peu, je sentis mon esprit prendre le large.

Derrière moi, le faucon battait violemment des ailes en poussant un cri strident. Puis tout se passa très vite. Malgré le voile qui obscurcissait ma vue, je vis une flèche percer le cœur de mon agresseur qui, instantanément, me relâcha. Je tombai lourdement sur le sol en toussant, manquant de m'étouffer. L'air entra à nouveau dans mes poumons en les brûlant. Je repris lentement mes esprits en voyant le corps inerte de mon adversaire gésir sur le sol. Devant moi se tenait Morgan, qui, d'un air sérieux et les lèvres pincées, me tendit la main pour m'aider à me relever. Je l'ignorai et me redressai en chancelant sur mes jambes.

— C'était quoi ça ? demandai-je la voix rauque en désignant le corps sans vie à ses pieds.

— Ça ? répéta-t-il l'air détaché. C'était la raison pour laquelle tu aurais dû rester dans ta chambre hier soir !

Je perçus des reproches dans le son de sa voix. Il me faisait la leçon, je n'appréciais pas cette sensation d'être infantilisée.

Le faucon se posa sur son épaule. Il le félicita en lui flattant le plumage.

— Est-ce que tu me suivais ? lui demandai-je, intriguée qu'il se soit retrouvé au bon endroit, au bon moment.

— En effet, admit-il sans honte. Et heureusement car tu serais morte à l'heure qu'il est !

Morgan avait une façon de s'adresser aux gens qui m'insupportait. Il se moquait de moi en affichant un air à la fois froid et supérieur. Je ne savais pas comment interpréter ses paroles et je trouvais ça déroutant. Mais, bien que sa présence me fût difficilement supportable, je devais reconnaître qu'il m'avait sauvé la vie et que je manquais de bienséance.

— Merci, murmurai-je tout bas.

— Pardon ?

Je savais qu'il avait parfaitement entendu, comme il savait que le remercier me coûtait. Mais il semblait prendre un malin plaisir à me tourmenter.

— Merci ! répétai-je cette fois un peu trop fortement.

— Pas la peine de crier, je ne suis pas sourd, renchérit-il en haussant un sourcil.

J'eus envie de le gifler mais me fis violence pour me maîtriser.

— Assez discuté, dit-il en me prenant par le bras, on rentre.

Je me débattis si fort qu'il finit par me lâcher.

— Hors de question, hurlai-je, je ne rentrerai pas avec toi dans cette prison. Laisse-moi juste partir…

— Pour aller où ? me coupa-t-il sèchement. Tu n'as nulle part où aller. Que ça te plaise ou non, Antara est le seul endroit où tu seras en sécurité pour l'instant. Mais tu as raison, c'est ta vie après tout. Si tu préfères rester ici, ça m'est bien égal, les soldats noirs te retrouveront assez vite et se chargeront de ton cas… Moi, je rentre.

Il n'attendit pas plus pour joindre le geste à la parole et commença à s'éloigner sans même se retourner. Je restai plantée là, indécise. Le souvenir de mon agresseur et celui des multiples frayeurs vécues pendant ma nuit en forêt me décidèrent rapidement à le suivre. Je trottinai pour le rattraper :

— C'est comme ça que tu appelles celui qui m'a agressée ? Un soldat noir ? Sont-ils nombreux ?

— Oui.

— Oui quoi ?

— Oui, celui qui t'a agressée était l'un d'eux et oui, ils sont nombreux.

— Pourquoi portent-ils des masques ?

— Je n'ai pas toutes les réponses mais on suppose que c'est pour déstabiliser leurs adversaires, pour leur faire perdre leurs moyens au combat.

— Ça fait son effet. J'étais pétrifiée face à lui.

Morgan garda le silence, mais j'avais tant d'autres questions.

— Pourquoi a-t-il essayé de me tuer ?

Perdant patience, il s'arrêta, me fit face, ordonna à son faucon de s'envoler et continua :

— Je te l'ai dit, je n'ai pas toutes les réponses.

— Mais il y a des choses que tu ne me dis pas. Comment veux-tu que je te fasse confiance en sachant que tu me caches quelque chose ?

Il soupira, résigné, et poursuivit sa route :

— Cet endroit est hostile pour ceux qui ne le connaissent pas. Les soldats noirs sont partout en dehors d'Antara. Côme voulait t'en parler, j'ai refusé. Je pensais que tu n'étais pas prête à l'entendre. C'est la raison pour laquelle j'ai demandé à ce que tu sois surveillée mais tu as visiblement la sale manie d'écouter aux portes et tu ne m'en as pas laissé le temps…

Embarrassée d'avoir été ainsi démasquée, je me mis à bafouiller lamentablement :

— Oh… tu as vu… que j'ai vu…

— Tu as claqué ta porte si fort que tu aurais pu réveiller la cité tout entière.

Nous arrivâmes en haut de la colline qui surplombait la ville. Pourtant, nous marchions depuis à peine une heure.

— Je ne comprends pas, dis-je confuse. J'ai marché des heures entières cette nuit. Comment peut-on être déjà arrivés ?

— Il est fort probable que tu as tourné en rond lors de ton escapade en forêt, dit-il d'un air presque taquin que je ne lui connaissais pas encore.

Sa réponse me donna envie de le frapper une nouvelle fois tant elle me mit en colère :

— Tu veux dire que tu m'as suivie toute la nuit en me laissant me perdre ? Ça n'aurait pas été plus simple d'intervenir ?

— Plus simple sans doute, mais beaucoup moins drôle…

Un sourire discret, certes, mais bien présent étirait ses lèvres. Il jubilait de mon humiliation. Mon Dieu, je détestais cet homme !

— Tu trouves ça drôle ?

— Assez oui.

— J'aurais pu me faire tuer !

— Je veillais au grain. Lazare te suivait de près.

— Lazare ?

— Mon faucon.

— Oh bien sûr, continuai-je avec sarcasme, c'est tellement rassurant de savoir que ma vie dépend d'un oiseau !

Il reprit son air sérieux et sévère avant de poursuivre :

— Au moins, tu seras plus prudente la prochaine fois. Il y a des règles à respecter ici. Applique-les et tout ira bien.

— Quelles règles ?

— Personne ne sort jamais seul de la cité. En dehors d'Antara, on se déplace par groupes de quatre personnes minimum. Les soldats attaquent le plus souvent les personnes isolées.

— OK. Quoi d'autre ?

— Tu devras apprendre à te battre. Tu dois être capable de te défendre.

J'opinai dans l'attente de la suite.

— C'est tout pour l'instant. À l'intérieur de la ville, tu es libre d'aller où tu veux.

Ces paroles me rassuraient légèrement. Pourtant, cette muraille me laissait encore une impression d'isolement que je n'appréciais pas.

Morgan sembla deviner mes pensées car il poursuivit d'un ton plus calme et posé :

— Ces murs ne sont pas là pour t'emprisonner et te garder à l'intérieur, mais pour te protéger de ce qu'il y a à l'extérieur. Garde ça en tête.

Je hochai la tête pour lui signifier que j'avais compris et, ensemble, nous regagnâmes Antara.

4

SARAH

L'entraînement

Je passai une partie de la journée à dormir, épuisée par mon escapade nocturne, et lorsqu'enfin j'ouvris les yeux, je constatai avec déception que je me trouvais toujours dans cette chambre, dans cette cité, dans cet endroit qui ne m'inspirait que mépris. L'espace d'un instant, j'avais espéré que tout ceci ne soit qu'un cauchemar, mais le retour à la réalité fut difficile.

Le bruit de lames qui s'entrechoquaient me parvenait depuis la cour. C'était d'ailleurs probablement ce qui m'avait réveillée. Je me levai pour aller voir ce qui se passait depuis ma fenêtre. Des hommes, des femmes et même des enfants s'entraînaient au combat à l'épée, à la dague ou à l'arc. Alice en faisait partie. Je voyais Côme circuler entre les binômes et leur donner des conseils pour améliorer leur technique. Morgan, lui, supervisait la scène, légèrement en retrait, les bras croisés sur la poitrine et le visage fermé.

Ces barreaux devant ma fenêtre me bouchaient partiellement la vue et me donnaient l'impression d'être recluse. Il fallait que je sorte.

Je fis ma toilette en utilisant l'eau et le savon qui avaient été déposés pendant mon sommeil et enfilai une robe propre laissée près du lit. Savoir que quelqu'un était rentré dans ma chambre pendant que je dormais ne me rassurait pas vraiment, mais j'appréciais l'attention.

Je sortis de la bâtisse et remontai la rue jusqu'à la cour

où j'essayai de ne pas me faire repérer par Morgan. Cet être froid et méprisable dégageait une arrogance qui m'insupportait. Le fait que je lui doive à présent la vie ne ferait sûrement qu'accentuer son assurance. Pourtant, malgré tous mes efforts pour l'éviter, sa voix maintenant familière résonna à mes oreilles :

— Eh bien, dit-il d'un ton égal, je suis ravi que tu nous fasses l'honneur de ta présence.

Je me tournai pour lui faire face. D'où venait-il ? Je ne l'avais pas vu arriver…

— Je n'ai pas l'intention de m'entraîner, répondis-je d'un ton ferme.

— Tu sais pourtant que ce sont les règles.

— Je me moque de tes règles.

Il soupira de lassitude au moment où Côme et Alice nous rejoignaient.

— Salut ! s'exclama gaiement cette dernière. Bien dormi ?

J'acquiesçai d'un signe de tête pendant que Côme m'invitait à me joindre à eux.

— Je ne veux pas me battre, répondis-je poliment.

— Côme, intervint Morgan, explique à notre invitée qu'en vivant ici, elle doit se plier à nos règles…

— À quoi bon ? répliquai-je à son intention. Pour que tu te moques encore de moi ?

Je vis ses deux amis le regarder d'un air interrogateur.

— De quoi parle-t-elle ? demanda le jeune homme avec curiosité.

Voyant qu'il n'avait pas l'intention de s'expliquer, je commençai à sa place :

— Votre ami m'a laissée tourner en rond pendant des heures en pleine forêt sans intervenir. Et il semble y avoir pris un malin plaisir.

— Morgan, commença Côme pour le sermonner, tu n'es pas sérieux ?

— Elle aurait pu se faire tuer ! ajouta Alice.

— C'est précisément ce qui a failli se passer, répondis-je.

La jeune femme regarda le leader avec des yeux ronds d'exaspération.

— Tout était sous contrôle ! se défendit ce dernier. J'avais envoyé Lazare en éclaireur !

— Il a confié ma vie à un oiseau ! observai-je avec sarcasme.

— Tu es en vie, il me semble, n'est-ce pas le principal ? s'agaça Morgan.

— Je t'ai remercié pour ça, et je t'en suis reconnaissante, tu comptes m'en parler encore longtemps ?

— Reconnaissante ? Ce n'est pas vraiment l'impression que ça donne ! Et oui, j'avoue m'être amusé de ta pitoyable tentative d'évasion. Je devrais probablement m'en excuser... Tu comptes m'en parler encore longtemps toi aussi ?

Je soupirai d'exaspération pendant que Côme et Alice levaient les yeux au ciel, embarrassés par notre dispute. Un silence pesant s'installa et je m'éloignai en marmonnant des paroles d'agacement. Dans mon dos, j'entendis Morgan protester :

— Cette femme est insupportable ! dit-il à Côme. Elle est ingérable ! Je te souhaite bien du courage pour l'entraîner.

Je m'installai sur un banc posé près d'un feu de l'autre côté de la cour, bientôt rejointe par Alice. Elle garda le silence un instant, m'observant du coin de l'œil. Mon regard était perdu dans les flammes qui consumaient lentement les bûches de bois qui les animaient.

— Si j'ai bien compris, tu as rencontré les soldats noirs ? me demanda-t-elle timidement.

Je hochai la tête et frissonnai en repensant à la main de mon agresseur enserrant ma gorge.

— Tu comprends alors pourquoi il est important de t'entraîner. Tu dois être capable de te défendre si une nouvelle attaque se produit.

— Je ne sais pas, répondis-je confuse. Je suis étrangère à tout ça. Je ne sais pas qui je suis. Je ne suis pas certaine d'en être capable.

— Je sais ce que tu penses, commença Alice. Que personne ne peut imaginer à quel point c'est déroutant de se réveiller un jour en n'ayant que son prénom pour seul souvenir. Tu te trompes. Tu ne dois pas te sentir seule car c'est quelque chose que nous avons tous en commun ici. C'est comme si notre vie entière était une page blanche qu'il fallait réécrire. Nous ne savons plus qui nous sommes, ni même ce que nous sommes censés faire. C'est comme devoir tout recommencer sans l'avoir choisi. Ce passé qui nous a été volé, nous avons tous tendance à l'idéaliser. C'est une part de nous-mêmes qui s'envole mais, pour ceux qui étaient malheureux, qui avaient des regrets ou des blessures difficiles à oublier, c'est une seconde chance qui leur est offerte. Ne regrette pas ce que tu ignores. Tu pourrais être déçue par les souvenirs qui te manquent aujourd'hui… La vie perd tout son sens sans but à atteindre ou cause à défendre. C'est ce qui nous manque quand on arrive ici : une raison pour laquelle nous battre. Et puis, on rencontre les soldats noirs, ces hommes masqués qui, sans que l'on sache vraiment pourquoi, nous terrorisent. On prend alors conscience de notre bien le plus précieux : notre propre vie. Rapidement, c'est pour elle que l'on décide de se battre… littéralement. On essaie tous de se reconstruire à partir du peu de chose que l'on sait de nous-mêmes. Mais c'est aussi de cette façon que l'on puise dans nos ressources les plus cachées et qu'on voit naître notre instinct de survie. Personne n'est ici pour te juger, au contraire. Tu doutes de tes capacités, c'est normal, mais tu serais surprise de découvrir ce qu'on est capable de faire si l'on est déterminé à repousser nos propres limites. Aujourd'hui, tu dois faire un choix que personne ne peut faire à ta place : continuer à regretter un passé oublié, ou bien accepter que tu te trouves ici et maintenant et continuer à avancer. Dans le premier cas, je ne suis pas certaine que tu trouveras les réponses aux questions que tu te poses mais, dans le second, nous serons tous là pour te soutenir et t'aider.

Alice posa sa main sur mon épaule et me sourit amicalement avant d'aller rejoindre les autres pour l'entraînement. J'avais écouté son discours avec attention et je savais qu'elle avait raison. J'étais perdue, c'est vrai. Mais les paroles de la jeune femme m'avaient fait prendre conscience de la chance que j'avais d'être encore en vie. Je détestais cet endroit mais, pour l'instant, je n'avais nulle part ailleurs où aller et même si l'attitude de Morgan m'irritait au plus haut point, déclarer forfait ne ferait que lui apporter satisfaction. Je me tournai vers le centre de la cour, où l'activité avait repris son cours, et sentis une soudaine vague de détermination m'envahir. Je pris une profonde inspiration et allai rejoindre le groupe.

— Je suis prête à essayer, dis-je à Côme, qui, ravi, me tapota amicalement le dos.

Il me tendit une épée que je faillis lâcher tant je fus surprise par son poids.

Alice me fit un clin d'œil complice, Morgan m'observait avec insistance sans se dérider. Je l'ignorai et me concentrai sur les instructions de mon entraîneur. Ce dernier m'indiqua comment tenir mon épée et me positionner face à lui. Maintenir mon arme en l'air relevait déjà du miracle tant elle était lourde. Il me montra comment esquiver et contrer les coups, et quelques techniques pour passer à l'offensive. Les mouvements, au départ très lents, étaient faciles à assimiler mais, au fil des minutes, le bras qui portait l'arme commença à fatiguer et j'eus de plus en plus de mal à maintenir la position. Le rythme s'accéléra et je fus rapidement dépassée par la cadence. J'étais essoufflée, épuisée et gênée par ma robe, qui ne facilitait pas mes mouvements. Mon bras me faisait souffrir, j'eus l'impression que l'épée était de plus en plus lourde.

— Tu penses trop à la technique, me dit Côme, suis ton instinct.

— J'essaie, répondis-je agacée. Ce n'est pas si facile…

— On reprend. Tu vas y arriver, j'en suis certain.

Il mena une nouvelle attaque et finit par me désarmer. Je commençais à perdre patience, mécontente de ma piètre performance, et étais frustrée de me sentir faible et incompétente. Du coin de l'œil, je vis Morgan s'agiter en gardant son air renfrogné.

— Reprends ton épée, continua calmement mon entraîneur, on essaie à nouveau.

— Je n'y arrive pas, râlai-je en reprenant malgré tout mon arme.

Le leader s'approcha de son ami et lui murmura des paroles que je ne compris pas à l'oreille. Puis Côme s'éloigna et Morgan se positionna face à moi en sortant sa lame de son fourreau. Il était grand et élancé, je me sentais pétrifiée devant son air concentré.

Les autres combattants cessèrent leur entraînement et une foule se dessina autour de nous. J'en déduisis que le chef prenait rarement part au combat. Je déglutis, terrorisée à l'idée de me retrouver au centre de l'attention. Il s'apprêtait sans doute à m'humilier une nouvelle fois, je n'allais pas lui laisser cette joie. Je repris position, prête à l'affronter, et avant même que j'aie le temps de dire « ouf », je me retrouvai désarmée à nouveau. Il maniait l'épée comme si elle était aussi légère qu'une plume, avec adresse et dextérité.

— Tu n'as pas assez d'énergie, me dit-il d'un ton calme qui me surprit, utilise ta colère.

Je ramassai ma lame et me remis en position en passant moi-même à l'attaque. Encore désarmée.

— Puise dans tes ressources, tu peux faire mieux que ça.

Ses remarques et le regard des autres sur moi me faisaient perdre patience. Je sentais mon cœur et ma respiration s'accélérer et la colère monter doucement au fond de moi.

Nouvelle attaque. Nouvel échec.

— Tu n'arriveras à rien si tu fais preuve de retenue, dit-il plus sèchement. Laisse parler tes émotions. Un soldat noir te réduirait en pièces en moins de deux secondes avec un tel manque d'énergie.

Je voyais clair dans son jeu. Il me provoquait et cherchait à me mettre en colère. Il y parvenait parfaitement bien. Je supportais de moins en moins ses remarques qui ne faisaient qu'accentuer mon manque d'expérience.

J'attaquai encore et me retrouvai par terre après l'avoir à peine effleuré. J'étais épuisée, assaillie par les courbatures. Les muscles de mon bras tremblaient, tétanisés. Mon corps tout entier me faisait souffrir. Pourtant, j'étais déterminée à ne pas laisser Morgan me ridiculiser. Je me relevai et le regardai, dans une colère noire.

— On recommence, dit-il. On ne cessera pas cet entraînement tant que tu n'auras pas montré de quoi tu es capable… Tu es ici, maintenant. Prends ton arme et bats-toi !

L'entendre me donner des ordres et me parler de façon aussi sèche et froide acheva de m'énerver. Je sentis toutes les émotions de ces dernières vingt-quatre heures me submerger et ma colère se transformer en fureur. Subitement, j'eus l'impression de retrouver toute l'énergie que j'avais perdue. Je pris mon épée, que je ne trouvais plus si lourde tout à coup, la brandis et me mis à frapper. J'assénai plusieurs coups à la suite, sans réfléchir, sans lui laisser le temps de répliquer. La colère qui m'animait me donna une force que je n'aurais jamais soupçonnée.

— Je te déteste, hurlai-je en frappant aussi fort que je pouvais. Toi et cet endroit, je vous déteste tous !

Morgan contrait mes coups sans mal mais la garde de mon épée le frappa au poignet, le faisant lâcher prise. Son arme tomba à terre dans un fracas de métal. Je stoppai mon attaque. J'avais beau le haïr à ce moment, je ne voulais pas le tuer.

À bout de souffle, je regardais la foule autour de moi m'observer avec des yeux ronds de surprise. Un sourire satisfait étirait les lèvres de mon adversaire. Je jetai mon épée à ses pieds avant de m'enfuir précipitamment dans la ruelle qui menait à la bâtisse. Je ne savais pas où j'allais, j'avais juste besoin d'être seule et tranquille. Finalement, j'empruntai un escalier étroit mais escarpé qui me mena sur les remparts, d'où un chemin de ronde faisait le tour de la cité, offrant une vue imprenable sur le paysage terrestre qui s'étendait à perte de vue d'un côté, et sur l'océan qui semblait s'étirer à l'infini de l'autre.

Je respirai à pleins poumons avant de me laisser glisser le long du mur de pierres et de m'asseoir sur le sol froid et poussiéreux. Je restai là, les genoux ramenés contre ma poitrine, le regard perdu dans le vide, et après un long moment, Côme me rejoignit et s'assit près de moi…

— Tu t'en es très bien sortie, me dit-il d'un ton rassurant.

Sa remarque me fit sourire malgré moi.

— Je n'en suis pas aussi certaine…

— Tu as désarmé Morgan, continua-t-il en riant. Et ça, c'est inhabituel. Ce n'est pas rien !

— Il m'a énervée.

— C'était le but recherché. Il savait exactement ce qu'il faisait.

— Pourquoi est-il comme ça ?

— Qu'est-ce que tu veux dire ?

— Il est toujours aussi froid et… antipathique ?

— Je sais qu'il peut paraître dur parfois mais il n'est pas aussi affreux que tu l'imagines. Il a beaucoup souffert par le passé.

— Quelle est son histoire ? demandai-je, curieuse. Il est ici depuis longtemps ?

— Morgan est le plus ancien d'entre nous. Il est arrivé ici il y a quatre ans.

— Je ne comprends pas, dis-je en fronçant les sourcils. Le plus ancien ?

Voyant que je nageais en pleine confusion, il poursuivit avec hésitation :

— Il y a une chose qu'il faut que tu saches au sujet de cet endroit. Ceux qui arrivent ici sont généralement… de passage.

— Qu'est-ce que tu veux dire ? demandai-je subitement intriguée. Que leur arrive-t-il ?

— Certains ne survivent pas face aux soldats noirs… et d'autres… Pour d'autres, les souvenirs de leur vie passée refont surface peu à peu. Certains disent qu'ils entendent leurs proches les appeler et, tôt ou tard, ils finissent par partir.

— Tu veux dire… qu'ils retrouvent leur ancienne vie ?

Les paroles du jeune homme me redonnaient de l'espoir, même s'il semblait lui-même peu certain de cette possible issue.

Il haussa distraitement les épaules. J'aurais aimé en

savoir davantage mais il ne semblait pas vouloir poursuivre la conversation à ce sujet.

— En quoi cela justifie-t-il le comportement de Morgan ?

— Il a eu des débuts très difficiles, tout comme toi. C'est sans doute la raison pour laquelle il est si dur envers toi. Tu lui rappelles son arrivée ici. Au départ, il ne pensait qu'à partir. Et puis, il a rencontré un homme, Conrad, qui est devenu son mentor et son père de substitution. Il lui a tout appris sur la vie ici et l'a forcé à se battre pour sa vie et à ne jamais perdre espoir. Conrad a été tué par les soldats noirs un an et demi après l'arrivée de Morgan ici. Il a été anéanti, et pendant un moment il s'est senti perdu. Mais sa détermination a été plus forte. Il a finalement décidé de reprendre là où Conrad s'était arrêté. Il a toujours fait de son mieux pour accueillir les nouveaux arrivants et leur enseigner l'art du combat. C'est un battant qui n'abandonne jamais. Il est un exemple pour nous tous. Au cours des années qui ont suivi, il a tissé de nombreux liens, mais il en a beaucoup souffert. Tous ceux avec qui il s'était lié d'amitié ont fini par partir, d'une manière ou d'une autre... Il a choisi de ne plus s'attacher et de poursuivre sa mission en ne perdant jamais de vue que les personnes qu'il formait ne resteraient pas très longtemps.

— Je trouve ça triste comme raisonnement.

— Tu comprendrais sans doute mieux si tu avais perdu toutes les personnes auxquelles tu tenais.

Il avait sans doute raison, et ses explications m'aidaient à y voir plus clair.

— Pourquoi est-il si différent avec toi ?

— Je suis arrivé à Antara peu de temps avant la mort de Conrad. Morgan et moi sommes tout de suite devenus amis. C'était avant qu'il décide de s'isoler. J'étais là quand il a traversé ses pires moments mais, même lorsque l'on pensait que les choses ne pouvaient aller plus mal, il n'a jamais baissé les bras. Tout ce qu'il fait, il le fait pour aider ceux qui sont ici, même si ses méthodes peuvent parfois déplaire. Tu en as fait les frais mais tu n'aurais peut-être pas réussi s'il ne t'avait pas poussée à bout pour puiser dans tes ressources.

— Je devrais le remercier ? lui demandais-je, douteuse.

— Peut-être pas le remercier mais, au moins, éviter de trop lui en vouloir.

Côme leva les yeux vers l'horizon.

— Le soleil se couche, me dit-il en se levant, il sera bientôt l'heure de dîner. Joins-toi à nous, ça te fera du bien.

— J'ai dit tout à l'heure que je vous détestais tous, je doute d'être la bienvenue...

Le jeune homme s'esclaffa :

— Ils ne t'en tiendront pas rigueur, crois-moi. Ils savent que c'est la colère qui parlait.

Il me tendit la main pour m'inciter à le suivre. J'appréciais beaucoup Côme. Depuis mon arrivée, il s'était montré amical et réconfortant avec moi, tout comme Alice. Je me sentais rassurée de savoir qu'il y avait des personnes comme eux, sur qui je pouvais compter.

Je me relevai à mon tour et le suivis jusqu'à la cour où une partie des villageois était rassemblée autour du feu.

5

MORGAN

La grotte aux lucioles

Les nouvelles arrivées n'étaient pas rares à Antara. Tout comme les départs d'ailleurs. Je l'avais compris à mes dépens au cours de ces quatre dernières années. Ce flux régulier dans un sens comme dans l'autre maintenait une sorte d'équilibre, comme une course de relais où les équipiers se renouvelaient sans cesse, passant le flambeau au suivant pour poursuivre le combat. J'étais fatigué de tout cela. Fatigué de voir entrer dans ma vie des personnes se battant avec détermination et finir par les voir échouer. Car c'est comme ça que les choses se terminaient toujours : tôt ou tard, elles finissaient par partir, d'une façon ou d'une autre. Le pire dans tout cela, c'est que j'avais fini par m'y habituer. Au fil du temps, j'avais appris à maintenir mes distances et à ne plus créer de liens avec ceux qui arrivaient. Tout ce que je pouvais faire, c'était leur enseigner ce que j'avais appris pendant ces quatre années passées ici et leur donner l'envie de se battre pour survivre car, même si elle se montrait parfois cruelle, la vie valait la peine d'être vécue.

Je ne nierai pas qu'il m'était arrivé d'en douter. Il était parfois difficile de convaincre les autres de continuer à lutter quand on perdait soi-même espoir, mais j'avais toujours fait de mon mieux pour dissimuler mes doutes. Un leader devait se montrer solide et fiable.

J'étais presque devenu un automate, me levant chaque matin avec pour seul objectif d'enseigner aux autres à survivre. J'avais mis ma propre vie entre parenthèses, la vouant entièrement à ma mission. J'avais même appris à apprécier certaines particularités de cet endroit, me faisant oublier à quel point je l'avais détesté en m'y réveillant.

Pourtant, l'arrivée de Sarah avait fait ressurgir des souvenirs que je pensais enterrés depuis bien longtemps. Les yeux perdus dans les flammes qui crépitaient devant moi, je me revoyais quatre ans plus tôt, perpétuellement en colère, cherchant sans cesse une manière de quitter ce lieu hostile. Je haïssais tout ce que je voyais, tout ce que j'entendais. J'en voulais à la terre entière pour la partie de ma vie qu'on m'avait volée. Cette période avait été sombre et difficile et j'avais préféré ne plus y penser. Après ça, Conrad m'avait aidé à voir les choses différemment, et, grâce à des conseils et un soutien précieux, à me faire finalement une raison.

Le fil de mes pensées fut interrompu par l'arrivée de Côme et Sarah. Mon ami s'assit près de moi alors que la jeune femme s'installait sur le banc face à nous. Malgré les flammes qui nous séparaient, je remarquai l'embarras sur son visage. De toute évidence, elle semblait mal à l'aise. Alice, près d'elle, tentait désespérément de la distraire, sans résultat. Son regard se perdait dans les braises qui virevoltaient au-dessus des flammes, jusqu'à ce que ses pupilles rencontrent les miennes. Elle eut un léger sursaut de surprise et me fixa un moment d'un air interrogateur, puis détourna les yeux lorsque Gabriel, un gamin d'environ 6 ans arrivé quelques semaines plus tôt, s'approcha d'elle en tirant sur la manche de sa robe afin d'attirer son attention.

— Pourquoi tu es triste ? lui demanda-t-il en haussant les épaules.

Déroutée par la question, elle le regarda et répondit en bafouillant :

— Je… je ne suis pas triste.

— Alors pourquoi tu es fâchée ?
— Je ne suis pas fâchée non plus.
Le garçon inclina la tête, perplexe.
— Comment tu t'appelles ? demanda Sarah au bambin en essayant peu à peu de retrouver le sourire.
— Gabriel. Et toi ?
— Moi c'est Sarah. Je suis ravie de te rencontrer.
— Moi aussi. Tu veux bien être mon amie ? Il n'y a pas beaucoup d'enfants ici et je ne peux jouer avec personne.
Un sourire, sincère cette fois, se dessina sur les lèvres de la jeune femme.
— Oui, je veux bien être ton amie, répondit-elle au garçon.
Aussitôt, il sauta sur ses genoux et commença à lui raconter ce qui lui était arrivé depuis son réveil à Antara. Elle l'écouta avec intérêt et curiosité, rebondissant sur ses paroles et cherchant à en savoir plus sur lui.
Une vingtaine de personnes étaient rassemblées autour du feu, attendant patiemment que les lapins suspendus au-dessus des flammes aient fini de rôtir. L'atmosphère était décontractée et, peu à peu, Sarah parut plus sereine. Pourtant, après le dîner, lorsque Gabriel la quitta pour aller se coucher, elle retrouva son humeur taciturne et morose. Elle avait décidément bien du mal à s'acclimater à son nouvel environnement. Je me levai et m'arrêtai près d'elle :
— Viens avec moi, lui dis-je d'un ton qui n'envisageait aucun refus.
Elle me fixa, à la fois surprise et intriguée, et me suivit lorsque je commençai à m'éloigner.
Je m'arrêtai devant le portail et fis un signe de la main aux gardiens afin qu'ils ouvrent les portes.
— Où va-t-on ? me demanda la jeune femme l'air subitement inquiet.
J'ignorai sa question, elle le découvrirait bien assez vite.

Hors de la cité, nous descendîmes le long de la muraille en marchant de roches en roches en direction de l'océan.

— Est-ce que tu m'emmènes dans un endroit isolé pour me tuer ? me demanda-t-elle l'air taquin, bien qu'une pointe d'inquiétude fût perceptible dans sa voix.

Je souris malgré moi à sa remarque mais me cachai bien de le montrer, avant de reprendre d'un ton détaché :

— Si j'avais voulu te tuer, j'aurais laissé le soldat noir s'en charger. Cela m'aurait évité de me salir les mains.

Elle haussa les épaules avant de poursuivre :

— Je croyais qu'on ne pouvait pas sortir seuls de la ville, que c'était trop dangereux…

— Nos ennemis viennent rarement jusque-là.

— Rarement ne veut pas dire jamais.

Nous arrivâmes à destination. Je me tournai vers elle en posant mon index sur mes lèvres :

— Chut ! dis-je en chuchotant. Cesse de parler ou tu vas les effrayer.

Elle fronça les sourcils, confuse.

— Effrayer qui ? me demanda-t-elle en chuchotant.

J'entrai par une ouverture étroite percée dans la pierre par la marée. La mer s'était retirée, nous laissant le loisir d'y pénétrer.

Nos pas résonnèrent dans la cavité, créant une atmosphère lugubre, accentuée par l'écho des gouttes d'eau qui tombaient sur le sol. Elles étaient là, agrippées aux parois, éclairant en partie la grotte de leur éclat vert et apaisant, et se reflétant à la surface de l'eau : les lucioles.

Je me tournai vers Sarah, qui observait avec émerveillement les milliers de petites lumières se déplacer au-dessus de sa tête le long de la roche humide.

— Ce sont…

— … des vers luisants. On les appelle aussi des lucioles.

— On dirait un ciel étoilé, dit-elle, impressionnée par la beauté du lieu. C'est magnifique !

Elle tourna la tête vers moi et ajouta :

— Pourquoi m'avoir amenée ici ?

— Je sais à quel point tu détestes cette ville. Tout t'y est étranger et te semble hostile à cause du danger qui rôde dans les landes mais, lorsque l'on creuse un peu, on s'aperçoit aussi qu'elle possède ses qualités. Ce lieu n'est pas aussi horrible que tu le penses, si on apprend à y vivre selon nos règles.

— Comment as-tu découvert cet endroit ?

— En explorant. Mais n'en parle à personne. Si trop de monde venait ici, elles finiraient par partir, dis-je en désignant les lucioles. La nature est plus fragile que ce qu'on imagine, nous devons en préserver la beauté.

— Je ne comprends pas, continua-t-elle, troublée, pourquoi me l'avoir montré à moi dans ce cas ?

Je réfléchis un instant pour rassembler les mots justes et continuai :

— Quand je suis arrivé ici, j'étais en colère, comme toi. J'avais l'impression de tout vivre pour la première fois, c'était déroutant. Et les émotions étaient si fortes que j'avais du mal à les contrôler. Quand j'ai découvert cette grotte, elle m'a apporté plus d'apaisement et de sérénité que j'aurais pu l'espérer. Je venais ici dès que j'avais besoin de me vider la tête et c'était efficace. En observant les lucioles, j'avais l'impression que mes doutes et ma colère n'étaient pas justifiés et ça m'aidait à reprendre le contrôle. On a tous besoin d'un endroit où s'évader. À Antara, le choix est limité, mais quelques lieux magiques valent la peine. Ces terres ont d'autres merveilles à offrir. Il te suffit de faire abstraction de ton ressentiment et d'ouvrir les yeux pour t'en rendre compte. Tu dois apprendre à canaliser ta colère et à l'utiliser comme une force, au lieu de la laisser te consumer.

Elle hocha la tête avant de continuer :

— C'est pour cette raison que tu m'as provoquée tout à l'heure ?

— J'avais besoin de connaître tes limites et ta détermination, répondis-je d'un ton égal. Tu devais prendre conscience de ce dont tu étais capable.

— Je n'aime pas cette façon de faire.

— Elle est pourtant très efficace. La preuve : tu t'en es bien sortie.

— Tu te montres toujours aussi autoritaire ? me demanda-t-elle, visiblement agacée.

— Je ne suis pas là pour être cordial et aimable mais pour apprendre aux hommes et aux femmes qui sont ici à survivre.

— Dans la survie, il y a aussi le mot « vie ». À quoi bon survivre si tu cesses de vivre ? S'isoler des autres n'est sûrement pas la solution !

Je restai silencieux et sondai ses yeux un moment : où voulait-elle en venir ? En la voyant ainsi détourner la conversation, je compris qu'elle avait probablement discuté avec Côme. Mon ami tentait toujours de justifier mon comportement en racontant mon histoire, visant à faire de moi une victime, pourtant je ne me considérais pas comme telle.

— Ça ne regarde que moi, répondis-je agacé par ses allusions.

Elle ne savait rien de moi, ni de mon vécu. Il était facile pour elle de juger sans savoir.

— Rentrons à présent, ajoutai-je sèchement.

Mon ton la fit soupirer de lassitude mais elle me suivit malgré tout en jetant un dernier regard en arrière vers les lucioles.

Le vent froid qui venait du large nous fouetta les joues lorsque nous sortîmes de la grotte. Je commençais à remonter les rochers un à un en direction du portail de la cité quand j'entendis Sarah me remercier. Surpris, je me retournai :

— Pour quelle raison est-ce que tu me remercies ? lui demandai-je curieux.

— Pour m'avoir montré cet endroit. J'en avais besoin.

La silhouette qui surgit derrière elle ne me laissa pas le temps de lui répondre. J'attrapai une dague attachée à ma taille et la lançai dans sa direction. Les yeux de la jeune femme s'agrandirent de peur en pensant que ma lame lui était destinée, mais les plaintes du soldat touché par mon arme lui firent rapidement réaliser qu'elle n'était pas ma cible. Elle regarda ma victime pousser son dernier soupir et me cria de faire attention lorsqu'un autre homme surgit derrière moi. J'eus à peine le temps d'esquiver son attaque. Il s'en était fallu de peu pour qu'il me tranche la gorge. Sarah me lança la dague qu'elle avait récupérée dans le corps sans vie de mon premier adversaire. Elle tomba à mes pieds mais je ne pouvais la ramasser, trop occupé à me débattre. Mon assaillant me frappa violemment derrière le genou me faisant tomber à terre. J'en profitai pour saisir mon arme et me retournai juste à temps pour contrer son attaque. Nos lames glissaient l'une contre l'autre mais aucun de nous ne voulait lâcher prise. Concentré sur notre lutte mutuelle, le soldat ne vit pas le coude de mon bras inoccupé lui arriver dans la figure. Il perdit l'équilibre et lâcha son couteau mais le ramassa plus vite que moi et posa son pied sur mon avant-bras, m'empêchant de me relever. De son autre main, il me désarma calmement et me laissa me redresser. Il s'avança vers moi, une dague dans chaque main, me forçant à reculer, et posa la pointe de ses lames contre ma poitrine en inclinant doucement la tête, comme s'il attendait une réaction de ma part. Mais je ne fis rien…

Je scrutai ses yeux, mais ne discernai que le vide et l'obscurité. Qu'attendait-il pour me tuer ? Et qu'attendais-je pour me débattre ? Car j'en étais tout à fait capable. Pourtant, je restai là, immobile, en face à face avec mon probable assassin. L'espace d'une seconde je me mis à douter. Peut-être devrais-je le laisser faire après tout ? Sarah avait raison, la vie que je menais n'était pas vraiment une vie, et j'étais fatigué, épuisé de devoir toujours me battre contre les soldats noirs, mais surtout contre moi-même. Il suffirait d'une seconde pour que tout s'arrête et que la souffrance disparaisse à jamais. Une voix lointaine me sortit de mes réflexions. Du coin de l'œil, je vis la jeune femme me regarder l'air horrifié. Tout à coup, je me rappelai mes propres paroles prononcées à peine quelques minutes plus tôt au sujet de la survie. D'un violent coup de pied dans le ventre, je fis tomber mon adversaire à terre, repris ma lame et la lui enfonçai dans le cœur.

Je me redressai, haletant, moi-même surpris par l'instant de faiblesse auquel je venais d'être confronté, et me tournai vers la jeune femme qui me regardait l'air confus :

— Est-ce que ça va ? lui demandai-je en reprenant un ton ferme.

Elle hocha la tête, visiblement douteuse que ce soit également mon cas, mais ne me questionna pas pour autant. D'un accord silencieux, scellé par l'ombre qui passa dans mes yeux, nous décidâmes de ne parler de cette rencontre infortune à personne, puis nous regagnâmes la cité.

6

SARAH

Tenue d'entraînement

Le matin suivant, je me levai avec une motivation nouvelle. J'avais fini par me faire une raison moi aussi. J'étais ici. Pour combien de temps ? Je ne savais pas, mais m'investir dans la vie de la cité et mon entraînement m'aiderait certainement à voir les choses autrement. Et puis, je devais admettre que notre rencontre de la veille au soir avec les soldats noirs me donnait la subite envie d'apprendre à maîtriser davantage les armes. Une fois de plus, Morgan m'avait sauvé la vie mais je ne tenais pas à ce que cela se reproduise. J'avais l'impression d'être la jeune femme à protéger et cette position ne me plaisait pas. Je voulais être capable de défendre ma vie, seule…

J'observai la robe posée sur le bord du lit d'un air perplexe et me résignai finalement à aller frapper à la porte à côté de ma chambre.

J'attendis de longues secondes avant qu'Alice vienne m'ouvrir, les yeux plissés encore remplis de sommeil.

— Sarah ? Qu'est-ce qui se passe ? Tout va bien ? Il est tôt.

— Oui, tout va bien, rassure-toi, mais j'ai un petit service à te demander.

Elle me détailla des pieds à la tête et haussa un sourcil en constatant que je portais un simple jupon. Elle se demandait probablement où était passé le reste de ma tenue.

— Je t'écoute, me dit-elle en bâillant.

— Pourrais-tu me dire où se trouve la salle

d'habillement ? J'aimerais trouver quelque chose de plus approprié pour l'entraînement.

— C'est sûr que si tu y vas dans cette tenue, tu risques de rencontrer quelques problèmes... ou des regards mal placés... Donne-moi une seconde. J'enfile une robe et je t'accompagne.

Je la remerciai joyeusement quand elle referma la porte, et attendis quelques minutes qu'elle en ressorte, une robe sur le dos et les cheveux coiffés à la hâte.

Je la suivis à travers le long couloir jusqu'à un escalier en pierre qui montait à un étage où il faisait froid et sombre. Elle s'arrêta devant une porte où une torche était accrochée et m'invita à y entrer. C'était une vaste pièce remplie de vêtements de toutes sortes correctement pliés ou suspendus sur des étagères ou dans des penderies.

— Tu devrais trouver ce que tu cherches ici, me dit-elle en bâillant à nouveau. Si tu veux bien m'excuser, je vais retourner dormir un peu.

— Oui, bien sûr ! Merci beaucoup !

Elle acquiesça d'un signe de tête avant de disparaître dans le couloir en refermant la porte derrière elle. J'observai toutes les tenues qui m'entouraient en passant très vite sur les robes, pas assez pratiques. Après de longues minutes à fouiller sur les étagères pour trouver quelque chose qui me convienne et qui soit également à ma taille, j'optai finalement pour une tenue qui laisserait davantage de liberté à mes mouvements et me changeai derrière un paravent dressé dans un coin de la pièce. Je retirai mon jupon et enfilai un corsage en coton blanc à manches longues, par-dessus lequel je mis un veston en cuir marron, lacé sur le devant par une fine cordelette de la même couleur. Je revêtis un pantalon ajusté à ma taille et chaussai des bottes dans les mêmes tons châtaigne qui remontaient presque jusqu'à mes genoux. J'observai mon reflet dans un miroir entreposé de l'autre côté de la pièce et fus ravie du résultat. Jusqu'ici, les femmes que j'avais croisées portaient toutes des robes mais je me sentais plus à l'aise dans cette tenue qui me donnait des allures de redoutable combattante. Je restais réaliste, ce n'était qu'une apparence car, concernant l'entraînement, il me restait bien du travail à accomplir. Je fis le tour des accessoires qui se trouvaient dans des caisses posées sur le sol et y trouvai mon bonheur pour accompagner ma tenue : une ceinture en cuir, que je nouai à ma taille, à laquelle était accroché un fourreau prêt à accueillir une dague, et des protège-bras de la même matière qui me seraient utiles pour apprendre à tirer à l'arc. Je les installai à mes avant-bras et réalisai en jetant un œil vers la fenêtre que le ciel était déjà clair. Je n'avais pas vu le temps passer. Ils devaient probablement être tous déjà rassemblés au centre de la cour à l'heure qu'il était. J'observai une dernière fois mon reflet dans la glace en testant la facilité de mes mouvements et fus ravie d'avoir trouvé un habit à la fois confortable et pratique.

Je rejoignis précipitamment le groupe rassemblé au centre de la cité et arrivai essoufflée devant Côme et Morgan, qui me regardèrent l'air surpris.

— Désolée, dis-je entre deux souffles rapides, je suis un peu en retard mais je suis là ! Et prête ! Par quoi on commence ?

Morgan détailla ma tenue et tenta vainement de dissimuler le sourire qui se dessinait sur ses lèvres en se frottant le menton pendant que Côme se mit à bafouiller :

— Sarah… c'est quoi cet accoutrement ?

Je baissai la tête pour regarder mes vêtements avant de répondre, l'air sûre de moi :

— Cet accoutrement comme tu dis n'est pas bien différent du tien, il me semble !

— Les femmes ne se vêtissent pas de cette façon ici…

— Ça m'est bien égal ! Je me sens plus à l'aise dans cette tenue. Je n'ai pas envie d'être une énième victime des soldats noirs en me prenant les pieds dans une fichue robe ! Et puis, qui a décrété que seuls les hommes avaient droit au confort ? Nous ne sommes plus au Moyen Âge !

Cette fois, Morgan se mit à glousser devant la mine décomposée de Côme, puis toussota pour faire illusion. Je n'étais pas dupe, il avait beaucoup de mal à garder son sérieux. Je ne l'avais encore jamais vu aussi… dissipé.

Une petite voix derrière moi cria mon nom. Je me retournai et vis Gabriel se jeter dans mes bras. Je le rattrapai de justesse avant qu'il m'embrasse la joue de bon cœur :

— Salut bonhomme ! m'exclamai-je en l'étreignant à mon tour.

Je ne connaissais ce garçon que depuis la veille au soir, pourtant, je ressentais déjà beaucoup d'affection à son égard. Son innocence et sa bonne humeur me faisaient du bien, j'en avais besoin. Je le reposai à terre et il m'observa avec des yeux ronds d'émerveillement :

— Waouh ! Tu es trop belle ! J'adore tes vêtements !

J'inclinai la tête, touchée par sa remarque :

— Merci mon grand !

Puis, je me tournai vers le leader et son ami avant d'ajouter :

— Je suis contente de voir qu'elle plaît au moins à quelqu'un !

— J'aime aussi beaucoup ! ajouta Alice en s'approchant de nous. Je ne pensais pas que c'est ce que tu avais en tête quand je t'ai conduite en salle d'habillement ce matin, mais tu as fait un très bon choix ! Et puis, tu as raison, si ça te permet de te sentir plus à l'aise dans tes mouvements… Je devrais peut-être y songer également.

Je hochai la tête en lançant un sourire ravi et provocateur aux garçons.

— Tu ne vas pas t'y mettre toi aussi ! fit Côme à la jeune femme.

— Pourquoi pas ? Sarah a raison. Ici, nous sommes tous sur un pied d'égalité. C'est aussi valable pour nos habits.

Côme soupira en se frottant le front, désespéré par cette rébellion féminine qui se mettait en place. Morgan garda le silence en m'observant avec intérêt, il paraissait intrigué. Je choisis de l'ignorer.

— Bien, reprit Côme, nous avons pris assez de retard. Alice, Gabi, reprenez vos places, nous allons commencer. Tir à l'arc ce matin… Emeric s'occupera de votre entraînement.

Gabriel lâcha ma main, qu'il tenait fermement depuis son arrivée, prit celle d'Alice et, ensemble, ils s'éloignèrent pour retrouver le groupe devant lequel un homme faisait les cent pas, l'air grave. Emeric sans doute.

— Quant à toi, me dit le jeune homme en me pointant du doigt, nous continuons l'épée ce matin.

— Pourquoi ? demandai-je, soupirant de déception.

— Pardon ?

— Pourquoi devrais-je poursuivre avec l'épée alors que les autres tirent à l'arc ce matin ?

— Parce que tu commences seulement ton entraînement. Tu dois te perfectionner à l'épée avant d'essayer d'autres armes.

— Mais mon arme de prédilection n'est peut-être pas l'épée… Dans ce cas, je perds du temps avec une arme qui ne me correspond pas. Il ne serait pas mieux que j'essaie les autres instruments pour voir celui que je maîtrise le mieux ?

Je vis le visage pourtant si jovial de Côme se mettre à pâlir peu à peu et sa mâchoire se crisper. Il posa ses mains sur ses hanches en basculant sa tête d'un côté puis de l'autre pour se détendre la nuque. De toute évidence, mes réticences lui tapaient sur les nerfs, j'avais réussi à lui faire perdre patience. Quelque chose me disait qu'il lui en fallait pourtant beaucoup pour l'énerver… Ça m'était bien égal, je voulais essayer autre chose que l'épée, dont mon bras courbaturé se souvenait encore du poids. Il lança un regard désespéré à Morgan, qui se contenta de hausser les épaules, incrédule.

— Bien, finit-il par céder. Essayons autre chose. Le tir à l'arc ?

J'acquiesçai en hochant vivement la tête et il me conduisit vers le reste du groupe, devant une cible dessinée sur un ballot de paille, avant de me mettre un arc et une flèche dans les mains. J'écoutai attentivement ses instructions puis tentai de concentrer toute mon attention sur le point central de la cible. Après de multiples échecs successifs, je commençai à perdre patience. Mes traits terminaient leur route partout autour du ballot sans jamais atteindre l'un des cercles qui y étaient dessinés. J'étais frustrée et agacée. Je me sentais incompétente et, plus mes nerfs se mettaient en pelote, plus mes prestations étaient mauvaises. Au bout de quelques minutes, lassée d'entendre les encouragements de Côme qui, je le voyais bien, perdait peu à peu espoir me concernant, je jetai mon arme sur le sol en protestant :

— Je n'y arrive pas ! De toute évidence, je ne suis pas faite pour ça !

Je le vis se mordre les lèvres, sans doute pour éviter à des grossièretés de sortir de sa bouche, et devenir rouge de frustration. Je m'en voulais d'avoir réussi à énerver la seule personne de cette ville qui semblait d'une imperturbable bonne humeur.

Morgan se rapprocha de lui en lui donnant une tape amicale dans le dos et lui signifia qu'il s'en chargeait. Son ami se mit en retrait et l'observa prendre le relais de mon entraînement. Je me sentis défaillir en le voyant s'approcher de moi. Il avait revêtu son habituel masque froid et autoritaire. Face à lui, je perdais mes moyens. Je savais comment il se battait, je l'avais vu à l'œuvre, et je savais de façon certaine que je n'étais pas à la hauteur :

— Ramasse ton arc, me dit-il sèchement en passant à côté dudit arc.

Je m'exécutai sans attendre et me remis en position devant la cible, en déglutissant d'appréhension. Du coin de l'œil, je vis Gabi et Alice faire la moue en voyant le leader prendre les choses en main, ce qui ne signifiait rien de bon…

— Tu n'as pas la bonne posture, me dit-il en se positionnant derrière moi, si près que je sentis son souffle sur ma nuque. Ton bassin ne doit pas être face à la cible mais perpendiculaire à celle-ci, dit-il en posant ses mains sur mes hanches pour m'inciter à pivoter.

J'en fus si étonnée que j'eus un hoquet de surprise. Sa voix était froide et autoritaire mais ses gestes étaient doux, c'était incompatible et inhabituel. J'avais de plus en plus de mal à le cerner et à comprendre son comportement parfois paradoxal. Pour autant, j'essayais de rester concentrée sur ses instructions.

— Ton avant-bras, continua-t-il en glissant son doigt de mon poignet jusqu'à mon coude pour désigner la partie concernée, doit être le prolongement de ta flèche.

Je frissonnai, sans comprendre la réaction de mon corps alors que ma tête ne supportait pas cet homme austère et sévère, et inspirai profondément pour recentrer mon attention sur ma tâche. Je bandai mon arc et veillai à la position de mon bassin et de mon bras en me concentrant sur la cible, quand il poursuivit :

— Tiens ta corde avec ton index et ton majeur et respire profondément. Le moindre tremblement dû à l'anxiété peut déjouer la trajectoire de ta flèche.

Je hochai discrètement la tête, pris une profonde inspiration en fermant les yeux et les rouvris en lâchant la corde de mon arme. Mon trait alla se planter dans la paille à proximité du point central de la cible. J'en restai moi-même sans voix et me tournai vers le leader, les yeux ronds d'étonnement :

— La chance du débutant sans doute ! dit-il distraitement en haussant les épaules.

Je m'esclaffai, fière de ma réussite :

— Je vais devoir retenter ma chance pour en avoir le cœur net, lui répondis-je gaiement.

Il alla chercher la flèche et me la tendit en haussant un sourcil, sans se dérider pour autant.

— Je suis impatient de voir ça...

Je renouvelai l'expérience, appliquant à la lettre ses conseils, prenant le temps d'adopter la bonne position et de calmer ma respiration et, de nouveau, mon trait atteignit la cible.

Je trépignais de joie, encouragée par Gabi et Alice, qui s'approchèrent pour me féliciter.

— Je crois que j'ai trouvé mon arme de prédilection ! dis-je avec fierté à Morgan.

— Tu ne dois pas négliger pour autant l'entraînement des autres instruments, reprit-il d'un air sérieux. Tu dois être capable de te défendre dans n'importe quelles circonstances et avec n'importe quoi.

— J'ai saisi !

Il s'éloigna pour rejoindre Côme, un sourire discret sur les lèvres. Il pensait sans doute que je ne l'avais pas remarqué. Il se trompait. Cet homme se montrait glacial mais j'étais certaine qu'au fond, il n'était pas si mauvais. Je connaissais son passé, du moins en partie, grâce aux explications de son ami, mais malgré tout, je ne comprenais pas pourquoi il se donnait autant de mal à essayer d'être quelqu'un qu'il n'était pas vraiment. Pourtant, il savait parfaitement ce qu'il faisait, j'en étais certaine. Je cessai d'y penser lorsque Gabi se jeta une nouvelle fois dans mes bras pour me féliciter.

7

MORGAN

Une élève dissipée

Côme affichait une mine renfrognée quand je le rejoignis à l'écart du reste du groupe. Les bras croisés sur la poitrine, il se tenait le menton en observant Sarah s'esclaffer avec ses amis, l'air contrarié. Je le voyais rarement soucieux à ce point.

— Je crois que c'est toi qui devrais superviser son entraînement, m'annonça-t-il à brûle-pourpoint.

Surpris par cette révélation inattendue, je m'esclaffai franchement à mon tour. Il devait sans doute plaisanter. Je devais l'admettre, c'était drôle. Le regard noir de mon ami me fit pourtant douter qu'il s'agisse bien là d'une boutade.

— Je suis sérieux, insista-t-il. Je n'y arrive pas avec elle. Elle est trop…

— … intrépide ? Têtue ? Agaçante ? J'en conviens.

— Comme toi. J'allais dire « elle est trop comme toi » !

Je fronçai les sourcils, confus :

— C'est un compliment, j'espère ? Ou bien…

— Pas vraiment, répondit-il en retrouvant le sourire. Morgan, tu es mon meilleur ami, tu sais que je ferais n'importe quoi pour toi, mais tu sais aussi que tu es imprévisible et que tu es d'un tempérament difficile à faire plier. C'est pour cette raison qu'on ne s'entraîne jamais ensemble toi et moi. Sarah n'écoute pas mes conseils, elle n'arrive pas à se concentrer…

— Et tu crois que je ferais mieux ? Elle me déteste !

— Justement ! Tu lui tapes peut-être sur les nerfs, mais elle t'écoute. Tu étais comme elle. Tu sais trouver les mots justes pour la provoquer et la stimuler, et faire en sorte qu'elle puise son énergie dans sa colère.

— C'est n'importe quoi ! m'exclamai-je, amusé par son raisonnement peu convaincant.

— Ça fait presque une heure que j'essaie de lui expliquer comment tirer à l'arc. Tu arrives et deux minutes plus tard, elle fait deux essais sans manquer sa cible. C'est de toi et de ton expérience dont elle a besoin pour progresser, pas de moi. Je n'ai pas la patience, elle est trop… dissipée !

Je connaissais trop bien Côme. Je savais ce qui le rendait réellement si soucieux :

— Ne prends pas ça comme un échec personnel, lui dis-je pour le rassurer, elle a seulement besoin de temps…

— Le temps…, soupira-t-il, c'est ce qui nous manque ici et tu le sais. D'autres ont besoin de moi. Et Sarah a besoin de progresser… rapidement !

Je devais admettre qu'il avait raison sur ce dernier point. La jeune femme devait apprendre à se défendre par elle-même, et vite ! Les attaques étaient imprévisibles, j'avais encore pu le constater la veille au soir.

— Je doute qu'elle accepte…, continuai-je hésitant.

— Depuis quand c'est un obstacle ?

Je restai silencieux. Une fois encore, il voyait juste. Pourtant, je ne parvenais pas à me décider. Cela faisait des années que je n'avais pas entraîné personnellement quelqu'un. Je ne voulais plus m'investir dans la vie de ceux qui m'entouraient. Pas si je risquais de les voir mourir devant mes yeux. À présent, je me contentais seulement d'observer les entraînements, confiant à Côme la responsabilité de les assurer. Et il s'en sortait parfaitement bien.

Constatant mon hésitation, ce dernier se tourna face à moi et posa une main amicale sur mon épaule.

— Je sais à quoi tu penses. Ça fait deux ans Morgan… Ce qui est arrivé à Adaline n'était pas ta faute. Tu ne peux pas éviter ce qui est inévitable, la vie ici est ainsi faite. Nous n'avons aucun contrôle sur ce qui va nous arriver. Cesse de ressasser cette vieille histoire. Sarah a besoin de toi. Enseigne-lui ce que tu sais.

— Je n'ai rien à lui enseigner de plus que toi.

— C'est ta façon de faire qui est différente. La mienne ne lui convient pas.

Il m'observa avec attention avant d'ajouter :

— Ce n'est pas ça le vrai problème, n'est-ce pas ?

— Qu'est-ce que tu veux dire ?

— À toi de me le dire…

— Je ne vois pas de quoi tu parles.

— Tu crains que ça recommence, voilà tout ! Tu refuses tout rapprochement avec quelqu'un pour éviter d'en souffrir.

— Tu te trompes ! Si j'hésite, c'est simplement parce qu'elle me déteste, qu'elle est bornée, têtue et qu'elle n'en fait qu'à sa tête. Tu l'as dit toi-même, elle est dissipée !

— Morgan…, commença Côme, las de devoir trouver de nouveaux arguments.

Je voyais arriver un nouveau sermon et décidai de céder avant de devoir de nouveau me justifier.

— D'accord, je le ferai.

— Sérieusement ?

— Oui, je m'occuperai de l'entraînement de Sarah.

Le soupir de soulagement de mon ami lui vint du cœur. J'avais la sensation de lui enlever une belle épine du pied. Il retrouva immédiatement le sourire, impatient d'aller annoncer la nouvelle à la jeune femme. Je retrouvais le Côme heureux et bienveillant que je connaissais et le suivis jusqu'au petit groupe qui s'était formé autour de la jeune femme.

— Sarah ?

Cette dernière se retourna, surprise de nous voir tous les deux l'approcher l'air grave.

— Morgan et moi venons de discuter, dit Côme, et… nous pensons que ça serait mieux si c'était lui qui s'occupait de ton entraînement.

La jeune femme nous observa silencieusement tour à tour avant de froncer les sourcils et de répondre en faisant la moue :

— Je suis si mauvaise que ça ? Si le leader veut prendre le relais, c'est qu'il y a du travail, je me trompe ?

— Le leader n'a pas vraiment « choisi » de prendre le relais, marmonnai-je pour moi-même.

— Pardon ? me demanda-t-elle, visiblement contrariée.

— Ce que Morgan veut dire, intervint Côme en me lançant un regard réprobateur, c'est que nous pensons tous les deux que son expérience du combat t'apportera davantage que la mienne. Il n'y a qu'à observer tes progrès à l'épée et à l'arc en seulement deux jours !

J'observai la jeune femme qui semblait peu convaincue par les explications de mon ami mais qui finit par accepter l'idée sans trop de réticences, ce dont je fus d'ailleurs surpris.

— Bien, dit-elle résolue. Et quel est le programme ?

— Tu le sauras très vite. Sois là demain matin, à l'heure. Pas de retard. C'est clair ?

Mon ton autoritaire ne semblait pas la ravir mais elle hocha la tête sans rechigner. Après quoi, je me détournai et quittai la cour centrale.

8

SARAH

Mission de ravitaillement

Les jours qui suivirent, je pris doucement mes marques à Antara. Chaque matin, je retrouvais Morgan pour nos entraînements. Le leader se montrait étonnamment patient avec moi. Au fil du temps, ses consignes autoritaires se transformèrent en conseils avisés et sages. Bien qu'il restât très mystérieux et distant, nous apprenions peu à peu à nous connaître et la communication, du moins lors de nos entraînements, devenait plus facile. Parfois, il m'arrivait même d'entendre une pointe d'humour et de sarcasme dans sa voix, bien qu'il le niât avec engouement. Il consacrait beaucoup de temps à me montrer les mouvements et à m'expliquer la technique sans jamais s'énerver, et je faisais de mon mieux pour reproduire ses gestes le plus fidèlement possible.

Je devais être honnête, j'avais eu quelques appréhensions lorsque Côme m'avait annoncé que Morgan reprenait mon entraînement. Je craignais alors de ne pas supporter sa manière habituelle de donner des ordres et de me pousser à bout pour aller puiser dans mes ressources. Pourtant, il n'en était rien, et j'avais conscience que ma progression rapide était due en grande partie à son expérience et à sa manière d'enseigner. Il était difficile à percer à jour et ne parlait jamais de lui. Mais je repensais très souvent à ce que m'avait dit Côme et je savais qu'il se donnait beaucoup de mal pour ne pas créer de nouveaux liens. Je respectais ce point de vue, il était sans doute justifié, mais ça ne signifiait pas pour autant que je le comprenais. J'avais du mal à envisager une vie pleine de... solitude. Pourtant, lui semblait y parvenir sans trop de mal. Seul Côme connaissait le vrai Morgan, celui qui, comme le commun des mortels, renfermait des failles et des faiblesses. J'étais curieuse d'en connaître davantage sur son passé et de savoir ce qui l'avait poussé à s'isoler ainsi du reste du village. Un jour, peut-être serais-je amenée à le découvrir.

Je trouvais dommage qu'il ne consacrât pas plus de temps à ceux qui peuplaient cette cité. Les personnes présentes ici gagnaient à être connues. J'avais appris à en découvrir un certain nombre depuis mon arrivée et, même si Alice, Gabi, Côme et Morgan étaient ceux que je fréquentais le plus, je prenais plaisir à discuter avec les autres et à écouter leur histoire. Nous étions une centaine à arpenter les rues d'Antara, d'âges et de nationalités différents. Certains sortaient de l'enceinte de la ville mais ne revenaient jamais. D'autres semblaient distraits, absents et se plaignaient de fortes migraines, précisant qu'ils entendaient des voix résonner dans leur tête. Pendant ce temps, ceux qui restaient faisaient de leur mieux pour vivre leur vie ou, au moins, essayer de la reconstruire. Je faisais partie de ces derniers. Quelquefois, je montais jusqu'au chemin de ronde près des remparts et restais assise là pendant des heures à observer la foule s'agiter en contrebas. J'essayais de trouver un sens à tout cela, une raison à notre présence dans cet endroit, mais je ne parvenais pas à trouver les réponses à mes questions : qu'avions-nous tous en commun ? Pourquoi s'être réveillés sans souvenirs de notre vie passée ? Pourquoi la plupart de ceux qui vivaient ici étaient voués à partir ? Je n'en avais pas la moindre idée...

En attendant, je tentais du mieux que je pouvais de m'acclimater à ce nouvel environnement. Gabi passait le plus clair de son temps libre avec moi. Nous passions nos journées à nous cacher à tour de rôle ou à explorer la ville. J'avais très vite réalisé qu'occuper un enfant était presque plus fatigant qu'une matinée entière à s'entraîner, mais j'adorais ce gamin. Il était intelligent, plein de ressources et toujours prêt à tenter de nouvelles expériences.

Alice devenait, elle aussi, une bonne amie. À plusieurs reprises, elle s'était jointe à nos parties de cache-cache et ne manquait jamais d'imagination pour garder l'esprit de Gabi occupé. Elle était aussi un soutien important lors de mes moments de doute. De par son expérience, elle savait trouver les mots justes pour me réconforter et quand, parfois, ceux-ci n'étaient pas suffisants pour me remonter le moral, Côme prenait le relais et parvenait toujours à me rendre le sourire. Il avait un don pour apaiser les gens. Lui et moi avions beaucoup discuté depuis qu'il avait abandonné mon entraînement. Plusieurs fois, il s'était excusé de ne pas être allé au bout de mon apprentissage, précisant qu'il était de moindre expérience que Morgan. Je ne pouvais pas le contredire. À la vue de mes progrès, j'admettais qu'il avait raison, et je ne lui en voulais pas. Bien que nos caractères ne soient pas compatibles à l'entraînement, nous nous entendions parfaitement bien le reste du temps, et une belle complicité naissait entre lui et moi. J'ignorais encore si j'avais eu un frère dans ma vie passée, mais j'étais persuadée que ce qui unissait un frère et une sœur était proche du lien que j'avais tissé avec Côme.

Morgan restait le plus souvent en retrait, silencieux, mais observait beaucoup ce qui se passait autour de lui.

J'aimais particulièrement les dîners passés autour du feu. C'était toujours un moment convivial, le seul de la journée où nous étions tous rassemblés et où les discussions sur les armes, l'entraînement et les soldats noirs étaient bannies. Nous n'étions alors que des gens normaux apprenant à se connaître et plaisantant des choses banales du quotidien.

L'organisation de la ville n'était pas différente de ce dont je me souvenais. Ici, chacun avait son rôle à jouer. Certains avaient montré des facilités dans des domaines bien particuliers et apportaient leurs compétences au fonctionnement d'Antara. En se promenant dans les rues pavées de la cité, nous pouvions rencontrer des forgerons, des tisseurs, des potiers et d'autres métiers de toutes sortes. Ceux qui étaient moins habiles de leurs mains aidaient à la préparation des repas, au nettoyage des vêtements ou des chambres. Antara était autonome. Les seuls moments où sortir de la ville devenait nécessaire étaient lorsque nous commencions à manquer de nourriture. Morgan organisait alors des missions de ravitaillement. Il rassemblait une dizaine de villageois qu'il jugeait aptes à l'accompagner et partait pour plusieurs jours de chasse ou de pêche. Il n'accompagnait pas toujours le convoi. Parfois, Côme prenait sa place, l'un d'eux devant rester pour s'assurer de la sécurité de la ville. C'était lors de la dernière mission qu'Alice, Côme et les autres m'avaient trouvée. Il n'y en avait pas eu d'autres depuis mon arrivée et la nourriture commençait à manquer cruellement. Un matin, le leader rassembla tout le monde dans la cour centrale et demanda qui était volontaire pour l'expédition. Sans hésitation, je levai la main. J'avais beau prendre mes repères peu à peu, je n'avais pas mis le nez hors de ces murs depuis mon escapade nocturne dans la grotte aux lucioles, et j'avais besoin de me sentir libre. Je vis les yeux de Morgan parcourir l'assemblée et désigner plusieurs personnes, qu'il choisit visiblement pour leur agilité au combat et leur force physique. Devant moi, Gabi agitait sa main dans tous les sens, espérant être repéré. Je ne voulais pas lui dire que ses chances d'être sélectionné étaient minces, il aurait été trop déçu. Une nouvelle fois, le regard du chef balaya la foule et s'arrêta sur moi quelques secondes avant de reprendre sa course. J'étais sidérée. Il voyait pourtant parfaitement ma main tendue vers le ciel, signifiant que je me sentais prête à les accompagner.

Ne voyant plus d'autres volontaires, il insista en demandant à ceux qui restaient s'ils étaient certains de ne pas vouloir se joindre à lui. Dressée sur la pointe des pieds, la main s'agitant avec frénésie pour l'interpeller, j'attendis qu'il m'accorde son attention mais il persista à détourner le regard.

— Moi, je suis volontaire ! dis-je suffisamment fort pour qu'il ne puisse plus continuer à m'ignorer.

Il soupira en signifiant à la foule qu'il n'avait plus besoin de leur attention et celle-ci se dispersa, chacun reprenant le cours de son activité. Je m'approchai de Morgan, Gabi sur les talons, l'air agacé.

— Il en est hors de question ! protesta-t-il avant même que j'aie ouvert la bouche.

— Quoi ? Mais pourquoi ? lui demandai-je à la fois déçue et énervée.

— Tu n'es pas prête.

Je ris nerveusement.

— C'est faux et tu le sais.

Il se mordit la joue, réfléchissant à une nouvelle excuse, mais je ne lui laissai pas le temps de s'opposer à nouveau à ma décision.

— S'il te plaît, le suppliai-je du regard. Ça fait des jours que je n'ai pas mis le nez hors de ces murs. Je veux voir ce qu'il y a au-delà de ces bois et de ces collines…

— Ce n'est pas une bonne idée.

— Je me sens prête !

— Sarah…, soupira-t-il.

— Morgan…, répondis-je en l'imitant. Comment

veux-tu que j'évalue mes progrès si je ne me confronte pas au terrain ?

— Tes progrès, je les évalue très bien moi-même, tu n'as pas besoin d'aller risquer ta vie pour ça.

Surprise par sa réponse, je poursuivis :

— Quel est le problème au juste ? Tu tiens à me garder ici ? Le soir de mon arrivée, tu m'as dit que cette cité n'était pas une prison et le jour suivant, tu m'as parlé des paysages magnifiques qu'offrait la lande. Je veux les voir ! Si je reste ici, je vais devenir folle ! J'ai besoin de sortir un peu.

Il m'observa en silence. Si longtemps que je crus qu'il allait refuser une nouvelle fois. Au lieu de ça, il soupira de lassitude et finit par acquiescer, à court d'argument.

— D'accord, dit-il à contrecœur.

— Merci, répondis-je soulagée. Et merci pour ton enthousiasme, ajoutai-je avec sarcasme.

Il leva les yeux au ciel en signe d'agacement. Il était visiblement contrarié. Je me demandais bien pourquoi ma participation au ravitaillement lui posait autant de problèmes.

Gabi tira sur la manche de mon corsage.

— Hé Sarah, tu pars ?

La tristesse dans les yeux de mon jeune compagnon me fit de la peine. Je m'accroupis près de lui pour le rassurer.

— Seulement pour quelques jours, ça ne sera pas long.

— Mais je veux venir avec toi, me dit-il, prêt à pleurer.

Mes yeux croisèrent ceux de Morgan qui m'observa avec intérêt. Je le regardais l'air interrogateur. Comment étais-je censée dire à ce petit bonhomme qu'il ne pouvait pas m'accompagner ? Le leader secoua discrètement la tête, m'indiquant qu'il n'avait pas la réponse à ma question. Je me tournai vers le garçon et poursuivis :

— Tu ne peux pas nous accompagner mon grand, pas cette fois…

— Tu vas me manquer, dit-il en se jetant dans mes bras.

Je le serrai fort contre moi.

— Toi aussi, tu vas me manquer. Mais je serai vite revenue, je te le promets. Tu n'auras pas le temps de t'ennuyer, Alice s'occupera de toi, et quand je reviendrai, je passerai une journée complète avec toi.

Je me tournai vers le chef avant de poursuivre :

— Enfin, si Morgan accepte que je manque un entraînement.

Le jeune garçon se tourna vers le leader qui n'eut pas d'autre choix que de hocher la tête. Puis Alice nous rejoignit, prit la main de Gabi et l'emmena rejoindre les autres. Je me retrouvai seule avec Morgan, qui me regardait avec des yeux remplis de reproches. Je m'apprêtais à entendre un nouveau sermon.

— Je sais ce que tu vas dire, commençai-je au moment où il ouvrait la bouche.

— Tu ne devrais pas faire des promesses que tu n'es pas certaine de tenir.

— C'est précisément ce que je pensais que tu allais dire, répondis-je l'air amusé.

— Tu trouves ça drôle ?

— Pas du tout.

— Tu vois, c'est précisément la raison pour laquelle je ne voulais pas que tu m'accompagnes.

— Laquelle ? Éclaire-moi.

— Tu n'as pas l'air de réaliser le danger auquel on s'expose quand on quitte ces murs. C'est très sérieux, tu risques ta vie !

— Pourquoi est-ce que ça te préoccupe autant ? lui demandai-je confuse.

Il se redressa, dérouté par ma question, avant de reprendre :

— Ce qui me préoccupe, c'est que s'il t'arrivait quelque chose, un gamin de 6 ans à peine risque d'être inconsolable. C'est ce qui se passe quand on laisse ceux qui nous entourent prendre trop de place dans nos vies…

— Oh ! et tu penses que s'isoler des autres est la solution ?

— Ça évite bien des complications !

— C'est peut-être ta vision des choses, mais pas la mienne. Que l'on soit ici ou ailleurs, on ne sait jamais de quoi demain sera fait. Nous pourrions mourir dans un an, demain ou ce soir ! Personne ne sait ! On ne peut pas savoir à l'avance ce qui va se passer, ce n'est pas seulement propre à ici. Mais quoi qu'il advienne et peu importe les personnes que j'aurais perdues, il me restera les souvenirs des moments merveilleux que j'aurai partagés avec eux auxquels me raccrocher. Qu'est-ce qu'il te restera à toi ? À part un cœur vide ou rempli de solitude ?

J'étais allée trop loin. Je le compris en voyant une ombre traverser ses yeux. Pourtant, je pensais chaque mot. Il m'observa en gardant le silence et, sans savoir pourquoi, je me sentis mal à l'aise. J'avais visiblement abordé un sujet sensible et je le regrettais. Pour autant, je n'avais pas l'intention de m'excuser car, une fois de plus, il m'avait poussée à bout. Morgan et moi avions trouvé un terrain d'entente parfait lors de nos entraînements, mais nous parvenions difficilement à communiquer avec des mots sans nous disputer. Je tournai les talons et regagnai ma chambre, l'esprit tourmenté. Les paroles du leader résonnaient dans ma tête. Même si je n'approuvais pas son point de vue, je devais admettre que certaines de ses paroles étaient exactes. Maintenant, tout ce qu'il me restait à faire, c'était tenir la promesse que j'avais faite à Gabi, et j'étais décidée à faire tout ce qui était en mon pouvoir pour y parvenir.

Quelques heures plus tard, toutes les personnes choisies pour le convoi étaient rassemblées dans la cour, prêtes pour le départ. Nous étions une dizaine, et autant de chevaux pour nous accompagner. Des charrettes étaient accrochées derrière une moitié de nos montures, contenant les provisions nécessaires pour quelques jours et des armes en cas de besoin, mais une place suffisante avait été ménagée pour recueillir le fruit de nos chasses. J'enlaçai une dernière fois Gabi d'un air enjoué pour dédramatiser la situation et serrai Alice dans mes bras. Côme m'étreignit lui aussi en me demandant d'être prudente, puis alla saluer son meilleur ami, qui faisait de son mieux pour m'ignorer depuis notre récente altercation.

Les immenses portes de la cité se mirent à grincer sur leurs gonds et bientôt, nous mîmes tous le pied à l'étrier avant de prendre la route. Le leader prit la tête du convoi, son faucon sur l'épaule. Je restai en retrait, silencieuse, attentive aux bruits environnants. La présence de mon arc et de mon carquois dans le dos me rassurait, mais je gardai malgré tout la main proche de la dague qui était accrochée à ma ceinture.

Morgan s'arrêta à l'orée du bois pour nous donner ses instructions. Il nous demanda à tous de rester vigilants et de garder le silence. La forêt était l'endroit le plus exposé aux soldats noirs, il fallait se tenir sur nos gardes pour prévenir toute attaque éventuelle. Il donna l'ordre à Lazare de s'envoler et l'oiseau disparut dans la sombre forêt, fidèle à son rôle d'éclaireur.

Nous marchâmes dans le calme pendant une partie de l'après-midi et lorsque le soleil se coucha, la décision fut prise de s'arrêter pour la nuit. J'observai autour de moi mes compagnons de voyage. Ils étaient tous nerveux et tendus. Leurs yeux ne parvenaient pas à se poser sur un point fixe, surveillant sans cesse les alentours avec appréhension. Leur comportement ne me rassurait pas vraiment mais j'essayais de m'adapter et de rester attentive moi aussi. Faire un feu était exclu, cela aurait trop attiré l'attention, nous n'étions donc éclairés que par les rayons de la pleine lune qui filtraient à travers les arbres.

Rassemblés autour d'un de nos sacs de provisions, nous mastiquions de la viande sèche quand nous entendîmes des branches craquer. Aussitôt, nous nous dressâmes sur nos jambes, armes à la main, prêts à en découdre, mais rien ne se produisit. D'un signe de tête, Morgan nous donna l'ordre d'avancer prudemment vers l'endroit d'où venait le bruit étranger.

Mes mains étaient moites lorsque je saisis une flèche dans mon carquois et la plaçai sur mon arc. Je sentais les battements de mon cœur et ma respiration s'accélérer mais repensais aux conseils de Morgan. Je pris une profonde inspiration pour retrouver mon calme et observer l'environnement qui m'entourait. Soudain, au loin, j'aperçus une silhouette se déplaçant. Je plissai les yeux pour mieux la discerner. La créature qui nous avait tant terrifiés n'était qu'un sanglier qui grattait le sol avec ses pattes, à la recherche de nourriture. Lentement, je bandai mon arc en prenant le temps de viser ma cible. L'animal poussa un hurlement strident lorsque mon trait atteignit son flanc. Ne supportant pas d'entendre son râle, je lançai aussitôt une autre flèche qui mit fin à ses souffrances.

Mes compagnons de route arrivèrent sur ces entrefaites, Morgan le premier, qui m'observa moi, puis ma victime, et soupira l'air soulagé. Je fronçais les sourcils, confuse, quand Emeric me tapota l'épaule et me félicita amicalement pour cette belle prise. Je souris, fière de moi, puis trois d'entre eux s'approchèrent du gibier pour le porter et le transporter jusqu'à nos montures.

Je vis Morgan tendre son bras et Lazare venir s'y poser. Pendant quelques secondes, l'animal et son maître se regardèrent comme s'ils communiquaient silencieusement puis le leader déclara qu'il n'y avait aucun danger pour la nuit. Nous échangeâmes un regard furtif, après quoi il se détourna et s'éloigna pour prendre son tour de garde.

Cette nuit-là, mon sommeil fut agité. J'ignorais si c'était à cause du froid qui était tombé ou de l'atmosphère lugubre qui régnait dans cette forêt mais je me sentais oppressée, anxieuse. Je n'arrivais pas à l'expliquer. Dès que je fermais les yeux, des images violentes et éphémères surgissaient dans ma tête. Des images d'un autre lieu, où tout était différent mais pourtant familier. Je voyais le visage joyeux d'une femme, puis la carcasse d'une voiture dans un fossé, de la fumée s'échappant du capot, une odeur de chaud en émanant. J'entendais le crissement de pneus sur le bitume. Puis des cris. Des cris de terreur qui me sortirent du sommeil. Je me réveillai en sursaut, me redressai sur mon séant, trempée de sueur et le souffle court. Autour de moi, les autres dormaient profondément. Leur respiration était lente et régulière, et j'en fus presque jalouse. Je laissai mon regard parcourir l'assemblée, le cœur encore battant. Morgan était absent, probablement en train de monter la garde. Je distinguai sa silhouette plus loin, assise contre un arbre. Dague à la main, il dessinait distraitement sur le sol avec la pointe de sa lame. J'éprouvais des remords depuis notre dispute de la veille et le moment était sans doute bien choisi pour aller lui parler. Je pris une profonde inspiration pour retrouver mes esprits et écarter les souvenirs de ce cauchemar puis me levai pour le rejoindre.

9

MORGAN

Adaline

La nuit était fraîche et calme. Cela faisait des heures que j'étais assis là à scruter l'obscurité de la forêt, attentif au moindre bruit étranger. En dehors du chant des oiseaux nocturnes, aucun son menaçant ne se manifestait. Puis j'entendis des pas approcher sur le sol recouvert de feuilles et vis Sarah surgir près de l'arbre contre lequel j'étais assis. Elle semblait fatiguée et soucieuse.

— Hé, murmura-t-elle pour ne pas réveiller le reste du groupe, est-ce que je peux m'asseoir avec toi ?

J'acquiesçai d'un signe de tête en gardant le silence. Nous ne nous étions pas reparlé depuis notre départ d'Antara et notre dernière conversation n'avait pas été très plaisante. Elle ne comprenait sans doute pas mon point de vue et cette nécessité que j'avais de garder mes distances avec les gens. J'avais beaucoup souffert d'avoir accordé mon affection et je ne tenais pas à ce que cela se reproduise. Elle n'avait pas complètement tort cependant lorsqu'elle m'avait demandé si la solitude était plus facile. Je devais être honnête avec moi-même : parfois, j'en doutais.

— Tu peux aller te reposer si tu veux, me dit-elle. Je n'arrive pas à dormir, je prendrai la relève.

— Ce n'est pas nécessaire, je n'ai pas sommeil.

Elle hocha silencieusement la tête avant de continuer :

— Tu ne dors donc jamais ?

— Plus beaucoup depuis quelques années…

Je tournai la tête vers elle et vis ses yeux perdus dans le vide. Elle semblait chercher quelque chose à ajouter mais de toute évidence, elle se sentait trop mal à l'aise pour exprimer le fond de ses pensées.

— Je suis désolée, dit-elle finalement.

Je fronçai les sourcils, confus.

— J'ai été trop loin hier, reprit-elle. Je n'aurais pas dû te dire tout ça. Si tu agis de cette façon, c'est sans doute pour une raison justifiée et je n'ai pas à m'en mêler. C'est juste que... je me demande ce qui peut pousser une personne à préférer ainsi la solitude au monde des vivants.

Je réfléchis un instant et pesai mes mots avant de répondre :

— Le fait d'avoir perdu tous ceux auxquels je tenais sans doute.

— Tu parles de Conrad ?

— Entre autres.

J'ignorais ce que lui avait dit Côme à mon sujet. Il lui avait visiblement parlé de mon mentor mais s'était-il arrêté là ? Ma curiosité s'éveilla, au même rythme que celle de Sarah.

— Côme t'a-t-il parlé d'Adaline ? lui demandai-je sans savoir ce qui me poussait à agir de la sorte.

C'était un sujet que je préférais habituellement ne pas aborder. Les souvenirs étaient encore trop frais et douloureux. Raconter cette histoire ne faisait que me rappeler la douleur éprouvée au moment des faits. Pourtant, sans que je puisse l'expliquer, je ressentais le besoin de me justifier auprès de Sarah. Peut-être cela l'aiderait-elle à mieux comprendre la personne froide et distante que j'étais devenue.

Elle secoua la tête dans l'attente de plus de détails. Je soupirai en appuyant mon crâne contre le tronc de l'arbre et commençai :

— Adaline était une jeune fille d'environ 16 ans,

courageuse et audacieuse. Elle s'est très vite adaptée à la vie de la cité après son arrivée, et contrairement à la plupart d'entre nous, elle se plaisait ici. Elle était déterminée et avait la volonté de progresser rapidement au combat. C'est moi qui l'ai entraînée. J'adorais cette gamine et en très peu de temps, elle est devenue comme une petite sœur pour moi. Un jour, elle s'est portée volontaire pour une mission de ravitaillement comme celle-là. Je m'y suis farouchement opposé mais elle a insisté pour m'accompagner et j'ai fini par céder, je ne pouvais rien lui refuser. Lors d'une halte, nous avons été attaqués. Un soldat noir a surgi derrière moi sans que je m'en aperçoive. Elle s'est précipitée sur lui pour s'interposer... Mais elle n'a pas survécu à ses blessures...

Je vis les yeux de Sarah refléter la peine et la pitié. Ce n'était pas ce que je voulais. En aucun cas je ne voulais être plaint pour les erreurs que j'avais commises. Ignorant la boule qui s'était formée dans ma gorge, je poursuivis d'un ton plus détaché mais sans doute peu convaincant :

— Ça n'aurait pas dû arriver. Elle était sous ma responsabilité, j'aurais dû la protéger. Depuis ce jour-là, je me suis promis de ne plus m'investir dans les entraînements...

— Alors pourquoi m'entraîner, moi ?

Un sourire étira mes lèvres avant que je poursuive :

— Disons que, devant le désespoir de Côme d'arriver à t'enseigner quelque chose, et son sens inné pour la persuasion, j'ai fini par accepter.

Elle fit une moue vexée et reprit :

— Je suis désagréable à ce point ?

L'expression sur son visage me fit m'esclaffer et j'en fus moi-même surpris. Cela faisait bien longtemps que je n'avais pas entendu le son de mon propre rire.

— Désagréable n'est pas le terme. Butée serait plus approprié !

Visiblement étonnée que je puisse moi aussi sourire

comme le reste du commun des mortels, elle m'observa un instant curieusement puis demanda :

— C'est pour cette raison que tu ne voulais pas que je vous accompagne ? Tu craignais que ça se reproduise ?

Devant son sérieux, je repris aussi le mien.

— J'aimerais autant éviter que ça se reproduise en effet, admis-je sans détour.

Qu'est-ce qui me poussait à être aussi honnête ? Je n'en avais pas la moindre idée. Je n'avais simplement pas envie de lui mentir.

— Mais ça n'arrivera pas, continua-t-elle. C'est impossible, puisque tu as décidé de ne plus créer de liens, pas vrai ? Est-ce que c'est vraiment plus facile ? De garder ses distances ?

Je relevai la tête et son regard couleur émeraude accrocha le mien. Une lueur d'appréhension brillait dans ses yeux.

— Pas toujours, répondis-je complètement absorbé par l'intensité qui se dégageait de ses pupilles.

Un silence s'installa. L'espace d'une seconde, j'eus l'impression de ne plus avoir le contrôle de moi-même. Je m'étais pourtant habitué à mettre de côté mes émotions, mais le désir de lui montrer qui j'étais vraiment était difficile à réfréner. Je l'observai un moment avec intérêt, luttant contre la forte envie de replacer derrière son oreille une mèche de cheveux qui lui tombait sur le visage. L'arrivée de Lazare et ses battements d'ailes, quand il se posa sur mon épaule, nous firent sursauter tous les deux. Sarah poussa un petit cri et s'éloigna aussitôt de moi, me faisant prendre conscience du peu d'espace qui nous séparait quelques secondes plus tôt.

— Tout va bien, dis-je pour la rassurer, il ne te fera aucun mal.

La méfiance avec laquelle elle regardait mon faucon me fit sourire.

— Je ne suis pas convaincue, dit-elle sans quitter l'oiseau des yeux. Il me regarde bizarrement. Je crois que les animaux et moi n'étions pas très amis dans mon ancienne vie. Ils me font peur.

— Tu sais ce qu'on dit ?

— Non, quoi ?

— Que c'est en affrontant ses peurs que l'on progresse le plus.

— Là non plus, je ne suis pas tellement convaincue !

D'un simple regard, je donnai l'ordre à Lazare d'aller se percher sur l'épaule de la jeune femme, qui se crispa en poussant un cri strident. Elle se recroquevilla en ramenant ses genoux contre sa poitrine et en s'y cachant le visage. Lorsqu'elle releva lentement la tête, l'oiseau de nuit la regardait avec curiosité.

— Tu vois, continuai-je. Il ne te veut aucun mal.

Prudemment, elle approcha sa main de l'animal, sans oser bouger les autres muscles, et lorsque ses doigts se mirent à le caresser, elle se détendit instantanément. Elle haussa les sourcils, surprise par la douceur de son plumage, et peu à peu un sourire se dessina sur ses lèvres.

— C'est incroyable ! s'exclama-t-elle, les yeux remplis d'admiration. Il est tellement doux !

Je riais, amusé par la scène.

— Où l'as-tu trouvé ? me demanda-t-elle, subitement intéressée.

— Il y a trois ans lors d'une patrouille. Ce n'était qu'un oisillon tombé du nid. L'une de ses pattes était abîmée et sa mère ne s'en occupait plus. Je l'ai récupéré et soigné. Lorsque j'ai voulu lui rendre sa liberté, il n'a jamais voulu s'en aller. Il est libre pourtant et n'est relié à aucune chaîne, mais il finit toujours par revenir.

— C'est une jolie histoire, dit-elle en flattant maintenant à pleine main le rapace qui semblait y prendre plaisir.

D'un seul sifflement, je rappelai Lazare à moi. Le faucon

se percha sur mon avant-bras. Je levai la tête pour observer le ciel à travers la cime des arbres et laissai l'oiseau prendre de nouveau son envol.

— Il va bientôt faire jour, dis-je en me relevant, nous devrions lever le camp et quitter cette forêt. Nous serons plus à l'abri à découvert.

Je grimaçai de douleur. J'étais resté si longtemps assis que tous mes muscles étaient endoloris. J'eus l'impression d'avoir vieilli de vingt ans en quelques heures. Heureusement, la douleur fut éphémère. Sarah ricana et me suivit jusqu'au camp où nous commençâmes à réveiller nos compagnons de voyage. J'éprouvais à la fois de la satisfaction et une certaine crainte de m'être laissé aller à ces confessions. J'ignorais ce qui venait de se passer. Habituellement, je n'étais pas aussi bavard mais il y avait quelque chose chez cette jeune femme qui faisait ressurgir l'ancien Morgan qui sommeillait en moi, et l'homme vulnérable que j'étais autrefois. Je devais rester prudent et garder mes distances car je savais de façon certaine ce qui finirait par arriver si j'accordais de nouveau mon affection à quelqu'un.

10

SARAH

Le spectre

En fin de matinée, nous quittâmes la forêt pour rejoindre la plaine. Le paysage était extraordinaire. Tout autour de nous s'étendaient des montagnes et des prairies à perte de vue. Une rivière coulait à travers la lande. Nous nous arrêtâmes sur la rive pour nous reposer un moment et nous désaltérer. Les chevaux étaient assoiffés, tout comme nous. Se rafraîchir le visage procurait un bien-être indescriptible. Je commençais à me sentir sale et j'espérais avoir bientôt l'occasion de faire une toilette. Au cours de notre périple matinal, le fruit de notre chasse n'avait cessé de grossir : quelques lapins, biches et autre gibier avaient rejoint le chargement de nos charrettes. À présent, trois de nos hommes profitaient de la rivière pour s'essayer à la pêche.

Emeric m'avait tenu compagnie depuis notre sortie de la forêt sans jamais manquer de conversation. J'ignorais si c'était parce que j'étais la seule femme à faire partie du convoi, ou bien s'il était d'un naturel flatteur mais il n'était pas avare de compliments. Il avait passé son temps à féliciter ma prise de la veille et à approuver mes paroles. En toute honnêteté, cela finissait par m'agacer. Je n'aimais pas que l'on donne raison à tous mes mots et encore moins que l'on se fiche de moi. Parfois, je surprenais les ricanements des autres hommes du groupe et je commençais à me demander si c'était moi l'objet de leur moquerie ou bien s'ils s'amusaient de me voir insensible au charme de leur compagnon. Morgan chevauchait juste devant nous, toujours silencieux. Je le sentais tendu et impatient.

Notre discussion au cours de la nuit m'avait aidée à comprendre ses réactions et son comportement et, j'avais beau l'avoir détesté lors de mes premiers jours à Antara, je lui découvrais des qualités que je n'avais pas soupçonnées au départ. Son air froid, autoritaire et dur n'était qu'un masque, je le savais à présent. Il s'en servait pour tenir les autres éloignés mais, au fond, c'était quelqu'un de généreux et dévoué à sa mission, à laquelle il consacrait sa vie. C'était un homme brisé par les épreuves qu'il avait traversées, et qui cherchait avant tout à se protéger pour éviter de souffrir à nouveau. Je commençais à le connaître plutôt bien. Le temps que nous avions passé ensemble à nous entraîner m'avait permis d'entrevoir ses failles et de comprendre son raisonnement et, de tous ceux qui accompagnaient notre voyage aujourd'hui, il était celui en qui j'avais le plus confiance.

Comme à son habitude, il resta légèrement en retrait pendant que le reste du groupe grignotait quelques baies trouvées en forêt. Nous profitâmes de cet arrêt pour nous reposer. Les pêcheurs s'étaient endormis près de leurs cannes, d'autres somnolaient allongés dans l'herbe le long de la rive. Morgan était assis, sa dague à la main, et observait les alentours, sur ses gardes. Quant à Emeric, il poursuivait son monologue, à tel point que j'avais cessé de l'écouter. De temps à autre, je jetais des regards en arrière en direction de notre leader, qui semblait perdre patience devant l'obstination du jeune homme à me baratiner. Finalement, ce dernier me proposa un duel amical à l'épée. J'acceptai. Après tout, si cela était la seule solution pour le faire taire, autant la saisir. Je me positionnai face à lui, me sentant subitement nerveuse.

Il passa à l'offensive et je perdis pied très rapidement. Jusqu'à présent, je n'avais eu que Morgan et Côme comme adversaires. Mais la technique d'Emeric était très différente et j'en fus complètement déstabilisée. Rapidement, il me désarma et se retrouva penché au-dessus de moi, son épée sous ma gorge, l'air ravi de m'avoir battue.

Le leader observait la scène sans rien dire, le regard sombre. Je me demandais ce qu'il attendait pour intervenir, me donner des conseils ou me sermonner sur mon manque de concentration, comme il avait l'habitude de le faire. Je ne trouvais pas toujours justifiées ses réprimandes mais, cette fois, j'étais si insatisfaite de ma prestation que la seule chose que je voulais, c'était qu'on m'explique là où j'avais échoué. Au lieu de cela, il se leva et s'éloigna plus en amont de la rivière. Emeric était toujours penché sur moi, un sourire aux lèvres. Il semblait apprécier l'instant, le bougre, et commençait à rapprocher sa bouche de la mienne. Je le repoussai de toutes mes forces et le menaçai de lui couper ses attributs s'il essayait une nouvelle fois de me toucher. Ses camarades se mirent à rire de bon cœur mais lui devint rouge d'embarras. J'en profitai pour m'éclipser et chercher plus de calme. Perdue dans mes songes, je ne me rendis pas compte que mes pas m'avaient autant éloignée de l'endroit où nous nous étions arrêtés. J'entendais les rires de notre groupe et j'apercevais nos chevaux brouter à proximité des hommes, mais je ne me trouvais plus très loin de l'orée d'un bosquet.

Mon regard s'arrêta sur une silhouette sombre dissimulée derrière les arbres. Elle était immobile et me fixait. Je reconnus sans mal un soldat noir, entièrement vêtu d'habits couleur ébène et le visage recouvert d'un masque de la même couleur. D'instinct, je saisis la dague accrochée à ma taille. Imbécile que j'étais, j'avais laissé mon arc et mon épée sur la rive. Emportée par l'agacement et ma colère envers Emeric, je n'avais pas pensé à les prendre avec moi. Je sentis mon cœur s'emballer. Je surveillais toujours l'ombre qui m'observait sans bouger. Qu'étais-je censée faire ? Attaquer, alors que lui-même ne semblait pas décidé à passer à l'offensive ? Je fis un pas en avant dans sa direction et vis alors le spectre se mettre à bouger avant de s'enfoncer lentement dans la forêt. Pourquoi ne m'avait-il pas attaquée ? Devais-je le suivre ? J'hésitais.

Mais ma curiosité me poussait à en découvrir davantage. Je devais savoir ce que faisait cet homme, ou cette femme, ici et ce qu'il me voulait. J'entrepris d'entrer dans le bois quand une main me tira fortement en arrière, me forçant à me retourner.

— Je peux savoir ce que tu fais ? cria Morgan, le regard chargé de colère.

— Il y avait quelqu'un…, répondis-je paniquée en désignant l'endroit où avait disparu la silhouette.

Bien sûr, cette dernière avait disparu, je devais sans doute passer pour une folle.

— Elle était là, je te jure, insistai-je en voyant mon ami froncer les sourcils d'incompréhension.

— Qui était là ? me demanda-t-il confus.

— La silhouette… un soldat noir… Il était là, immobile, à me fixer comme un spectre. Puis, il a disparu au milieu des arbres.

Le leader scruta l'orée du bois, l'air soucieux, mais ne vit rien. Il se tourna vers moi et m'entraîna à sa suite :

— Ne restons pas ici. S'ils sont dans les parages, ils risquent d'attaquer.

Je lui emboîtai le pas, sans comprendre ce qui venait de se passer. Pourquoi l'ombre n'avait-elle pas essayé de me tuer ?

— Qu'est-ce que tu faisais ici toute seule ? Je t'avais

interdit de t'éloigner du groupe ! me sermonna-t-il, énervé.

Je fus presque rassurée d'entendre à nouveau des reproches sortir de sa bouche tant il était resté silencieux ces dernières heures.

— Je n'en sais rien, j'étais distraite, je ne me suis pas rendu compte que je m'éloignais autant.

— Sarah..., soupira-t-il, sachant pertinemment que je ne lui disais pas tout.

— C'est à cause d'Emeric, il...

— Qu'a fait Emeric ? me coupa-t-il, l'air subitement mauvais. Est-ce qu'il s'est mal comporté avec toi ?

Je fis la moue, j'aurais voulu éviter le sujet, ce n'était pas de cela dont je voulais lui parler.

— Ce n'est pas uniquement cela... Je me suis très mal défendue tout à l'heure. J'avais l'impression que tout ce que tu m'as enseigné n'avait servi à rien.

— Ne dis pas ça, tu sais que c'est faux.

— Alors qu'ai-je fait qui n'allait pas ?

Il s'arrêta, se tourna vers moi et commença :

— L'inconvénient lorsqu'on s'entraîne toujours avec la même personne, c'est qu'on apprend à se battre avec sa technique et ses faiblesses. Or, nous n'avons pas tous le même talon d'Achille et encore moins la même technique. Il faut être capable de s'adapter à ses adversaires et de repérer rapidement leur faiblesse pour prendre l'avantage sur eux.

— Comment je suis censée faire ça ?

— Emeric a été blessé à la jambe droite il y a quelque temps. Il a été soigné mais elle reste sensible. Si l'occasion se présente, frappe sa cuisse avec la garde de ton épée. Il tombera un genou au sol et tu n'auras plus qu'à lui donner le coup de grâce.

Je souris, heureuse de ce conseil qui me serait sûrement bien utile très prochainement.

— D'accord pour Emeric, répondis-je, mais pour les autres ? Comment pouvons-nous repérer les faiblesses d'un adversaire qu'on ne connaît pas ?

— Tu apprendras avec le temps et l'expérience...

J'acquiesçai, malgré tout déçue, en réalisant que j'avais encore beaucoup à apprendre.

— Au fait, ajouta Morgan, les sourcils froncés, visiblement dérangé, qu'est-ce que tu voulais dire par « ce n'est pas uniquement cela » ? Qu'a fait Emeric ?

Je souris, amusée par son soudain intérêt pour quelque chose qui n'en valait pas la peine.

— Oublie ça, ce n'est rien ! lui répondis-je en l'entraînant à mon tour vers le reste de notre groupe.

11

MORGAN

Le guetteur

Nous voyageâmes le reste de la journée en suivant la rivière. Étrangement, Emeric restait à l'arrière de la marche, bien silencieux, pendant que Sarah chevauchait près de moi. Je n'étais pas dupe, je savais qu'il s'était passé quelque chose entre le garçon et la jeune femme mais malgré mes nombreuses questions, cette dernière arrivait toujours à esquiver le sujet. En fin d'après-midi, nous avions atteint l'objectif de nos chasses et envisagions de prendre le chemin du retour dès le lendemain matin. Nous installâmes un camp au milieu d'un bosquet, près de la rivière, puis je m'absentai pour une ronde, envoyant Lazare en éclaireur. Le jour s'éteignit peu à peu et en me rapprochant du camp, je vis Emeric errer au loin, caché derrière les arbres, les yeux tournés vers la rivière. Je me rapprochai silencieusement pour voir ce qu'il faisait. Cet idiot surveillait Sarah qui s'était isolée pour faire sa toilette. L'espace d'une seconde, je rageai qu'elle ait une fois de plus désobéi à mes ordres en s'éloignant de cette façon. Par chance, elle avait au moins gardé sa tunique. Je m'approchai discrètement de mon compagnon de route qui me tournait le dos.

— Tu te rinces bien l'œil ? lui demandai-je sèchement, le faisant sursauter.

Il me regarda l'air ahuri et embarrassé.

— Je faisais simplement une ronde. Je veillais à ce

qu'elle ne coure aucun danger ! se défendit-il lamentablement en bafouillant.

— Arrête de me prendre pour un imbécile, répondis-je d'un ton toujours aussi froid. J'ai vu ton petit jeu avec elle et je n'aime pas ta façon de faire.

— Ça te gêne que je tente ma chance ? renchérit-il d'un air provocateur.

J'étais partagé entre l'envie de le gifler et celle de rire. Avait-il conscience qu'il n'avait aucune chance et qu'il se rendait ridicule ? J'optai finalement pour la seconde option.

— Si tu veux mon avis, je crois que c'est elle que ça dérange le plus. Maintenant rentre au camp. Elle a droit à un minimum d'intimité.

Il n'insista pas davantage et dans un soupir de lassitude partit rejoindre les autres. Je le suivis de près, je n'avais aucune confiance en cet énergumène. Quelques minutes plus tard, Sarah arriva à son tour, ses cheveux longs mouillés tombaient en cascade sur les épaules. Emeric savait que je le surveillais et il osa à peine la regarder lorsqu'elle s'assit autour du repas, près de lui. Le dîner se passa dans le calme puis la jeune femme demanda finalement à son voisin sa revanche. D'abord surpris, ce dernier me lança un regard à la dérobée, comme s'il cherchait mon approbation. Cela me fit sourire mais je me gardai bien de lui montrer.

Sûr de lui, il se plaça face à elle et passa à l'offensive. Son assurance fut mise à rude épreuve. Rapidement, elle appliqua mes conseils, frappa la cuisse de son adversaire avec le manche de sa dague, lui faisant pousser un cri de douleur. Comme je l'avais prédit, il tomba genou au sol, laissant à Sarah le loisir de menacer sa gorge avec la pointe de sa lame. La jeune femme semblait ravie. Le garçon beaucoup moins. Il cracha sur le sol, aux pieds de son adversaire, ayant visiblement du mal à accepter la défaite, et d'être vaincu par une femme. Me concernant, je ne pus dissimuler plus longtemps mon sourire. Emeric me regarda l'air mauvais, se releva avec difficulté et s'isola du reste du groupe.

— Que se passe-t-il ? lui demanda Sarah l'air moqueur. Où sont donc passés ton assurance et ton goût de la conversation ?

Il ne répondit rien, se contentant de maugréer quelques paroles incompréhensibles.

J'échangeai un sourire complice avec la jeune femme quand elle se tourna vers moi, les yeux pétillants de satisfaction. Il y a une chose que je devais admettre la concernant : elle me surprenait chaque jour un peu plus.

12

SARAH

Insomnie

Le visage féminin, le crissement des pneus sur le bitume, la fumée s'échappant de la voiture et les cris... À peine avais-je sombré dans le sommeil que ces images, de nouveau, me réveillèrent en sursaut. Que signifiaient-elles ? Étaient-elles le fruit de mon imagination ? Des souvenirs ? Un simple cauchemar ? Je ne savais pas quoi en penser. Mais ce dont j'étais certaine, c'est qu'elles paraissaient si réelles qu'elles me laissaient une impression étrange et m'empêchaient de retrouver le sommeil. En ouvrant les yeux, je vis Lazare, perché sur une branche, à proximité de ma paillasse. Le faucon surveillait le camp d'un œil bienveillant. Pourtant, Morgan n'était pas là. Sans doute était-il en train de monter la garde un peu plus loin. Je ne comprenais pas comment ce dernier parvenait à rester éveillé si longtemps sans dormir. Jamais les autres membres de notre groupe ne se proposaient pour le relayer. Quelque part, j'étais persuadée que cette situation arrangeait bien le leader car il semblait avoir du mal à accorder sa confiance. Après avoir tourné et viré dans mes couvertures pendant un long moment, je devais me rendre à l'évidence : ma nuit était terminée.

Je me levai en m'étirant et m'approchai prudemment de l'oiseau de nuit. Même si je restais méfiante, il ne m'effrayait plus autant qu'avant. J'apprenais peu à peu à affronter mes peurs.

— Hé mon grand, qu'est-ce que tu fais encore ici ? Où est ton maître ?

L'animal penchait la tête d'un côté puis de l'autre, en me regardant avec curiosité. Il ne lui manquait que la parole. Je souris en me rappelant que j'étais en train de parler à un oiseau. Sans conviction, je tendis mon bras dans sa direction pour qu'il vienne s'y poser, ce qu'il fit aussitôt. J'en fus étonnée. Il changea ensuite de perchoir en s'agrippant à mon épaule et je m'enfonçai dans l'obscurité du bosquet à la recherche de son maître.

Je retrouvai ce dernier en train de faire les cent pas entre les arbres. Il sourit en me voyant arriver avec son faucon sur l'épaule :

— Lazare, sale traître. Tu me fais des infidélités ?

Comme s'il comprenait ses paroles, le rapace quitta mon épaule pour rejoindre celle de Morgan.

— Vous êtes devenus amis, on dirait ! me dit-il, l'air taquin.

— On y travaille…

Il m'observa un moment avant de rompre le silence :

— Encore un cauchemar ?

J'acquiesçai en me frottant les yeux, qui me brûlaient de fatigue, et m'assis au pied d'un arbre. Il m'imita et attendit que je lui donne davantage de détails mais je ne savais pas comment expliquer ces rêves.

— Ce cauchemar, commença-t-il, est-ce toujours le même ?

Je hochai la tête mais lui expliquai que tout cela n'avait aucun sens pour moi, que je ne comprenais pas ce qu'il signifiait.

— Tu penses que ce sont des souvenirs ou bien mon imagination qui me joue des tours ?

— Je n'en sais rien Sarah.

Une question me brûlait les lèvres depuis que j'avais mis les pieds dans cet endroit. Une question dont il était peut-être le seul à connaître la réponse. En tout cas, c'est ce que j'imaginais. Si Morgan était le plus ancien à Antara, alors il était le mieux placé pour y répondre.

— Où sommes-nous vraiment ? Je veux dire... toute cette histoire est insensée, cette vie sans nos souvenirs... Et si nous étions en train de tout imaginer ? Si rien de tout cela n'était réel ?

Je vis une ombre passer dans ses yeux et à son silence qui s'éternisait, je compris qu'il ne connaissait pas la réponse lui non plus. Il dut voir la déception dans mes yeux car il poursuivit :

— Je me suis depuis longtemps fait mon opinion sur cet endroit mais ce n'est que mon point de vue, je ne suis pas certain qu'il reflète la réalité.

— J'aimerais le connaître.

Il pencha la tête sur le côté, hésitant à poursuivre.

— Tu risquerais d'être déçue.

— Dis-le-moi quand même.

Je le vis hésiter un long moment pour finalement répondre :

— Peut-être que tu as raison. Nous sommes peut-être seulement en train de tout imaginer.

Il me mentait, je le savais. Ce n'était pas la réponse que j'attendais, ni celle qu'il s'était préparé à me donner. Je restai sur ma faim. Il n'était visiblement pas décidé à me fournir d'explications. Je me contentai de hocher distraitement la tête, déçue.

— Que veux-tu que je te dise, Sarah ? murmura-t-il. Que tu te réveilleras bientôt en prenant conscience que tout cela n'était qu'un mauvais rêve ? Et que tu retrouveras ta vie et tes souvenirs comme si tu n'étais jamais venue ici ?

Je secouai la tête, je savais bien que c'était illusoire.

Ne trouvant plus les mots justes pour me rassurer, il fit dévier la discussion sur un sujet non moins épineux.

— Que s'est-il passé avec Emeric ? me demanda-t-il subitement.

Je m'esclaffai en le voyant insister. Je décelai une pointe de jalousie dans sa question qui me fit sourire.

— Rien de grave, je t'assure. Je l'ai gentiment remis à sa place, voilà tout !

— Donc, il s'est bien passé quelque chose. Il t'a fait du mal ? Il t'a touchée ?

Je le voyais perdre patience à l'évocation de cette dernière idée.

— Il a essayé, finis-je par avouer. Mais crois-moi, je pense que mes menaces l'ont suffisamment effrayé pour qu'il se tienne loin de moi à l'avenir !

— Je le savais, ragea-t-il. Il n'est pas digne de confiance !

Voyant la colère monter dans ses yeux, je posai ma main sur son bras pour le rassurer et continuai d'un ton calme :

— Sois tranquille, je gère la situation.

Son regard croisa le mien. Malgré la nuit sombre, je discernais sans mal le bleu profond de ses yeux. Un silence s'installa au cours duquel je ne pouvais plus décrocher mes pupilles des siennes. Quelque chose avait changé en lui. Son regard autrefois glacial et insondable était devenu un miroir au travers duquel il était facile de deviner ses pensées et d'apercevoir ses faiblesses. J'appréciais ce nouveau Morgan, celui qui se souciait de moi et qui laissait tomber les barrières pour me laisser entrevoir la partie la plus sombre de sa vie. Je le découvrais plus humain et vulnérable, loin du masque d'indifférence et d'autorité auquel il m'avait habituée au départ.

Lazare battit des ailes, nous faisant tous les deux reprendre nos esprits.

— Tu devrais essayer d'aller dormir un peu, me suggéra-t-il, mal à l'aise.

J'acquiesçai sans protester, j'étais épuisée, et me relevai

pour rejoindre le reste du groupe. En m'éloignant, j'entendis le leader murmurer des paroles à son faucon. L'instant d'après, l'animal se retrouva perché sur mon épaule, puis il alla reprendre sa place sur une branche près de mon couchage. L'œil bienveillant de l'oiseau de nuit m'apaisa et, lentement, je sombrai dans un sommeil que j'espérais profond et réparateur.

13

SARAH

Yanis

Paris, quatre ans plus tôt

Je déambulais dans mon appartement en traînant des pieds, vêtue de mon pantalon de pyjama et d'un vieux tee-shirt usé par les années. La pendule de la cuisine affichait 3 heures du matin mais je ne parvenais pas à trouver le sommeil. C'était le cas depuis de longues semaines déjà. Depuis l'accident, je ne pouvais plus fermer les yeux sans revivre la scène, et les rares fois où je parvenais à m'assoupir, je finissais par me réveiller en sursaut. Je n'étais plus la même depuis ce jour, et le poids de la culpabilité était si lourd à porter qu'il me tenait en permanence éveillée malgré mon épuisement. Je reconnaissais à peine mon reflet dans le miroir, ce dernier me renvoyant l'image d'une femme amaigrie aux cernes noirs et au teint pâle. Je me sentais comme anesthésiée par la douleur, non pas physique mais mentale, et la sensation que je ne méritais pas d'être là à poursuivre ma vie comme si rien ne s'était passé. Pourtant, la vie suivait son cours. Elle était comme un train poursuivant son voyage et à bord duquel je devais prendre ma place. J'avais passé beaucoup de temps cloîtrée chez moi à m'apitoyer sur mon sort pendant que je me remettais doucement de mes blessures physiques, ignorant que le monde dehors continuait d'avancer. Pourtant, je ne pouvais plus repousser l'échéance. J'allais reprendre le travail et je ne me sentais pas prête du tout. Mes parents et mon amie Jessica me soutenaient que c'était une bonne chose, et que retrouver une routine quotidienne m'aiderait à faire face à mes vieux démons. J'étais enseignante en école primaire et ils étaient persuadés que retrouver mes élèves apporterait un peu de joie de vivre et de gaieté dans mon existence devenue si triste.

Lasse de tourner en rond, j'attrapai l'un des manuels scolaires posé sur ma table basse et le feuilletai pour essayer de me préparer à la journée de reprise qui s'annonçait. Mais je n'arrivais pas à me concentrer sur ce que je lisais. J'étais nerveuse à l'idée de retrouver mon travail, mes collègues, les parents d'élèves. Je redoutais leurs regards et leurs jugements mais, malheureusement, je ne pouvais pas rester cachée chez moi éternellement, j'en avais bien conscience.

Le lendemain matin, je passai beaucoup de temps dans la salle de bains, essayant vainement de dissimuler ma mauvaise mine derrière une couche de maquillage. Je pris un vrai petit déjeuner pour la première fois depuis bien longtemps et enfilai un jean et un chemisier qui me donnaient presque de l'allure. Je regrettai aussitôt le confort de mon pyjama mais je ne pouvais décemment pas me rendre à l'école habillée de cette façon.

Le bruit dans la rue, lorsque je quittai ma résidence, m'agressa les oreilles : les klaxons des automobilistes, les sonnettes des vélos et les coups de frein des bus se mêlaient dans un fracas désagréable. Je marchai jusqu'à l'école où mes collègues m'accueillirent chaleureusement. Ils ne me parlèrent pas de l'accident, j'appréciai leur tact. Je faisais bonne figure, bien que ma seule envie ait été de faire demi-tour et de regagner la sécurité et l'isolement de mon appartement. Je m'entendis rire pour la première fois depuis trop longtemps, si longtemps que je reconnaissais à peine l'intonation de ma voix. Mes mains étaient moites,

je tremblais. Les élèves n'allaient pas tarder à arriver et j'avais peur. Peur de me retrouver de nouveau face à eux. Peur ne pas être capable d'assurer mon rôle et peur de ne plus avoir la patience. Je me demandais même si j'étais encore capable d'exercer mon métier comme avant. Pourtant, je fus rapidement rassurée : quand la directrice ouvrit le portail, les enfants se précipitèrent dans la cour et mes élèves se ruèrent sur moi en me bombardant de questions, heureux de me retrouver. Finalement, leurs sourires me réchauffèrent le cœur et, peu à peu, je repris confiance en moi. La matinée se déroula correctement. Une fois lancée, j'oubliai mes craintes et enseignai avec la même aisance que je l'avais toujours fait.

Les questions et l'attention que mes élèves me réclamaient me faisaient oublier les choses qui me tourmentaient, du moins tant que j'avais l'esprit occupé. Au travail, les problèmes de l'école prenaient le pas sur les miens mais lorsque la journée se terminait, je devais de nouveau faire face à la réalité. Après quelques jours de travail, je retrouvai peu à peu mon rythme et la routine de la vie quotidienne, mais je n'étais pas pour autant délivrée de mes remords et de ma culpabilité. Cette dernière continuait à me ronger en silence.

Bientôt, le changement de comportement de Yanis, l'un de mes élèves, m'alarma. D'un naturel habituellement joyeux, le garçon se murait désormais dans le silence et avait perdu son envie de s'amuser. Lors des récréations, il restait souvent seul et isolé du reste du groupe et, à plusieurs reprises lors des séances de sport, je remarquai des marques sur sa peau. Je soupçonnais quelque chose, et je craignais que ce soit grave. J'en avertis rapidement la directrice, qui convoqua les parents, et lorsque ces derniers vinrent à l'école, ils se mirent dans une colère si noire que nous dûmes appeler la police. Face à la violence dont faisait preuve le père à notre égard, je ne voulais pas qu'ils repartent avec l'enfant. Yanis était terrifié par ses emportements et ses menaces et se dissimulait derrière moi.

La présence des officiers de police ne calma en rien la colère du chef de famille. Au contraire, elle ne fit qu'empirer. Il les menaça et se retrouva bientôt avec les menottes aux poignets, emmené par deux des agents à l'extérieur du bâtiment. La mère du garçon suivit son compagnon alors que Yanis me tenait fermement la main. Je restai dans les couloirs de l'école, en compagnie d'un autre policier qui me regarda en soupirant, un léger sourire aux lèvres, ses yeux traduisant sa pensée : la vie quotidienne d'une école n'était visiblement pas de tout repos ! C'était un homme d'une trentaine d'années au regard pétillant de malice et aux traits agréables. Il s'accroupit à côté du garçon et lui demanda calmement :

— Bonjour mon grand. Tu crois que tu pourrais répondre à quelques-unes de mes questions ?

Probablement impressionné par l'uniforme et le fait qu'un parfait inconnu s'adresse à lui, il lâcha ma main et courut s'isoler dans un coin du couloir. J'avais de la peine de le voir ainsi paniqué. L'officier se releva en m'observant, impuissant.

— Je me charge de lui, lui dis-je. Donnez-moi quelques minutes.

Il acquiesça en me regardant m'éloigner vers l'enfant.

— Hé mon grand, dis-je à Yanis en m'approchant lentement de lui, je peux m'asseoir près de toi ?

Il hocha la tête en signe d'approbation, alors je m'exécutai. Le jeune garçon fixait le sol et tapait nerveusement du pied.

— Y a-t-il quelque chose dont tu aimerais me parler ? l'interrogeai-je prudemment.

Il garda le silence. Bien sûr qu'il voulait me parler mais

quelque chose l'empêchait de se livrer à moi. La peur des représailles sans doute.

— Yanis, murmurai-je, plus personne ici ne te fera de mal. Je m'inquiète pour toi. Je sais que tu ne vas pas bien et que tu es malheureux. Je le sais parce que je te connais plutôt bien. Et tu me connais toi aussi. Tu sais que tu peux me faire confiance, pas vrai ?

Il hocha une nouvelle fois la tête timidement avant de prendre ma main.

— J'aimerais t'aider, continuai-je en sentant mon cœur se serrer. Mais pour cela, j'ai besoin que tu me parles un peu, d'accord ?

Il tourna son regard vers moi et plongea ses yeux dans les miens. Je souris pour encourager ses confidences et il commença :

— Je ne veux pas rentrer à la maison. Papa n'est pas gentil avec maman et avec moi. J'ai peur...

Il se mit à sangloter et je ne pus me retenir de le serrer dans mes bras. Ce petit bonhomme me brisait le cœur, du moins ce qu'il en restait. Les larmes au bord des yeux, je poursuivis en ignorant la boule d'angoisse qui m'obstruait la gorge :

— Je comprends. Et je ne te laisserai pas repartir avec lui, je te le promets. Mais avant, il faut que tu racontes ce qui s'est passé au monsieur là-bas.

Je lui indiquai le policier qui attendait patiemment un peu plus loin, et à qui je fis signe de venir nous rejoindre. À son tour, l'agent s'assit près de nous en souriant amicalement à l'enfant.

— Yanis, repris-je, je te présente...

J'eus un moment d'hésitation en prenant conscience que je ne connaissais pas le nom du sous-officier.

— Lucas, dit ce dernier en comprenant mon malaise.

Je le remerciai d'un signe de tête avant de reprendre :

— Je te présente Lucas. C'est un ami à moi. Tu peux

lui faire confiance et lui raconter ce qui s'est passé avec ton papa, d'accord ? Il est là pour t'aider lui aussi.

Il opina. Je m'apprêtais à me relever quand il serra ma main encore plus fort dans la sienne. Je compris qu'il voulait que je reste près de lui et que ma présence le rassurait. Mais je n'étais pas certaine de pouvoir assister à un tel interrogatoire et être témoin des confidences de l'enfant. Je regardai Lucas d'un air interrogateur. Ce dernier hocha la tête pour m'indiquer qu'il ne voyait pas d'objection à ce que je reste. Il parut même soulagé quand je repris ma place au côté du jeune garçon.

Les dix minutes qui suivirent furent chargées d'émotion. Je ne comprenais pas que l'on puisse se montrer violent avec un enfant de 6 ans qui n'avait rien demandé à personne. J'étais anéantie par les paroles du garçon, et plus encore lorsque les policiers m'informèrent qu'ils l'emmenaient avec eux en attendant qu'une assistante sociale vienne le chercher. Lucas remarqua le désarroi dans mes yeux et resta près de moi lorsque tout le monde eut quitté le bâtiment.

— Ne vous inquiétez pas, me rassura-t-il, tout ira bien, je veillerai sur lui jusqu'à l'arrivée de l'assistante sociale.

Bien que ses paroles aient été rassurantes, je ne pouvais pas m'empêcher de m'inquiéter pour le garçon. C'était l'un de mes élèves et je me sentais responsable de lui. J'étais impliquée dans toute cette histoire qui risquait de changer sa vie. J'ignorais si c'était une bonne chose ou non, s'il me le reprocherait un jour. J'avais fait ce que je pensais juste et j'espérais de tout cœur ne pas avoir brisé une famille.

— Vous avez fait ce qu'il fallait, me dit Lucas, comme s'il devinait mes pensées. Je vous ai vue avec lui tout à l'heure, vous savez lui parler. Je suis certain que vous êtes une enseignante formidable qui fait toujours ce qu'elle pense être le mieux pour ses élèves. Croyez-moi quand je vous dis que vous avez pris la bonne décision. Et s'il vous arrive d'en douter, demandez-vous ce qui aurait pu se passer si vous n'aviez rien fait.

Ses paroles et son sourire amical m'apportèrent le réconfort dont j'avais besoin. Je lui rendis son sourire, probablement le premier sourire sincère que je faisais à quelqu'un depuis l'accident, et j'en fus moi-même surprise. D'un geste affectueux, il me caressa le bras avant de partir rejoindre ses collègues, non sans un regard en arrière.

Je soupirai en me retrouvant seule dans ce long couloir et pris conscience que j'avais comme cessé de respirer pendant toute la durée de la confrontation.

La situation que rencontrait le jeune garçon me fit réfléchir. Lentement, je réalisai que je n'étais pas la seule à avoir des problèmes et que Yanis était bien plus courageux que moi en ayant accepté de parler.

14

SARAH

Retour à Antara

Mes yeux se mirent à papillonner et, lentement, je repris conscience de tout ce qui m'entourait : le ronflement de mes compagnons de voyage, le chant des oiseaux de nuit, le regard curieux de Lazare, qui était à l'endroit exact où je l'avais laissé... Au loin, j'apercevais la silhouette de Morgan qui faisait la ronde. J'éprouvai une sensation étrange en me rappelant mon rêve : une sorte de culpabilité mêlée d'angoisse. Je revoyais ce petit garçon me tenir la main en pleurant et sentis une larme rouler le long de ma joue, submergée par le souvenir de la douleur éprouvée lorsqu'il m'avait raconté son calvaire. Je me rappelais aussi le sourire rassurant du policier et l'état d'esprit bien triste dans lequel je me trouvais au début de ce rêve. J'ignorais ce qu'il signifiait, mais ce dont j'étais certaine, c'est qu'il semblait très réel. Trop réel pour n'être qu'un rêve. Était-ce un souvenir de ma vie d'avant ou bien seulement le fruit de mon imagination ? Je pensais beaucoup à Gabi depuis notre départ. Le jeune garçon me manquait. Ce rêve était peut-être juste le résultat du manque que j'éprouvais de ne pas l'avoir près de moi pour me raconter ses histoires... Quoi qu'il en soit, cela ne servait à rien que je me pose autant de questions puisque ce soir encore, je n'obtiendrais aucune réponse...

Le lendemain, nous reprîmes la route dès le lever du jour. Morgan se montrait glacial avec Emeric, profitant de la moindre occasion pour lui donner des ordres ou lui lancer des regards assassins. Plusieurs fois, j'observai le leader d'un air réprobateur pour l'inciter à calmer le jeu, mais il se contentait de hausser distraitement les épaules, indifférent à mes réprimandes.

Nous chevauchions à travers une vaste vallée, en suivant la rivière qui nous mènerait jusqu'à Antara.

— Dans combien de temps penses-tu que l'on sera arrivés ?

— Nous devrions franchir les portes de la ville d'ici à demain soir. Pourquoi cette question ? Tu m'as presque supplié de quitter la ville parce que tu ne supportais plus d'être enfermée et maintenant tu es impatiente de rentrer ? me demanda-t-il en riant.

Je haussai les épaules avant d'admettre que Gabi me manquait beaucoup.

— Tu tiens beaucoup à lui, pas vrai ? me demanda-t-il plus sérieusement.

— Oui, c'est vrai.

Je vis le visage de mon ami s'assombrir peu à peu.

— Je sais ce que tu penses de tout ça, commençai-je en sachant pertinemment ce qu'il s'apprêtait à me répondre.

Pourtant, je fus étonnée par sa réponse :

— Ce que je pense importe peu. Ce gamin t'adore lui aussi, c'est une évidence ! Pour lui, tu es le visage de la mère dont il n'a pas le souvenir.

— Je n'irais pas jusqu'à dire ça.

— C'est pourtant la vérité ! Il suffit de te voir avec lui pour le comprendre. Tu as un don avec les enfants.

Je repensai à mon rêve et à ce petit Yanis qui m'avait autant bouleversée. Peut-être Morgan avait-il raison, mais cela supposerait qu'il s'agissait bien là d'un souvenir, pas seulement de mon imagination, et je n'étais pas prête à faire face à autant de violence.

Il regarda fixement un point devant lui avant d'arrêter

sa monture et de faire un signe de la main au reste du groupe pour les inciter à en faire autant.

— Que se passe-t-il ? lui demandai-je, confuse.

D'un signe de tête, il m'indiqua une silhouette qui déambulait le long de la rivière à une centaine de mètres de nous. À première vue, il s'agissait d'un homme d'un âge avancé, seul et désorienté.

— Un nouvel arrivant, me dit-il sans plus d'explication.

Ce n'était pas nécessaire, je savais exactement ce que cela sous-entendait. Cet homme devait être perdu et paniqué. Je le savais pour avoir vécu la même chose quelques jours plus tôt. Les souvenirs de mon réveil étaient encore frais dans ma tête, même si j'avais préféré ne plus y repenser.

Nous descendîmes de cheval en nous concertant tous du regard pour savoir lequel d'entre nous irait accueillir l'étranger. Nos compagnons détournèrent le regard avant de regarder distraitement le sol, espérant échapper à cette responsabilité. J'échangeai un regard avec Morgan et, ensemble, nous avançâmes prudemment vers le vieil homme :

— J'y vais, l'informai-je en l'arrêtant d'un geste de la main.

— Tu es sûre ? me demanda-t-il l'air soucieux.

— J'étais à sa place il y a à peine une semaine, je suis la mieux placée pour savoir ce qu'il ressent en ce moment.

Il hocha la tête, convaincu par mes arguments et m'avertit des réactions parfois imprévisibles des nouveaux arrivants.

— Je serai prudente, répondis-je d'un sourire rassurant. Monsieur ? dis-je en m'approchant lentement de lui sans vouloir l'effrayer.

Il se retourna subitement vers moi, l'air affolé.

— Oh, mademoiselle, commença-t-il la voix tremblante,

je croyais... je croyais être seul. Je ne voyais personne... J'ignore où je suis... Je ne me souviens de rien.

Je m'approchai de lui, un sourire amical sur les lèvres, comme l'avaient fait Côme et Alice pour moi, et posai une main rassurante sur son épaule.

— Tout va bien, vous ne risquez rien ici. Et regardez, dis-je en désignant le reste de mon groupe, vous n'êtes pas seul. Nous allons nous occuper de vous.

L'homme observa curieusement le convoi et sembla se détendre peu à peu.

— Vous devez probablement avoir faim et soif, repris-je d'une voix calme, nous avons ce qu'il faut avec nous pour vous restaurer. Vous désirez quelque chose ?

Il hocha timidement la tête et m'emboîta le pas lorsque je l'invitai à me suivre.

— Nous sommes sur le chemin du retour. Nous rentrons chez nous, dans une vaste cité à un jour de marche d'ici. Vous devriez venir avec nous. Vous y trouverez tout ce dont vous avez besoin.

De nouveau il acquiesça d'un signe de tête. Je n'étais pas certaine qu'il comprenne ce qui se passait. Il avait l'air vraiment perdu et l'esprit embrumé.

— Merci, jeune fille, dit-il en prenant ma main.

— Je m'appelle Sarah, lui répondis-je aimablement.

— Et moi Georges, continua-t-il, hésitant.

— Je suis ravie de vous rencontrer Georges. Et voici mes amis...

Morgan s'avança vers le vieillard pour se présenter et les autres en firent bientôt autant, mais le nouvel arrivant semblait anxieux à l'idée de voir subitement autant de monde autour de lui. J'aidai Morgan à l'installer dans l'une des charrettes avec ce dont il avait besoin pour se remplir l'estomac et s'hydrater, et nous reprîmes la route.

— Tu as fait ce qu'il fallait avec lui.

Cette phrase fit écho en moi. C'étaient les mots exacts

que Lucas avait employés dans mon rêve. J'ignorai cette observation et répondis :

— Je n'ai fait qu'imiter Côme et Alice. Ils avaient su trouver les mots justes pour me rassurer lorsque je me suis réveillée ici.

Nous approchions à grands pas de la forêt et à mesure que l'espace qui nous séparait de l'entrée du bois se réduisait, Morgan se montrait plus nerveux. Son anxiété était communicative. Son silence, la crispation sur son visage et ses yeux devenus très sombres ne faisaient qu'accentuer mon malaise. J'avais peur.

— Ouvre grand les yeux, me murmura-t-il, avant que nous ne fassions notre entrée dans ce lieu lugubre où résidaient nos ennemis. Sois sur tes gardes et, surtout, reste près de moi.

Je n'étais pas certaine que cette dernière consigne soit justifiée. Il ne m'avait pas donné autant de recommandations sur le chemin de l'aller, mais j'opinai néanmoins. J'expliquai à Georges qu'il nous faudrait être le plus silencieux possible pendant les heures à venir en raison de la faune environnante fragile qu'il ne fallait pas déranger. Je n'avais pas trouvé de meilleure excuse dans le peu de temps qui m'avait été donné, mais j'espérais qu'elle était suffisamment crédible pour convaincre le nouvel arrivant de garder le silence.

Nous marchions à travers le sentier étroit du bois depuis des heures sans avoir prononcé une seule parole. L'atmosphère qui régnait autour de nous était pesante. J'avais le sentiment que nous étions observés, épiés, et je me sentais oppressée. À plusieurs reprises, je croisai le regard de Morgan, qui ne semblait pas serein lui non plus. Il avait un mauvais pressentiment, je le sentais.

Tout à coup, Lazare surgit de nulle part en poussant un cri strident et en battant violemment des ailes. Il se percha sur l'avant-bras du leader, affolé.

— Nous ne sommes pas seuls, dit ce dernier en arrêtant sa monture.

Au même moment, une dizaine d'hommes masqués surgirent de derrière les arbres, s'avançant lentement vers nous. Nous étions encerclés. Morgan descendit de cheval en tirant son épée de son fourreau. Je l'imitai, tout comme le reste du groupe. J'étais terrorisée. Mes jambes tremblaient, mes mains aussi, et ma tête se mit à tourner, en réponse à l'angoisse qui naissait peu à peu au creux de mon ventre. Subitement, j'eus l'impression d'avoir oublié tout ce que le chef de clan m'avait appris. Face à ces adversaires aux visages dissimulés, je perdais mes moyens. Ils se rapprochaient de nous, épées aux poings, prêts à en découdre. L'attente était insoutenable. Je savais qu'ils allaient nous attaquer mais ils ne semblaient pas pressés d'y venir. Autour de moi, mes compagnons de voyage n'en menaient pas large non plus. Puis tout se passa très vite. L'un des soldats noirs se jeta sur Morgan et les autres suivirent. La lutte commença dans un fracas de lames qui s'entrechoquaient. J'entendais les cris de mes compagnons et les hurlements de Georges, qui était terrifié, mais tentais du mieux que je pouvais de faire abstraction de tout cela pour me concentrer sur mon combat. L'un des spectres se rua sur moi. J'esquivai le coup en m'accroupissant au sol et passai derrière lui tout en saisissant la dague accrochée à ma taille que je lui plantai dans le dos. À peine tomba-t-il à terre, mort, qu'un autre se présenta devant moi, tout aussi féroce, et se figea quelques secondes, le regard dans le vide avant de toucher le sol à son tour, abattu par la lame de Morgan qui, déjà, était en train d'en découdre avec un autre adversaire.

Engagé dans sa lutte, Emeric me bouscula par mégarde, me faisant tomber près des corps qui jonchaient déjà le sol de la forêt. Un soldat s'approcha de moi et brandit son arme, prêt à m'achever. Sans perdre de temps, je ramassai la lame de l'un des cadavres et la lui enfonçai dans le ventre. Il tituba avant de s'effondrer lui aussi. Les cris de terreur de Georges attirèrent mon attention. Je me tournai vers lui. L'un de nos attaquants lui serrait la gorge et le vieillard commençait à manquer d'air. De sa main libre, je vis le spectre saisir la dague suspendue à sa ceinture et la brandir sur le nouvel arrivant. Je poussai un cri en courant dans sa direction pour l'arrêter et le poussai de toutes mes forces pour l'éloigner de sa victime. Puis, d'un geste franc et précis, je lui pourfendis le cœur. Je n'étais plus maîtresse de moi-même. Depuis le début de ma lutte, j'avais l'impression d'agir comme un automate, guidée par mes instincts. Je regardai le corps sans vie de ma victime puis les autres cadavres autour de moi. Le bruit des lames avait cessé, le combat touchait à sa fin.

Lentement, je repris mes esprits et voulus rassurer Georges ; le pauvre homme devait être terrifié. Mais je découvris avec horreur le corps du vieillard allongé dans l'une de nos charrettes, une plaie béante au milieu de la poitrine et les yeux encore ouverts fixant le vide. J'étais arrivée trop tard...

Je sentis Morgan me secouer en me demandant, l'air soucieux, si j'étais blessée. Je secouai machinalement la tête, ne quittant pas le cadavre de Georges des yeux. Le leader suivit mon regard et soupira de mécontentement en constatant que le nouvel arrivant n'avait pas survécu à l'attaque. Et il n'était pas le seul... Sur le sol gisaient les corps des soldats noirs et de cinq de nos compagnons. Notre chef donna un violent coup de pied dans la roue de l'une de nos charrettes, la faisant trembler. La colère se lisait dans ses yeux et toute son attitude la trahissait.

— Nous ne devrions pas traîner ici, dit Emeric, encore essoufflé.

Personne ne le contredit et quelques secondes plus tard, nous mettions le pied à l'étrier, abandonnant à contrecœur les dépouilles de nos camarades. Je m'apprêtais à reprendre place sur ma monture quand j'aperçus au loin entre deux arbres la silhouette immobile du spectre qui m'observait déjà la veille. Un frisson me parcourut le dos. Ce soldat noir qui me fixait sans explication me glaçait le sang. Mes compagnons ne semblaient pas y prêter attention, et quand je regardai de nouveau dans sa direction, sa silhouette avait disparu.

Nous décidâmes de ne pas nous arrêter cette nuit-là. La forêt était trop dangereuse et notre nombre, à présent bien réduit, nous rendait vulnérables à une nouvelle attaque. Nous n'étions plus que cinq à déambuler à travers le sentier, en silence, sursautant au moindre bruit étranger.

Même s'il avait paru d'abord très contrarié par la perte de la moitié de notre groupe, Morgan affichait maintenant un air plus détaché. J'ignorais s'il était sincèrement passé à autre chose ou s'il se donnait un mal fou pour s'en donner l'air, mais je penchais davantage sur la seconde hypothèse. J'admirais sa force mentale car je n'étais pas capable d'en faire autant. Les cris de nos hommes, leurs plaintes, les cadavres recouvrant le sol de la forêt, le bruit de mon épée s'enfonçant dans la chair de mes attaquants, tous ces souvenirs tournaient en boucle dans ma tête, comme un cauchemar dont on ne parvient pas à se débarrasser.

— Ne regrette rien et n'éprouve aucun remords, me dit Morgan en remarquant mon air distrait et contrarié.

Je le regardai en plissant les yeux, incompréhensive. Comment pouvait-il me dire une chose pareille ?

— Ces hommes que tu as tués… ils auraient pris ta vie si tu ne les en avais pas empêchés. Tu n'as fait que te défendre. C'était eux ou toi. Tu as fait le bon choix, cesse de culpabiliser.

Voir les choses sous cet angle me permettait de justifier mes actes mais en aucun cas d'apaiser ma culpabilité.

Cette culpabilité qui me rappelait celle éprouvée au cours de mon rêve la nuit précédente et dont je ne connaissais pas l'origine. Et puis mes victimes n'étaient pas la seule raison de ma contrariété.

— Je pense à Georges, confiai-je au leader. Il venait à peine d'arriver…

— J'ai vu des nouveaux arrivants partir encore plus vite, tu sais. Il vaut peut-être mieux qu'il en soit ainsi. Georges était perdu et complètement désorienté, il se serait difficilement adapté dans un lieu aussi hostile.

Son raisonnement était juste. Sur ce point, il avait raison.

Lazare arriva bientôt et se posa sur l'épaule de son maître.

— Nous serons bientôt arrivés, m'informa-t-il.

J'accueillis la nouvelle avec plaisir et soulagement. Le faucon nous avait été d'une aide précieuse pendant notre mission. Sans lui, nous n'aurions sans doute pas eu le temps de nous préparer à riposter et nos assaillants nous auraient pris par surprise. Je me souvenais qu'il m'avait terrifiée la nuit où j'avais tenté une évasion. À présent, sa présence me rassurait. Ces derniers jours m'avaient permis de créer une sorte de lien avec l'oiseau et je me rendais compte que le contact des animaux m'apaisait, tout comme l'avaient fait les lucioles quand Morgan m'avait fait découvrir leur grotte sous la cité.

Nous vîmes bientôt les murs d'Antara se dresser devant nous et quand les portes de la cité s'ouvrirent sur nos pas, j'eus le sentiment de rentrer à la maison après de longues journées d'absence.

15

MORGAN

Nuit blanche

Je descendis de cheval avec la satisfaction d'un voyage enfin achevé. Côme s'approcha de moi les bras grands ouverts, son sourire habituel sur les lèvres, et me serra contre lui en riant.

— Bienvenue à la maison, mon frère ! Je suis content de te revoir en un seul morceau.

Je lui donnai une tape amicale dans le dos en lui précisant que ça n'avait pas été facile. Il laissa son regard parcourir notre groupe et constata avec déception qu'il manquait la moitié d'entre nous. Il me lança un regard désolé auquel je répondis en secouant la tête, puis il se dirigea vers Sarah et la prit à son tour dans ses bras pour la saluer.

— J'avoue avoir été inquiet en sachant que tu partais avec eux, lui dit-il l'air soulagé. Je ne te croyais pas prête. Je suis vraiment heureux de m'être trompé !

Ils échangèrent un rire complice après quoi les cris d'un enfant résonnèrent dans la cour centrale :

— Sarah !!! hurla Gabi en se jetant dans les bras de la jeune femme.

Cette dernière s'accroupit au sol pour le serrer dans ses bras :

— Salut mon grand ! s'exclama-t-elle en l'étreignant si fort que le garçon le lui fit remarquer. Oh ! pardon, dit-elle. C'est que… tu m'as beaucoup manqué !

— Toi aussi, tu m'as manqué !

J'observai la scène avec affection et ce, bien malgré moi. J'évitai habituellement d'attacher trop d'importance à ce genre de situation. Mais je devais admettre qu'il avait fallu très peu de temps à la jeune femme pour créer un lien fort avec ce jeune garçon et réciproquement. Même si je les trouvais touchants, leur attachement mutuel me souciait légèrement. Le regard de Sarah croisa le mien, elle sembla instantanément deviner le fond de ma pensée. Elle se redressa en prenant la main du bambin dans la sienne, puis Alice étreignit à son tour la jeune femme, heureuse de retrouver sa fidèle amie.

— Gabi t'a beaucoup réclamée. Tu lui as vraiment manqué.

— Je suis là maintenant, répondit-elle avec un sourire sincère. D'ailleurs, il est tard, reprit-elle en se tournant vers le garçon, tu devrais probablement aller te coucher…

— Oh s'il te plaît, pas maintenant, se plaignit-il, tu viens à peine de rentrer !

— Dans ce cas, je t'accompagne jusqu'à ta chambre et je resterai un peu avec toi. Mais ensuite, au dodo !

Il acquiesça finalement en soupirant. La réaction de cet enfant haut comme trois pommes m'arracha un sourire qui n'échappa pas à la jeune femme, et qui la fit sourire à son tour. Elle l'entraîna vers la ruelle où se trouvaient les maisonnettes :

— Sarah, l'interpellai-je subitement.

Elle se retourna et me fixa curieusement :

— Entraînement demain à l'aube, ici même, continuai-je d'un ton ferme qui devait sembler peu convaincant. Ne sois pas en retard !

Un sourire discret étira ses lèvres.

— Bien sûr, répondit-elle, on reprend les habitudes, compte sur moi !

Puis, entraînée par Gabi, elle disparut dans l'obscurité de la ruelle.

Du coin de l'œil, je vis Côme m'observer curieusement, un sourcil relevé :

— C'est nouveau ? me demanda-t-il, intrigué.

— De quoi est-ce que tu parles ?

— De cette bonne humeur inhabituelle chez toi…

À quelques mètres de nous, je vis deux de mes compagnons de voyage décharger les charrettes avec difficulté pendant qu'Emeric faisait les yeux doux à Alice. Celui-là n'était pas croyable.

— Emeric ! criai-je d'un ton si glacial qu'il sursauta. Cesse tes bavardages et va aider tes camarades à décharger !

Mes yeux lançaient des éclairs, ne lui laissant pas d'autre choix que de s'exécuter.

— Oublie ce que j'ai dit, se corrigea Côme d'un geste de la main. Tu es bien toi, grognon et autoritaire !

— Cet homme est un imbécile, me justifiai-je maladroitement.

— Peut-être, mais c'est aussi l'un de nos meilleurs combattants et un très bon entraîneur. Qu'est-ce que tu lui reproches au juste ?

Je fis la moue, ne sachant pas vraiment quoi répondre à sa question, que je préférai esquiver.

— Je vais rejoindre ma chambre, l'informai-je, confus, j'ai besoin de me rafraîchir un peu.

Il hocha la tête en me regardant et en regardant Emeric, alternativement. Je m'éloignai avant qu'il pose davantage de questions.

Ce soir-là, une fois de plus, je ne trouvai pas le sommeil. Je repensais à notre mission, à ceux que nous avions perdus et au séjour très court de Georges à Antara. Je faisais de mon mieux pour le dissimuler mais je n'étais pas indifférent à leur disparition. Cependant, j'avais appris à y faire face avec le temps. J'essayai par tous les moyens de dormir un peu, sans résultat. Lazare vint se poser sur le bord de ma fenêtre observant la cour en contrebas. Il veillait, comme il le faisait toujours si bien. Je finis par me lever et m'approchai de lui pour le flatter. Tout était calme dehors. La plupart des villageois devaient dormir à cette heure si avancée de la nuit. Pourtant, une silhouette féminine quitta l'une des maisonnettes de la ruelle, une lanterne à la main, et s'engagea sur les pavés jusqu'à la bâtisse principale. Je devinai qu'il s'agissait de Sarah qui quittait son jeune protégé pour rejoindre ses quartiers. La lueur dégagée par sa lanterne éclaira sa chambre quand elle y pénétra. Elle la posa sur la table disposée au milieu de la pièce et se plaça devant le miroir où elle observa son reflet un long moment, l'air distrait. Elle semblait épuisée. Elle dénoua le cordon en cuir de son veston, l'ôta et entreprit d'en faire autant avec son corsage mais je détournai le regard, respectueux de son intimité. Les yeux de Lazare sondèrent les miens, comme s'il me faisait des reproches.

— Ne me regarde pas comme ça, dis-je à l'animal. Je n'ai rien en commun avec Emeric, d'accord ?

L'oiseau pencha la tête d'un côté, puis de l'autre comme s'il doutait de ma sincérité.

— File, lui ordonnai-je en retenant un rire.

Il s'exécuta et disparut au-delà de la muraille.

Une fois de plus, je ne trouvai pas le sommeil. Lassé de faire des tentatives qui n'aboutissaient qu'à des échecs, je finis par me lever et me rendre sur le chemin de ronde près des remparts. La nuit était fraîche et un vent froid venait me glacer les joues mais je préférais cela plutôt que de fixer les murs en pierres de ma chambre en espérant en vain arriver à fermer l'œil.

Je fus heureux de voir arriver les premiers rayons du soleil et d'observer la cité s'éveiller tout doucement.

J'éprouvais une certaine impatience à commencer cette journée, et la raison de cet empressement était pour moi une nouveauté mais également une source d'inquiétude. J'étais trop soucieux de Sarah, j'en avais conscience. Ces derniers jours, à son contact, j'avais laissé entrevoir une part de moi que personne d'autre, en dehors de Côme, ne connaissait. Elle occupait une part importante de mes pensées bien que je fasse de mon mieux pour l'ignorer. Je savais avec certitude qu'en laissant mon cœur parler, la souffrance n'était jamais loin. Pourtant, chaque fois que je m'évertuais à garder mes distances, je me rendais compte de la difficulté de la tâche quand elle se trouvait dans les parages.

Elle apparut justement au milieu de la cour centrale en tenant Gabi par la main puis l'embrassa sur la joue avant que ce dernier s'éloigne gaiement pour retrouver Alice. Je descendis l'escalier qui menait à la ruelle et la rejoignit sur la place où elle m'attendait en caressant distraitement le pommeau de son épée.

— Ah, te voilà ! me dit-elle, l'air taquin. J'ai failli attendre !

Je souris en lui répondant que sa ponctualité était une chose inhabituelle.

Elle fit une moue vexée avant de demander avec entrain quel était le programme de la journée. Quelques minutes plus tard, nous croisions le fer dans un fracas métallique. J'ignorais si notre rencontre la veille avec les soldats noirs était la source de sa motivation, mais elle se montrait particulièrement déterminée et combattive. La fluidité et la précision de ses gestes me déroutaient presque et elle me donnait du fil à retordre. J'en fus agréablement étonné. Ses progrès étaient à la fois flagrants et prometteurs. Je n'avais aucun conseil à lui donner, comme je pouvais le faire habituellement ; j'étais moi-même trop occupé à me concentrer sur le combat. Le rythme de notre duel était si soutenu que nous étions tous les deux à bout de souffle.

Finalement, elle réussit à me déséquilibrer, mais je l'entraînai dans ma chute. Elle se retrouva couchée sur moi, sa lame sous ma gorge, et s'exclama fièrement :

— On dirait bien que l'élève a dépassé le maître !

J'esquissai un sourire en désignant la pointe de ma dague orientée vers son flanc.

— J'ai bien peur que nous n'en soyons pas encore là !

Elle soupira d'agacement et de déception en se laissant rouler sur le sol et s'allongea près de moi.

— Tu ne dois pas baisser ta garde, lui dis-je. Même quand tu penses que ton adversaire est maîtrisé, ne relâche jamais ta vigilance !

Elle acquiesça d'un signe de tête avant de se relever précipitamment.

— Bien, dit-elle. Je crois que j'ai compris. On réessaye ?

Je me redressai à mon tour, bien moins vaillant qu'elle. Elle m'avait épuisé et mon manque de sommeil n'arrangeait rien.

— On peut peut-être ralentir le rythme, suggérai-je en riant.

— Non, répondit-elle. Pas tant que je ne t'aurai pas battu. Je suis prête, mets-toi en position !

Je la regardai, l'air perplexe. Voilà qu'elle me donnait des ordres à présent !

— Il faut savoir s'arrêter. Nous nous sommes suffisamment entraînés pour aujourd'hui.

Elle s'esclaffa.

— Il y a une semaine, tu passais ton temps à me crier dessus en me disant de me relever encore et encore, jusqu'à ce que je tombe de fatigue. Et maintenant, tu me supplies d'arrêter ?

— Tu as nettement progressé, tu n'as plus besoin d'être autant bousculée. Tu es prête. Tu l'as démontré hier.

Elle me fixa, les yeux remplis de reconnaissance et de fierté.

— C'est vrai ? me demanda-t-elle sérieusement. Tu le penses ?

— Oui, je le pense.

Je vis ses yeux plonger dans les miens et un silence s'installa. Ces moments de flottement étaient devenus à la fois courants et troublants lors de notre mission de ravitaillement. C'était comme si ce qui nous entourait se mettait en pause et que nos yeux cherchaient à deviner les pensées les plus profondes de l'autre. J'avais alors l'impression d'être totalement exposé et vulnérable, mais le plus étrange c'est que j'appréciais cette sensation.

Gabi arriva en s'exclamant gaiement :

— Hé, vous avez fini ? On peut aller jouer maintenant ?

— Gabi, commença Sarah, pas encore... Je...

— Nous venions justement de terminer l'entraînement, la coupai-je en voyant la déception envahir le visage du jeune garçon.

La jeune femme me regarda en haussant un sourcil, l'air étonné.

— Tu lui as fait une promesse il me semble... Quand nous avons quitté Antara, tu lui as juré qu'à ton retour tu lui consacrerais une journée entière.

Je me tournai vers l'enfant.

— Pas vrai, Gabi ? lui demandai-je en lui faisant un clin d'œil.

Le bambin ouvrit de grands yeux remplis d'excitation et hocha vivement la tête avant de se jeter dans mes bras. Je ne m'attendais pas à une telle démonstration d'affection. D'abord surpris, je rendis finalement son étreinte au garçon.

— Merci Morgan, tu es trop gentil !

Je croisai le regard attendri de Sarah et reposai l'enfant

sur le sol avant qu'il s'éloigne en tirant la jeune femme par le bras.

Je retins un rire lorsque celle-ci manqua de trébucher, entraînée malgré elle par l'enthousiasme de l'enfant.

Côme arriva sur ces entrefaites et me dévisagea d'un air curieux, les sourcils froncés :

— Qu'est-ce qui te fait sourire ? me demanda-t-il, intrigué.

Je repris mon sérieux en me raclant la gorge.

— J'ignore de quoi tu parles ! répondis-je d'un ton plus sec en me dirigeant vers le reste du groupe, je t'attendais figure-toi. Allons retrouver les autres à l'entraînement. Cet imbécile d'Emeric devrait être surveillé en permanence.

Mon ami secoua la tête en riant.

— Un jour, mon ami, tu devras apprendre à mieux mentir !

16

SARAH

Gabi

Je passai la journée avec Gabi, à jouer avec lui et à l'écouter donner son avis sur tout. En fin d'après-midi, épuisée d'avoir dépensé autant d'énergie à le tenir occupé, je m'effondrai sur son lit pendant qu'il feuilletait un livre. En plus d'être adorable, ce garçon était particulièrement intelligent. Il comprenait des choses qu'un enfant de son âge n'était pas censé deviner.

— Morgan t'aime bien, me dit-il à brûle-pourpoint.

Je m'esclaffai devant la spontanéité de ce bout de chou.

— Ah ? Vraiment ? lui demandai-je amusée. Et qu'est-ce qui te fait dire ça ?

— Il est gentil quand tu es avec lui.

— Il n'est pas gentil d'habitude ?

— On le voit très peu d'habitude. Il reste dans son coin à bouder.

— C'est parce qu'il a ses problèmes. Il nous arrive à tous d'être tristes, tu sais ? Je crois que Morgan a perdu beaucoup de gens qu'il aimait et ça l'a rendu malheureux. Il ne faut pas lui en vouloir.

Le jeune garçon se mit à sourire avec espièglerie.

— Toi aussi tu l'aimes bien, observa-t-il, très perspicace.

Il avait raison, je ne pouvais pas le nier. Je reconnaissais que ma rencontre avec le leader ne m'avait pas fait bonne impression, mais je savais à présent ce qui le rendait si froid et distant. Pendant notre mission, j'avais découvert quelqu'un de très différent de l'image que je m'étais faite de lui à mon arrivée, et à ses côtés, je m'étais sentie en sécurité. J'avais une profonde confiance en lui et en son expérience, et j'avais apprécié chaque moment passé à discuter avec lui pendant ses longues nuits de garde. Une part de lui m'intriguait encore beaucoup, me poussant à vouloir me rapprocher davantage. On s'habitue vite à la présence de quelqu'un à nos côtés, ces derniers jours me l'avaient démontré, d'abord avec Gabi, puis avec Morgan. Je me sentais bien en leur présence et ressentais une sorte de manque quand ils n'étaient pas là. J'avais éprouvé une certaine impatience à me rendre à l'entraînement ce matin et n'avais pas fermé l'œil de la nuit.

Je repensais aussi beaucoup à ce rêve que j'avais fait et à ce qu'il signifiait. Les souvenirs étaient si clairs et chaque détail si précis que j'étais presque certaine qu'il s'agissait de souvenirs de ma vie passée. Je me demandais si j'étais la seule de la cité à être sujette à ce genre de songes.

— Gabi, murmurai-je au garçon, est-ce que tu te souviens de la vie que tu avais avant d'arriver ici ?

L'enfant fit la moue avant de secouer la tête.

— Non, m'affirma-t-il en tournant distraitement les pages de son livre.

— Tu ne fais jamais de rêves ou de cauchemars ?

— Si, je rêve souvent que je me bats contre Morgan et que je gagne. Un jour, j'y arriverai, tu sais ?

Je m'esclaffai sincèrement.

— J'en suis sûre, opinai-je pour ne pas le décevoir.

En l'écoutant, je compris qu'il ne se souvenait absolument pas de ce qui s'était passé avant son arrivée à Antara. Je l'observais regarder son livre avec attention, détaillant les images pour essayer d'en deviner l'histoire. Il avait l'air si innocent ! Je me demandais comment il faisait pour paraître aussi serein alors qu'une partie de sa vie lui avait été enlevée. Je lui caressai les cheveux avec affection, admirative de son courage.

— Est-ce que tu es heureux ? lui demandai-je enfin.

Cette question me brûlait les lèvres depuis déjà plusieurs jours mais je n'avais pas osé la lui poser, de peur de réveiller en lui une angoisse encore en sommeil. Il releva la tête et me regarda avec des yeux pétillants de tendresse.

— Oui, je suis heureux ! s'exclama-t-il. Je suis bien ici. Je t'ai toi… et aussi Alice, Côme et Morgan. J'ai une grande cour où je peux jouer, et plein de chevaux à caresser. C'est vrai que parfois je m'ennuie un peu d'être le seul enfant mais en fait, je m'amuse si bien avec toi que ce n'est pas si important.

Émue par ses paroles, je sentis mon cœur et ma gorge se serrer, et les larmes me monter aux yeux. Je le serrai fort contre moi et sentis ses petits bras enlacer ma taille quand il posa sa tête contre mon ventre.

— Je t'aime Sarah, chuchota-t-il en se laissant bercer par mes bras. Je sentis une larme rouler le long de ma joue, puis je déposai un baiser sur le haut de sa tête.

— Moi aussi je t'aime, mon grand.

Quelques minutes plus tard, il s'était endormi contre moi, et bientôt, dominée par la fatigue, je ne tardai pas à en faire autant…

17

SARAH

Jessica

Paris, trois ans et demi plus tôt

Cela faisait maintenant six mois que j'avais repris le travail. Retrouver les habitudes du quotidien me faisait oublier pendant quelques heures les remords qui me rongeaient de l'intérieur, mais dès que je me retrouvais seule chez moi, la culpabilité refaisait surface et les souvenirs avec elle.

Je somnolais dans le canapé, un plateau-repas posé sur la table basse, quand on sonna à la porte. Je me levai en soupirant, lasse d'être dérangée.

— Salut ! s'exclama gaiement Jessica en me regardant des pieds à la tête avant de faire une moue réprobatrice.

Jessica était une amie d'enfance. Toujours dynamique, un peu boute-en-train, elle était toujours d'humeur vive et joyeuse. Habituellement, c'était plutôt communicatif, mais depuis quelque temps, je n'étais pas d'humeur à m'amuser.

— Jess ? Qu'est-ce que tu fais là ? Il est tard !

Elle regarda sa montre et rentra dans l'appartement, me forçant à reculer.

— On est samedi soir, il est 20 heures, non il n'est pas tard, il est même encore tôt ! Va mettre quelque chose de plus décent que ce pyjama immonde, on sort ! Je t'emmène au cinéma !

— Je n'ai pas très envie de sortir, protestai-je. C'est gentil mais je préfère rester tranquille chez moi ce soir.

— Ça fait des mois que tu restes tranquille. Il faut bouger maintenant !

J'ouvris la bouche pour argumenter à nouveau mais elle m'arrêta d'un geste de la main.

— Si tu ne le fais pas pour toi, fais-le pour moi, s'il te plaît ! Tu es la seule amie qu'il me reste et j'en ai assez de m'ennuyer chez moi parce que je n'ai plus personne avec qui sortir.

Elle me regarda avec une moue boudeuse qui finit par avoir raison de moi.

— OK, répondis-je en soupirant. Ça va, je vais me préparer…

L'enthousiasme dans ma voix devait probablement faire peur à voir mais cela ne l'empêcha pas de pousser un petit cri d'excitation et de trépigner de joie.

— OK, je t'attends, dit-elle en se laissant choir dans le canapé.

Je filai dans la salle de bains pour me rafraîchir, passai un moment devant mon armoire à choisir les vêtements que j'allais porter et optai pour une robe pull, des collants opaques et une paire de chaussures à talons. Cela faisait bien longtemps que je ne m'étais pas montrée aussi coquette mais je ne voulais pas faire honte à mon amie. Quelques minutes plus tard, nous étions en bas de mon immeuble à attendre un taxi. J'étais nerveuse. Pas à l'idée de sortir et de côtoyer à nouveau le commun des mortels mais plutôt à l'idée de monter dans cette voiture. Comprenant ma détresse, elle me prit la main, et quand le véhicule se gara le long du trottoir devant nous, elle m'entraîna à l'intérieur sans me lâcher. Jessica était une véritable amie, et la seule qu'il me restait. Ces derniers mois n'avaient pas été faciles pour elle non plus. Et malgré la peine qu'elle éprouvait elle aussi après la mort de Juliette, elle avait toujours été présente pour moi, tentant de son mieux de me garder la tête hors de l'eau. Même si je n'avais pas été très réceptive à ses attentions, j'appréciais de savoir que je pouvais compter sur elle, même dans les pires moments. Elle était un soutien sans faille et je ne lui montrais pas assez de reconnaissance, j'en avais parfaitement conscience.

Il y avait foule lorsque nous arrivâmes au cinéma. Je me sentis oppressée au milieu de tous ces gens impatients de payer leur billet.

Jessica me parlait du film que nous nous apprêtions à voir, une comédie censée me « dérider » un peu et qui, selon elle, « me ferait le plus grand bien ». J'étais sceptique mais me laissai embarquer malgré moi. Qui sait ? J'allais peut-être découvrir un vrai chef-d'œuvre capable de me faire oublier la mort de mes meilleures amies ! Je riais intérieurement à mon propre raisonnement sarcastique et ironique.

— En tout cas, me dit mon amie, à peine de retour dans la course et déjà tu as des admirateurs !

Je fronçai les sourcils, incompréhensive.

— Il y a un type derrière toi, l'air beau gosse, qui n'arrête pas de te fixer.

Je me retournai et reconnus instantanément l'homme en question : Lucas, le policier avec qui j'avais interrogé mon élève Yanis quelques mois plus tôt. Il me souriait. J'en fis autant par politesse, puis il dit quelques mots à la femme qui l'accompagnait avant de se diriger vers nous.

— Tu le connais ? me demanda Jess, étonnée.

— On s'est déjà rencontrés oui.

— Bonsoir, fit le jeune homme en arrivant près de nous.

— Bonsoir, répondit Jess, la bouche en cœur.

Je levai les yeux au ciel, à la fois exaspérée et amusée par le comportement de mon amie. Elle ne changerait donc jamais !

— Vous vous souvenez de moi ? commença-t-il. Je suis...

— Lucas ! le coupai-je. Oui, je me souviens de vous.

Il sembla ravi par ma réponse et poursuivit, sans prêter attention à mon amie :

— Je ne vous ai pas demandé votre nom quand nous nous sommes rencontrés...

— Je m'appelle Sarah, répondis-je embarrassée par l'intérêt qu'il me portait et l'indifférence dont il faisait preuve vis-à-vis de Jessica. Cette dernière lui donna son nom à son tour. Il sourit poliment et me demanda si j'avais des nouvelles du petit Yanis.

— Il a été placé dans une famille d'accueil, lui expliquai-je. Heureusement, celle-ci se trouve à proximité de son ancien quartier, il a donc pu rester à l'école. Il va nettement mieux. Il s'est de nouveau intégré à la classe, je le surveille de près.

— Je n'en doute pas...

Ses yeux fixaient les miens avec une intensité qui me mit mal à l'aise.

— Et vous ? repris-je. Avez-vous des nouvelles de son père ?

— Il purge sa peine pour l'instant, mais il ne devrait pas être en prison pour très longtemps.

Je fronçai à nouveau les sourcils. Je n'aimais pas cette idée.

— Que se passera-t-il pour Yanis lorsque son père sortira ? demandai-je sincèrement concernée.

— Je l'ignore. C'est le juge qui en décidera mais je ne pense pas qu'il obtienne sa garde.

— Eh bien, je l'espère sincèrement.

Jessica toussota exagérément pour rappeler sa présence.

— Quel film est-ce que vous allez voir ? demanda-t-elle pour faire la conversation.

Il répondit à sa question, l'air pas très sûr de lui.

De toute évidence, ce n'est pas lui qui avait décidé du programme.

— C'est drôle ! s'exclama Jess. C'est aussi celui que nous allons voir !

Je regardai Lucas d'un air désolé, m'excusant silencieusement pour le comportement intrusif de mon amie. Un sourire étira les lèvres du jeune homme.

— Je crois que votre amie vous attend, lui fis-je remarquer en voyant une jeune femme le regarder avec impatience.

— Oui, c'est vrai. Ma sœur n'aime pas être la dernière dans la salle. Elle préfère avoir le choix des places !

— Dans ce cas, vous devriez probablement y aller ! lui suggérai-je en riant.

Il hocha la tête.

— Nous nous reverrons peut-être bientôt, dit-il en s'éloignant, d'un ton laissant entendre qu'il l'espérait sincèrement. Bon film !

— C'était quoi ça ? me demanda Jessica, l'air intrigué.

Je haussai les épaules, ne comprenant pas où elle voulait en venir.

Elle me regarda avec affection et joie avant de poursuivre :

— C'est la première fois que je te vois rire depuis très longtemps.

***

Je m'éveillai avec encore cette étrange sensation… une impression de déjà-vu qui ne me laissait pas indifférente. Comme si ce rêve était le reflet de mon passé, des souvenirs qui tentaient de refaire surface. Mon esprit était embrumé, parvenant avec difficulté à faire la différence entre ce qui était réel et ce qui ne l'était pas. Le bruit de la respiration lente et régulière de Gabi me ramena à la réalité. Le garçon s'était endormi contre moi, la tête posée contre mon épaule. J'ignorais depuis combien de temps nous nous étions assoupis mais il faisait nuit dehors et nous entendions au loin le sifflement d'une flûte et le son devenu familier de la cornemuse. De toute évidence, la fête battait son plein. Je me levai doucement pour ne pas réveiller le garçon mais mes déplacements firent remuer le bambin, qui, lentement, s'éveilla à son tour :

— Sarah ? me demanda-t-il en se frottant les yeux. On est le matin ?

Je réprimai un rire et m'assis sur le bord du lit près de lui.

— Non, répondis-je en lui ébouriffant les cheveux. Nous nous sommes assoupis. C'est l'heure du dîner. Et si j'en crois la musique, ils sont en train de s'amuser comme des fous là-bas ! Nous devrions les rejoindre.

Sans attendre, il bondit hors du lit et m'entraîna dehors, près du feu, où toute la ville était rassemblée.

18

MORGAN

Feu de joie

Les villageois étaient tous rassemblés autour du feu où rôtissait tranquillement la carcasse d'un sanglier rapporté de notre mission. La bonne humeur était au rendez-vous. Bientôt, ils pourraient tous manger à leur faim avant de devoir se rationner de nouveau raisonnablement et économiser la nourriture. Deux d'entre eux jouaient de leur talent en faisant résonner les sons de la flûte et de la cornemuse dans la cité. Alice tentait vainement d'échapper au monologue d'Emeric, qui essayait une nouvelle fois de la séduire, et Côme et moi, en retrait, observions cette charmante réunion battre son plein. Pourtant, deux d'entre nous manquaient à l'appel : Sarah et Gabi ne s'étaient pas encore montrés et je commençais à me demander où ils se trouvaient à une heure aussi tardive de la journée. J'eus ma réponse quelques minutes plus tard en les voyant nous rejoindre et prendre place près d'Alice. Les yeux de Sarah parcoururent l'assemblée et s'arrêtèrent sur moi. Son sourire, discret mais sincère, attira le mien. Du coin de l'œil, je vis Côme nous regarder alternativement elle et moi. Je détournai le regard avant qu'il ne me fasse une remarque à laquelle je n'avais pas envie de répondre. Je repris mon sérieux en me sentant observé par mon ami, à l'affût de la moindre réaction de ma part. Je faisais de mon mieux pour paraître insensible au charme de la jeune femme mais j'étais moi-même incapable de détourner mon attention trop longtemps. Notre relation avait beaucoup évolué au cours de ces derniers jours, mais c'était depuis notre retour à Antara que je me sentais le plus proche d'elle. Pourtant, entre mes responsabilités au sein de la ville et le temps qu'elle passait avec le jeune garçon, nous n'étions pas amenés à passer beaucoup de temps ensemble. Plus je sentais une distance s'installer entre nous, plus j'étais désireux de me rapprocher d'elle. Je n'étais plus maître de mes propres pensées depuis maintenant quelque temps, puisqu'elle les occupait en partie. Je savais que ce qui me rendait aussi vivant finirait tôt ou tard par me rendre malheureux. Comme j'en avais fait l'expérience avec Conrad, puis Adaline. Mais je ne pouvais me résoudre à ignorer les sentiments qui naissaient en moi quand il s'agissait de la jeune femme.

Elle échangea quelques mots avec Alice puis se leva et voulut entraîner son amie dans une danse joyeuse au rythme des instruments mais cette dernière s'y opposa farouchement. Gabi proposa avec engouement de la remplacer et aussitôt, ils se mirent à danser tous les deux sous les regards d'abord surpris des habitants. La jeune femme et son acolyte riaient aux éclats, me faisant rire de bon cœur à mon tour. Je sentais les yeux de Côme dans mon dos. Il me connaissait trop bien, c'était sans doute inutile de faire comme si rien ne se passait devant lui, il avait probablement déjà tout deviné. Peu à peu, les villageois se déridèrent et allèrent rejoindre la piste. J'aimais ce que je voyais. Cet élan de bonne humeur et un moment de partage convivial.

— C'est inhabituel, me dit Côme, ce sourire sur ton visage. Mais en toute honnêteté, je te mentirais si je te disais qu'il ne m'avait pas manqué. Elle n'y est pas étrangère, pas vrai ? Je parle de Sarah bien sûr.

Je me tournai vers lui et lui indiquai le groupe qui dansait maintenant devant nous, d'un signe de tête.

— Elle apporte quelque chose de nouveau ici… De la joie et de la bonne humeur !

— De la joie et de la bonne humeur, répéta mon ami en riant, il y en a toujours eu ici. Tu n'en avais pas conscience, c'est tout. L'arrivée de Sarah t'a ouvert les yeux !

Je gardai le silence, il avait probablement raison.

La jeune femme se présenta justement devant moi en me tendant la main pour m'inviter à la rejoindre.

— Non, dis-je en secouant énergiquement la tête, tout en riant. Je doute que ce soit une bonne idée !

— Si le leader refuse mon invitation, me dit-elle avec malice, ça sera l'humiliation pour moi.

— Crois-moi, répondis-je en réprimant un rire, c'est si je me mets à danser que ça sera l'humiliation !

Ses yeux fixaient les miens, les suppliant presque de céder à leur caprice. Je n'eus pas la volonté, ni la force de refuser plus longtemps. Je me laissai entraîner sur la piste malgré moi et suivis la cadence de la mélodie pour guider ma cavalière. Je la fis tourner sur elle-même plusieurs fois. Elle riait aux éclats et s'amusait sincèrement. Je devais admettre que je passais aussi un très bon moment même si ça ne me ressemblait pas. Quand le rythme devint plus lent, nous nous rapprochâmes instinctivement, ma main glissant dans le creux de son dos, et l'autre courant le long de son bras pour aller chercher ses doigts. Son regard accrocha encore le mien et un nouveau moment de flottement s'installa. Je n'avais, jusqu'à présent, encore jamais été aussi proche d'elle. J'entendais sa respiration s'accélérer et, doucement, elle posa sa tête contre ma poitrine en fermant les yeux, se laissant simplement bercer par le balancement lent de nos pas. Je posai mon menton sur ses cheveux en inspirant profondément l'odeur de son parfum pour en garder un souvenir précis, et je resserrai mon étreinte, désireux de ne plus la lâcher. Une fois de plus, Gabi choisit le bon moment pour intervenir.

— Je peux récupérer MA cavalière ? me dit-il en haussant les sourcils.

Il prit un air menaçant qui m'arracha un sourire.

— Bien sûr, répondis-je en levant les deux mains en l'air en signe de résignation, forçant Sarah à se détacher de moi, je ne voudrais pas te voler TA cavalière.

La jeune femme lâcha ma main à regret et me regarda m'éloigner avant de reprendre sa danse avec le garçon.

— J'ai le droit à un commentaire ? me dit Côme lorsque je repris ma place près de lui.

— Je ne suis pas certain de pouvoir t'en empêcher de toute façon.

— Je suis à la fois très heureux et très inquiet pour toi.

— Explique-toi, lui demandai-je en fronçant les sourcils, confus.

— Eh bien, je suis heureux de revoir un sourire sur ton visage, mais sois prudent. Tu as baissé ta garde pendant longtemps. Tu es très attachée à Sarah, je le vois dans tes yeux, mais ne perds pas de vue l'endroit où nous sommes et ce qui risque d'arriver...

Je soupirai en entendant mon meilleur ami me rappeler l'inconvénient de la vie à Antara. Il avait raison, je le savais. Mais cette fois, je préférais ignorer la voix dans ma tête qui m'ordonnait de garder mes distances.

Cette nuit-là, quand tout le monde eut regagné sa chambre, je pensais être le seul encore debout, errant sur le chemin de ronde, espérant que ces quelques pas me fatigueraient assez pour que je réussisse enfin à m'endormir. Lazare, posé sur une pierre des remparts, se mit à battre des ailes. En me penchant, je vis une silhouette féminine s'éloigner en direction du portail. J'ordonnai à mon faucon de la suivre avant de me mettre moi-même discrètement à sa poursuite. Je savais exactement de qui il s'agissait et où elle allait...

19

SARAH

Chaos

Debout au milieu de la grotte, j'observais les millions de lucioles qui m'entouraient comme si j'admirais un magnifique ciel étoilé. Je ne pouvais détacher mon regard des parois rocheuses de la cavité et du scintillement des petites lumières qui se reflétaient dans l'eau. Depuis la première fois où Morgan m'avait amenée ici, je n'avais pensé qu'à y retourner. L'ambiance et le calme qui régnaient en ce lieu m'apaisaient :

— Je croyais t'avoir interdit de venir seule ici, dit le leader derrière moi. Ce n'est pas sûr de quitter la cité seule…

Je ne fus pas surprise d'entendre sa voix résonner dans la grotte. En réalité, je l'attendais. Un sourire se dessina sur mon visage en décelant dans son intonation davantage d'affection que de sermons.

— Je ne suis pas seule puisque tu es là, répondis-je avec malice.

— Mais ça tu l'ignorais pourtant.

Je réprimai un rire.

— Lazare me suit comme mon ombre depuis que nous sommes revenus à Antara, continuai-je en désignant le faucon resté à l'entrée de la grotte, je savais que tu n'étais pas loin.

— Est-ce que ça sous-entend que je suis tombé dans tes filets ? me demanda-t-il en se rapprochant dangereusement de moi.

Un sourire discret étira ses lèvres et son regard fouilla au fond du mien. J'étais comme paralysée, hypnotisée par l'emprise qu'il avait sur moi. J'avais longtemps essayé de nier mon attirance pour lui mais je n'y parvenais plus. Chaque jour il m'attirait davantage, et je n'y pouvais rien.

— Ça dépend, répondis-je sans pouvoir quitter ses yeux. C'est peut-être moi qui suis tombée dans les tiens...

D'un geste à la fois tendre et délicat, il replaça une mèche de cheveux derrière mon oreille.

— Qu'est-ce que tu fais ici Sarah ? murmura-t-il en réduisant encore la distance qui nous séparait.

Il effleura affectueusement ma joue, me faisant frissonner jusqu'à l'échine. Sa main chaude était comme une caresse à laquelle je me serais volontiers abandonnée. Je fermais les yeux pour profiter de chaque seconde où sa peau touchait la mienne.

— Nous... nous n'avons pas eu vraiment l'occasion de discuter toi et moi depuis que nous sommes rentrés du ravitaillement... Je veux dire, en dehors de l'entraînement, et...

J'hésitai à poursuivre, je craignais d'être ridicule.

— Et quoi ? dit-il pour m'inciter à poursuivre.

— Je crois que ça me manque...

Il parut satisfait par ma réponse puisqu'un sourire charmeur se dessina sur ses lèvres. Sa main libre glissa le long de mon bras pour aller enlacer mes doigts et son front se posa sur le mien.

— De quoi est-ce que tu veux parler ? me chuchota-t-il à l'oreille.

Ses murmures, et son souffle qui s'insinuait dans ma nuque, me firent de nouveau frissonner. Je sentis mes jambes flancher. N'écoutant que mon instinct, je me blottis contre lui en enlaçant sa taille. Ses bras m'encerclèrent et il me serra contre sa poitrine. Il posa son menton sur le haut de ma tête et me berça presque imperceptiblement en me caressant affectueusement les cheveux. Je fermai les yeux et soupirai de bien-être, ainsi pelotonnée dans ses bras.

— C'est de toi dont je voudrais parler, finis-je par répondre.

Je le sentis se crisper mais après un moment d'hésitation, il poursuivit :

— Demande-moi ce que tu veux, j'essaierai d'y répondre au mieux.

Je relevai la tête pour mieux le regarder et commençai mon interrogatoire :

— Est-ce que tu as des souvenirs de ta vie d'avant ?

Il fronça les sourcils et chercha ses mots avant de reprendre :

— Il y a beaucoup de choses dont je me souviens : la ville d'où je viens, à quoi ressemblait le quotidien, le progrès, la technologie, ce qu'on m'a enseigné... mais je n'ai aucun souvenir de ma vie personnelle. Je ne sais pas qui je suis, qui est ma famille, ce que je faisais.

— Tu n'as jamais voulu savoir ?

— Si, bien sûr. Après mon arrivée ici. J'étais en colère, comme toi. En colère d'être privé de mes souvenirs et de mon passé. Le temps a fini par avoir raison de moi. Aujourd'hui, je me dis qu'il vaut peut-être mieux que j'ignore tout de mon passé.

— Pourquoi ? lui demandai-je, surprise par sa réponse.

— Parce qu'ici je sais qui je suis et ce que je vaux. L'homme que j'étais avant était peut-être très différent...

— Ou peut-être était-il fidèle à celui que tu es aujourd'hui.

Mon objection le fit sourire.

— On ne le saura peut-être jamais...

Je n'aimais pas l'entendre parler de cette façon.

— Tu as perdu espoir ?

— Tu veux dire, de retourner là d'où je viens ?

J'acquiesçai d'un signe de tête, soucieuse de sa réponse.

— Je n'en sais rien Sarah, soupira-t-il. Cela fait bien longtemps que j'ai arrêté de me poser ce genre de questions. Mais pourquoi est-ce que tu me demandes tout ça ? Tu te souviens de quelque chose ?

Je pensais aussitôt à mes rêves, à Yanis, Lucas, Jessica. Je n'étais pas certaine de devoir lui en parler puisque je ne savais pas moi-même ce qu'ils signifiaient. Mais par-dessus tout, je ne tenais pas à gâcher ce moment. La seule chose que je désirais, c'était rester près de lui, dans ses bras, où je me sentais parfaitement bien et en sécurité.

— Non, répondis-je finalement en reposant ma tête contre lui. J'étais simplement curieuse d'en savoir plus sur toi.

Un silence s'installa pendant lequel je l'entendais presque penser.

— Je finirais par le regretter, me dit-il l'air distrait.

— Que finiras-tu par regretter ? lui demandai-je, intriguée.

— D'avoir baissé ma garde avec toi. Tôt ou tard, j'en paierai le prix.

Mes yeux sondèrent les siens, il était sincère.

Je m'apprêtais à lui répondre quand nous entendîmes des cris parvenir de la cité. Lazare, qui se tenait toujours à l'entrée de la grotte, poussa un cri d'affolement strident avant de s'envoler jusqu'à la ville, effrayant les lucioles qui s'éteignirent pendant quelques secondes avant de se rallumer progressivement. La seconde suivante, Morgan prenait ma main et m'entraînait sur les roches au pied de la citadelle. Nous rejoignîmes précipitamment la ville et restâmes sans voix devant le chaos qui régnait dans l'enceinte de la muraille.

Des soldats noirs avaient envahi la cité, semant le désordre et la panique. Les habitants, pris par surprise pendant leur sommeil, couraient dans tous les sens en criant le nom de leurs proches dans l'espoir d'obtenir une réponse. Je me sentis défaillir. J'échangeai un regard de détresse avec Morgan.

— Rejoins Alice et Gabi, et mets-les en sécurité, m'ordonna-t-il en s'éloignant vers le champ de bataille.

Je m'exécutai et me mis à courir en direction des maisonnettes. J'ouvris à la volée la porte de l'habitation où dormait habituellement Gabi mais n'y trouvai personne. Il était sans doute avec Alice. Je me ruai vers la bâtisse en frappant de toutes mes forces à la porte de mon amie, mais personne ne répondit. Je l'ouvris mais ne vis qu'une pièce vide. Où diable étaient-ils passés ? Je sentis la panique m'envahir, mon cœur et mon souffle s'accélérer.

En voulant regagner la cour centrale, je fus terrifiée par l'horreur qui régnait tout autour de moi. Les corps d'une dizaine de nos ennemis étaient répandus sur le sol pendant que d'autres s'acharnaient toujours contre les habitants d'Antara. Parmi les dépouilles, je reconnus aussi certains visages familiers de la ville. En relevant la tête, je vis au loin Côme combattre avec détermination mais je ne trouvai ni Morgan, ni Alice et encore moins Gabi. Je ne savais pas quoi faire, ni où aller. Une boule me serra la gorge. J'avais envie de crier mais j'en étais incapable, je me sentais seule, j'avais besoin de mes amis. Tout à coup, j'aperçus un attroupement près du feu où nous nous réunissions habituellement pour les repas. J'y aperçus Alice et me précipitai dans cette direction avec appréhension. Là, je découvris Morgan, à genoux sur le sol, qui tenait fermement un corps dans ses bras. Je ne pouvais distinguer le visage de la victime car le leader me tournait le dos, mais je crus suffoquer lorsque je m'approchai de lui. Mon cœur se mit à me faire souffrir comme s'il avait été poignardé. Je perdis ma voix, mes mots et mon propre souffle, je cessai de respirer. Le regard de Morgan, rempli de chagrin et de compassion, ne fit qu'accentuer ma détresse. Je tombai, genoux au sol, et crus mourir devant ce visage angélique déformé par la douleur.

— Gabi ? murmurai-je, la voix brisée.

Le jeune garçon, blotti dans les bras du leader, respirait avec difficulté. Chaque souffle semblait être une véritable épreuve. Un filet de sang s'écoulait de sa bouche et une blessure importante au ventre ne cessait de saigner. Cette vision m'était insupportable. J'étais en plein cauchemar, je le savais. J'allais forcément me réveiller et m'apercevoir que tout ceci n'était pas réel, ça ne pouvait pas être réel… Les doigts du garçon étaient recroquevillés par la douleur :

— Gabi…, répétai-je en luttant contre les larmes qui roulaient en abondance le long de mes joues.

— Sarah ? demanda-t-il entre deux gémissements.

— Oui, je suis là, mon grand, répondis-je en prenant sa petite main dans la mienne.

— J'ai… mal…, souffla-t-il en toussant du sang.

Je n'arrivais plus à discerner son visage avec précision. Les larmes qui se formaient au coin de mes yeux obstruaient ma vue.

— Je sais. Mais ça va aller. On va te soigner, dis-je la voix pleine d'espoir. Tout ira bien.

Je vis Alice et Morgan s'échanger un regard à la fois désespéré et inquiet. Eux n'y croyaient plus. Tous les hommes et les femmes présents autour de moi nous regardaient l'enfant et moi, avec les larmes aux yeux, mais personne ne faisait rien pour aider le garçon. Qu'attendaient-ils pour agir, pour faire quelque chose, n'importe quoi ? Au lieu de rester là à le regarder mourir. Je me sentais impuissante. J'avais envie de hurler et de pleurer à la fois, d'implorer le ciel de m'accorder un miracle. Je sentis sa petite main devenir molle dans la mienne et quand je le regardai à nouveau, toute la douleur semblait avoir quitté son visage. L'espace d'un instant, je fus soulagée de le voir plus serein, mais quand je pris conscience de ce que cela impliquait, je le regardai sans rien faire, sans rien dire, les yeux hagards.

— Gabi ?

Je secouai sa main pour qu'il réagisse à mon appel mais il resta immobile.

— Gabi, répétai-je, réveille-toi mon bonhomme, on va te soigner.

— Sarah, murmura Alice avec chagrin en posant une main amicale sur mon épaule, c'est fini.

Je la repoussai vivement avant d'ajouter :

— Il faut faire quelque chose, je peux faire quelque chose.

J'ignore comment mais, à cet instant, j'eus le sentiment de savoir exactement quoi faire. Je joignis mes mains et commençai à lui masser la cage thoracique d'un geste dynamique. Des images me revinrent en mémoire. Je me voyais agir de la même façon avec une jeune femme, comme si un souvenir refaisait surface. Je me souvenais avoir éprouvé le même désespoir et le même sentiment d'impuissance, agenouillée près de son corps inanimé et ensanglanté. Cette scène ne m'était pas étrangère. J'avais l'impression de la revivre une seconde fois, presque à l'identique, et ça m'était insoutenable. Autour de moi, les villageois me regardaient l'air ahuri, même si je devinais une pointe d'espoir dans leurs yeux. Alice pleurait à présent à chaudes larmes et Morgan me regardait, l'air impuissant, en secouant la tête.

— Je ne peux pas abandonner, lui dis-je le visage inondé de larmes. Je ne peux pas l'abandonner.

— Sarah, chuchota-t-il à son tour.

J'ignorai son appel qui, je le savais, m'encourageait à cesser d'y croire. Je ne pouvais pas ne plus y croire, ce n'était pas envisageable. Il s'agissait de Gabi, un bout de chou d'à peine 6 ans, toujours joyeux et heureux de vivre, et tellement courageux…

— Sarah, répéta calmement le leader en me prenant par le bras pour essayer de me relever.

Je me débattais férocement. J'étais déterminée à continuer. Pourtant, le corps du garçon restait immobile et ses yeux clos. J'étais épuisée. Je n'y arrivais plus.

— Ça ne sert plus à rien, continua mon ami, arrête s'il te plaît.

Mes gestes étaient certes moins vifs et moins précis à cause de la fatigue qui me gagnait peu à peu, mais je ne pouvais pas me résoudre à l'abandonner de cette façon.

Ne supportant plus de me regarder souffrir, Morgan utilisa sa force pour me relever, me demanda de le regarder dans les yeux et dit d'un ton ferme :

— Il est mort ! Tu ne peux plus rien pour lui !

Ses paroles résonnèrent en moi comme le bruit d'un cœur qui se brisait en mille morceaux. Mon regard accrocha le sien et, tout à coup, en fouillant au fond de ses yeux, je pris conscience de la réalité : Gabi n'était plus. En état de choc, je me mis à sangloter. Il me serra dans ses bras.

— Je suis désolé, murmura-t-il à mon oreille.

J'entendais la douleur et la peine dans sa voix. Il souffrait lui aussi mais ne le montrait pas, comme à son habitude. À bout de forces, je me laissai aller contre lui, ne retenant plus mes larmes. J'étais comme écorchée vive et les bras de mon ami étaient mon seul réconfort, ma seule sécurité contre la brutalité du monde qui m'entourait. J'avais l'impression que tout autour de moi était en train de s'effondrer, et il était ce qui me restait de plus solide pour garder la tête hors de l'eau. J'étais malheureuse. Mais je n'étais pas la seule. Du coin de l'œil, je vis Alice, anéantie, se laisser choir sur le sol. Je ne savais pas ce qui s'était passé avant que j'arrive près de cette foule rassemblée pour voir mourir un enfant, et pour l'instant ce n'était pas ma priorité. Je me détachai de Morgan pour le regarder dans le fond des yeux, et pour la première fois depuis mon réveil à Antara, je compris… je compris sa volonté de s'isoler du reste du monde. Je compris son envie de se protéger du chagrin. Mais par-dessus tout, je compris la douleur qu'il avait pu éprouver par le passé lorsqu'il avait perdu ceux qui lui étaient proches.

Côme nous rejoignit, essoufflé, et eut un rictus de colère et de chagrin en voyant le corps sans vie du garçon étendu sur le sol.

— Que s'est-il passé ? demanda-t-il à Morgan. Par où sont-ils entrés ?

Je me détachai de mon ami pour écouter sa réponse. J'avais besoin d'explications moi aussi. Je devais savoir comment le seul endroit sûr que nous connaissions était devenu hostile.

Le leader désigna un passage percé dans la muraille.

— C'est par là qu'ils sont entrés, dit-il froidement. J'ignore comment. Le mur était peut-être fragilisé ou alors ils creusaient depuis plusieurs jours sans que l'on s'en soit aperçus. Je n'ai aucune explication. Combien de pertes parmi les nôtres ? demanda-t-il à son ami.

Ce dernier secoua la tête. Son regard chargé de tristesse s'arrêta sur Gabi.

— Au total ? Une dizaine. Pertes équivalentes chez nos assaillants.

Je vis Morgan réfléchir un moment. Quand il ouvrit de nouveau la bouche, il ordonna sèchement aux hommes qui l'entouraient :

— Emeric, reste près de cette brèche ! Personne ne rentre, personne ne sort, est-ce que c'est clair ?

L'homme en question hocha la tête avant de prendre la place indiquée par son chef.

— Toi, poursuivit Morgan en s'adressant à un autre

villageois, va trouver le forgeron. Qu'il fabrique la porte la plus solide qu'il ait jamais construite le plus rapidement possible. Nous ne pouvons pas laisser Antara aussi vulnérable.

Sans tarder, le jeune homme courut en direction de la ruelle.

— Quant à vous, poursuivit-il en se tournant vers le reste du groupe, fouillez chaque recoin de la cité : chaque placard, chaque pièce, chaque lit. Je veux être certain que nos ennemis ont quitté les lieux. Ne laissez rien au hasard.

Les hommes hochèrent nerveusement la tête avant de s'atteler à la tâche. Puis le leader se tourna vers Côme.

— Réunis le conseil. Tout le monde doit être dans la cour dans dix minutes. Nous devons parler d'affaires urgentes.

Son ami acquiesça d'un signe de tête avant de s'éloigner en direction de la cour centrale.

Je restai là à observer ce qui se passait sans comprendre. Mon esprit était ailleurs, il divaguait, trop préoccupé par ce qui venait d'arriver. Tout ce qui m'entourait me semblait irréel. Je sentis les mains de Morgan sur mes joues. Il prit mon visage en coupe pour m'inciter à le regarder dans les yeux et me murmura calmement :

— Je te promets que ce qui est arrivé à Gabi ne restera pas impuni.

Il embrassa mon front avant de s'éloigner pour rejoindre Côme. Que signifiaient ses paroles ? Quelles étaient ses intentions ? Je ne comprenais plus, j'étais perdue. J'entendis la voix faible d'Alice m'appeler.

— Nous ne pouvons pas le laisser ici, dit-elle la voix tremblante en désignant la dépouille du garçon.

Elle avait raison. Mais que faire ? Elle semblait aussi déroutée que moi. Je m'approchai de Gabi et le pris dans mes bras en luttant du mieux que je pouvais contre mes larmes. Je sentais que le corps de mon tout jeune ami n'opposait aucune résistance, ce qui ne faisait que me rappeler la dure réalité. Nous le transportâmes jusqu'à la maisonnette qu'il occupait avec d'autres habitants et l'allongeâmes sur le lit avant de lui nettoyer le visage à l'eau claire. Nous avions du mal à réaliser que nous ne verrions plus jamais les yeux pétillants de cet enfant s'ouvrir. Nos gestes étaient mécaniques, comme s'ils ne venaient pas de nous. Nous étions comme deux femmes qui venaient de perdre leur âme et une partie de leur cœur : des coquilles vides.

— Que s'est-il passé ? demandai-je à Alice.

Cette dernière prit une chaise, s'assit et commença :

— Je m'apprêtais à me coucher lorsque j'ai entendu des cris. J'ai regardé par la fenêtre et j'ai vu des villageois courir l'air paniqué au milieu de la cour. Ils hurlaient d'aller se mettre à l'abri, que les soldats noirs étaient ici. Je me suis précipitée ici pour venir chercher Gabi et…

Un sanglot arrêta net ses explications. Le simple fait de mentionner son nom rappelait la douleur éprouvée.

— … nous sommes sortis pour essayer de trouver un endroit plus sûr… mais nous avons été surpris et… et…

— Alice, murmurai-je en posant ma main sur son bras. Tu n'es pas responsable…

— Bien sûr que si. Si j'étais restée ici avec lui, il serait peut-être encore en vie.

— Ne dis pas ça.

— C'était horrible Sarah, reprit-elle, complètement bouleversée. L'homme masqué s'est approché de lui et n'a pas hésité une seconde à le tuer. J'étais tout près de lui, pourtant il n'a rien tenté pour prendre ma vie. C'était comme si… comme si…

— Comme si c'était lui qu'il voulait ? Comme s'ils choisissaient leurs victimes ?

Elle acquiesça, l'air horrifié.

— Tu as remarqué toi aussi ?

— J'ai eu cette impression avec Georges. Je ne sais pas… Je ne comprends pas…

Le bruit de quelqu'un qui frappe à la porte nous fit sursauter. Emeric glissa sa tête dans l'embrasure de la porte.

— Tout le monde est rassemblé dans la cour centrale. Je sais que ce n'est pas le moment, dit-il en observant le visage blême du petit garçon, mais ça semble important, vous devriez venir…

Nous le suivîmes sans poser plus de questions. Je remarquai que l'ouverture dans le mur de la ville avait été bouchée par une lourde porte de fer aux barreaux infranchissables mais ce qui m'intrigua surtout, c'est cette silhouette masquée, postée derrière les grilles, qui m'observait sans bouger. Cela faisait trois fois que je la voyais en quelques jours et à chaque fois, elle m'observait en silence, sans ciller. Je ne m'attardai pas sur elle, elle n'était pas au centre de mes préoccupations.

Nous arrivâmes près des autres villageois, tous rassemblés devant Morgan et Côme, qui s'adressaient à tour de rôle d'une voix déterminée à leurs compagnons.

Cette soirée qui avait pourtant si bien commencé avait viré au cauchemar. J'étais persuadée que les choses ne pouvaient pas aller plus mal. Malheureusement, je me trompais, et le discours du leader me le prouverait bientôt…

20

MORGAN

Conseil de guerre

J'avais traversé bien des épreuves depuis mon arrivée à Antara, mais jamais je ne m'étais senti aussi en colère. Jamais.

En voyant Gabi blessé, j'avais compris qu'il n'y avait rien à faire, à part attendre que sa souffrance prenne fin. Je m'en voulais de ne pas être arrivé plus tôt et de ne rien avoir pu faire pour l'aider. Je me sentais impuissant face à la situation et j'avais redouté le moment où Sarah découvrirait le corps du garçon. Je m'étais préparé au pire, pourtant le chagrin sur son visage et le désespoir dans ses yeux m'avaient atteint plus que je l'imaginais. La perte de son jeune ami l'avait anéantie. La voir malheureuse à ce point m'avait moi-même brisé. Je devais faire quelque chose… Bien qu'il soit trop tard pour le garçon, je ne pouvais pas laisser sa perte impunie, ce n'était qu'un enfant. La colère qui faisait rage en moi devait être évacuée à tout prix, et la seule façon que j'avais trouvée pour y parvenir était d'obtenir vengeance. Je savais pourtant avec certitude que ça ne servirait à rien.

Tous les villageois étaient rassemblés dans la cour centrale, prêts à nous écouter Côme et moi.

— Ce soir, dis-je d'un ton sec et froid, nous avons été attaqués dans notre cité. Au sein du seul endroit où nous sommes censés être en sécurité. Nos assaillants ne reculent devant rien pour obtenir ce qu'ils veulent : nos vies ! Nous ne pouvons plus laisser cela durer !

Devant moi, la foule hochait la tête en acquiesçant vivement à mes paroles. Je vis Alice et Sarah se joindre à eux en essayant de comprendre de quoi le débat retournait. Je savais d'avance que la jeune femme n'apprécierait pas la suite de mon discours.

— Nous ne pouvons pas continuer à vivre dans l'attente et la peur qu'ils viennent nous chercher. C'est nous qui irons à eux... dès ce soir !

Une grande majorité des habitants d'Antara poussèrent des cris d'encouragement, déterminés à me suivre. Tous ceux réunis là avaient tôt ou tard perdu quelqu'un à qui ils s'étaient attachés et il devenait de plus en plus difficile pour eux de l'accepter sans rien faire. Je vis Sarah regarder la foule avec incompréhension.

— C'est de la folie ! protesta-t-elle. Vous n'avez quand même pas l'intention de quitter la ville, et de partir dans cette forêt les prendre par surprise ?

— C'est exactement notre intention ! affirma Côme.

Les épaules de la jeune femme s'affaissèrent et elle secoua vivement la tête pour s'opposer à cette idée. Ces yeux sondèrent les miens comme s'ils cherchaient à me raisonner :

— Vous avez perdu la tête, continua-t-elle. Vous ne savez même pas combien ils sont ! Vous allez arriver là-bas à cinquante hommes et vous retrouver face à un ennemi qui sera peut-être deux fois plus nombreux, sinon plus ? C'est une mission suicide !

Près d'elle, Alice approuvait ses paroles d'un signe de tête. Sarah me fixait toujours et me suppliait du regard de retrouver la raison. Sa détresse était difficile à ignorer mais j'étais le leader de cette ville et je devais me comporter comme tel.

— Je propose que l'on vote, suggérai-je, sans quitter mon amie des yeux.

Elle secoua la tête d'appréhension.

— Que ceux qui ne souhaitent pas nous accompagner lèvent la main !

Quelques bras se levèrent, une minorité, principalement constituée de personnes d'un âge déjà avancé, de femmes et d'adolescents.

— Et maintenant, dit Côme, qui souhaite que justice soit faite ?

La grande majorité de la foule se mit à crier en levant la main, décidée à venir à bout d'une menace qui planait au-dessus de leur tête depuis trop longtemps.

Les deux jeunes femmes regardèrent ceux qui les entouraient avec désarroi, complètement abasourdies. Puis, Sarah se tourna vers moi. Je vis sur ses lèvres qu'elle murmurait mon nom, comme un dernier espoir pour que je change enfin d'avis. L'expression dans ses yeux me fit flancher un instant, mais je repris très vite mes esprits. Pourtant, je ne pouvais quitter son regard, qui me renvoyait en pleine figure son chagrin, sa colère et sa déception. Elle secoua la tête avant de se détourner, se frayer un chemin dans la foule et disparaître précipitamment dans la ruelle qui menait à la bâtisse.

Je soupirai, le cœur lourd, en sachant qu'une conversation s'imposerait et qu'elle serait sans doute houleuse. Je sentis la main de Côme se poser sur mon épaule.

— Tu devrais aller lui parler, me dit-il, pendant que les villageois sont en pleine effervescence.

Je hochai la tête et pris le chemin emprunté par la jeune femme quelques secondes plus tôt, non sans une pointe d'appréhension.

La porte de sa chambre était grande ouverte. Je m'approchai et m'appuyai contre le chambranle, les bras croisés contre la poitrine en la regardant remplir avec précipitation une besace de provisions. Son attitude trahissait sa colère.

— Sarah, qu'est-ce que tu fais ? murmurai-je en sachant pertinemment ce qu'elle était en train de faire.

— Eh bien, tu vois, me dit-elle sèchement sans relever la tête, je prépare mes affaires pour vous accompagner.

— Il y a deux minutes, tu disais que c'était une mauvaise idée, répondis-je soucieux de la voir ainsi déterminée à prendre part au voyage.

— Et je le pense toujours, mais je ne resterai pas ici sans rien faire pendant que vous partez vous faire massacrer.

Elle était bouleversée, je le voyais. Pas une seule fois depuis mon arrivée dans la pièce, elle ne m'avait regardé. L'émotion se sentait dans sa voix. La mort de Gabi était encore trop récente, elle ne pouvait pas réfléchir et prendre des décisions aussi importantes dans cet état. Je la vis récupérer des armes sous son lit : une dague et quelques couteaux plus petits qu'elle fourra aussi dans son sac. Je m'approchai d'elle, pris sa besace et ressortis les lames en les jetant sur le matelas.

— C'est hors de question, tu ne viendras pas avec nous, lui dis-je d'un ton qui ne laissait suggérer aucune opposition.

— Je ne te demande pas ton avis Morgan, me répondit-elle en replaçant ses armes dans son cabas.

Je ne supportais pas son comportement agité et la façon dont elle m'ignorait. Elle n'était plus elle-même, je devais la raisonner.

— Qu'est-ce que je dois faire pour que tu acceptes de rester ici ? soufflai-je, au bord du désespoir.

Elle cessa enfin de s'affairer et planta ses yeux dans les miens.

— Reste, me dit-elle, le regard rempli d'espoir. Reste et je resterai.

Je fus à mon tour bouleversé par la sincérité de son regard et la façon dont elle me suppliait de l'écouter.

— Je ne peux pas, répondis-je à contrecœur.

Elle détourna ses yeux des miens en soupirant de lassitude.

— Dans ce cas, tu ne m'empêcheras pas de vous accompagner, répondit-elle en reprenant son sac.

De nouveau je le lui pris des mains et ôtai la dague et les couteaux qui s'y trouvaient.

— Arrête de faire ça ! hurla-t-elle en balançant violemment sa besace à travers la pièce.

— Non, toi arrête ! criai-je à mon tour en me rapprochant d'elle, les yeux remplis de colère. Tu es bouleversée, tu ne sais plus ce que tu fais ! Tu ne viendras pas avec nous !

— Je ne te laisserai pas prendre cette décision à ma place, reprit-elle. Tu n'en as pas le droit, je n'ai aucun ordre à recevoir de toi !

— Tu n'es pas prête pour affronter cela !

Elle s'esclaffa nerveusement avant de reprendre :

— C'est drôle, ce matin, tu disais le contraire !

Cette femme avait du répondant. En temps normal, c'était une qualité que j'appréciais mais dans les circonstances présentes, elle jouait avec mes nerfs et ma patience.

— Ceux qui restent vont avoir besoin de toi. Tu as su faire ta place ici, tu leur apportes de la joie et de l'espoir. Il faut que tu restes !

— Ce ne sont que des excuses tout ça ! Tu sais aussi bien que moi qu'Alice est mieux placée que moi pour ce rôle. Elle connaît parfaitement le fonctionnement de la ville.

Ces réponses étaient fondées et j'avais de plus en plus de mal à trouver de bons arguments pour l'inciter à rester à Antara, mais ce dont j'étais absolument certain, c'est que je ne la laisserais pas venir avec nous et risquer sa vie. Je détestais utiliser les faiblesses des gens contre eux, et encore moins quand il s'agissait de personnes auxquelles je tenais, mais dans le cas présent, je ne voyais pas d'autres solutions.

— Si Gabi était encore là, dis-je en tentant de maîtriser ma voix, il te demanderait de rester. Son corps n'a même pas encore été brûlé. Tu ne peux pas l'abandonner. Pas maintenant…

Les yeux de la jeune femme se remplirent de larmes. Ils me fixaient sans comprendre. Mon cœur se serra dans ma poitrine. À cet instant, je me haïssais de lui infliger autant de peine et de douleur. Elle m'observa un moment, impuissante, avant de reprendre, la voix brisée :

— Je sais ce que tu essaies de faire. Tu penses que me culpabiliser t'aidera à me convaincre de rester ? Ce que tu fais est injuste et tu le sais.

Elle avait raison, c'était injuste et cruel de ma part. J'en avais parfaitement conscience. Pourtant, je n'avais pas hésité à utiliser ces arguments contre elle. J'étais quelqu'un de mauvais et c'est moi qui finissais par culpabiliser.

— Ton petit jeu ne marchera pas avec moi, insista-t-elle en ramassant sa besace.

Cette fois, j'explosai. Je pris le sac, le jetai plus loin et haussai la voix en pointant mon index dans sa direction.

— Maintenant ça suffit, hurlai-je, emporté par l'impatience. Tu ne viendras pas avec nous et c'est non négociable, est-ce que c'est clair ?

Elle se figea un instant, surprise par le ton autoritaire de ma voix et la colère qui brûlait dans mes yeux. L'espace de quelques secondes, je crus déceler de la peur dans ses pupilles mais rapidement cette peur se transforma en rancœur.

— Tu sais à quel point je déteste que l'on me donne des ordres !

Elle s'apprêtait à reprendre sa tâche quand je la retins par le bras.

— Écoute-moi bien… Si tu persistes à vouloir nous

accompagner, je te ferai enfermer jusqu'à ce qu'on soit assez loin pour que tu ne puisses pas nous suivre, est-ce que tu m'as bien compris ?

Elle ne lâcha pas mon regard, tentant par tous les moyens de découvrir si j'étais sincère ou si j'essayais simplement de lui faire peur. Comment lui expliquer que les deux étaient vrais ? Ce n'était pas nécessaire, je crois qu'elle l'avait très bien compris seule :

— Tu ne ferais pas ça, me dit-elle la voix tremblante.

— Je n'hésiterais pas une seule seconde.

Elle se dégagea fermement de mon emprise en réalisant que je la tenais toujours par le bras.

— Si tu fais ça, me dit-elle d'un air menaçant, je ne te le pardonnerai jamais.

À l'ombre qui passa dans ses yeux, je savais qu'elle ne mentait pas, mais je ne pouvais pas céder. Après ce soir, elle me haïrait sans doute, et même si cette idée était difficile à supporter, je préférais cela plutôt qu'elle risque de mourir en suivant une mission que j'avais moi-même entreprise. Je ne pouvais pas permettre ça, je ne le supporterais pas. C'était un choix égoïste, j'en avais tout à fait conscience, mais j'avais perdu trop d'êtres chers. Gabi en faisait partie. La perdre elle aussi n'était pas envisageable.

— Dans ce cas, répondis-je en me redressant, il vaudrait mieux que tu décides par toi-même de rester.

Elle secoua lentement la tête, sans quitter mes yeux, à la fois écœurée et résolue.

— Tu as sans doute raison, me dit-elle en essuyant du revers de sa main les larmes qui roulaient le long de ses joues, il vaut peut-être mieux que tu t'en ailles…

Ses dernières paroles me furent comme un coup de poing dans le ventre. Elles étaient difficiles à entendre, bien que justifiées. Sans rien ajouter de plus, elle détourna ses yeux des miens et quitta précipitamment la pièce, me laissant seul face à moi-même, mes démons et mes regrets. J'en venais à me détester d'agir de la sorte avec elle. Impuissant, je soupirai en fermant les yeux quand la voix de Côme me ramena rapidement à la réalité.

— Morgan ? Tu devrais te préparer. Tous ceux qui nous accompagnent seront prêts à quitter la ville dans quelques minutes.

21

SARAH

Départ précipité

Du haut des remparts, j'observais le groupe se préparer pour le départ. Morgan, le visage fermé, l'air sévère, vérifiait l'armement de ses troupes, son faucon posé sur l'épaule. Je ne le quittais pas des yeux, à la fois blessée, vexée et en colère depuis ses dernières paroles. Pourtant, le sentiment qui primait en ce moment, c'était l'inquiétude. Je venais à peine de perdre Gabi, je ne voulais pas le perdre lui aussi.

— J'en conclus que ça ne s'est pas très bien passé ? me dit Côme en voyant mes yeux humides.

Je sursautai, surprise de le voir ici. Il terminait son tour sur le chemin de ronde afin de s'assurer que la route qui les mènerait à la forêt était dégagée, son épée à la taille et son arc dans le dos. Il semblait prêt pour le combat.

— Morgan et toi, vous êtes incapables de vraiment communiquer sans vous disputer, continua-t-il en souriant avec malice. Tout ça parce que vous essayez de nier vos sentiments mutuels. Les choses seraient tellement plus simples si vous vous disiez les choses en face !

En temps normal, j'appréciais l'honnêteté de Côme mais, dans le cas présent, elle me faisait me sentir encore plus mal. Il s'approcha de moi et posa amicalement sa main sur mon épaule.

— Je veillerai sur lui, je te le promets. Je le fais toujours…, me dit-il le regard plein d'affection.

Le chagrin, la colère et l'angoisse qui m'oppressaient m'empêchaient de trouver les mots pour lui répondre.

Il s'éloigna vers l'escalier qui descendait dans la ruelle, s'apprêtant à rejoindre le convoi, quand je l'interpellai :

— Côme ?

Il se tourna vers moi, un sourcil relevé, curieux d'entendre ce que j'avais à lui dire.

— Sois prudent toi aussi.

Un sourire sincère se dessina sur ses lèvres. Il acquiesça d'un signe de tête et reprit sa route.

Je n'aimais pas le voir s'éloigner de cette façon, simplement parce que je craignais de ne pas le voir revenir. J'avais tissé des liens forts avec lui, tout comme je l'avais fait avec Alice, et davantage encore avec Morgan. Cette sensation de voir le groupe se disperser me laissait un sentiment d'inconfort et de peur. Je me sentais perdue et impuissante, comme lors de mon arrivée à Antara.

Les villageois mirent le pied à l'étrier et le leader donna l'ordre aux gardiens d'ouvrir le portail. Les yeux de Morgan parcoururent la foule qui s'était groupée pour leur dire au revoir. Il me cherchait, j'en étais certaine. Je sentis mon cœur se serrer dans ma poitrine et une boule me nouer la gorge. J'étais en colère contre lui, vraiment en colère. J'aurais dû partir avec eux, même si j'étais convaincue que c'était une mauvaise idée, mais je savais qu'il ne m'aurait pas laissé faire. Finalement, il leva la tête, scruta les remparts et croisa mon regard. Nous nous fixâmes un moment, après quoi il donna un ordre silencieux à son oiseau. Lazare virevolta un moment au-dessus de la cour centrale avant de venir se poser sur le rempart, tout près de moi. Puis le leader talonna sa monture et quitta la cité, suivi par Côme et leur troupe.

— Que fais-tu là ? demandai-je à l'oiseau comme s'il allait me répondre. Pars avec lui. Éclaire sa route comme tu le fais habituellement, il a besoin de toi !

Mais l'animal ne bougea pas. Il pencha sa tête d'un côté puis de l'autre en me regardant curieusement. Il ne semblait pas décidé à suivre son maître. Alors seulement, je compris que Morgan avait demandé à son compagnon de rester à Antara et de veiller sur moi.

Je le regardai s'éloigner, le cœur lourd. Quelques heures plus tôt, nous étions tous les deux dans la grotte aux lucioles. Je m'y étais sentie si parfaitement heureuse. À présent, j'étais brisée et complètement anéantie par la mort d'un enfant que j'avais sincèrement aimé et le départ précipité de l'homme dont je tombais peu à peu amoureuse.

22

SARAH

Visite-surprise

Paris, trois ans plus tôt

Noël approchait et les enfants étaient particulièrement excités et bruyants en cette période de l'année. J'annonçai la fin de la journée, ravie à l'idée d'être vendredi soir et de rentrer chez moi pour me reposer. Mes petits élèves récupérèrent leurs sacs, leurs manteaux et se mirent en rang dans le couloir. Je les accompagnai jusqu'au portail où je veillai à ce que chacun d'entre eux parte avec l'un de ses proches. Parmi les dizaines de parents qui attendaient devant les grilles, je reconnus la silhouette de Lucas, qui m'observait avec un sourire au coin des lèvres. Je le saluai d'un signe de tête et me rapprochai de lui quand tous les enfants de ma classe eurent retrouvé leur famille :

— Où est passé l'uniforme ? lui demandai-je l'air taquin.

Il haussa les épaules en riant.

— Je ne suis pas là pour le travail.

Je regardai autour de moi, m'attendant à voir débarquer un enfant d'un moment à l'autre. Pour quelle autre raison se serait-il rendu à la sortie de l'école ?

— Vous attendez le vôtre ? le questionnai-je en désignant les marmots autour de nous.

— Non ! répondit-il en s'esclaffant. En réalité, c'est vous que je venais voir.

— Oh, vraiment ? dis-je surprise.

Il hocha la tête :

— Est-ce qu'on pourrait discuter un moment ?

Son air subitement plus sérieux m'interpella. De toute évidence, il s'agissait de quelque chose d'important.

— Bien sûr. Laissez-moi récupérer mes affaires, je reviens dans une minute.

Un instant plus tard, je le retrouvai assis sur le petit mur devant l'école et m'installai près de lui :

— De quoi vouliez-vous me parler ? lui demandai-je curieusement.

Il avait l'air grave et les sourcils froncés, son comportement commençait à m'inquiéter.

— C'est au sujet du père de Yanis…

— Oh ! je vois. Est-ce que tout va bien ?

— Il devrait sortir de prison d'ici peu.

Je pensai instantanément au garçon qui avait retrouvé sa joie de vivre dans sa famille d'accueil, craignant que Lucas m'apporte une nouvelle qui risque de contrarier de nouveau son épanouissement.

— Vous essayez de me dire qu'il va récupérer la garde de Yanis ?

— Non, répondit-il en secouant la tête. Le juge lui a retiré la garde. Pour l'instant, Yanis reste dans sa famille d'accueil.

Je soupirai de soulagement mais remarquai l'air encore soucieux de mon interlocuteur.

— Ce n'est pas ce garçon qui m'inquiète en réalité, mais vous…

— Je ne comprends pas…

— J'étais au procès, et il semble évident que cet homme vous en veut. Il pense que c'est votre faute s'il a fait un séjour en prison et si on lui a enlevé son fils.

— Il n'a pas complètement tort. C'est moi qui ai signalé les traces de coups sur le corps de mon élève.

— Et vous avez fait ce que vous aviez à faire, personne ne peut vous le reprocher.

— Dans ce cas je ne comprends pas vraiment votre inquiétude.

— Je pense que vous devriez être vigilante. Il pourrait chercher à se venger.

— Vous pensez sérieusement qu'il m'en veut à ce point ?

Son silence fut éloquent. Je secouai la tête en riant nerveusement.

— Eh bien, il ne manquait plus que ça, marmonnai-je pour moi-même.

— Qu'est-ce que vous voulez dire ? m'interrogea-t-il, intrigué.

— Rien du tout.

Je me relevai en soupirant.

— Lucas, je vous remercie d'être venu me prévenir. J'apprécie, vraiment. Je serai prudente.

Il se redressa à son tour en hochant la tête.

— J'aimerais que vous restiez sur vos gardes et que vous me préveniez si vous constatez quelque chose d'anormal.

Il fouilla dans la poche intérieure de sa veste et en sortit une carte de visite qu'il me tendit avec un sourire aux lèvres.

— N'hésitez pas à m'appeler si vous en ressentez le besoin…

J'ignorais si la menace était réelle ou s'il s'agissait seulement d'un prétexte pour que lui et moi fassions plus ample connaissance. Peut-être était-ce les deux, mais son inquiétude semblait sincère. Je pris sa carte en le remerciant et la mis dans la poche arrière de mon jean. Puis il me demanda des nouvelles de Yanis et au bout de quelques minutes passées à discuter du garçon, la conversation dévia sur des sujets plus personnels.

J'appréciais sincèrement ce moment passé en compagnie du policier. Bavarder avec quelqu'un d'autre que Jessica ou mes parents était sincèrement rafraîchissant. Lucas parvenait à me faire sourire et à me faire oublier, l'espace d'un instant, les souvenirs désagréables qui hantaient mon passé. Mais je n'aimais pas parler de moi, surtout depuis l'accident. J'avais l'impression que ma culpabilité, mes blessures et mes faiblesses se lisaient en moi trop facilement et je n'avais pas l'intention de raviver un traumatisme encore trop récent. La nuit était tombée autour de nous, en cette fin de journée d'hiver. Je regardai ma montre, curieuse de savoir depuis combien de temps nous étions là à discuter, et fus surprise de constater que nous échangions depuis plus de deux heures. Je n'avais pas vu le temps passer et je devais admettre que c'était plutôt agréable.

— Il est tard, observai-je, je devrais rentrer. C'était une journée épuisante.

Il acquiesça d'un signe de tête et nous nous saluâmes avant de nous séparer, à regret.

En rentrant chez moi ce soir-là, je pensais beaucoup à ce que Lucas et moi nous étions dit. Je prenais au sérieux son avertissement concernant le père de Yanis, mais le danger ne m'inquiétait pas plus que cela. Je songeais plutôt à nos discussions, qui m'avaient donné l'impression que l'on se connaissait déjà depuis un certain temps. C'était agréable de passer un moment avec quelqu'un qui ne savait rien de mon passé, ne portait aucun jugement, n'avait pas pitié de moi.

Dans les jours qui suivirent, la routine reprit. L'agitation des préparatifs de Noël à l'école occupait tout mon temps, me faisant presque oublier le reste. Puis les vacances arrivèrent, et la neige avec elles. Je passai la journée à faire les magasins avec Jessica pour trouver les derniers cadeaux avant Noël. Nous rentrâmes chez moi, frigorifiées. Je fis bouillir de l'eau et nous préparai une tasse de thé bien chaude. Nous restâmes encore un moment à discuter de tout et de rien et de mon ressenti à l'approche des fêtes de fin d'année. Je me sentais mieux, ou en tout cas moins mal en point, c'était une évidence, mais ça ne m'empêchait pas de ressasser ce qui s'était passé et d'éprouver des regrets. J'aurais voulu avoir une machine à remonter le temps pour changer le cours des choses, mais ça, c'était impossible. J'avais tellement pris l'habitude de faire bonne figure que je ne savais même pas si j'allais vraiment mieux ou si je parvenais à me tromper moi-même.

Jessica partit en fin de journée. La nuit était tombée depuis déjà plusieurs heures et des flocons virevoltaient dans le ciel parisien. On sonna à la porte. Je présumai alors que mon amie avait oublié quelque chose, comme cela arrivait souvent.

— Un jour tu oublieras ta tête ! dis-je tout en ouvrant la porte.

Mais ce n'était pas Jessica qui m'attendait sur le palier.

— Surprise ! s'exclama le père de Yanis, un sourire sadique sur les lèvres, visiblement ravi de voir mon sourire s'évanouir et mon visage se décomposer.

— Qu'est-ce que vous faites ici ? demandai-je sèchement.

— Ne faites pas cette tête ! continua-t-il d'un air détaché. C'est une visite de courtoisie. Je peux entrer ?

Il n'attendit pas ma réponse et s'avança vers moi, me forçant à reculer, puis entra dans l'appartement en observant attentivement tout ce qui l'entourait. Il fit la moue en hochant la tête.

— Chouette déco ! s'exclama-t-il.

J'étais pétrifiée. Les paroles de Lucas me revinrent en mémoire. Si cet homme était ici, ce n'était pas pour échanger des politesses mais pour se venger. Je saisis dans la poche arrière de mon jean mon téléphone et parcourus mon répertoire espérant trouver rapidement le numéro du policier.

— Non non non, dit le visiteur en me prenant le smartphone des mains. Nous avons à discuter tous les deux, vous passerez vos appels plus tard.

Il s'installa dans le canapé avec aise, comme s'il était chez lui. Je ne savais pas quoi faire, pas comment réagir, pas quoi dire. Je redoutais la suite des événements et je doutais fortement qu'elle tourne en ma faveur :

— Vous étiez plus bavarde que ça lorsque vous m'avez dénoncé aux flics ! poursuivit-il avec une voix subitement plus froide et autoritaire.

— Je veux que vous partiez de chez moi, vous n'avez rien à faire ici !

Il se releva précipitamment du sofa et s'avança si près de moi que je pensai un instant qu'il allait me frapper. Je me protégeai instinctivement le visage et il se mit à rire de bon cœur.

— Si vous ne sortez pas tout de suite, j'irai porter plainte à la police. Vous ne pensez pas que vous en avez assez fait ? Vous aggravez votre cas !

— Ferme-la, sale petite garce ! hurla-t-il si fort que j'en frémis de terreur. J'ai tout perdu à cause de toi ! Ma femme, mon fils... et j'ai fait de la taule par ta faute ! Qu'est-ce que j'ai à perdre, hein ?

— Votre liberté ! Si vous me faites du mal, vous retournerez en prison... et pour un bon bout de temps !

— C'est une menace ? m'interrogea-t-il en rapprochant son visage du mien d'un air dangereux.

Je voyais la fureur brûler dans ses yeux, me laissant pétrifiée.

— Non, seulement un avertissement. Il n'est pas trop tard pour vous racheter auprès de votre famille.

— Épargne-moi tes jérémiades et tes sermons de maîtresse d'école, cria-t-il en levant la main sur moi.

Je me préparai à recevoir le coup mais son bras resta figé en l'air.

— Si j'étais vous, j'éviterais de faire ça, dit la voix familière de Lucas qui braquait une arme sur la tempe de mon agresseur.

Ce dernier soupira d'exaspération en baissant sa main.

— Vous arrivez toujours au bon moment vous ! dit-il avec sarcasme et mépris à la fois. Cette pétasse a ruiné ma vie...

— Elle a probablement sauvé celle de votre fils, répondit l'officier en lui passant les menottes.

Il saisit le téléphone accroché à sa ceinture de service et appela des collègues en donnant mon adresse et en faisant état de la situation. J'observai la scène, encore choquée par ce qui venait de se passer.

— Est-ce que ça va ? me demanda Lucas, l'air soucieux.

Je hochai la tête en lui souriant pour le rassurer. En voyant l'expression sceptique s'afficher sur son visage, je n'étais pas sûre de l'avoir convaincu.

— Ooooh, ça y est, j'ai compris ! intervint le détenu. Vous vous connaissez tous les deux ! Vous aviez si peur de moi qu'il vous fallait un garde du corps personnel ? me demanda-t-il d'un air provocateur.

Lucas me fit un léger signe de tête m'incitant à ignorer les paroles de l'homme, qu'il surveillait maintenant de près.

Quelques minutes plus tard, une patrouille vint chercher mon agresseur, qui vociféra des insultes à mon intention en quittant la résidence. Tous les voisins devaient déjà être en train de spéculer sur ce qui venait de se passer et de lancer de nouvelles rumeurs dont j'aurais sans doute bientôt des échos.

Une fois ses collègues partis, Lucas resta près de moi.

— Sarah, vous êtes sûre que ça va ? me demanda-t-il, sincèrement soucieux. Vous devriez vous asseoir un moment, vous êtes pâle.

Je m'exécutai et m'installai sur le canapé.

— Je crois que j'ai eu un peu peur c'est tout, mais ça va. Vous savez, continuai-je, je pense que l'on se connaît suffisamment pour se tutoyer à présent.

Il sourit en s'asseyant près de moi.

— C'est une bonne idée...

J'hésitai avant de lui poser la question qui me brûlait les lèvres :

— Est-ce que tu m'as suivie ces derniers jours ? Comment savais-tu qu'il viendrait ?

— En réalité, c'est lui que je suivais. J'étais persuadé qu'il allait mettre ses menaces à exécution. Je ne pouvais pas le laisser se balader tranquillement en sachant ce qui risquait d'arriver. Ça faisait des heures qu'il attendait en bas de ton immeuble dans l'attente d'une opportunité de rentrer dans le bâtiment. Une jeune femme est sortie, il en a profité pour se faufiler. La suite, tu la connais.

— La femme en question était probablement mon amie Jessica.

— Si tu parles de la grande brune qui t'accompagnait au cinéma quand on s'y est croisés, oui, c'était elle.

— Merci, murmurai-je. Si tu n'étais pas intervenu...

— Ne pense pas à cela, me dit-il en me donnant un léger coup d'épaule complice. Il accompagna son geste d'un clin d'œil qui m'arracha un rire sincère.

Il était très fort pour arriver à me faire sourire dans une pareille situation. Puis, un silence s'installa. Il mourait d'envie de me poser une question, je le voyais. Mais il hésitait. J'en conclus qu'il s'agissait de quelque chose de personnel et, soudain, je me sentis mal à l'aise. J'espérai très fort qu'il se retienne d'aborder le sujet. Malheureusement, ce ne fut pas le cas.

— Que t'est-il arrivé ? me demanda-t-il subitement, l'air sérieux.

Je feignis de ne pas comprendre.

— De quoi est-ce que tu parles ? demandai-je en fronçant les sourcils, embarrassée.

— Je sais reconnaître les personnes brisées. Elles ont cette lueur dans les yeux. Celle qui donne l'illusion que tout va bien alors qu'à l'intérieur, tout va très mal.

J'étais surprise qu'il m'ait ainsi percée à jour. Moi qui pensais parvenir à tromper mon entourage en leur répétant que tout allait bien, c'était visiblement une erreur. Je baissai les yeux en gardant le silence. Je ne savais pas quoi lui répondre. Mentir ne servirait à rien, il devinerait aussitôt que je n'étais pas honnête.

— J'en conclus que j'ai vu juste, me dit-il en observant mon comportement changer. Tu n'es pas obligée de m'en parler, tout va bien.

— Comment tu as su ? Est-ce que c'est si évident ?

— Non, bien sûr que non, ce n'est pas évident, mais les blessures laissent des traces difficiles à effacer. Le regard en porte des marques indélébiles, comme une empreinte laissée par les remords du passé. J'ignore ce que tu as traversé mais je vois dans tes yeux que tu subis encore les conséquences de ce que tu as vécu.

— Je crois que c'est quelque chose qui ne me quittera jamais. Parfois je me dis que je dois simplement apprendre à vivre avec. Mais c'est difficile.

— Quelquefois, le simple fait d'en parler peut faire des miracles.

J'étais persuadée qu'il avait raison. Depuis la mort de Juliette, je m'étais murée dans le silence en faisant de mon mieux pour ne jamais aborder le sujet et faire comme si tout était normal. Mais plus rien n'était normal. Je ne faisais qu'accumuler les remords. Ils me rongeaient intérieurement comme des démons tenus en cage qui ne demandaient qu'à s'échapper. Je savais que tôt ou tard, je ne pourrais plus rien faire pour les contenir. Me confier à quelqu'un m'aurait peut-être aidée à les apaiser, ou au moins à les dominer, mais je ne me sentais pas prête pour ça. J'aimais la compagnie de Lucas et le regard neuf qu'il portait sur moi. Je ne voulais pas que son opinion à mon sujet change trop vite.

— Je suis désolée, murmurai-je, sincèrement confuse, je n'aime pas en parler. C'est encore trop récent.

— Je comprends. Mais sache que si un jour tu changes d'avis, je sais écouter.

— Merci. J'apprécie sincèrement.

Il se leva en me demandant une nouvelle fois si tout allait bien. J'acquiesçai en lui disant de ne pas s'inquiéter. Toute cette histoire m'avait épuisée. Je ne souhaitais plus qu'une chose : aller me coucher et m'endormir en oubliant cette fin de journée. Je le raccompagnai jusqu'à la porte en le remerciant de nouveau pour son intervention, ce à quoi il répondit qu'il n'avait fait que son travail.

— Peut-être que nous pourrions aller dîner ensemble un de ces soirs, suggéra-t-il, le regard plein d'espoir.

Je fronçai les sourcils, mal à l'aise :

— Lucas, commençai-je, je ne veux pas que tu te fasses d'illusions. Ma vie est… compliquée en ce moment et je n'ai pas envie de me lancer dans une relation. Pas pour l'instant.

Il s'esclaffa, ce qui me laissa dans l'incompréhension la plus totale.

— Sarah, ce n'est pas une demande en mariage, juste un dîner… entre amis.

Je souris en réalisant que je m'étais peut-être emballée un peu vite.

— C'est vrai, dis-je en riant.

— Ça veut dire « oui » ? insista-t-il curieux.

— Ça veut dire « peut-être », rectifiai-je, l'air taquin.
— Dans ce cas, tu as mon numéro, tu sais où me trouver.
— J'y penserai, promis.
Son regard accrocha le mien. Il me fixa avec une telle intensité que, l'espace d'un moment, je crus qu'il lisait dans mes pensées, c'était troublant. Il ne me laissait pas indifférente et je me sentais bien avec lui. D'une certaine façon, j'étais sûre que c'était réciproque.
— Au revoir Sarah, me dit-il en se détournant à regret.
— Au revoir, répondis-je en le regardant s'éloigner dans l'escalier.
Ce soir-là, lorsque je me retrouvai seule, je pris conscience de trois choses : d'abord, je ressentais l'envie pour la première fois depuis longtemps de continuer à avancer ; ensuite, je réalisais que pour y parvenir, j'avais besoin d'aide ; enfin, j'étais impatiente… impatiente de revoir Lucas, et ça, je ne savais pas encore si c'était une bonne ou une mauvaise chose.

23

SARAH

Souvenirs

Je m'éveillai avec la même impatience que celle que j'avais quittée en abandonnant mon rêve. À l'exception près que c'était Morgan que j'étais impatiente de revoir. Ces songes que j'avais pris l'habitude de faire me rendaient de plus en plus confuse. Plus le temps s'écoulait, plus j'étais convaincue qu'il s'agissait de souvenirs qui refaisaient peu à peu surface. Ce que je ressentais pendant ces moments où ma mémoire s'éveillait était si réel et authentique que j'en venais à ne plus distinguer ce qui était vrai de ce qui ne l'était pas. Mes sentiments se confondaient, tout comme mes pensées. J'étais absolument certaine de l'amour que je portais au leader, mais j'avais aussi parfaitement conscience de mon affection naissante pour Lucas. Je me redressai en me passant la main sur le visage. J'avais l'esprit embrumé et la migraine. Je tournai la tête vers la fenêtre de ma chambre, où Lazare m'observait avec le regard à la fois curieux et bienveillant. Il faisait encore nuit dehors, la cité était encore endormie. Je me levai en marchant sur la dalle en pierre froide de ma chambre et vins caresser l'oiseau en appuyant mes coudes sur le rebord de l'ouverture.

— Quand te décideras-tu à rejoindre ton maître ? lui murmurai-je. Il a plus besoin de toi que moi !

L'animal pencha la tête en poussant un petit cri strident comme s'il cherchait à me répondre. Mon regard s'attarda sur les flammes qui crépitaient dans la cour centrale. Une silhouette féminine était assise sur le banc face au feu, le regard perdu dans les braises qui s'échappaient du brasier. Je m'habillai chaudement pour aller la rejoindre, suivie de près par Lazare, qui se percha sur le banc opposé :

— Tu n'arrives pas à dormir ? demandai-je à Alice en m'asseyant près d'elle.

Elle secoua la tête en me souriant timidement. Ses yeux étaient cernés et son teint pâle. Elle garda le silence un instant avant de continuer :

— Je n'arrive pas à réaliser qu'il n'est plus là Sarah. Chaque seconde j'ai l'impression qu'il va arriver en criant, le sourire aux lèvres, avant de se jeter dans nos bras en riant. C'est tellement difficile de se dire que nous ne le verrons plus jamais rire aux éclats comme il le faisait...

Des larmes se mirent à rouler le long de ses joues. Elle les essuya pudiquement du revers de la main en évitant mon regard. La perte de Gabi était encore trop récente pour ne pas la pleurer et l'émotion me submergea à mon tour. Moi non plus, je n'avais toujours pas accepté l'idée qu'il soit parti. Pourtant, nous avions organisé des funérailles pour lui dire adieu. Après le départ de la troupe, ceux qui étaient restés s'étaient rassemblés et nous avions brûlé les corps des défunts avant de disperser leurs cendres dans l'océan, par-dessus les remparts.

Je posai une main amicale sur son bras, puis elle continua :

— Si seulement j'étais restée dans la maisonnette ce soir-là. Si nous nous étions cachés, les choses auraient été différentes.

— Alice, ça n'aurait rien changé et tu le sais très bien. Les soldats ont fouillé toutes les maisons, ils auraient fini par vous trouver. C'est Gabi qu'ils voulaient. Rien de ce que tu aurais pu faire ne les aurait empêchés de le prendre. Cesse de culpabiliser.

— Je sais que tu dis cela pour me rassurer.

— C'est faux ! Je le pense sincèrement.

— Je sais que tu veux bien faire Sarah mais c'est impossible ! Je me sens responsable, c'est plus fort que moi.

Je la comprenais parfaitement. À présent que mes souvenirs revenaient, je devais de nouveau faire face à mes remords et à la culpabilité que je ressentais dans ma vie d'avant. Et ces sentiments étaient difficiles à gérer.

— Je sais ce que tu ressens, lui dis-je avec sincérité.

— J'en doute… C'est comme avoir un poids sur la conscience. Un poids si lourd qu'il m'empêche d'avancer et laisse des traces partout où je passe. Je ne sais pas comment m'en débarrasser.

— Il n'y a aucune façon de s'en débarrasser, répondis-je d'un ton qui se voulait rassurant. La seule chose que tu puisses faire, c'est te pardonner et apprendre à vivre avec.

Elle fronça les sourcils et me regarda l'air intrigué.

— Je sais ce que tu ressens car je l'ai vécu moi aussi, continuai-je hésitante.

Je ne savais pas si lui en parler était une bonne idée. Jusqu'à présent, j'avais gardé ces rêves pour moi, ne sachant pas comment les interpréter.

La jeune femme ouvrit de grands yeux surpris.

— Est-ce que… est-ce que tu veux dire que tes souvenirs reviennent ?

— Je n'en ai pas la certitude… La nuit, je fais des rêves si précis et familiers. Je ne peux pas inventer ça, c'est forcément quelque chose que j'ai déjà vécu. Les personnes qui en font partie… c'est comme si je les connaissais… et les émotions que je ressens face à ce que je vis dans ces songes ne me quittent plus quand je suis ici.

— Et qu'est-ce qui justifie que tu te sentes coupable ?

Elle semblait sincèrement intéressée par mon histoire mais j'hésitais encore à la lui raconter, car je n'avais pas encore rassemblé toutes les pièces du puzzle pour la comprendre moi-même. En voyant la lueur d'espoir dans le regard de mon amie, je compris que je devais lui faire part de mon douloureux souvenir.

— J'ai perdu ma meilleure amie dans un accident de voiture, et je crois que c'est moi qui étais au volant du véhicule, finis-je par lui dire à brûle-pourpoint.

— Sarah, je suis désolée, me dit-elle, sincèrement troublée.

— Des souvenirs qui me sont apparus, celui de l'accident est probablement le plus flou et le plus imprécis. En revanche, la culpabilité qui m'a rongée depuis est restée intacte. Je l'avais oubliée à mon réveil à Antara. Je crois que c'est encore plus difficile de la voir réapparaître maintenant.

— Je comprends...

— Dire que j'aurais donné n'importe quoi pour retrouver ce que j'avais perdu quand je suis arrivée ici ! dis-je en riant nerveusement. Aujourd'hui, je paierais cher pour ignorer à nouveau cette sensation. Tu m'avais bien dit que pour certains, être à Antara était une seconde chance. Tu avais raison.

— J'aurais préféré avoir tort.

— C'est le lot de tout être humain, pas vrai ? poursuivis-je en passant mon bras autour des épaules de mon amie. Les regrets, les remords, les blessures et les cicatrices laissés par nos expériences... tout ça nous fait souffrir, nous épuise, mais c'est aussi ce qui nous prouve que l'on est vivant.

— C'est vrai, acquiesça-t-elle en hochant la tête. Morgan est-il au courant ? me demanda-t-elle curieusement.

Je baissai les yeux en pensant au leader. Le simple fait d'entendre prononcer son nom me serrait le cœur.

— Non, avouai-je tristement. Je n'ai pas eu l'occasion de lui en parler. Je n'aurai peut-être jamais à le faire...

— Ne dis pas cela ! me sermonna Alice. Ils vont revenir, j'en suis certaine. Il FAUT qu'ils reviennent.

— Ça fait trois jours qu'ils sont partis Alice... trois jours que nous sommes sans nouvelles. Qui sait ce qui s'est passé dans cette forêt ?

— Pourquoi n'envoies-tu pas Lazare en éclaireur ?

— Parce que cet imbécile de Morgan a donné l'ordre à ce stupide oiseau de rester ici à veiller sur moi plutôt que de l'emmener avec lui ! me mis-je à maugréer, énervée.

L'animal en question battit des ailes en me regardant l'air mauvais. J'en vins à me demander s'il comprenait le sens de mes paroles. Si c'était le cas, il ne semblait pas avoir apprécié le qualificatif que j'avais utilisé pour le désigner. Alice haussa les sourcils en faisant la moue, surprise par mon soudain changement d'humeur.

— J'en conclus que tu es encore en colère contre lui ?

— Bien sûr que je suis en colère. Il m'a menacée ! Il m'a menacée pour m'obliger à rester ici. C'était MA décision, MON choix, et il l'a fait à ma place. Alors oui, je suis encore quelque peu énervée, vois-tu ?

— Si peu..., chuchota la jeune femme. Ça ne t'empêche pas de t'inquiéter pour lui, pas vrai ? Tu passes tes journées à faire les cent pas sur les remparts à surveiller l'horizon.

Je gardais le silence. Elle avait raison, je ne pouvais pas le nier. J'étais inquiète. Je priais chaque jour pour voir arriver leurs chevaux mais, plus le temps passait, plus je me sentais anxieuse et nerveuse. J'avais peur que quelque chose leur soit arrivé.

— Que feras-tu lorsqu'il reviendra ? me demanda-t-elle sérieusement.

— Je n'en ai aucune idée, soupirai-je. Je ne veux pas penser à ça pour le moment. La seule chose que je souhaite pour l'instant, c'est qu'il revienne. Et Côme avec lui.

Le lendemain, je tournais en rond comme un lion en cage. Je ne supportais plus de rester là à attendre pendant que la majorité des villageois était partie combattre un ennemi qui ne semblait pas pouvoir être vaincu. Je ne cessais les allées et venues sur les remparts, guettant le moindre mouvement venant de la forêt. Lazare n'était jamais loin et, bien que les deux premiers jours sa présence m'ait rassurée, elle finissait à présent par m'angoisser. Sa place n'était pas ici, je le savais. Lassée de le voir m'observer silencieusement, je finis par exploser.

— Ça suffit maintenant ! criai-je à bout de nerfs. Va-t'en ! Pars ! Va le retrouver !

L'animal battit violemment des ailes, effrayé par mes hurlements, mais ne s'en alla pas pour autant. Je réalisai que hurler ne m'avancerait à rien. Alors je repris d'un ton plus calme :

— Lazare, s'il te plaît, je vais bien. Tout ira bien pour moi. Je ne cours aucun danger ici. Je n'ai pas besoin de toi. Ces hommes qui sont là-bas, eux ont besoin de toi. Tu dois éclairer leur route, les avertir du danger… et les ramener ici ! Pars, c'est un ordre !

Le faucon me regarda en penchant la tête, puis, finalement, s'envola en direction de la forêt. J'étais soulagée de le voir enfin s'éloigner pour retrouver son maître.

Je passai l'après-midi à essayer de me rendre utile, cela me permettait de garder l'esprit occupé et ne pas songer au pire. Quand le soir fut venu et que la nuit fut tombée, le son d'une corne de brume résonna dans la cité. Surprise, je me figeai en regardant Alice d'un air interrogateur.

— C'est le signal pour dire que quelqu'un approche, m'expliqua-t-elle avec anxiété.

Sans attendre plus d'explications, je fonçai sur la muraille pour identifier nos visiteurs. La troupe était à l'approche. De là où je me tenais et à cause de l'obscurité qui régnait, je ne distinguais pas les visages avec précision mais la démarche des villageois trahissait leur fatigue et des blessures, *a priori*, sans gravité. À première vue, ils étaient aussi nombreux qu'à leur départ, j'en fus rassurée. Ils furent bientôt sur le point de franchir le portail. Je me ruai dans la cour centrale avec appréhension, attendant avec impatience de voir rentrer nos compagnons. Les premiers hommes firent leur apparition en boitant ou en tirant les chevaux qui transportaient les plus mal en point. Alice et d'autres villageois restés à Antara se précipitèrent vers eux pour les secourir. J'étais comme paralysée. Les yeux rivés sur le portail dans l'attente de voir apparaître deux visages familiers, j'oubliai même de respirer. Je m'en rendis compte lorsque je vis apparaître Côme et soupirai de soulagement. Le regard de mon ami croisa le mien. Je courus vers lui pour l'enlacer, sincèrement heureuse de le retrouver :

— Je suis tellement contente que tu ailles bien. Vous en avez mis du temps !

Il rit en me tapotant amicalement le dos.

— Oui… les choses ne se sont pas passées comme nous l'avions prévu.

Je me détachai de lui en lui demandant si tout allait bien et s'il était blessé.

— Je vais bien, me rassura-t-il, ne t'inquiète pas.

Soulagée de le savoir sain et sauf, je laissai mon regard parcourir le reste de la foule à la recherche de Morgan. Je commençais à paniquer en ne le voyant pas parmi le reste du groupe. Les derniers hommes entrèrent dans la cité et mon cœur se serra d'appréhension. Finalement, le leader entra dans la cour en fermant la marche. Il soutenait l'un de ses hommes qui ne pouvait pas s'appuyer sur sa jambe blessée. Il l'aida à s'asseoir près des autres invalides puis se retourna en scrutant la foule et se figea quand ses yeux rencontrèrent les miens. Un sourire discret étira ses lèvres et je sentis une boule me tortiller le ventre. Si je m'étais écoutée, je me serais précipitée sur lui pour l'embrasser tant j'étais heureuse et soulagée de le retrouver. Pourtant, la colère que j'éprouvais à son égard était encore bien là et m'empêchait de laisser libre cours à mes pulsions. Nous nous fixâmes un moment, sans savoir lequel finirait par faire le premier pas. À cet instant Alice s'approcha, serra Côme dans ses bras et se tourna vers moi.

— Sarah, j'ai besoin de toi pour soigner les blessés, me dit-elle en me tirant par le bras.

Je la suivis jusqu'aux maisons où avaient été installés ceux dont les blessures étaient les plus graves : certains avaient des fractures ouvertes, d'autres des plaies dont le saignement était difficile à arrêter. Je ne connaissais pas grand-chose aux soins à apporter à ce type de blessures et je n'étais pas certaine qu'Alice en sache davantage. Dans les heures qui suivirent, ce fut l'effervescence, chacun essayant d'apporter son aide pour soulager au mieux les blessés. J'ignorais ce qui s'était passé dans cette forêt, mais malgré les nombreux blessés, il n'y avait pas de pertes à regretter, ce qui était une bonne nouvelle. Au milieu de la nuit, le calme revint dans la cité. Les plaies des patients ayant été pansées, ils s'étaient endormis. Les autres combattants avaient rejoint leurs appartements pour se reposer, épuisés par les journées sans sommeil qu'ils venaient de passer au-delà de la cité. Seules quelques personnes circulaient encore au milieu des blessés pour veiller à ce qu'ils ne manquent de rien. J'avais fait de mon mieux pour éviter Morgan, ne sachant pas comment me comporter avec lui, ni quoi lui dire. Je m'apprêtais à rejoindre Alice près du feu quand le leader s'approcha d'elle sans m'avoir vue :

— Alice ? lui demanda-t-il, l'air grave. Sais-tu où est Sarah ?

— Elle était là il y a encore quelques minutes, elle ne doit pas être loin, lui répondit la jeune femme.

Appuyée contre le mur de l'une des maisons, je regardais le leader s'éloigner, le cœur lourd. Je n'allais pas pouvoir l'éviter éternellement. Il fallait à tout prix que je lui parle et que je lui dise ce que j'avais sur le cœur.

J'arpentais le couloir de la bâtisse les mains moites, j'étais nerveuse. Je pris une profonde inspiration en approchant de la chambre de Morgan dont la porte était ouverte. Il était debout à l'autre bout de la pièce devant un miroir et tentait avec difficulté d'enlever sa tunique. De toute évidence, son épaule le faisait souffrir, c'est en tout cas ce que trahissait la grimace sur son visage lorsqu'il essaya une première fois de se débarrasser de son vêtement. Il aperçut mon reflet dans la glace et se tourna vers moi en restant silencieux. La douleur se lisait sur ses traits.

— Laisse-moi t'aider, dis-je en m'approchant de lui.

Le simple fait de déplier son bras semblait lui demander un effort considérable. Avec délicatesse, je l'aidai à ôter sa chemise. Il crispa la mâchoire pour retenir un râle de souffrance.

— Excuse-moi, murmurai-je d'une voix à peine audible.

Son corps à moitié dévêtu laissait voir les nombreuses ecchymoses et blessures sans gravité qui recouvraient sa peau. Son torse tout entier en était recouvert. Je sentis la tristesse me serrer la gorge et me nouer le ventre. Je détestais le voir souffrir. Il dut deviner à l'expression sur mon visage que je me sentais mal pour lui :

— Ce n'est rien, chuchota-t-il. Seulement des égratignures.

Je l'écoutais mais n'osais pas le regarder. Si près de lui maintenant, je me sentais faible. Je ne souhaitais qu'une seule chose : être encore plus proche, laisser mes dernières barrières s'effondrer et laisser parler mes sentiments. Pourtant, il devait savoir que je lui en voulais. Les choses ne pouvaient pas être si faciles. Je savais que si mes yeux rencontraient les siens, je serais perdue.

— Que s'est-il passé ? demandai-je la voix tremblante en mouillant un linge pour panser ses plaies.

— Exactement ce que tu avais prédit. Nous avons passé plusieurs jours à chercher leur repère sans jamais le trouver. Finalement, ce sont eux qui nous ont trouvés. Ils étaient trop nombreux... beaucoup trop nombreux. Lazare est arrivé juste à temps pour nous avertir. Nous nous sommes repliés. Il y a eu une lutte et des blessés mais aucune perte à déplorer. Pas cette fois...

Je hochais machinalement la tête. Intérieurement, je luttais entre l'envie de fuir et celle de me laisser aller dans ses bras.

Il posa délicatement ses doigts sur le poignet de ma main qui le soignait pour interrompre mon geste.

— Sarah, murmura-t-il à mon oreille, regarde-moi.

Je ne répondais plus de rien. L'entendre chuchoter mon nom était comme une caresse dont je ne me lasserais jamais, une douce mélodie qui apaisait tous mes maux. Je fermai les yeux, sur le point de céder, et sentis son front effleurer le mien.

— Je n'ai pas arrêté de penser à toi, continua-t-il. Tout le temps...

L'entendre se dévoiler ne fit qu'empirer mon état. Ignorant ma colère et mes derniers doutes, j'enroulai mes bras autour de son cou et le serrai aussi fort que je pouvais en veillant à préserver son épaule blessée. Je sentis son autre bras enrouler ma taille et ses lèvres déposer un tendre baiser dans ma nuque. Je l'entendis respirer mon parfum avant de resserrer son étreinte. Mon corps tout entier se mit à frissonner et c'est en réalisant que ma vue se troublait que je compris que j'étais en train de pleurer.

— J'ai cru t'avoir perdu toi aussi, murmurai-je, la voix brisée.

Sa main remonta affectueusement le long de mon dos puis derrière ma nuque.

— Regarde-moi, répéta-t-il comme s'il me suppliait.

Je me détachai de lui, les yeux chargés de larmes. Une à une, il les essuya avec son pouce. Le contact de sa peau contre la mienne me brûlait, mais c'était une brûlure enivrante et agréable. Avec tendresse, il posa son doigt sous mon menton pour que je relève la tête. Alors pour la première fois depuis que j'étais entrée dans la pièce, je le regardai dans les yeux sans parvenir à m'en détacher.

— Pardonne-moi, dit-il en m'embrassant le front. Je sais que tu es en colère...

En colère, je l'étais encore deux minutes plus tôt. À présent, j'étais sous son emprise totale, comme hypnotisée par ses yeux, ses gestes délicats et ses murmures. J'avais perdu tout sens de la réalité. Il n'y avait que lui et moi, je ne voulais penser à rien d'autre et simplement m'abandonner. Il approchait ses lèvres des miennes quand l'arrivée soudaine de Côme me rappela immédiatement à la réalité.

— Morgan ? dit-il gaiement en entrant dans la pièce. Il est temps de s'occuper de cette épaule !

Il s'arrêta brutalement en nous découvrant si proches.

— Oups ! dit-il embarrassé. J'interromps quelque chose ?

C'était une évidence. Morgan enlaçait toujours fermement ma taille mais je rétablis une distance raisonnable entre nous avant de répondre, en secouant vivement la tête :

— Non, en réalité tu arrives au bon moment, j'allais partir.

Je quittai précipitamment la pièce sans accorder un regard au blessé et m'appuyai contre le mur du couloir encore sous le choc de ce qui venait de se passer. J'étais essoufflée comme si je venais de courir un marathon, mon cœur palpitait et mes jambes tremblaient sous mon poids. L'attirance qui me liait à Morgan était à la fois délicieuse et dangereuse. En sa présence, je ne parvenais plus à raisonner correctement. J'en étais même venue à oublier ma colère envers lui et pendant quelques secondes, j'avais cru que j'allais céder. Je n'étais pas ce genre de femme, à la merci du désir des hommes. Il le comprendrait très vite. Même si tous mes sens se mettaient en éveil lorsqu'il posait ses yeux sur moi, je ne pourrais rien envisager avant qu'il sache ce que j'avais sur le cœur.

— Touchantes retrouvailles ? demanda Côme à Morgan, l'air taquin en pensant que j'étais déjà loin.

— Elle est en colère contre moi, répondit-il, soucieux. Je ne peux pas lui en vouloir.

— Elle n'avait pas l'air très en colère quand je suis arrivé. Vous sembliez plutôt sur la même longueur d'onde...

— Ce n'est pas si simple Côme.

— Non, c'est vrai, ça se saurait, répondit son ami avec ironie. Assez discuté, remettons cette épaule à sa place, elle est démise. Je vais compter jusqu'à trois, tu es prêt ?

J'entendis le leader acquiescer puis un craquement brusque retentit, suivi du cri étouffé de Morgan.

Je grimaçai en imaginant sa douleur. C'était insupportable.

— Tu as dit que tu allais compter jusqu'à trois, espèce d'idiot ! cria-t-il en sermonnant son ami.

— Oui, je sais, répondit ce dernier avec détachement. Mais le compte à rebours n'a en général aucun effet, à part celui de te crisper d'appréhension. Je préfère l'effet de surprise ! Et puis, quelque chose me dit que tu avais besoin qu'on te remette rapidement les idées en place !

Une fois que j'eus retrouvé mes esprits, je regagnai ma chambre et m'effondrai sur mon lit. Pourtant, je ne parvins pas à trouver le sommeil. Trop de choses occupaient mes pensées : le soulagement de savoir mes amis sains et saufs, mes sentiments grandissants pour Morgan et l'irrésistible attraction entre nous, mes souvenirs qui devenaient chaque jour plus précis. J'avais l'impression de vivre à deux endroits différents en même temps et je ne savais plus où était réellement ma place. Après un moment à me retourner dans mon lit sans réussir à m'assoupir, je décidai de sortir prendre l'air. Je rendis visite aux blessés pour m'assurer que tout allait bien, puis montai sur le chemin de ronde et marchai jusqu'à ce que je me retrouve face à l'océan. Assise sur le mur, le dos appuyé contre le contrefort du rempart, j'observais d'un côté Antara et de l'autre les vagues qui venaient s'écraser avec fougue contre les pierres de la muraille en contrebas. L'eau de mer donnait l'impression de bouillonner au milieu des roches. C'était un spectacle à la fois magique et réconfortant. Le son des vagues m'apaisait et me procurait une sensation de bien-être que je ne trouvais pas ailleurs, à l'exception de la grotte aux lucioles. En venant ici, je me sentais plus proche de Gabi. C'était ici que nous avions dispersé ses cendres et j'avais le sentiment qu'il était encore là, quelque part à mes côtés.

J'entendis des pas approcher mais n'eus pas besoin de tourner la tête pour savoir qui était là. Je le sentais. Morgan. Et en entendant résonner sa voix dans mon dos, je réalisai à quel point elle m'avait manqué.

24

MORGAN

Explications

— Tu ne devrais pas te tenir si près du bord, tu pourrais tomber, lui dis-je sincèrement soucieux.

— Je suis une grande fille, je sais ce que je fais, me répondit-elle froidement sans tourner la tête. C'est le seul endroit où je parviens à réfléchir calmement.

Elle descendit du mur et passa près de moi avec l'intention certaine de s'en aller sans ajouter un seul mot, ni m'accorder un regard.

— Sarah, murmurai-je en la retenant par le bras, est-ce qu'on peut au moins en parler ?

— De quoi est-ce que tu veux parler Morgan ? me demanda-t-elle, agacée.

— Je sais que tu es en colère, dis-moi ce que tu as sur le cœur.

Elle s'esclaffa nerveusement.

— Tu as raison, je suis en colère... je suis furieuse même !

— Pourquoi ?

Elle soupira d'exaspération.

— Tu oses me le demander ?

— Je veux te l'entendre dire.

Elle se mit à faire les cent pas devant moi, agitée.

— Je suis en colère parce que tu es parti ! Tu es parti quand j'avais le plus besoin de toi ! C'est ça que tu voulais entendre ?

Sa voix tremblait, elle était bouleversée. J'étais

responsable de son chagrin et de sa peine. La seule chose que je voulais, c'était la prendre dans mes bras et lui dire combien j'étais désolé. Mais elle ne semblait pas prête à l'entendre et encore moins à me pardonner.

— Tu as pris cette décision à ma place, continua-t-elle, c'était MA décision ! Je voulais accompagner cette mission, je voulais rester avec toi mais tu m'as imposé de rester, et tu m'as menacée si je n'obéissais pas à tes ordres ! Tu sais pourtant à quel point je déteste que l'on me donne des ordres ! Je suis libre de faire mes propres choix, personne ne décide à ma place, pas même toi !

— Je ne voulais pas que tu risques ta vie en venant avec nous. Tu comptes trop pour moi.

— Tu comptes aussi pour moi ! Pourtant, je t'ai demandé de rester et tu as refusé. Je sais que tu ne pouvais pas agir différemment, tu es le leader et je le respecte. MOI j'ai respecté ta décision sans avoir à te menacer de t'enfermer, tu n'as pas respecté la mienne.

— Tu as raison, admis-je calmement. J'aurais dû entendre ton opinion, j'ai eu tort. Parfois, mes sentiments personnels peuvent me rendre égoïste. J'ai préféré te savoir ici en sécurité, même si tu me détestais, plutôt que t'avoir avec moi en courant le risque de te perdre.

— Tu ne me fais pas confiance, ajouta-t-elle avec dédain.

— Bien sûr que si.

— Non ! C'est faux ! hurla-t-elle. Sinon, pourquoi aurais-tu laissé ton faucon avec moi ? Tu lui as donné l'ordre de me surveiller dans le cas où j'essaierais de vous rejoindre ?

— Non Sarah, j'ai demandé à Lazare de rester pour qu'il veille sur toi, pas pour qu'il surveille tes faits et gestes !

— Tu mens.

C'était vrai, je mentais. Je connaissais son tempérament fougueux et sa détermination lorsqu'elle avait quelque chose dans la tête, et j'avais craint qu'elle tente de nous suivre. Laisser mon oiseau avec elle avait été un élément dissuasif, mais l'admettre n'aurait fait que l'énerver davantage... si elle pouvait l'être davantage.

Lassée d'entendre mes balivernes, elle se détourna. Un coup de tonnerre résonna dans le ciel et il se mit à pleuvoir. Elle se figea sur place, comme si les gouttes d'eau qui tombaient sur son visage la paralysaient. Elle resta un moment à me tourner le dos, et quand enfin elle me fit face, elle reprit plus calmement, la voix chevrotante d'émotion :

— Quand je suis arrivée à Antara, j'étais perdue. Je ne savais plus qui j'étais, où j'étais, j'avais tout perdu. Mes souvenirs, mon identité. Si j'ai tenu le coup, c'est uniquement grâce à vous... Alice, Gabi, Côme et toi. Vous êtes devenus mes piliers, mes repères...

Elle s'arrêta un instant pour se ressaisir en prenant une profonde inspiration, et poursuivit, émue :

— Quand Gabi nous a quittés, j'ai perdu pied. Je me suis retrouvée au point de départ et j'ai perdu l'espoir... un court instant. C'est à vous trois que je me suis raccrochée... à toi en particulier. J'avais besoin de toi. Mais tu es parti... Alice et moi avons dû le brûler, lui et les autres... Est-ce que tu imagines une seule seconde ce que ça fait de devoir brûler le corps d'un petit garçon de 6 ans pour lui dire adieu, sans avoir la personne qui compte le plus pour nous à nos côtés ? Une épaule sur laquelle se reposer !

Elle laissa échapper un sanglot qui me bouleversa à mon tour. Je sentis une boule me serrer la gorge et le ventre, et ma vue commença à se brouiller. Je n'avais pas conscience qu'elle avait eu besoin de moi à ce point et je regrettais sincèrement de ne pas avoir été présent pour les funérailles du garçon. Je m'approchai d'elle et lui caressai tendrement la joue en essuyant ses larmes. La pluie continuait de tomber de plus en plus fort. Bientôt, nous serions complètement trempés.

— Pourquoi tu ne m'as rien dit ? murmurai-je avec douceur.

— Que voulais-tu que je te dise ? Ça n'aurait rien changé.

Elle prit ma main qui effleurait maintenant ses lèvres et s'en dégagea délicatement. Après avoir entendu ses explications, je comprenais sa colère à mon égard. Je compris par la même occasion qu'il serait difficile pour moi de me faire pardonner. J'avais obéi à mes impulsions en décidant cette mission. J'avais embarqué mes hommes dans une lutte qui aurait pu mener à la catastrophe. Nous avions été chanceux de revenir avec seulement quelques blessures. Ces dernières n'étaient que physiques et finiraient par guérir avec le temps. Celles de Sarah laisseraient des traces dans ses souvenirs et dans son cœur.

— Je suis habitée par deux sentiments contraires te concernant, continua-t-elle en baissant les yeux. Quand je t'ai vu revenir sain et sauf ce soir, j'ai voulu courir dans tes bras pour t'embrasser et te dire combien tu m'avais manqué. J'étais heureuse de te savoir en vie. Et pourtant, tu m'as fait tellement de peine que j'ai une envie presque viscérale de te gifler.

J'étais désarmé, complètement démuni face à ses paroles. Sa rancœur était justifiée. Qu'étais-je censé faire pour la soulager ?

— Dans ce cas, tu devrais peut-être me gifler... puis m'embrasser.

Elle secoua la tête en me regardant avec déception.

— Ce n'est pas aussi facile, Morgan. Il ne s'agit pas

uniquement d'évacuer ma colère en te frappant... Je ne suis pas certaine d'avoir encore confiance en toi.

Cette dernière parole fut comme un coup de poignard en plein cœur. Je sentis quelque chose se briser en moi. Elle se détourna et disparut dans l'obscurité de la nuit, me laissant seul avec mes remords.

25

SARAH

Repas de fête

Paris, trois ans plus tôt

Cela faisait des années que nous n'avions pas eu un Noël enneigé. D'ailleurs, je n'étais pas certaine d'en avoir déjà connu un, même dans mes souvenirs les plus lointains. À travers la fenêtre de mon taxi, je regardais défiler les paysages de campagne recouverts d'un épais manteau blanc. L'atmosphère qui s'en dégageait était apaisante et calme, bien loin de l'agitation parisienne.

— Je rêve ou il n'y a pas de réseau ici ? s'exclama Jessica en agitant son portable dans tous les sens à la recherche d'un signal. C'est partout pareil ?

Je souris en voyant ses sourcils froncés par la contrariété. Jess était une Parisienne pure souche, une vraie citadine habituée au confort des villes. J'étais moins exigeante puisque j'avais grandi dans une maison en pleine nature.

— Tu es à la campagne, pas dans le désert du Sahara. Bien sûr que tu auras du réseau, le temps doit sans doute provoquer des interférences. On est en vacances Jess, lâche un peu ton téléphone !

Mon amie s'esclaffa sincèrement avant de répondre :

— Ironique de la part de quelqu'un qui passe son temps à échanger des SMS avec un charmant policier… Comment va Lucas à propos ?

Sa répartie me fit sourire mais je n'avais pas du tout l'intention de lui parler de Lucas. De toute façon, il n'y avait pas grand-chose à dire sur le sujet. Après mon agression une semaine plus tôt, il m'avait fortement conseillé de porter plainte contre le père de Yanis, ce que j'étais allée faire dès le lendemain. L'homme avait été incarcéré dans l'attente de son procès. Lucas et moi avions échangé quelques messages depuis, c'est vrai, mais avant tout parce qu'il était soucieux de savoir comment j'allais. Je n'envisageais pas de rendez-vous... pour l'instant. Je décidai donc d'esquiver le sujet. Par chance, nous arrivions justement chez mes parents.

— Oh ! regarde, nous sommes arrivées ! dis-je à mon amie en désignant une charmante maison blanche décorée de guirlandes électriques.

— Mouais... tu ne pourras pas éviter le sujet éternellement, marmonna la jeune femme.

— C'est ce que nous verrons.

Je sortis un billet de mon portefeuille que je tendis au chauffeur du taxi puis nous descendîmes du véhicule et récupérâmes nos valises dans le coffre. Au même moment, mes parents sortirent de la maison le sourire aux lèvres en tendant les bras dans notre direction.

— Les filles, nous sommes tellement heureux de vous avoir avec nous pour Noël, s'exclama ma mère en me serrant dans ses bras.

Mon père en fit autant avec Jessica.

— Merci de m'avoir invitée, répondit mon amie, ça me touche sincèrement.

— Enfin Jessica, continua mon père, tu fais partie de la famille, tu le sais bien. C'est un plaisir de t'avoir à la maison. Tu es ici chez toi.

— Merci Joseph, dit la jeune femme émue par l'affection que lui portaient mes parents.

La jeune femme n'avait jamais connu son père. Il les avait abandonnées, sa mère et elle, lorsqu'elle était encore bébé. Quant à sa mère, elle était morte d'une longue maladie quelques années plus tôt. Elle n'avait ni frère, ni sœur. Mes parents et moi étions les seuls proches qu'il lui restait et nous la considérions comme un membre à part entière de notre famille.

— Marianne, dit-elle à ma mère en lui tendant une jolie boîte métallique, j'ai fait quelques sablés pour l'occasion. Je ne suis pas certaine qu'ils soient comestibles, la cuisine, ce n'est pas trop mon truc !

Ma mère se mit à rire de bon cœur.

— Eh bien, j'apprécie ton honnêteté ! Sois rassurée, c'est l'intention qui compte.

— Si nous rentrions nous mettre au chaud ? suggéra mon père en se frottant les mains pour les réchauffer.

Ils nous aidèrent à transporter nos valises jusqu'à nos chambres respectives puis nous nous installâmes tous les quatre près de la cheminée pour siroter une tasse de thé.

— Bien, dis ma mère, racontez-nous un peu. Quelles sont les nouvelles ?

— Oh, vous savez, répondit Jessica, Sarah en a sûrement plus à raconter que moi !

Je donnai un coup de pied à mon amie, lui signifiant gentiment de se mêler de ce qui la regardait, mais mes parents avaient déjà les yeux rivés sur moi et attendaient les détails.

— Ne me regardez pas comme ça, je vous assure que je n'ai rien d'extraordinaire à vous raconter !

Mon père m'observait avec attention, comme s'il cherchait à lire en moi.

— Comment vas-tu ? me demanda-t-il, d'un ton grave.

Je compris aussitôt qu'il parlait de l'accident. J'eus envie de lui dire que ça allait jusqu'à ce qu'il se mette à en parler, mais mes parents me connaissaient trop bien. Ils savaient que je faisais toujours de mon mieux pour paraître bien quand tout allait mal, ils ne se fiaient donc plus depuis longtemps à ma bonne humeur apparente.

— Je vais bien, répondis-je en hochant la tête.

Et pour une fois, c'était vrai. Les remords étaient encore présents. La culpabilité aussi. Mais j'apprenais peu à peu à vivre avec. Le retour à la vie active m'avait fait le plus grand bien. L'arrivée de Lucas n'était sûrement pas étrangère non plus à mes progrès mais ça, je me gardai bien de le préciser.

— D'ailleurs, commençai-je avec hésitation, je vois quelqu'un…

Mes parents ouvrirent de grands yeux. Heureux d'entendre la nouvelle. Je ne comprenais pas leur enthousiasme face à cette révélation.

— C'est formidable, dit ma mère en joignant ses deux mains comme si l'une de ses prières s'était exaucée.

Je fronçai les sourcils, dans l'incompréhension la plus totale.

— Ah ! intervint Jessica. J'avais raison, il se passe un truc entre Lucas et toi !

— Quoi ?

Je compris immédiatement qu'ils avaient mal interprété mes paroles et repris :

— Non ! Je voulais dire… je vois quelqu'un… un psy !

Ils semblèrent d'abord un peu déçus, puis finalement émus.

— Je croyais que tu refusais de parler de tes problèmes avec des étrangers ? demanda curieusement mon père.

— C'est vrai, c'est ce que je croyais aussi, mais en réalité je crois que c'est plus facile de me confier à quelqu'un qui ne me connaît pas et qui ne porte aucun jugement.

— Qu'est-ce qui t'a décidée ? m'interrogea ma mère.

— Un ami m'a dit il y a peu que parler pouvait faire des miracles. Je ne supportais plus de garder ça pour moi. Je crois que le secret pour continuer à avancer, c'est de parler sans tabou de ce qui s'est passé et d'apprendre à me pardonner à moi-même.

— Et est-ce que ça t'aide vraiment ? demanda Jessica, soucieuse.

Je réfléchis un instant avant de hocher la tête :

— Oui, je crois. Pour la première fois depuis des mois, j'ai envie d'aller de l'avant et de faire les efforts nécessaires pour y parvenir. Je sais que ça ne sera pas facile mais je suis bien entourée.

Ma mère se leva et s'approcha de moi pour me serrer dans ses bras, visiblement émue.

— Je suis fière de toi, ma chérie. Tellement fière. Et soulagée.

Mon père m'étreignit à son tour avec la même émotion et Jessica essuya ses larmes en nous soutenant fermement qu'elle ne pleurait pas et qu'elle devait sans doute faire une réaction allergique au sapin qui se trouvait juste derrière elle.

— C'est un arbre en plastique, précisa mon père.

Elle le fusilla du regard un moment avant de poursuivre, sans rien perdre de son assurance :

— C'est donc probablement une allergie au plastique.

Son comportement pudique nous fit rire tous les quatre. Mais un détail de notre précédente conversation n'avait pas échappé à mon père et il semblait déterminé à revenir sur le sujet.

— Qui est Lucas ? demanda-t-il à brûle-pourpoint.

Tous les yeux se tournèrent vers moi. J'adressai un regard rempli de reproches à mon amie, qui avait mentionné le policier malgré mes réticences à en parler.

— C'est juste un ami, répondis-je distraitement pour ne pas qu'ils se fassent d'illusions.

— Un TRÈS bon ami, précisa Jess. Le genre d'ami qui vous sauve la vie et qui vous envoie des messages tous les jours pour savoir si vous allez bien.

— Tu exagères !

— De quoi est-ce qu'elle parle ? demanda ma mère subitement inquiète. Qui t'a sauvé la vie ? Qu'est-ce qui s'est passé ?

— Ne vous inquiétez pas Marianne, continua la jeune femme, c'est une histoire qui se passe bien mais on ne sait pas encore si la fin sera heureuse ou non, l'héroïne n'a pas encore décidé de l'issue. Installez-vous, ajouta-t-elle en tapotant la place libre près d'elle sur le canapé, vous verrez, c'est aussi romantique qu'un téléfilm de Noël.

— Tu es complètement perchée ! dis-je à mon amie en riant.

— Allez, me dit-elle en enroulant ses doigts autour de sa tasse de thé chaude, raconte-nous !

Je jetai un œil à mon père, qui haussa les sourcils, impatient d'entendre la suite.

— Bon d'accord, cédai-je finalement. Mais ignorez l'enthousiasme de Jessica. Elle s'imagine des choses !

— Tu vas enfin nous dire qui est ce Lucas ? s'impatienta ma mère.

— C'est un officier de police. Il est intervenu à l'école il y a quelques mois. J'avais signalé des traces de coups sur le corps d'un de mes élèves et le père est arrivé très énervé contre l'équipe enseignante, moi en particulier. Les forces de l'ordre, dont Lucas, sont intervenues et l'ont emmené. L'homme a fait quelques mois de prison et a perdu la garde de son fils. Comme il m'en tenait pour responsable, il a voulu se venger en cherchant à m'effrayer. Il est venu frapper à ma porte… mais Lucas est intervenu. Nous sommes restés en contact après ça, c'est un ami, c'est tout.

— Tu oublies de mentionner qu'il était venu t'avertir du danger et qu'il suivait à la trace ton agresseur pour ne pas qu'il te fasse de mal.

— Il ne faisait que son travail.

— Mais bien sûr.

— Tu as été agressée ? répéta ma mère, paniquée.

— Pas vraiment, il a simplement voulu m'effrayer. Il ne m'a pas touchée.

— Ça a quand même failli !

— Bon, Jessica, tu as terminé ? Tu tiens à faire avoir une attaque à mes parents ou quoi ?

— Oh non ! Bien sûr que non ! Joseph, Marianne, je suis désolée, je ne voulais pas vous inquiéter. Mais votre fille relate très mal les événements. J'ai déjà vu Lucas une fois au cinéma. Si je n'avais pas été là, ça aurait été pareil, il n'avait d'yeux que pour Sarah.

— Donc tu n'as toujours pas fini ? lui demandai-je, résolue.

— Si ! Maintenant, je n'ai plus rien à ajouter ! répondit-elle avec un grand sourire aux lèvres.

— Bien, parfait ! Si nous allions finir de préparer ce repas de réveillon, proposai-je pour détourner la conversation.

Nous passâmes le reste de la journée en cuisine à parler de tout et de rien et à apporter la touche finale à la décoration de la maison et du sapin. Étrangement, Jessica ne semblait plus dérangée par son allergie. Le repas se passa dans la bonne humeur. Nous nous remémorions des souvenirs d'enfance. Certains étaient douloureux car Juliette faisait partie de la plupart d'entre eux. Elle, Jessica et moi nous connaissions depuis que l'on était petites. C'était étrange et douloureux de passer un premier Noël sans elle mais contrairement à ce que j'imaginais, réveiller ces souvenirs me mettait du baume au cœur. Je préférais de loin me souvenir de ces moments heureux passés avec elle plutôt que de ses derniers instants après l'accident.

Tard dans la soirée, alors que nous faisions un jeu de société réunis autour de la table du salon, mon téléphone se mit à sonner. Le nom de Lucas s'afficha sur l'écran. Je m'excusai auprès de mes proches et décrochai le téléphone en m'éloignant dans la cuisine.

— Bonsoir, le saluai-je, contente d'entendre sa voix.

— Bonsoir. Je te dérange ? Il est tard…

— Non, non, nous sommes encore debout. En plein milieu d'une partie de Cluedo ! Tu nous battrais sans doute à plate couture si tu étais là ! C'est un peu ton domaine ! Est-ce que tout va bien ?

— Oui, dit-il en riant. Je voulais juste… te souhaiter un joyeux Noël.

J'étais touchée par l'attention. Je gardai le silence un moment, un sourire incontrôlable se dessinant sur mes lèvres.

— Joyeux Noël à toi aussi Lucas.

La conversation ne s'éternisa pas, il me demanda simplement quand j'avais prévu de rentrer et me souhaita une bonne nuit et un bon moment en famille. J'étais touchée et troublée qu'il pense à moi le soir du réveillon et je ne pouvais pas nier avoir ressenti une pointe d'excitation en voyant son nom apparaître sur l'écran de mon téléphone.

— Jessica a raison, me fit sursauter la voix familière de ma mère derrière moi. Ce garçon n'est pas un simple ami. Il suffit de voir ton sourire pour le deviner.

— C'est… compliqué.

— Qu'est-ce qu'il y a de compliqué à cela ma fille ? Tu l'apprécies et ça semble réciproque. Qu'est-ce qui te retient ?

— La peur je crois. Lucas ne sait pas pour l'accident. Et je ne suis pas certaine d'être prête à lui en parler.

— Moi je suis persuadée du contraire. Tu te cherches simplement des excuses. C'est normal que tu aies peur. Mais ce jeune homme semble se soucier sincèrement de toi. Si c'est vraiment le cas, n'aie pas peur de lui dire ce que tu as sur le cœur. Ce que tu traverses, c'est plus difficile d'y faire face lorsque l'on est seule. Tu as besoin de quelqu'un à tes côtés. On a tous besoin de quelqu'un. Quels que soient tes peurs ou tes doutes, si tu te sens bien avec lui, alors fonce ! C'est en ayant peur qu'on s'empêche d'être heureux.

26

SARAH

« Quels que soient tes peurs ou tes doutes, fonce ! »

« Quels que soient tes peurs ou tes doutes, si tu te sens bien avec lui, alors fonce ! C'est en ayant peur qu'on s'empêche d'être heureux. » Les paroles de ma mère se répétaient dans ma tête comme une chanson qui recommence à l'infini. J'ouvris les yeux au moment où un éclair illumina ma chambre. Il pleuvait à verse dehors et les coups de tonnerre résonnaient dans l'enceinte de la cité. Je repensais à cette veille de Noël passée chez mes parents et aux conseils avisés de ma mère, puis à ma dispute avec Morgan. Après l'avoir confronté sur les remparts, j'étais rentrée complètement bouleversée avant de me jeter sur mon lit et de m'assoupir, emportée par la fatigue. À présent bien éveillée, je me sentais soulagée de lui avoir enfin dit ce que j'avais sur le cœur. Ma colère s'était dissipée, j'étais maintenant plus disposée à lui parler calmement, et encore plus en entendant les sages paroles de ma mère tourner en boucle dans mes souvenirs… « Quels que soient tes peurs ou tes doutes, si tu te sens bien avec lui, alors fonce ! »

J'avais conscience que c'était de Lucas qu'elle parlait quand elle m'avait dit cela, tout comme j'avais conscience que j'éprouvais une forte affection pour le jeune homme en question, ou en tout cas, pour les souvenirs que j'avais de lui. Mais ici, à Antara, un seul occupait mon esprit. J'avais peur, oui. En revanche, je n'avais aucun doute. Et ce dont j'étais absolument certaine, c'était que je me sentais bien avec lui. J'en conclus que je devais appliquer les conseils de la personne qui me connaissait sans doute le mieux et foncer ! Je me levai, déterminée, mais trouvai sa chambre vide. Je me dirigeai donc vers les remparts, là où je l'avais laissé quelques heures plus tôt. Une silhouette sombre recouverte d'une cape noire et d'un capuchon ruisselant d'eau de pluie était appuyée contre le mur, les yeux tournés vers la forêt.

— Morgan ? l'appelai-je avec une pointe d'appréhension.

J'ignorais comment il allait réagir après ma crise de nerfs de notre dernière confrontation.

Il se tourna vers moi et s'approcha précipitamment.

— Sarah ? me demanda-t-il à la fois surpris et soucieux. Qu'est-ce que tu fais ici ? Tu ne devrais pas être dehors par ce temps, tu vas attraper la mort !

Je plongeai mes yeux dans les siens. Il dut voir que la colère s'en était allée, remplacée par une profonde douceur, car il s'autorisa à m'effleurer la joue avec son pouce.

— Rentre te mettre à l'abri, chuchota-t-il.

Je secouai la tête.

— Il faut que je te parle, lui répondis-je sans quitter son regard.

Il dénoua sa cape et l'enroula autour de mes épaules.

— Que se passe-t-il ? me dit-il en se rapprochant de moi.

— J'étais en colère, commençai-je pour me justifier. Je ne pensais pas ce que je disais. Bien sûr que j'ai confiance en toi.

— Je sais, murmura-t-il en posant son front contre le mien. Ta colère était justifiée. Je suis désolé. Sincèrement. Je comprends que tu aies eu envie de me gifler.

— On ne pourrait pas simplement oublier cette histoire de gifle ? le coupai-je. Je ne veux plus me battre avec toi. Je veux juste ÊTRE avec toi.

Un sourire discret étira ses lèvres. Il glissa délicatement

ses doigts derrière ma nuque et m'attira à lui avant de poser sa bouche sur la mienne. Ses lèvres douces et chaudes contrastaient avec la fraîcheur des gouttes de pluie qui ruisselaient sur nos visages. Nos cheveux étaient trempés et nous collaient à la peau. Je frissonnai en sentant sa bouche s'ouvrir et son souffle se mêler au mien. Peu à peu, je me laissai aller à cette étreinte et enroulai mes bras autour de son cou en laissant mes doigts courir dans ses cheveux, pendant que ses mains parcouraient mon dos et descendaient sur mes hanches. Nos langues se goûtèrent dans un soupir de plaisir et notre baiser devint subitement plus fougueux. Je ne maîtrisais plus rien. Emportée par le désir, je m'abandonnai totalement, avec la sensation de lui appartenir. J'oubliai même le torrent de pluie qui s'abattait sur nous, plus rien autour n'existait. Il resserra l'emprise de ses bras autour de ma taille, me forçant à me coller davantage contre lui.

— Tu me rends fou, chuchota-t-il à mon oreille avant de déposer un tendre baiser dans mon cou.

Je m'esclaffai sous ses caresses qui me faisaient frissonner et pris son visage entre mes mains en coupe avant de reprendre notre baiser là où il s'était arrêté.

Un toussotement embarrassé se fit entendre derrière moi. Surprise, je me retournai et vis Emeric, l'air mal à l'aise, détourner le regard. Morgan le regarda, l'air assassin, sans me lâcher pour autant. Au contraire, il semblait déterminé à montrer à son rival qu'il n'avait jamais eu ses chances. La tension qui régnait entre les deux hommes était palpable et m'arracha un rire malgré moi, que je tentai de dissimuler en détournant la tête.

— Je viens prendre mon tour de garde, signala le jeune homme en bafouillant.

— Bien, répondit sèchement le leader, je te laisse prendre la relève.

Il m'entraîna dans les rues de la ville puis jusqu'à la

bâtisse, devant la porte de ma chambre, en me prenant par la main. Là, après avoir vérifié que personne n'observait, il me plaqua contre le mur du couloir et nous reprîmes notre baiser avec passion. La fièvre monta peu à peu. Chaque caresse en appelait une autre et nos respirations, d'abord lentes et calmes, s'accéléraient à mesure que nos cœurs s'activaient sous l'effet du désir. Ses gestes, bien que brûlants, étaient doux et délicats. J'en voulais plus. Il se détacha de moi, à bout de souffle, en plongeant ses pupilles dans les miennes.

— Bonne nuit Sarah, murmura-t-il à mon oreille avant de s'éloigner en direction de sa chambre avec un sourire rempli de malice.

Je restai coite. Avait-il réellement l'intention de me laisser là, complètement sonnée et frustrée de ne pas en avoir obtenu davantage, alors qu'il avait pris un malin plaisir à éveiller en moi le désir ? Visiblement oui, car il ne se retourna même pas pour m'accorder un regard.

— C'est une plaisanterie ? marmonnai-je pour moi-même.

Je le rattrapai, quelque peu contrariée.

— Je peux savoir ce que tu fais ? lui demandai-je sèchement. Tu comptes aller où comme ça ?

Il se tourna vers moi, un grand sourire aux lèvres, et répondit avec ironie :

— Eh bien, je regagne mes appartements, vois-tu ?

— Et tu me laisses ici… seule… après ce qui vient de se passer ?

Il s'arrêta, me fit face, et répondit plus sérieusement :

— Je ne me maîtrise pas quand je suis avec toi. Il vaut mieux s'arrêter avant de faire quelque chose que l'on pourrait regretter.

— Je ne vois pas DU TOUT de quoi tu parles, répondis-je l'air charmeuse en me rapprochant lentement de lui.

Il s'esclaffa devant mon comportement inhabituel de séductrice :

— Quoi ? lui demandai-je d'un air taquin en jouant avec le col de sa tunique. Je manque de crédibilité ?

— Tu n'es pas croyable, admit-il en riant.

Une lueur nouvelle brillait dans ses yeux. Il paraissait sincèrement heureux. Je ne l'avais jamais vu comme ça auparavant. Pour la première fois depuis notre rencontre, il semblait avoir mis de côté ses tourments pour laisser toute sa place au petit jeu de séduction qui s'était installé entre nous. Je fis une moue boudeuse avant de chuchoter, sans doute avec plus de conviction :

— Reste avec moi ce soir.

Après un moment d'hésitation, il m'embrassa puis prit ma main dans la sienne et m'entraîna jusqu'à ses appartements, refermant la porte derrière nous.

Un silence s'installa pendant lequel il me dévisagea. Puis il m'embrassa à nouveau avec plus de tendresse. Cette fois, il prit tout son temps, comme s'il désirait goûter chaque parcelle de mes lèvres. Je laissai ses mains explorer mes courbes. La pensée qu'il me trouvait trop maigre à mon arrivée à Antara me traversa l'esprit. J'avais repris quelques formes depuis et il semblait l'apprécier. Il laissa courir ses doigts le long de mes bras, de mon dos puis dans le creux de mes reins. Je soupirais de bien-être sous ses gestes délicats qui éveillaient tous mes sens. Chaque fois qu'il effleurait ma peau, même à peine, je frissonnais de plaisir. J'enroulai mes bras autour de son cou et il me souleva pour me porter jusqu'à son lit où il me posa doucement, sans interrompre ses baisers. Une grimace de douleur traversa son visage quand il se pencha sur moi.

— Ton épaule ? lui demandai-je soucieuse en lui caressant la joue.

— Ce n'est rien, me rassura-t-il. Juste un rappel à l'ordre.

Il sourit avant d'effleurer ma peau du bout des lèvres. À mon tour, je laissai mes mains explorer son torse, puis son dos et ses reins. Ses cheveux, encore trempés par la pluie, gouttaient sur mon visage, ce qui me fit rire malgré moi. Il s'amusa de la situation et sembla totalement dépité quand il entreprit de m'aider à ôter mon corsage et mon pantalon mouillés qui collaient à ma peau :

— Sarah, soupira-t-il en fronçant les sourcils, j'ai droit à une question ?

Je hochai vigoureusement la tête, curieuse.

— Qu'est-ce que tu avais en tête quand tu as choisi cette tenue ?

Je m'esclaffai.

— Je la trouvais pratique.

— Je t'assure qu'elle n'a absolument rien de pratique. Pas dans le cas présent.

— Eh bien figure-toi que ce n'est pas à ça que je pensais quand je l'ai choisie !

Il secoua la tête en riant et finit par sortir vainqueur de la lutte difficile avec mes vêtements. Ainsi dévêtue, je me sentis vulnérable. Mais seulement quelques secondes, car le reflet que me renvoyaient ses yeux me donnait la sensation d'être ce qu'il possédait de plus précieux et ôta mes dernières craintes. Je passai sa tunique par-dessus ses épaules en veillant à ne pas provoquer une nouvelle douleur, puis l'attirai à moi en l'incitant à poursuivre notre étreinte. Je basculai sur le côté, me retrouvant à califourchon sur lui, et me penchai pour l'embrasser tendrement. Je lui fis rapidement remarquer que son pantalon ne valait pas mieux que le mien et qu'il était tout aussi impossible à enlever une fois mouillé. La situation semblait l'amuser et lorsqu'enfin nous fûmes libérés de nos entraves, nous laissâmes nos mains et nos yeux explorer nos corps sans gêne ni embarras. Le contact de sa peau contre la mienne était comme un million de décharges électriques que je recevais toutes en même temps. Depuis notre rencontre, une forte tension avait régné entre nous. Même si, au départ, elle avait semblé plutôt nous opposer, j'avais rapidement pris conscience que c'était tout le contraire, et plus nous étions proches, plus cette tension et ce besoin d'être près de l'autre étaient devenus palpables. Je n'étais à Antara que depuis deux semaines et pourtant, j'avais la sensation d'avoir attendu ce moment pendant des années. Les choses étaient tellement naturelles entre lui et moi, comme évidentes. Côme avait raison lorsqu'il disait que nous n'arrivions pas à nous comprendre avec des mots. La plupart du temps, nous finissions par nous disputer. Mais à travers nos yeux, nos gestes et nos baisers, nous avions trouvé un parfait terrain d'entente.

Un vent frais entra par la fenêtre et nous fit frissonner. Mon ami remonta la couverture du lit sur mes épaules avant de me faire basculer à son tour en s'allongeant sur moi. Le désir et la fièvre montèrent rapidement et les mouvements de nos deux corps l'un contre l'autre nous conduisirent bientôt jusqu'au plaisir le plus total. Puis, à bout de souffle, nous nous allongeâmes l'un à côté de l'autre. Morgan me caressa tendrement les cheveux. Quant à moi, je posai tendrement ma tête près de son cœur pour l'entendre battre, d'un rythme rapide, puis de plus en plus régulièrement, dans sa poitrine. Bercée par cette douce mélodie, je finis par sombrer dans un profond sommeil.

27

SARAH

Confessions

Paris, trois ans plus tôt

— Ce n'est pas trop habillé ? demandai-je à Jessica en observant mon reflet dans le miroir.

J'avais revêtu une robe noire décolletée et moulante qui m'arrivait aux genoux et dans laquelle je ne me sentais pas du tout à l'aise.

Mon amie m'observa d'un air perplexe, en faisant la moue.

— Tu veux dire pour une simple soirée au restaurant ou pour fêter la nouvelle année ?

— OK, j'ai compris, répondis-je en filant dans ma chambre pour me changer. Mon lit était recouvert de vêtements que j'avais essayés sans conviction. Je ressortis finalement avec un jean ajusté et une chemisette cintrée.

— Et cette fois ?

— Tu es aussi canon que dans les 130 premières tenues ! me répondit-elle en se regardant les ongles, complètement blasée.

Cela faisait des heures qu'elle était chez moi à me regarder défiler dans la presque totalité de la garde-robe que je possédais.

— Sarah, cesse de te mettre la pression ! Sois juste toi-même, c'est comme ça que tu lui plais.

— Je ne me mets aucune pression !

— Oh vraiment ? Ça fait combien de temps que tu n'as pas eu de rencard ?

— Ce n'est pas un rencard ! rectifiai-je. Juste une soirée avec un ami… pour célébrer une nouvelle année qui commence.

Je vis la jeune femme lever les yeux au ciel. J'avais moi-même du mal à trouver mes propres paroles crédibles.

— Je te trouve particulièrement nerveuse pour une simple soirée entre amis.

Elle avait raison. J'étais complètement stressée, au bord de la syncope. Je devais me calmer à tout prix et me détendre.

— Je ferais peut-être mieux de ne pas y aller et de rester ici avec toi pour le réveillon, dis-je finalement en me laissant choir sur le canapé.

— Hors de question de se laisser abattre, renchérit ma meilleure amie. Ne m'utilise pas comme prétexte pour te défiler ! Tu vas sortir avec Lucas et passer une très bonne soirée. Une nouvelle année commence, c'est un peu comme un nouveau départ pour toi. Saisis ta chance ! Assez ressassé, je prends les choses en main !

Elle disparut dans ma chambre et revint avec une robe pull dans les mains et une paire de collants opaques dans l'autre.

— Voilà ce qu'il te faut. Habillée sans être trop chic, c'est parfait. Maintenant file te changer, il va arriver d'un instant à l'autre et tu n'es toujours pas prête ! Et mets des talons avec ça !

Elle me tendit les vêtements sans me laisser le choix. Après avoir enfilé la tenue, je réalisai une fois de plus qu'elle avait raison, c'était pile ce qu'il fallait.

À peine dix minutes plus tard, on sonna à la porte et Lucas fit son entrée. Il m'embrassa tendrement la joue et salua Jessica avant de me demander si j'étais prête. J'acquiesçai et enfilai mon manteau, m'apprêtant à fausser compagnie à mon amie, qui ne semblait pas décidée à quitter mon appartement. Peu m'importait, elle avait les clés, elle pourrait fermer derrière elle en partant, mais je me doutais qu'elle n'avait pas l'intention de quitter les lieux avant que je sois rentrée pour lui raconter ma soirée.

La neige avait fondu depuis Noël mais un froid glacial traversait le pays depuis plusieurs jours. Je me frottai les mains avant de les cacher dans les poches de mon manteau pour les réchauffer.

— Tu es magnifique ce soir, me dit Lucas avec un sourire sincère sur les lèvres.

— Merci, répondis-je en riant. Tu n'es pas mal non plus ! Où va-t-on ?

— Dans un petit restaurant qui a ouvert il y a peu de temps à quelques rues d'ici.

Nous marchâmes une dizaine de minutes avant d'arriver à destination : une petite salle à la décoration et à l'ambiance conviviales où une playlist pop était diffusée en fond sonore. Les serveurs nous accueillirent avec un agréable sourire et nous conduisirent à notre table avant de nous donner les menus. L'anxiété que j'avais ressentie en début de soirée s'était envolée. Je me sentais à l'aise en compagnie de Lucas. Je sentais que je lui plaisais mais il savait que j'avais besoin de temps, ce qu'il respectait. Nous passâmes un agréable moment à discuter de nos fêtes de Noël, moi dans ma famille, lui dans la sienne. Nous avions des coutumes et traditions assez similaires, c'était amusant de comparer nos habitudes familiales. Pas une seule fois nous ne parlâmes de travail ou de l'histoire avec le père de Yanis. Nos conversations tournaient exclusivement autour de nous, notre quotidien, nos centres d'intérêt, et la discussion était facile. Les mots venaient sans se forcer. Je passais, comme toujours en sa compagnie, un moment agréable. Pourtant, plus le temps passait, plus je me sentais proche de lui et plus je me disais que je devrais finir par lui parler de l'accident.

Ce n'était pas un devoir mais davantage une envie. Je voulais partager mes blessures avec lui, et ma culpabilité, parce que je savais qu'il les comprendrait. En tout cas, je l'espérais très fort. J'attendrais le moment opportun pour aborder le sujet. Mais pour l'heure, nous passions une soirée agréable et je n'avais pas très envie de ternir l'ambiance avec des souvenirs lourds de sens.

Lucas était un homme rempli d'humour et c'était une facette de sa personnalité que je découvrais avec plaisir. Il était impossible de s'ennuyer à ses côtés. En sortant du restaurant, il m'invita à boire un verre. Nous rentrâmes dans un bar où la fête battait son plein. Nous n'étions plus qu'à deux heures de la nouvelle année et les clients semblaient prêts à la célébrer dignement. Les cotillons étaient de sortie, tout comme les tenues déjantées et les accessoires appropriés : chapeaux brillants, lunettes à l'effigie de l'année qui allait débuter... Les gens semblaient heureux. C'était assez drôle en y pensant l'effet que le changement d'année pouvait avoir sur nos vies, la plupart d'entre nous choisissant ce moment pour prendre de nouvelles résolutions, faire de nouveaux projets et repartir sur de bonnes bases, comme si l'année entière dépendait de ce premier jour de janvier ; y mettre tellement d'espoir et de volonté que ce jour en devenait l'un des jours les plus importants de l'année. Pourtant, je songeai que notre vie ne se résumait pas à un calendrier, que rien ne justifiait d'attendre l'arrivée d'un nouveau cycle pour entreprendre un changement. Au fond, je me disais que cette date était seulement un symbole et un prétexte au renouveau, mais après tout, pourquoi pas, si c'était aussi l'occasion de se réunir et de partager des moments de joie et de rigolade ?

J'observai ces gens qui riaient aux éclats et me mis à les envier. Je n'avais pas ri de cette façon depuis plus d'un an, et même encore aujourd'hui, je m'en sentais incapable.

J'allais mieux pourtant. L'accompagnement et mes conversations avec mon psy m'aidaient beaucoup, le travail aussi, tout comme le soutien de mes proches, mais ça n'effaçait pas les mauvais souvenirs.

Soudain, je me sentis oppressée. Je terminai mon verre d'un coup sec et m'excusai auprès de Lucas en prétextant qu'il fallait que je prenne l'air. Je sortis du bar et m'assis sur l'une des marches devant l'établissement. Mon ami me rejoignit presque aussitôt et s'installa près de moi en me regardant avec curiosité. Pourtant, il ne posait aucune question. J'appréciais le respect dont il faisait preuve à mon égard. Jamais il n'essayait de me brusquer. Je pris une profonde inspiration avant de commencer :

— Tu avais raison. Tu sais, quand tu disais que j'étais brisée ?

— Je sais, répondit-il en murmurant.

Il semblait conscient que je m'apprêtais à lui dévoiler une part importante de ma vie.

— Tu n'es pas obligée de m'en parler si tu n'en as pas envie.

— Si ! Au contraire, j'aimerais beaucoup t'en parler.

Il hocha la tête et m'écouta attentivement.

— Il y a un an, j'ai eu un accident. Et par ma faute, ma meilleure amie est morte.

Il ne semblait pas surpris par cette révélation. Calmement, il me demanda ce qui s'était passé.

— J'avais constaté depuis quelque temps déjà que les freins de ma voiture couinaient. Je ne m'étais pas davantage inquiétée. Un jour, ma meilleure amie Juliette et moi étions en route pour rendre visite à mes parents. Sur une route de campagne, à l'approche d'une courbe, j'ai voulu ralentir mais les freins ne répondaient plus. J'ai essayé d'éviter une voiture qui arrivait en face. Nous avons fait une sortie de route et plusieurs tonneaux. L'autre véhicule a aussi terminé dans le décor. Je ne sais pas combien de temps j'ai perdu connaissance mais c'est l'odeur de brûlé qui a fini par me réveiller. Quand j'ai ouvert les yeux, de la fumée s'échappait du capot. Je me souviens avoir demandé à Juliette comment elle allait mais n'avoir obtenu aucune réponse. Ma tête me faisait souffrir, je sentais un filet de sang chaud couler sur mon front. Bloquée par ma ceinture et la banquette arrière qui s'était encastrée dans mon siège, je ne voyais pas mon amie. Plusieurs fois, je l'ai appelée sans obtenir de réponses. J'ai finalement réussi à me détacher et à sortir de l'épave. Je me suis précipitée vers la portière côté passager.

Un sanglot me noua la gorge. Raconter ce souvenir était comme le vivre une fois de plus. C'était insoutenable mais je voulais continuer. Je sentis la main chaude de Lucas saisir la mienne et, d'un simple sourire, il m'encouragea à poursuivre.

— Elle avait de multiples plaies à la tête. Entretemps, des automobilistes étaient arrivés sur place et avaient appelé les secours. Mais la fumée qui émanait de ma voiture m'effrayait. Elle risquait de prendre feu à n'importe quel moment, je ne pouvais pas attendre. Je savais que je faisais peut-être une erreur mais j'ai détaché Juliette et je l'ai traînée plus loin pour l'allonger sur le sol. Elle ne répondait pas à mes appels. Ses yeux, ses mains, rien ne réagissait. En voulant prendre son pouls, j'ai réalisé que je ne sentais aucune pulsation. La panique a commencé à me gagner. Je lui ai fait un massage cardiaque en la suppliant de revenir. Je ne sais pas combien de temps ça a duré mais, intérieurement, j'étais tellement occupée à prier pour que tout ceci ne soit qu'un cauchemar que je n'ai même pas entendu les secours arriver. Ils m'ont gentiment demandé de me pousser pour prendre la relève et je fus aussitôt prise en charge par un médecin. Mais j'écoutais à peine ce qu'il me disait. Je ne pensais qu'à mon amie. Après un long moment passé à continuer le massage, j'ai vu le secouriste arrêter son geste et regarder son collègue en secouant désespérément la tête.

De nouveau, je m'interrompis, complètement bouleversée. Puis, je repris, la voix brisée :

— C'est à ce moment-là que j'ai compris... qu'il n'y avait plus rien à faire. Elle était morte. Ce moment a été le pire de toute ma vie. Jamais je ne pourrai l'oublier... jamais. Je me souviens avoir hurlé de colère. De colère contre moi-même. Et d'avoir souhaité très fort échanger nos places. Je me demande souvent si les choses auraient été différentes si j'avais attendu les secours au lieu de la sortir de la voiture.

— Sarah, murmura Lucas en me caressant tendrement la joue, Juliette était déjà morte quand tu l'as sortie de la voiture, c'est évident. C'est le choc qui l'a tuée, pas toi.

— C'est la même chose. Cet accident, c'était ma faute.

— Bien sûr que non.

— Si ! C'était MA voiture et je savais que quelque chose n'allait pas. Je n'aurais pas dû être si négligente.

— Tu ne pouvais pas deviner ce qui allait se passer. Cesse de te torturer.

— Tu sais ce qui est le pire ? continuai-je.

Il secoua la tête dans l'attente de plus de détails.

— J'étais tellement préoccupée par la vie de ma meilleure amie et ma culpabilité que j'avais totalement oublié la personne qui se trouvait au volant de l'autre véhicule...

— Que lui est-il arrivé ?

— La personne qui conduisait a été transportée à l'hôpital. Elle a survécu et est rentrée chez elle quelques jours plus tard. J'ai voulu lui rendre visite pour m'excuser mais je n'ai jamais trouvé le courage. Je suis égoïste.

— Chuuut, ne dis pas ça, chuchota-t-il en s'approchant davantage de moi. Tu es tout sauf égoïste. Regarde ce que tu as fait pour Yanis. Si tu te sens aussi responsable aujourd'hui, c'est justement parce que tu te préoccupes trop des autres en t'oubliant TOI.

— Je ne sais pas comment faire... pour continuer à vivre avec ça sur la conscience. Je fais ce qu'il faut pour aller mieux mais je sais que ça ne me quittera jamais totalement.

— Tu n'es pas seule Sarah. Ta famille te soutient. Et je te soutiens moi aussi.

Il plongea ses yeux dans les miens. Je ne vis aucun jugement se refléter dans ses pupilles, juste une profonde affection.

— Ça ne change rien à ce que je ressens pour toi, me dit-il comme s'il lisait dans mes pensées.

À l'intérieur du bar, nous entendîmes les gens commencer le décompte des dix secondes avant le Nouvel An mais nous n'y prêtâmes pas attention. Lucas laissa son pouce redessiner mes joues puis mes lèvres et approcha son visage du mien pour m'embrasser. Je sentis une vague de bien-être m'envahir au moment où la foule se mit à hurler pour se souhaiter une bonne année. Alors je me rappelai mon raisonnement quelques minutes plus tôt au sujet du Nouvel An, prétexte à un nouveau départ. À présent, soulagée d'avoir pu me confier à Lucas et heureuse de me retrouver dans ses bras, je me mis à espérer à mon tour que ce nouveau cycle qui commençait m'apporterait plus de joie et la promesse d'un avenir meilleur...

***

Je me réveillai en sursaut, perturbée par le souvenir de l'accident qui me revenait en mémoire de façon si brutale. Tout était de nouveau clair dans ma tête, limpide... les images, les sons, les sensations, la douleur et les remords. Je me redressai, essoufflée par l'angoisse. Je mis un moment à reprendre mes esprits et à réaliser où je me trouvais. Puis mes yeux s'arrêtèrent sur Morgan qui dormait allongé près de moi, une main posée sur mes hanches. Je retrouvai peu à peu mon calme, me recouchai face à lui, mais n'oubliai pas pour autant les souvenirs douloureux de ma vie passée qui refaisaient surface.

J'observai le visage et les traits sans défaut de Morgan, sa respiration lente et calme ; il dormait profondément, ce qui était nouveau pour lui. Je laissai mes doigts courir le long de sa joue avec une pointe de culpabilité. Quelque part, au fond de moi, je pensais à Lucas, à ce soir du 31 décembre, à notre baiser et, même si tout ceci s'était passé il y a plusieurs années, j'avais l'impression de trahir Morgan. J'éloignai cette idée et me pelotonnai dans ses bras à la recherche d'un peu de chaleur et de réconfort. Il remua et enroula son bras autour de mes épaules pour me serrer plus fort contre lui. Je tentai longuement de me rendormir, en vain.

28

MORGAN

Emeric

J'ouvris les yeux avec difficulté. Je n'avais pas l'habitude de dormir aussi bien et aussi longtemps et je me sentais comme engourdi par la nuit de sommeil réparatrice que je venais de passer. Je laissai glisser ma main sur le matelas près de moi, à la recherche de Sarah, mais trouvai sa place vide.

Elle était debout près de la fenêtre, enroulée dans un drap, le regard distrait tourné vers la cour centrale. Elle caressait Lazare, qui semblait apprécier ses gestes. J'enfilai mon pantalon avant de m'approcher derrière elle et passai mes bras autour de sa taille pour la serrer contre moi.

— Bonjour, murmurai-je tendrement à ses oreilles en enfouissant ma tête dans le creux de son cou.

Ses cheveux lâchés me chatouillaient la joue mais je vis avec satisfaction un sourire étirer ses lèvres. Elle ferma les yeux en posant sa tête contre ma poitrine et plaça ses mains sur les miennes, déjà posées sur son ventre.

— Bonjour, me répondit-elle avec malice.

— Qu'est-ce que tu fais déjà debout ?

— Je n'arrivais pas à dormir.

— Est-ce que tout va bien ? demandai-je soucieux en la voyant si distraite.

Elle hocha vivement la tête avant d'esquiver ma question.

— On voit ma chambre d'ici, me dit-elle la voix pleine de sous-entendus.

Je ris avant de répondre :

— Oui, c'est vrai.

Puis, elle tourna la tête vers moi avec une lueur d'espièglerie dans les yeux. De toute évidence, elle attendait de moi que je me justifie davantage.

— Je mentirais si je te disais que je ne t'ai jamais observée en train de dormir, finis-je par admettre.

— Dormir hein ?

— Absolument. J'ai toujours respecté et préservé ton intimité. En tout cas, jusqu'à hier soir.

Elle étouffa un rire et se détacha de moi pour me faire face. Ses yeux pétillaient d'audace et d'affection. Elle enroula ses bras autour de mon cou et se hissa sur la pointe des pieds pour atteindre mes lèvres et m'embrasser pendant que mes mains glissaient le long de son dos jusque dans le creux de ses reins.

— Comment va ton épaule ? me demanda-t-elle, soudainement inquiète.

— Je survivrai, ne t'inquiète pas.

À mon tour, je l'embrassai en y mettant plus de fougue. Le désir grimpa à nouveau en flèche mais un brouhaha dans la cour, en contrebas, interrompit notre étreinte.

— Tout le monde est réuni pour l'entraînement, observa-t-elle en jetant un œil dehors. Nous devrions aller les rejoindre.

Je la retins par le bras lorsqu'elle entreprit de ramasser ses affaires pour se rhabiller :

— Ou bien, continuai-je en l'attirant vers moi, nous pourrions simplement faire l'impasse sur l'entraînement ce matin et rester ici…

— Je rêve ou tu suggères de manquer un entraînement ? Toi ? Le leader ? Alors que tu m'as reproché à maintes reprises mes retards !

— Ils n'étaient pas justifiés à l'époque.

— Parce qu'ils le sont davantage cette fois ?

— J'espère que oui, dis-je en l'entraînant vers le lit.

Elle rit en me repoussant l'air taquin.

— Les autres vont se poser des questions si nous sommes tous les deux absents.

À mon tour, je m'esclaffai.

— Emeric nous a vus ensemble hier soir, je te rappelle. À l'heure qu'il est, toute la ville doit déjà être au courant.

— Ce n'est pas une raison pour jouer les privilégiés !

Elle ramassa ma tunique, qu'elle me lança au visage en riant.

— Habille-toi, ajouta-t-elle en revêtant elle-même ses habits.

À contrecœur, je m'exécutai. Je mis bien plus de temps qu'elle. J'avais beau essayer de l'ignorer, mon épaule me faisait encore souffrir et je ne pouvais pas faire de mouvements trop amples avec mon bras. Me voyant en difficulté, elle m'aida à enfiler ma chemise.

— Je préfère quand tu m'aides à l'enlever, dis-je pour la taquiner.

— Je préfère aussi, avoua-t-elle, espiègle, en déposant un tendre baiser sur mes lèvres. Mais pour l'instant, nous sommes attendus ! J'y vais. Rejoins-nous quand tu seras prêt !

À peine eut-elle terminé sa phrase qu'elle avait déjà quitté la pièce.

Lorsque je descendis rejoindre le groupe quelques minutes plus tard, mon amie était debout face à Emeric, devant le reste des habitants qui s'étaient écartés pour observer la leçon. Côme, en retrait, observait la scène avec sérieux, les bras croisés sur la poitrine. Je ne manquai pas de remarquer l'air préoccupé de Sarah. Elle regardait son maître l'air mauvais alors que lui affichait un sourire à la fois satisfait et insolent. J'ignorais ce qui se passait mais je sentis une pointe d'agacement émerger au fond de moi.

— Comment se fait-il qu'Emeric s'occupe de l'entraînement aujourd'hui ? demandai-je à Côme, sans doute un peu trop sèchement.

— Bonjour à toi aussi ! s'exclama mon ami avec ironie. Tu n'étais pas là, il fallait quelqu'un pour superviser. Et tu sais comme moi qu'Emeric est l'un des meilleurs combattants de la ville. Il sait ce qu'il fait.

Je restai silencieux. Je n'approuvais pas cette décision. Je sentais le regard de Côme posé sur moi. Il m'observa avec curiosité avant de finalement poser la question qui lui brûlait les lèvres depuis plusieurs jours :

— Est-ce que tu vas enfin me dire quel est le problème avec Emeric ?

— Je ne vois pas de quoi tu parles, répondis-je distraitement, les sourcils froncés.

— Tu le regardes avec des yeux assassins depuis que vous êtes rentrés du ravitaillement. Et tu ne manques pas une occasion de lui faire une remarque désagréable. Tout se passait bien avant votre départ. Alors, tu m'expliques ?

Mes yeux ne quittaient pas la scène qui se déroulait devant moi, et en particulier Sarah, qui jeta un œil dans ma direction, visiblement tourmentée. Je m'interrogeais sur la raison qui la préoccupait autant mais les bavardages de Côme, qui avait remarqué mon furtif échange avec la jeune femme, m'empêchèrent d'entendre ce que lui disait son maître.

— C'est à cause de Sarah, pas vrai ? Il s'est passé quelque chose pendant votre mission ?

— Côme, soupirai-je d'agacement, ce n'est pas le moment de parler de ça. J'aimerais savoir pourquoi Emeric semble aussi ravi quand Sarah se montre préoccupée.

— J'espérais que tu me le dirais.

Je soupirai de lassitude et écoutai avec intérêt ce qui se passait au centre de la cour.

— Tu n'es pas assez concentrée, disait l'entraîneur à son élève, qui perdait patience, tes pensées parasitent ton entraînement.

— Je suis parfaitement concentrée, répondit la jeune femme d'un ton sec.

— Oh vraiment ? répondit-il en riant. Il semblerait pourtant que tes activités nocturnes occupent un peu trop ton esprit.

Il tournait autour d'elle comme un rapace autour de sa proie. Je sentis tout mon corps se crisper en entendant ses provocations, qui mettaient mon amie mal à l'aise. Je serrai la mâchoire pour retenir mes paroles et pris sur moi pour ne pas intervenir. Je connaissais Sarah, elle n'aurait pas apprécié que je me mêle de cela. Tout comme je savais qu'il était inutile d'entrer dans le jeu d'Emeric ; il n'attendait que ça.

— Mes activités nocturnes, répondit Sarah, ne te concernent en rien. Et quand bien même, je ne vois pas ce que l'entraînement vient faire là-dedans. Je suis tout à fait capable de faire la part des choses.

Le maître s'approcha lentement derrière elle avant de se mettre à lui chuchoter à l'oreille :

— Je n'en suis pas si certain.

Je vis mon amie se raidir, un rictus de dégoût s'afficha sur son visage. La colère et ma jalousie eurent raison de moi.

— Emeric, à quoi tu joues ? lui demandai-je froidement en m'approchant de lui.

Ce dernier sourit de satisfaction.

— Tiens Morgan ! Quel plaisir que tu te joignes à nous ! Nous nous apprêtions à commencer. Tu devrais reprendre ma place. Après tout, nous savons tous ici qu'il n'y a qu'avec toi que Sarah peut s'entraîner, tu es le seul à en venir à bout…

Je lui aurais volontiers mis mon poing dans la figure si j'avais pu, mais les gros yeux que me fit Sarah me dissuadèrent rapidement de le faire. Et puis, je compris très vite le petit jeu d'Emeric : ce qu'il voulait, c'était nous opposer, elle et moi. Il nous avait surpris dans les bras l'un de l'autre la veille au soir et devait probablement trouver cela amusant de nous mettre en situation de conflit. La vérité, c'était qu'il avait des vues sur elle depuis le début et qu'il ne supportait pas qu'elle soit insensible à ses avances.

— Morgan est blessé à l'épaule, intervint la jeune femme pour ma défense. Il ne peut pas se battre.

— Si un soldat noir était face à lui, il n'aurait pas le choix.

À mon tour, je regardai mon amie en secouant la tête. Ça ne servait à rien de contredire cet imbécile. Il semblait déterminé à nous exposer aux yeux des autres. Déjà, le reste du groupe nous observait l'air confus. Ils ne comprenaient pas les sous-entendus du jeune homme, pas plus que nos réactions, à mon amie et moi. Seule Alice faisait la moue, visiblement mal à l'aise pour nous.

— Tu as raison, répondis-je à mon rival en le prenant de court, il vaut peut-être mieux que je reprenne les choses en main. Tu peux disposer, je n'ai plus besoin de toi.

Il ne s'attendait sûrement pas à cette réponse puisque je vis son visage se décomposer aussi vite que celui de Sarah. Après un instant à réfléchir à une réponse qui finalement ne lui vint pas, il s'éloigna vers Côme en jetant son épée sur le sol, énervé.

Je m'approchai de Sarah pour ramasser l'arme :

— Qu'est-ce que tu fais ? me chuchota-t-elle avec une lueur d'inquiétude dans le regard.

— J'empêche Emeric de jubiler. Il essaie juste de nous déstabiliser.

— Je me moque pas mal d'Emeric ! Je ne veux plus me battre contre toi, je te l'ai dit.

— Ce n'est qu'un entraînement Sarah !

— Mais tu es blessé !

— Je t'ai dit que ce n'était rien.

Une douleur aussi vive que fugace me lacéra l'épaule au moment où je saisis la garde de mon épée, me faisant grimacer de douleur.

— C'est hors de question, je ne rentrerai pas dans son jeu ! protesta ma compagne.

— Si tu ne prends pas ton arme Sarah, poursuivis-je en perdant patience, les autres comprendront ce qui se passe entre nous.

— Certains le savent déjà, ça m'est égal.

— Ça suffit, prends ton arme ! Prouve-leur au moins que notre relation n'influence pas ton jugement !

Dans ses yeux, je lisais à la fois l'incompréhension la plus totale et un certain mépris. En me montrant aussi froid et autoritaire avec elle, je redevenais le Morgan qu'elle avait rencontré à son arrivée à Antara, celui qu'elle détestait. Je n'aimais pas cette idée mais c'était la seule façon de la faire réagir. Je voulais qu'elle s'affirme auprès d'Emeric, qu'elle lui prouve qu'il avait tort. Et quelque part, au fond de moi, j'avais besoin de savoir que ce qui nous liait elle et moi ne serait pas un obstacle à notre vie dans la cité. Je ne souhaitais pas devenir sa faiblesse.

À contrecœur, elle prit son épée dans la main et me regarda, perdue. Je hochai la tête pour l'encourager à frapper la première. Elle s'exécuta sans faire d'effort. Sa lame effleura à peine la mienne. Pourtant, une douleur intense me traversa l'épaule. Je changeai finalement mon arme de main. Je pouvais ainsi retrouver plus de force mais mon agilité était bien moins développée de ce côté.

— Tu peux faire mieux que ça, lui signifiai-je, en riant.

Voyant qu'elle n'osait pas passer à l'offensive, je le fis à sa place. Je voulais lui montrer que j'étais capable de me battre et qu'elle devait cesser de me préserver.

Elle esquiva le coup sans mal mais n'attaqua pas pour autant :

— Emeric a peut-être raison, dis-je pour la provoquer. Tu es trop distraite. Oublie ce qui s'est passé cette nuit et concentre-toi.

Je savais qu'il n'en était rien. Sarah prenait ces moments d'entraînement suffisamment au sérieux pour mettre de côté les choses personnelles. De toute évidence, au regard assassin qu'elle me lança, elle n'appréciait pas ma méthode, mais elle savait pertinemment où je voulais en venir et n'entra pas dans mon jeu.

Elle resta immobile et finit par jeter son épée à terre. Je me redressai, surpris par sa réaction.

— Qu'est-ce que tu fais ? lui demandai-je confus.

— Je n'aime pas cette façon de faire, je ne céderai pas au chantage d'un imbécile, dit-elle en jetant un œil en direction d'Emeric. Quant à toi, reprit-elle en se tournant vers moi, vas-y ! Je suis désarmée ! En situation réelle, c'est le moment où tu es censé me tuer.

Je l'observai avec intérêt et curiosité à la fois. Cette femme me déroutait complètement. Chaque jour, elle me surprenait davantage. Je ne m'étais pas attendu à une telle réaction de sa part et je ne pouvais plus continuer à jouer le jeu maintenant qu'elle était désarmée et vulnérable. À mon tour, je jetai mon épée au sol.

— Alors, me dit-elle froidement, visiblement en colère, qui de nous deux est le plus distrait ?

Puis, sans attendre de réponse, elle s'éloigna et quitta le rassemblement.

Sa question fit écho en moi. Distrait, je l'étais, oui, depuis son arrivée dans la cité. Quelques minutes plus tôt, je craignais que notre relation fasse de moi sa faiblesse. Je réalisais à présent que c'était elle qui était la mienne.

29

SARAH

Réconciliation

Assise sur le sol froid de la caverne, je regardais les lucioles scintiller avec admiration. Les hauts murs de la ville me laissaient rarement l'occasion d'observer le ciel étoilé et, bien que cette grotte n'ait rien de comparable à la voûte céleste, les milliers de lumières qui éclairaient les parois de la roche étaient ce qui s'en rapprochait le plus. Je me sentais agacée. Je ne parvenais pas à comprendre la réaction de Morgan face à Emeric et cette rivalité qui s'était installée entre les deux hommes. Mais ce qui m'énervait le plus, c'est cette sensation de me retrouver au milieu de tout cela.

J'entendis ses pas résonner dans la cavité, puis je sentis ses bras enserrer ma taille et sa tête s'enfouir dans le creux de mon cou quand il s'assit derrière moi.

— Sarah, murmura-t-il à mon oreille, pardonne-moi.

Son souffle qui glissait le long de ma nuque me faisait frissonner. Ainsi enlacée, je me sentais à ma place, à l'abri de toute menace.

— Qu'est-ce qui s'est passé entre Emeric et toi pendant le ravitaillement ? lui demandais-je. Pourquoi est-ce que vous passez votre temps à vous défier ?

— Je l'ai surpris en train de t'observer alors que tu te rafraîchissais dans la rivière, finit-il par avouer. Il se rinçait l'œil à ton insu. J'ai vu la façon dont il te regardait et dont il te regarde encore et je n'aime pas ça du tout.

Ça n'a rien de bienveillant. Je ne lui fais pas confiance, c'est tout.

— J'aurais dû m'en douter, avouai-je en secouant la tête. Il a essayé de m'embrasser quand nous étions là-bas. Je…

— Quoi ? m'interrompit-il, hors de lui. Je vais tuer ce crétin !

— Il a seulement essayé ! insistai-je pour le calmer. Je l'ai repoussé violemment et il n'a pas apprécié. C'est sans doute la raison pour laquelle il me déteste autant… qu'il NOUS déteste autant. Son orgueil et sa fierté en ont sans doute pris un coup. Il essaie simplement de nous le faire payer. Je n'ai jamais cédé à ses avances et c'est TOI que j'ai choisi, c'est pour cette raison qu'il te provoque. On ne doit pas rentrer dans son jeu.

— Je sais, soupira-t-il en me serrant plus fort contre lui. C'est juste que… je ne supporte pas l'idée que quelqu'un d'autre te touche.

Cette dernière déclaration me fit un pincement au cœur. Instantanément je repensais à mon rêve la nuit précédente et à mes souvenirs qui revenaient au fur et à mesure. Je repensais aussi à Lucas et à notre baiser échangé cette veille de Nouvel An. Plus le temps passait, plus j'avais l'impression de mentir à Morgan. Je devais lui parler de mes rêves, de ces souvenirs qui refaisaient surface, mais je ne savais pas quand, ni comment. Il fallait trouver le bon moment pour le faire, et ce moment ne s'était pas encore présenté. Nous venions à peine de laisser libre cours à nos sentiments, je ne voulais pas tout gâcher, pas maintenant.

Je me pelotonnai dans ses bras en fermant les yeux, me concentrant sur sa respiration et les battements de son cœur pour oublier tout le reste.

— Tu as conscience que les autres risquent de parler à notre sujet ? Ils vont penser que tu m'utilises pour avoir des privilèges.

Je me détachai de lui et le regardai avec inquiétude :

— C'est ce que tu penses toi aussi ?

— Bien sûr que non, répondit-il en riant.

Il passa tendrement sa main sur ma joue en m'observant avec affection.

— Dans ce cas, répondis-je soulagée, je me fiche pas mal de ce que les autres peuvent penser. Je suis prête à affronter leurs mauvaises langues, tant que je suis avec toi.

Je vis un sourire sincère étirer ses lèvres.

— Est-ce que tu regrettes ? lui demandai-je, soucieuse. Tu crois que la nuit dernière était une erreur ?

— Tu veux que je sois complètement honnête ?

Sa réponse m'inquiétait. Je sentis une pointe d'appréhension prendre naissance dans le creux de mon ventre.

— Évidemment, répondis-je anxieuse.

— J'ai eu peur que ce qui s'est passé interfère dans notre vie ici. Que ça change la donne.

— Bien sûr que ça change la donne, répondis-je en toute franchise. Et ça me fait peur moi aussi, mais ce n'est pas forcément un mal, pas vrai ? Quand on commence quelque chose à deux, on est rempli de peur et de doutes, pourtant c'est à deux qu'on est plus fort, j'en suis certaine. Je me sens plus forte quand je suis avec toi.

Il sourit en secouant la tête.

— Tu as toujours réponse à tout, hein ?

— J'essaie, admis-je en haussant les épaules l'air taquin. Mais tu n'as pas répondu à ma question...

— Non, dit-il en rapprochant son visage du mien, je n'ai pas regretté une seule seconde ce qui s'est passé cette nuit. En toute franchise, je ne pense qu'à recommencer.

Je ris au moment où il m'embrassa, et il se mit à en faire autant.

— Tu es ma faiblesse, me dit-il en reprenant son sérieux, tu le sais ?

Je hochai discrètement la tête.

— Et toi, tu es la mienne.

Il m'attira contre lui tout en m'embrassant langoureusement. Je m'installai à califourchon sur ses genoux en enroulant mes bras autour de son cou pendant que ses mains glissaient dans le bas de mon dos. Nos caresses firent bientôt monter la fièvre.

— Serre-moi dans tes bras, lui murmurai-je à l'oreille.

Il s'exécuta. Je posai mon menton dans le creux de son cou en déposant un tendre baiser dans sa nuque.

— Est-ce qu'on peut rester ici un moment ? lui demandai-je. Loin de la ville, des regards indiscrets, d'Emeric, de l'entraînement… Juste toi et moi, ensemble ?

— Aussi longtemps que tu voudras, répondit-il en m'embrassant à nouveau.

Nous passâmes la journée entière cachés là, comme deux amants en fugue, loin des contraintes de la ville, avec pour seule compagnie les lumières vacillantes des lucioles. Nous savions que ça ne pourrait pas durer éternellement, Morgan avait des responsabilités et je ne voulais pas l'en priver. Mais nous savions qu'une fois rentrés à Antara, notre intimité serait mise à rude épreuve. Cette grotte était notre refuge, le seul endroit où personne ne pouvait venir nous déranger puisque personne d'autre ne la connaissait.

À la nuit tombée, nous regagnâmes la cité, main dans la main. Morgan déposa un tendre baiser sur mes lèvres avant de rejoindre Côme, et moi, Alice.

La jeune femme m'accueillit avec un sourire révélateur sur les lèvres.

— Alors, me dit-elle, la voix pleine de sous-entendus, tu as passé une bonne journée ? Je ne t'ai pas beaucoup vue, où étais-tu cachée ?

— 9a, dis-je en riant, c'est un secret que je ne suis pas prête de te révéler !

— Dommage, répondit mon amie en haussant les

épaules. Je suis contente pour vous. J'étais persuadée que ça finirait comme ça, mais je tenais quand même à te le dire !

J'appréciais l'honnêteté et la spontanéité d'Alice mais je devais être réaliste.

— Je ne suis pas certaine que tout le monde pense la même chose.

— Personne n'est dupe, tu sais ? La plupart des habitants de la ville avaient remarqué vos regards à la dérobée et le changement de comportement de Morgan depuis ton arrivée. Ne sois donc pas surprise que personne ne soit… eh bien surpris, justement ! Assez discuté ! Tu comptes m'aider à préparer le dîner ou bien simplement continuer à me regarder ?

— Je ne sais pas, j'hésite, répondis-je en faisant la moue. Te regarder, c'est pas mal non plus, et bien moins fatigant !

— Oui, et j'imagine que tu dois être épuisée après une journée entière d'absence, me dit la jeune femme en me donnant une tape amicale sur le bras.

Je secouai la tête, amusée par ses allusions, et ensemble nous rîmes de bon cœur.

30

MORGAN

Ruminations

Au fil des jours, Sarah et moi devenions de plus en plus proches. Nous passions tout notre temps libre ensemble à discuter ou à laisser nos corps s'exprimer pour nous. Nous nous retrouvions secrètement dans la grotte aux lucioles ou dans nos chambres respectives, tard dans la nuit, lorsque toute la cité était endormie.

Côme et Alice étaient les seuls à être au courant de notre relation. Nous n'avions rien dit mais ils n'étaient pas stupides et ils nous connaissaient trop bien. Sans compter que, de toute évidence, nous n'étions pas très doués pour cacher l'attirance évidente qu'il y avait entre nous. Les villageois devaient avoir quelques doutes eux aussi. Ils ne faisaient aucune remarque mais, du fait de mon changement d'attitude, ils n'étaient pas dupes. J'étais devenu moins froid et casanier.

Les sentiments déjà très forts que j'éprouvais à l'égard de Sarah ne faisaient que croître et je m'attachais à chaque détail qui la caractérisait : ses yeux expressifs qui me renvoyaient toute l'affection qu'elle me portait, ses lèvres douces qui appelaient sans cesse les miennes, ses cheveux qui me chatouillaient le visage lorsqu'elle m'embrassait, et la délicatesse de sa voix lorsqu'elle prononçait mon nom. J'aimais aussi son tempérament vif qui me sortait de ma zone de confort. Il me donnait parfois du fil à retordre mais j'aimais cette sensation, qu'elle vienne contrarier mes habitudes de vieux loup solitaire. Régulièrement, nous

nous chamaillions, le plus souvent pour des broutilles, ou quand nos avis divergeaient, mais même lorsqu'elle m'exaspérait au plus haut point, nous ne restions jamais fâchés très longtemps. Je détestais l'idée de la savoir en colère contre moi. Sa présence à mes côtés était comme une renaissance. Près d'elle, j'oubliais la promesse que je m'étais faite de me tenir isolé du reste du monde pour éviter de souffrir ; je redécouvrais le plaisir d'une vraie discussion ou des moments de partage avec les villageois ; je retrouvais le sourire et l'envie de m'amuser et de profiter de chaque instant. En réalité, elle me redonnait tout simplement goût à la vie.

Je surveillais de près l'attitude d'Emeric. Je savais qu'il avait des vues sur Sarah et je n'aimais pas la façon qu'il avait de la regarder. Mais par-dessus tout, je ne lui faisais pas confiance. Ma compagne me répétait souvent que j'étais jaloux. J'avais beau le nier, c'était assez évident. Elle s'en amusait, mais l'idée qu'un autre homme puisse penser à elle d'une façon peu conventionnelle faisait surgir en moi un sentiment que je n'aurais jamais soupçonné.

Plus le temps passait, plus je trouvais Sarah distraite. Lors des moments que nous passions ensemble, elle était fidèle à elle-même. Quelquefois, au cours des repas autour du feu, je surprenais son regard dans le vide et ses pensées prendre le large vers une destination qui m'était inconnue. À quoi pensait-elle ? Je l'ignorais.

Je ne lui disais rien. J'espérais qu'elle me parle elle-même de ce qui la tourmentait et je ne souhaitais pas la brusquer mais l'envie était parfois grande de la questionner. J'avais interrogé Alice plusieurs fois à ce sujet, mais celle-ci prétendait ne rien savoir. Elle mentait, j'en étais certain. Je la connaissais depuis longtemps maintenant et chaque fois qu'un mensonge sortait de sa bouche, elle fronçait les sourcils l'air contrarié. Reprendre mon ton froid et autoritaire pour soutirer des informations à ma fidèle amie se serait avéré inutile car si je la connaissais bien, le contraire était vrai aussi, et je manquais cruellement de crédibilité.

Ces non-dits finirent par installer une certaine distance entre Sarah et moi. Au bout de plus de deux semaines de roucoulades et de bonheur, je la sentais s'éloigner et j'en avais le cœur brisé. Dès que nos baisers devenaient trop pressants, elle y mettait un terme et prétextait la fatigue ou la migraine. Je ne doutais pas de ses sentiments, ses yeux ne mentaient pas, tout comme ses démonstrations d'affection, mais quelque chose l'empêchait de se donner complètement à moi. Je craignais d'avoir fait ou dit quelque chose de mal mais j'étais presque certain que non. Je souffrais de cette situation et de la sentir sur la réserve. Et plus encore en constatant qu'elle ne se confiait pas à moi. Ne me faisait-elle donc pas suffisamment confiance ? Cela aussi j'en doutais. Je savais que la raison était toute autre. Presque chaque nuit, elle se réveillait en sursaut, trempée de sueur. Elle prétextait des cauchemars, mais là non plus je n'y croyais pas. Un simple rêve ne tourmente pas à ce point le quotidien. Je m'étais bien fait mon opinion sur le sujet et j'avais des soupçons sur ce qui lui arrivait mais j'espérais très fort me tromper car si les souvenirs lui revenaient comme je le craignais, j'avais peur que notre histoire prenne fin plus vite que je le voulais.

31

SARAH

Le temps passe mais les blessures restent

Paris, un an plus tôt

— Sarah, dépêche-toi, on va être en retard, me pressa Lucas.

— Oui, ça va, j'arrive, répondis-je en enfilant précipitamment mes talons, manquant de trébucher.

— Tu sais que tes parents n'aiment pas qu'on arrive en retard.

Je m'approchai de lui avec un air charmeur.

— Lucas, mes parents t'adorent, tu n'as plus besoin de te donner autant de mal pour faire bonne impression, ils t'ont déjà adopté !

Il rit en m'attirant à lui pour m'embrasser.

— Eh bien, je ne voudrais pas les décevoir dans ce cas.

— Aucun risque. Parfois, je me demande s'ils ne te préfèrent pas à moi, répondis-je pour le taquiner.

Il prit mon manteau posé sur une chaise pour m'aider à l'enfiler et nous quittâmes l'appartement pour rejoindre notre taxi qui attendait en bas de l'immeuble.

Cela faisait presque deux ans que Lucas et moi étions ensemble, et sa présence à mes côtés m'avait fait beaucoup de bien. Dans les mois qui avaient suivi le Nouvel An, nous avions assisté au procès du père de Yanis, dans lequel j'avais témoigné. L'homme avait été condamné à quatre ans de prison ferme. Je n'avais donc plus l'impression d'avoir cette épée de Damoclès au-dessus de ma tête et la sensation constante d'être suivie. Quelque temps après, Lucas s'était installé dans mon appartement et tout semblait aller pour le mieux. Je me sentais bien avec lui. Il me rendait heureuse et me faisait rire. Il parvenait toujours à me surprendre, même après deux ans de relation, et il ne manquait jamais l'occasion de me montrer à quel point il tenait à moi. J'avais repris mes habitudes au travail et cela me faisait le plus grand bien, malgré les sources d'inquiétude auxquelles les enseignants étaient quotidiennement confrontés. Je voyais toujours régulièrement mon psy et je sortais au moins une fois par mois avec Jessica pour des soirées « entre filles ». J'avais retrouvé une sorte de routine à laquelle mes vieux démons s'étaient aussi adaptés. Bien que je fasse de mon mieux pour les ignorer, ils étaient toujours présents, sommeillant en moi dans l'attente du moment propice pour se réveiller. Quelque chose au fond de mon âme me poussait à croire que j'étais une bombe à retardement, prête à exploser. Juliette ne quittait jamais mes pensées. Chaque fois que nous fêtions Noël ou une occasion spéciale, je regrettais qu'elle ne soit pas là avec nous. Lorsque je fermais les yeux, je voyais son visage me sourire puis, la seconde suivante, recouvert de sang. Je sursautais dans la rue lorsque j'entendais des pneus de voiture crisser sur le bitume et j'angoissais dès que je sentais une odeur de chaud. Mes souvenirs ne me laissaient jamais en repos. Dès que je me retrouvais seule, au calme, ces pensées me revenaient et me harcelaient. C'était la raison pour laquelle je faisais de mon mieux pour garder le plus souvent l'esprit occupé. J'étais devenue une hyperactive, fuyant le calme et la solitude. Je me gardais bien de parler de tout cela à ma famille. Avec l'arrivée de Lucas, ils avaient cessé de s'inquiéter pour moi et semblaient de nouveau heureux et sereins. Je ne voulais pas retrouver l'air anxieux qui n'avait pas quitté leur visage pendant des mois ; les voir souffrir à cause de moi avait été trop dur.

Ça n'avait rien de facile mais, depuis maintenant trois ans, j'avais appris à vivre avec cette sensation. J'avais fini par me faire une raison en me disant que c'était le prix à payer pour ma responsabilité dans ce qui s'était passé. Pourtant, quelquefois, dans les pires moments, quand je me réveillais en pleine nuit en sueur et paniquée, il m'arrivait de penser qu'il aurait mieux valu que je ne survive pas à l'accident. Ces sombres pensées ne duraient pas très longtemps. Lorsqu'elles survenaient, je me levais et prenais une douche froide pour me remettre les idées en ordre. Lucas ne disait rien et ne posait aucune question mais il n'était pas dupe. Il faisait de son mieux pour me distraire, me divertir. Parfois, je regrettais qu'un homme aussi génial ait hérité d'une femme aussi brisée. Je ne me sentais pas digne de l'amour qu'il me portait, mais j'oubliais mes doutes quand il plongeait ses yeux dans les miens et que toute l'affection qui s'y reflétait me réchauffait le cœur. Le plus souvent, ses baisers et ses caresses m'empêchaient de broyer du noir. Il me donnait le sentiment d'être importante, précieuse, et c'est ce dont j'avais le plus besoin. Il n'en montrait rien mais il était inquiet lui aussi. Mes démons, il les connaissait, et il se donnait du mal pour les garder endormis, mais il savait lui aussi qu'il ne parviendrait pas à les maintenir enfermés éternellement. J'osais à peine imaginer à quoi aurait ressemblé ma vie s'il n'avait pas été là. Je lui devais beaucoup.

— À quoi tu penses ? me demanda-t-il en me caressant affectueusement les cheveux.

J'avais la tête posée sur son épaule. Je voyais son reflet dans le rétroviseur qui se trouvait au milieu du pare-brise du taxi et je compris à ses sourcils froncés qu'il était soucieux.

— Tu as prévenu Jessica qu'on la rejoindrait directement

chez mes parents ? lui demandai-je pour esquiver sa question.

— Oui.

— J'ai oublié leurs cadeaux ! m'exclamai-je en me redressant subitement.

— Ils sont dans la valise, dans le coffre, répondit-il en riant. Détends-toi.

— Tu penses vraiment à tout, répondis-je soulagée, en retrouvant ma place sur son épaule.

Nous arrivâmes la nuit chez mes parents. Cette année, ils avaient employé les grands moyens pour fêter Noël. Des guirlandes lumineuses encadraient toutes les portes et les fenêtres de la maison. Jessica sortit la première et me sauta au cou avant de saluer Lucas avec le même engouement. Mes parents suivirent bientôt, ravis de nous voir enfin arriver.

— Nous commencions à nous inquiéter, dit ma mère, vous êtes en retard !

J'échangeai un regard complice avec Lucas, qui haussa les épaules, trahissant ses paroles silencieuses – « Je t'avais dit ! »

Nous rentrâmes tous dans la maison. Un immense arbre de Noël occupait presque le tiers du salon ; son odeur emplissait la pièce. Il était magnifique. Sur la table basse, des tasses de thé encore fumantes et une boîte remplie de sablés à la cannelle attendaient d'être dégustés. Un feu crépitait dans l'âtre de la cheminée. C'était un Noël comme je les aimais, réunissant toutes les personnes qui comptaient le plus pour moi, enfin presque toutes, dans une atmosphère à la fois douce et chaleureuse. Nous échangeâmes les dernières nouvelles près du feu pour nous réchauffer puis ma mère fut avertie par la sonnerie du four qu'il était temps de se mettre à table. Elle avait dressé une table superbe aux couleurs de Noël et recouverte de petites décorations adorables. L'odeur de la dinde aux marrons vint nous chatouiller les narines et les papilles, et nous dégustâmes le repas avec appétit. Lucas, avec son côté boute-en-train, animait toujours nos repas de famille. Lui et mon père partageaient le même sens de l'humour et le même goût des jeux de mots. Il suffisait juste de les observer tous les deux pour rire de leurs échanges. Ces deux-là s'étaient trouvés.

Nous nous échangeâmes ensuite nos cadeaux puis, après avoir passé un bon moment à jouer à des jeux de société, chacun monta se coucher.

— J'ai un autre cadeau pour toi, me dit mon petit ami avec un sourire s'amusant à m'intriguer.

Il me tendit un paquet, si petit qu'il tenait dans ma main, et attendit impatiemment que je l'ouvre. À la lueur qui brillait dans ses yeux, j'avais une idée assez claire de ce dont il pouvait s'agir. Ma gorge devint soudainement sèche et mon cœur s'emballa. Je sentais l'appréhension me serrer doucement le ventre. Et c'est ce qui me surprit le plus. Pourquoi l'appréhension à la place de l'excitation ?

Je déballai le paquet et trouvai un bel écrin de velours noir que j'ouvris avec précaution. Il renfermait une bague somptueuse. À la fois fine et discrète, elle était recouverte de pierres précieuses délicatement polies. Je perdis mes mots. Je m'attendais à tout sauf à cela. Près de moi, je sentais Lucas nerveux.

— Sarah, commença-t-il en me prenant la main, ne sois pas aussi tendue. Je te connais et je sais que tu as besoin de temps. Quand nous nous sommes rencontrés, je t'ai dit que j'attendrais le temps qu'il faudrait. Cette bague, ce n'est pas une demande en mariage. Pas encore. Je voulais simplement t'offrir quelque chose qui symbolise l'amour que je te porte. Je voulais que chaque fois que tu la regardes, tu te souviennes à quel point tu es importante pour moi. Je sais que tu doutes parfois de mériter ta place et l'affection que tes proches ont pour toi. En la portant, tu te souviendras que tu mérites la mienne et que c'est toi que je choisis à mes côtés pour passer le reste de ma vie. Ça te donnera peut-être une raison suffisante pour continuer à te battre et reprendre confiance en la vie. Si tu as survécu à cet accident, c'est pour une raison, ne l'oublie jamais.

Sa déclaration me fit monter les larmes aux yeux. Ses paroles me touchaient au plus profond du cœur :

— Mon amour, ne pleure pas, dit-il en me serrant dans ses bras. Je t'aime.

Je l'enlaçai à mon tour.

— Moi aussi, lui répondis-je, émue.

Il s'écarta de moi, me prit l'écrin des mains, y délogea la bague et la glissa à mon doigt.

— Cette bague, c'est la promesse que je serai toujours là pour toi, même dans les moments les plus difficiles, et que jamais je ne t'abandonnerai, tu comprends ?

Je hochai vivement la tête avant de l'embrasser. Les larmes roulaient sur mes joues. Étrangement, avec cet anneau autour de mon doigt, je me sentais plus forte. Notre étreinte se fit plus fougueuse. Rapidement, les vêtements se mirent à voler dans la chambre et nous passâmes le reste de la nuit à mettre à nu nos sentiments.

Au petit matin, une nouvelle fois, un cauchemar me réveilla en sursaut. J'étais essoufflée et épuisée. Je m'apprêtais à me lever quand la main de Lucas attrapa la mienne.

— S'il te plaît, reviens, me dit-il en marmonnant. Reste avec moi…

32

SARAH

Nouvelle mission

« S'il te plaît, reviens, reste avec moi… » J'étais pourtant bien éveillée mais les paroles de Lucas continuaient de résonner en moi, comme s'il les murmurait à mon oreille.

Je regardais autour de moi pour savoir où je me trouvais. Ces rêves chaque fois plus nombreux et précis me faisaient perdre la notion de la réalité. Parfois, je ne savais plus ce qui était réel et ce qui ne l'était pas. C'était comme si je me trouvais à deux endroits totalement différents en même temps, j'étais perdue. Les voix de mon passé restaient présentes dans ma tête même lorsque je me réveillais à Antara. Tout se confondait. Mes souvenirs, mes sentiments, j'avais l'impression de mentir à tout le monde mais surtout à moi-même, et plus le temps passait, moins j'arrivais à le supporter.

Il faisait froid dans ma chambre, en grande partie parce que Morgan n'était pas là. Je remontai ma couverture et m'enroulai dedans. L'air frais qui entrait par la fenêtre me glaçait le sang et le feu qui crépitait dans la cheminée rivalisait difficilement avec l'hiver qui faisait rage dehors.

Je fermai les yeux à nouveau, « S'il te plaît, reviens, reste avec moi… », mais les rouvris quand je sentis le leader se glisser dans les draps, tout contre moi. Son bras entoura ma taille et il cala sa tête dans mon cou. Il était froid et ses mains sur ma peau me firent frissonner.

— Où tu étais ? bougonnai-je en me pelotonnant contre lui.

— Avec Côme. Nous devions parler de quelque chose d'important.

J'entendis l'inquiétude dans sa voix. Une inquiétude suffisante pour achever de me réveiller. Je me redressai pour lui faire face :

— Que se passe-t-il ? lui demandai-je, soucieuse.

Il hésita avant de répondre.

— La nourriture commence à manquer. Nous allons bientôt devoir partir pour une nouvelle mission de ravitaillement.

— Tu y es allé la dernière fois, c'est aux autres de prendre le relais maintenant.

Il garda le silence un moment. Je savais ce qu'il s'apprêtait à me dire.

— Nos meilleurs hommes sont morts lors de la dernière mission. Côme et moi devons y aller.

— Dans ce cas, je viens avec vous.

— Sarah, soupira-t-il, il en est hors de question, je ne...

— Arrête ! le coupai-je brusquement. Ne refais pas ça. Ne décide pas à ma place une fois encore. Je croyais avoir été claire.

— Je savais que tu dirais ça.

— C'était évident, en effet. Qu'est-ce que tu espérais ?

— Que tu te sois raisonnée !

— Aucune chance.

— Je ne veux pas qu'il t'arrive quelque chose, murmura-t-il avant de m'embrasser.

— Je ne veux pas non plus qu'il t'arrive quoi que ce soit, répondis-je en lui rendant son baiser. Souviens-toi que nous sommes ensemble maintenant. Où tu vas, je vais, c'est clair ?

— Très clair, répondit-il en esquissant un sourire. Je n'approuve pas du tout, mais c'est clair. Je sais de toute façon que, quoi que je dise, tu ne changeras pas d'avis.

— Tu me connais plutôt bien, dis-je en riant avant de me pencher sur lui pour embrasser tendrement ses lèvres.

Il me fit basculer sur le dos et se pencha sur moi à son tour en commençant à couvrir mon corps de baisers et à laisser ses mains explorer mes courbes. Ses caresses faisaient naître en moi un profond désir mais je n'arrivais pas à mettre de côté mes souvenirs. Chaque fois qu'il me touchait, je me sentais coupable. J'avais l'impression de le trahir en gardant les souvenirs de Lucas secrets. Mes sentiments étaient confus.

— Morgan, soupirai-je, pas ce soir. Je suis fatiguée.

Il me regarda en fronçant les sourcils. Je lisais une profonde tristesse dans ses yeux. Cela faisait des jours que j'évitais ses étreintes alors que je mourais d'envie de me donner à lui, mais l'impression de lui mentir m'était insupportable. Il sentait qu'il se passait quelque chose.

— Sarah, qu'est-ce qu'il y a ? me demanda-t-il avec inquiétude. Est-ce que j'ai fait quelque chose de mal ?

— Non, bien sûr que non, le rassurai-je en lui caressant tendrement la joue. Je me sens fatiguée, c'est tout. Les entraînements sont particulièrement longs et éprouvants ces derniers temps.

J'avais bien conscience que mes excuses n'étaient pas crédibles, et à la déception que je vis dans ses yeux, je compris qu'il n'en croyait pas un mot lui non plus. Qu'étais-je censée faire ? Lui dire que chaque nuit, lorsque je m'endormais dans ses bras, je rêvais d'un autre homme et de la vie que je partageais avec lui dans mon passé ? Je connaissais Morgan. Il était tendre, attentionné mais aussi jaloux et possessif. Il ne le supporterait pas. Et puis, je ne voulais pas le faire souffrir, je tenais trop à lui. Chaque jour que je passais en sa compagnie ne faisait que renforcer mes sentiments à son égard. Sa présence à mes côtés à Antara m'était indispensable. J'avais besoin de lui, tout comme il avait besoin de moi. Je n'avais pas envisagé une seule seconde de mettre fin à notre histoire, pour la seule et bonne raison que je n'en avais pas envie. Je savais que cette situation ne pourrait plus durer très longtemps. Bientôt… très bientôt, je devrais lui dire la vérité. Une vérité qui nous ferait du mal à tous les deux.

Je plongeai mes yeux dans les siens. Même s'il savait que je lui cachais quelque chose, il ne pouvait pas douter de mon amour pour lui quand je le fixais de cette façon.

— Serre-moi dans tes bras, lui demandai-je en posant ma tête contre son cœur.

Il déposa un baiser sur mon front avant de m'enlacer et se mit à me caresser le bras.

— Tu sais que tu peux tout me dire ? chuchota-t-il.

Je hochai la tête en sentant une larme rouler sur ma joue. J'espérais très fort qu'il ne la remarquerait pas mais son pouce vint la balayer d'un simple geste. Pourtant, il ne dit rien, attendant sans doute que je sois la première à parler. Je souffrais de cette situation. Chaque jour, mon cœur se brisait un peu plus. Je sentais l'étau se refermer et la situation m'échapper.

33

MORGAN

Lourdes pertes

Réunis dans la cour centrale, nous étions sur le point de quitter la ville quand Alice se fraya un chemin parmi la foule rassemblée.

— Attendez ! cria-t-elle.

Elle arriva essoufflée près de Côme, Sarah et moi, une besace sur le dos.

— Je viens avec vous, nous annonça-t-elle en tentant de reprendre son souffle.

Mes amis et moi échangeâmes un regard interrogateur.

— Alice, commença Côme, les gens ont besoin de toi ici.

— Ah non ! s'agaça-t-elle. Tu ne vas pas jouer ton Morgan. Je viens, un point c'est tout, je ne vous demande pas votre avis !

Je la regardais avec étonnement. Qu'entendait-elle par « jouer ton Morgan » ? Étais-je vraiment si rabat-joie ?

Côme haussa les sourcils, surpris de s'être fait gentiment remettre à sa place, et ne trouva rien à redire. Sarah s'approcha de son amie et la prit dans ses bras en souriant.

— Je suis heureuse que tu nous accompagnes.

— Vous ne pouviez évidemment pas partir sans moi, tous les trois !

Elle me regarda comme si elle espérait obtenir ma bénédiction. Je hochai la tête avec un sourire amical.

Un écuyer lui apporta un cheval et nous mîmes tous les quatre le pied à l'étrier.

Je rapprochai ma monture d'Emeric.

— Antara est sous TA responsabilité pendant mon absence, lui dis-je froidement. Veille à sa sécurité et au bien-être de ses habitants.

— Je le ferai, m'assura le jeune homme.

Je n'aimais pas l'idée de laisser les commandes de la ville à un homme qui ne m'inspirait aucune confiance mais il était le seul capable d'assurer et d'assumer ce rôle.

Le portail s'ouvrit en faisant grincer ses portes. Lazare nous précéda à l'extérieur de la ville puis nous quittâmes la cité sous les regards inquiets des habitants. Le départ en mission était toujours un moment difficile pour eux, comme pour nous. Personne ne savait quand nous reviendrions et encore moins SI nous reviendrions.

Nous chevauchâmes une partie de la journée en faisant le moins de bruit possible, à l'affût du gibier. Le soir venu, deux sangliers, une biche et quelques lapins remplissaient déjà nos charrettes. Nous étions contents de nous. À ce rythme, nous n'aurions pas à nous absenter trop longtemps de la ville. Nous continuâmes notre route à travers les collines à la recherche d'un endroit où dresser notre camp. Sarah et Alice chevauchaient en tête de convoi pendant que Côme et moi restions plus en retrait. Mon ami remarqua rapidement mon air distrait et mon regard soucieux qui ne quittait pas Sarah.

— Il y a de l'ombre au paradis ? me demanda-t-il curieusement.

Je restai silencieux un moment. Je ne pouvais pas prétendre que les choses se passaient mal entre ma compagne et moi. Depuis le soir de mon retour à Antara, nous passions tout notre temps libre ensemble. Cela faisait des semaines que nos sentiments grandissaient un peu plus chaque jour et que nous devenions plus complices. J'avais l'impression de la connaître depuis toujours et je savais que c'était réciproque. Je ne doutais pas de son affection mais je savais qu'elle me cachait quelque chose et je craignais d'avoir deviné de quoi il s'agissait. Je ne lui disais rien, j'espérais au fond de moi qu'elle me fasse suffisamment confiance pour se décider à me parler. Mais les jours passaient et elle devenait plus distante, plus distraite. Je la surprenais parfois le regard perdu dans le vide, comme si elle était loin. Mais ce n'était pas la seule chose qui me préoccupait. À ce stade de notre relation, je savais qu'il fallait que je lui parle sérieusement, que j'apporte les réponses aux questions qu'elle se posait quand elle était arrivée ici. Elle était prête à l'entendre.

— Morgan ? m'interrogea Côme en voyant que je ne répondais pas à sa question.

— Non. Non, tout va bien.

— Alors qu'est-ce qui justifie cette ride d'anxiété entre tes deux yeux ?

— Je crois qu'il faut que je lui dise la vérité...

Le silence de mon ami trahit son opinion sur le sujet. De toute évidence, il doutait que ce soit une bonne idée.

— Tu es certain de vouloir faire ça ?

— Il le faut. J'ai l'impression de lui mentir en gardant le secret.

— Est-ce vraiment le seul problème ?

Il me connaissait trop bien, je ne pouvais rien lui cacher. Ces années passées à agir comme deux frères nous avaient tellement rapprochés qu'il était impossible de nous mentir sans que l'autre s'en aperçoive.

— Elle me cache quelque chose, elle aussi.

Mon ami s'esclaffa. Je le regardai en haussant les sourcils, confus.

— Je peux savoir ce qui te fait rire ?

— Ça a toujours été votre problème à tous les deux. Vous ne savez pas vous parler ! J'ignore pourquoi vous avez autant de mal à vous dire ce que vous avez sur le cœur. En vérité, je crois que vous êtes si attachés l'un à l'autre que vous avez peur de vous blesser. Mais ça ne résoudra aucun problème.

Il avait raison. Et attendre ne ferait qu'empirer les choses. Je devais parler à Sarah.

Nous nous arrêtâmes près de la rivière aux abords d'une vaste prairie. Ainsi à découvert, nous ne courions pas un grand danger. Les soldats noirs s'aventuraient rarement dans des lieux aussi dégagés. Nous nous rassemblâmes autour d'un feu où l'une de nos prises de la journée rôtissait lentement, suspendue au-dessus des flammes. Cela faisait longtemps que nous n'avions pas été rassemblés tous les quatre. Je n'étais d'ailleurs pas certain que cela se soit déjà produit. Les personnes auxquelles je tenais le plus étaient réunies autour de ce bûcher. Ensemble, nous formions une famille. En tout cas, c'est ce que je supposais car je n'avais aucun souvenir de ma précédente famille. Côme nous fit profiter de sa bonne humeur habituelle en nous racontant ses anecdotes d'entraînement. Le sujet dévia rapidement sur Emeric et ses frasques. Le garçon n'était de toute évidence pas très apprécié, par aucun d'entre nous. Mais son comportement et son tempérament nous donnèrent matière à rire pendant une partie de la nuit. Alice avait les larmes aux yeux tant elle riait des imitations parfaites que Côme faisait du dragueur invétéré qu'était Emeric. Sarah s'esclaffait aussi de bon cœur. Je prenais plaisir à la voir aussi heureuse. Ces derniers temps, il m'était arrivé d'en douter. Je savourais moi-même chaque seconde passée avec mes amis en priant au fond de moi pour qu'il y ait encore de nombreux moments comme celui-là. Lazare, perché sur un rocher près de nous, nous observait curieusement. Tout ce qui me rendait heureux était rassemblé ici et maintenant. Je n'avais besoin de rien de plus. La fatigue se fit finalement ressentir. Alice s'allongea près du feu pendant que Côme montait la garde. De mon côté, j'entraînai Sarah plus en amont de la rivière avec l'espoir de réussir à lui parler. Elle me suivit, sa main glissée dans la mienne, sans rien dire. De nouveau, je la sentais anxieuse et préoccupée. Elle s'arrêta, me forçant à en faire autant.

— Il faut que je te parle, me dit-elle, l'air abattu.

— Moi aussi, j'ai quelque chose à te dire.

Elle fronça les sourcils, visiblement intriguée.

— Toi d'abord, m'encouragea-t-elle à poursuivre.

Je m'apprêtai à lui révéler les raisons de sa présence ici lorsque les cris stridents de mon faucon m'interrompirent. Des cris inhabituels qui sonnaient comme un hurlement de douleur et de souffrance. J'entendais Alice et Côme crier mon nom. Je compris que quelque chose se passait. Nous nous précipitâmes vers le camp où je trouvai mon oiseau le corps transpercé d'une flèche, se convulsant de douleur sur le sol. Alice et Sarah retinrent des cris d'horreur et Côme saisit son épée pour achever les souffrances de l'animal. Une vague de fureur prit naissance en moi. J'étais anéanti par la perte de mon compagnon de voyage, cet oiseau qui m'avait accompagné partout, même dans mes périodes les plus sombres, et qui avait veillé sur moi comme un ange gardien pendant toutes ces années. Je donnai un violent coup de pied dans la roche où était perché l'animal quelques minutes plus tôt, espérant calmer ma rage, sans résultat.

— Que s'est-il passé ? demandai-je en furie à mes amis.

Ces derniers observaient les alentours, l'air hagard.

— Nous ne sommes pas seuls, m'annonça Côme.

Chacun de nous prit son arme à la main en guettant l'environnement autour de nous, prêt à en découdre. Mais la nuit était noire, et au-delà des faibles lueurs du feu qui éclairaient le sol de la prairie, nous ne voyions rien.

— Nous sommes encerclés, supposa Alice.

Côme se tourna vers moi. Je voyais dans ses yeux qu'il était inquiet. Il se figea tout à coup et fronça les sourcils en commençant à vaciller. Je ne comprenais pas ce qui se passait. Alice s'approcha de lui pour l'aider à garder l'équilibre et posa une main sur son épaule, l'autre sur son ventre. Quand elle l'enleva, elle réalisa qu'elle était tachée de sang. Stupéfaite, elle regarda alternativement le jeune homme puis sa main avant de réaliser qu'une flèche lui transperçait le dos. Je me ruai vers mon meilleur ami, mon frère, au moment où il tombait genoux à terre.

— Côme, criai-je, ça va aller. Nous devons partir d'ici. Relève-toi, mon frère.

Alice pleurait. Elle savait qu'il n'y avait rien à faire, sa blessure était trop importante. Sarah, derrière moi, luttait elle aussi contre ses larmes.

— Va-t'en ! m'ordonna mon ami entre deux grimaces de douleur en enlevant le trait qui lui traversait le corps.

— Non ! rétorquai-je en essayant de le relever. Hors de question. Je ne t'abandonne pas ici. Relève-toi, espèce de fainéant ! Nous nous occuperons de toi à Antara.

Tout autour de nous, nous entendions des pas se rapprocher.

— Va-t'en, répéta-t-il. Je suis perdu. Vous pouvez encore vous enfuir.

Une boule me serra la gorge. Ça ne pouvait pas être réel. Pas lui. Pas Côme. Il ne pouvait pas finir comme ça, ça ne pouvait pas arriver...

— C'est hors de question, tu m'entends ? hurlai-je de colère.

Comment pouvait-il imaginer une seule seconde que j'allais l'abandonner ?

Il se mit à tousser du sang et vacilla une nouvelle fois, se retrouvant allongé sur le sol avec un filet rouge qui coulait au coin de ses lèvres. Je le soutenais toujours par les épaules en le priant de faire un effort. Alice s'agenouilla et posa la tête de notre ami sur ses cuisses.

— Je... ne peux... pas, murmura-t-il, avec difficulté. Emmène les filles... en sécurité... s'il te plaît.

En voyant son état s'aggraver je réalisai que je ne pourrais rien faire pour le sauver, mais mon cœur refusait de l'admettre. Ma vue se brouilla. Mon pire cauchemar prenait vie juste sous mes yeux. Je sentis la main de Sarah presser mon épaule.

— Morgan, il faut y aller. Maintenant ! me suppliat-elle, la voix tremblante.

Mais je ne pouvais détacher mon regard de mon plus fidèle ami qui agonisait, allongé sur le sol d'une prairie qui ressemblait à s'y méprendre à celle qui nous avait tous accueillis quelques heures plus tôt :

— Les entends-tu, les murmures ? lui demandai-je, la voix pleine d'espoir.

Je vis Alice me regarder avec incompréhension. Elle se demandait de quoi je parlais, je le savais. Mais Côme secoua doucement la tête :

— Ne... t'inquiète pas... pour moi. Maintenant... va-t'en !

De toutes parts j'entendais les pas de nos ennemis approcher. Je ne voulais pas le laisser pousser son dernier souffle seul ici, mais je ne pouvais pas non plus laisser Alice et Sarah courir un pareil danger, je ne me le serais jamais pardonné. Côme tendit sa main tremblante vers moi. Je la serrai dans la mienne.

— Promets-moi… que tu continueras à… te battre, me demanda-t-il, le sourire aux lèvres.

— Je te le promets.

Des flèches fusaient à présent de toutes parts. Nous ne pouvions plus attendre. Il fallait fuir, et vite. Je lâchai sa main, le cœur lourd.

— Au revoir mon frère, dis-je, avant de m'éloigner à regret vers les montures en entraînant Alice et Sarah avec moi.

Nous mîmes le pied à l'étrier, non sans un regard en arrière. Je voyais le cadavre de Lazare gisant au sol et le corps de mon meilleur ami qui, le regard tourné dans notre direction, me fit un dernier signe de la main. Le chagrin m'assaillit mais je n'avais pas le temps de m'apitoyer. Les deux jeunes femmes avaient déjà talonné leurs montures et s'éloignaient dans l'obscurité de la nuit, à l'aveugle. À contrecœur, je tournai le dos à Côme et partis à leur poursuite, abandonnant mon meilleur ami.

34

SARAH

Désolation

Nous chevauchâmes à toute allure pendant presque une heure à travers la lande, espérant mettre le plus de distance possible entre nos ennemis et nous. Finalement, l'épuisement de nos montures nous obligea à nous arrêter en pleine forêt. Nous ne devions plus être très loin d'Antara, probablement à quelques heures de marche, mais nous ne pouvions plus continuer, les chevaux devaient se reposer. Nous n'avions pas échangé un mot depuis notre fuite, trop préoccupés par ce qui s'était passé. J'avais du mal à réaliser. Comme quand Gabi avait été tué, je ne parvenais pas encore à imaginer à quoi ressemblerait la vie sans Côme. Nous étions tous les trois brisés et complètement anéantis à l'idée d'avoir dû abandonner notre ami. Morgan descendit de cheval, attacha sa monture au tronc d'un arbre et s'éloigna dans le bois. Je regardai Alice puis fermai les yeux en soupirant. La jeune femme était bouleversée elle aussi. Elle secoua la tête en essuyant du revers de la main une larme qui roulait le long de sa joue et mit pied à terre à son tour. J'en fis bientôt autant et regardai dans la direction où mon compagnon s'était éloigné.

— Je vais lui parler, lui annonçai-je la voix brisée.

Elle hocha la tête en baissant les yeux au sol avant de se tourner, submergée par la peine. Sa tristesse ne fit qu'accentuer la mienne. J'aurais voulu que tout ceci ne soit qu'un cauchemar mais les émotions étaient si fortes que ça ne pouvait être que la réalité.

Je laissai Alice seule face à son désespoir et m'engouffrai dans l'obscurité de la forêt pour rejoindre Morgan. Je le trouvai au milieu d'une petite clairière où filtraient les rayons de la pleine lune, donnant à sa peau une teinte bleutée. Il était assis sur une branche cassée, le regard perdu dans le vide. Je m'installai près de lui en glissant mon bras sous le sien et posai ma tête contre son épaule sans prononcer un mot. De toute façon, je ne savais pas quoi lui dire.

— Tu es tout ce qu'il me reste Sarah, finit-il par murmurer. Je n'ai plus rien... Conrad, Adaline, Côme, Lazare... tous ceux auxquels je tenais sont morts... Il n'y a plus que toi.

Ses paroles brisèrent un peu plus mon cœur.

— Tu as aussi Alice et la ville entière derrière toi.

Il ignora ma réponse et poursuivit :

— Je m'étais tellement habitué à sa présence pendant toutes ses années. Il était devenu mon meilleur ami, mon frère... J'ai fini par oublier qu'il était vulnérable lui aussi.

L'émotion dans sa voix était palpable. Il déglutit avec difficulté, luttant contre le chagrin auquel il était confronté.

— Je n'aurais pas dû l'abandonner. J'aurais peut-être pu le sauver.

— Non, il était perdu, tu n'aurais rien pu faire pour lui et tu le sais, dis-je pour essayer de le raisonner.

— Je n'oublierai jamais l'expression sur son visage lorsque nous sommes partis en le laissant aux mains de nos ennemis.

— C'est ce qu'il voulait.

Il secoua vigoureusement la tête en essayant de

chasser ce souvenir. Je pris son visage dans mes mains en coupe pour qu'il me regarde enfin dans les yeux.

— Morgan, regarde-moi, chuchotai-je en déposant un tendre baiser sur ses lèvres pour capter son attention.

Il plongea ses yeux dans les miens et se décida à m'écouter.

— Je sais à quel point c'est difficile, lui dis-je avec émotion. Côme était ton meilleur ami. Je sais mieux que quiconque ce que tu peux ressentir.

Je pensais bien sûr à Juliette et aux remords que j'éprouvais quand je me remémorais l'accident, et une nouvelle vague de chagrin fit vibrer ma voix.

— Il me manque à moi aussi. Mais on ne peut pas revenir en arrière. Passer son temps à imaginer ce qui aurait pu se passer si on avait fait les choses autrement n'est qu'une source de chagrin et de culpabilité. Ce n'est pas ce que Côme voudrait. Il t'a fait promettre de continuer à te battre, c'est à ça que tu dois penser.

Ma main effleura affectueusement sa joue. Il ferma les yeux, se laissant bercer par mes caresses au moment où une larme dessina un sillage humide sur sa pommette. Il avait longtemps lutté mais il n'y arrivait plus. Il me serra dans ses bras, aussi fort qu'il le pouvait, enfouissant sa tête dans le creux de mon cou et inspirant profondément l'odeur de mon parfum. Il m'embrassa ensuite délicatement la nuque puis se détacha de moi pour baiser mes lèvres, d'abord tendrement, puis plus langoureusement. Notre échange se fit rapidement plus pressant. Je savais ce qu'il essayait de faire : il voulait oublier la peine qui lui avait laissé un trou béant dans la poitrine et tentait par tous les moyens de combler ce vide provoqué par la mort de Côme. Il recherchait de la tendresse, de l'affection, un peu de réconfort et de chaleur dans un monde qui lui paraissait à présent glacial et hostile. Il cherchait un peu de bonheur dans un moment où il était profondément malheureux. Je n'étais pas certaine que ce soit la meilleure façon d'y parvenir...

— Morgan, soupirai-je lorsque je sentis ses doigts se glisser sous mon corsage et effleurer la peau de mon ventre. Je ne sais pas si...

— Sarah, s'il te plaît, me coupa-t-il en me suppliant du regard, ne me repousse pas encore une fois. J'ai besoin de toi, me dit-il en posant son front contre le mien. J'ai ENVIE de toi.

Il n'eut pas besoin d'en dire davantage. Je savais mieux que personne que partager des moments d'affection, et la sensation de se sentir important pour quelqu'un, était ce dont on avait le plus besoin quand le monde s'effondrait autour de nous. La présence de Lucas dans mon passé me l'avait démontré à plusieurs reprises. Je hochai la tête avant de reprendre notre baiser là où il l'avait laissé, puis enroulai mes bras autour de son cou en devenant moi-même plus entreprenante. Cela faisait des jours que je fuyais ses caresses alors que je brûlais de désir pour lui, j'étais à bout de forces moi aussi. Nous nous allongeâmes sur le sol humide recouvert de feuilles de la forêt et laissâmes nos corps exprimer leurs sentiments. Notre nuit fut à la fois belle et triste, tendre et nostalgique. Nous prenions le temps pour chaque geste comme si nous venions de réaliser qu'il fallait profiter de chaque instant, comme s'il s'agissait du dernier. Quand nous eûmes épuisé nos dernières ressources, nous nous allongeâmes côte à côte silencieusement. Bientôt, l'épuisement et le chagrin firent sombrer mon compagnon dans un profond sommeil, mais moi, je ne parvins pas à fermer l'œil.

« Sarah ma puce, nous t'attendons, il faut que tu reviennes », « Ma chérie, ton père et moi avons tant de choses à te dire », « Ma meilleure amie me manque, ne me laisse pas seule, s'il te plaît ». La voix de Lucas, celles de mes parents et de Jessica résonnaient dans ma tête et se répétaient comme une rengaine incessante qui finirait par me rendre folle si elle ne s'arrêtait pas. Je ne comprenais pas ce qu'ils essayaient de me dire. Tout était confus. La seule chose dont j'étais certaine, c'était cette inquiétude que j'entendais dans leurs voix. Une douleur lancinante tambourinait dans mon crâne.

Je me tournai vers mon compagnon et l'observai avec affection. Ainsi endormi, il paraissait détendu et serein. Je sentis mon cœur se serrer lorsque je pris conscience à quel point je m'étais attachée à lui. Ces dernières semaines, j'avais découvert bien plus qu'un ami ou un amant. Nous nous ressemblions plus que nous voulions bien le reconnaître et, même si cela créait souvent des tensions et des conflits entre nous, c'est aussi ce qui nous rapprochait. Depuis mon arrivée dans la cité, nous avions toujours été présents l'un pour l'autre, quels que soient les moments traversés : lors de mon évasion, à l'entraînement, pendant notre première mission de ravitaillement, lorsqu'il m'avait montré la grotte aux lucioles pour la première fois alors qu'il me connaissait à peine, en laissant Lazare veiller sur moi, en riant aux éclats pendant nos moments de complicité... Toutes ces choses me revenaient comme un film qui défilait dans ma tête. Je craignais que tout cela s'arrête et ce qui m'effrayait le plus, c'était le sentiment que ça allait bientôt arriver.

J'éloignai cette idée en embrassant tendrement son front puis m'habillai pour retrouver Alice. La jeune femme était assise au pied d'un arbre, le dos appuyé contre le tronc, les yeux tournés vers le ciel, dont on percevait une toute petite partie à travers les feuilles des arbres. Je m'installai près d'elle en posant ma tête contre son épaule et regardai dans la même direction.

— Tu crois qu'il y a quelqu'un là-haut pour entendre nos prières ? me demanda-t-elle sans quitter la voûte céleste des yeux.

— Je n'en sais rien... Mais tu sais, qu'il y ait quelqu'un ou non, le plus important c'est que tu y croies, pas vrai ? C'est ce dont on a tous besoin : une raison d'y croire et d'espérer...

— C'est vrai, avoua-t-elle tristement. Je n'arrête pas de penser à Côme... J'essaie de comprendre comment ça a pu arriver... et je n'arrive pas à me faire à l'idée.

— Moi non plus.

— C'est comme s'il me manquait quelque chose, une part de moi. Comment va Morgan ? continua-t-elle en tournant la tête vers moi.

Je soupirai de lassitude.

— Il va mal, avouai-je encore émue. Son meilleur ami lui manque. Il se sent responsable.

Elle acquiesça d'un signe de tête avant de continuer :

— Est-ce que tu lui as parlé de tes souvenirs ?

Je secouai la tête, consciente que j'aurais dû le faire il y a bien longtemps.

— Sarah..., me dit-elle sur le ton du reproche.

— Je sais ce que tu vas me dire Alice. J'ai essayé de lui dire, je te le jure, mais je n'y arrive pas. Il est dévasté. Comment est-ce que je suis censée lui parler de ma vie passée et de mes souvenirs avec un autre homme ? Il ne le supportera pas, ça ne fera qu'empirer la situation.

— Tu dois être honnête avec lui. Ce qu'il ne supporterait pas, c'est de découvrir que tu lui as menti.

— Je sais... mais je n'ai pas encore trouvé le bon moment.

— N'attends pas trop, s'il te plaît.

Elle avait raison, je le savais, mais la situation

devenait chaque jour plus compliquée et ça ne rendait pas les choses faciles.

Nous restâmes un moment silencieuses à observer les étoiles scintiller dans le ciel et, rapidement, mes yeux se mirent à papillonner. Emportée par la fatigue, je finis par m'endormir, blottie contre mon amie.

35

SARAH

Avant que tout s'efface...

Paris, quatre semaines plus tôt

Assise en face de moi à une table de restaurant, Jessica me jetait des coups d'œil à la dérobée derrière sa carte des menus. Ses yeux pétillaient d'excitation, elle voulait me parler, je le voyais bien, et je savais déjà ce qu'elle allait me demander.

Un serveur vint prendre notre commande et reprit les cartes avant de s'éloigner.

— Alors ? fit la jeune femme la voix pleine de sous-entendus en désignant la bague que je portais à mon doigt depuis plusieurs mois, du nouveau ?

— Tu comptes me poser la question à chaque fois qu'on se voit ? lui répondis-je en riant avant d'éluder sa question.

— S'il le faut oui. Ça fera tout juste un an à Noël que Lucas te l'a offerte. C'est une belle occasion pour une demande en mariage ! En tout cas, je l'espère ! Ça fait presque trois ans que vous êtes ensemble, je commence à trouver le temps long.

— C'est peut-être aussi bien comme ça.

— Pourquoi ? m'interrogea-t-elle en fronçant les sourcils, l'air surprise. Tu ne comptes pas l'épouser ?

— Je ne sais pas. Je n'y ai jamais vraiment songé, j'ai eu d'autres préoccupations. On est bien ensemble, je ne vois pas ce que le mariage viendrait changer.

— Eh bien… la promesse d'une vie ensemble, l'occasion de rassembler toute la famille et de faire la fête, l'opportunité de porter une robe somptueuse et de manger un délicieux gâteau, la chance de recevoir plein de cadeaux et surtout… une excellente excuse pour partir en voyage. La liste est longue, tu veux que je continue ?

— Tout ça ne m'a jamais fait rêver. Il me rend heureuse, c'est tout ce qui compte.

Elle soupira devant mon manque d'enthousiasme. Je ne lui rendais pas la tâche facile je devais l'admettre, mais je n'étais pas idiote, je savais exactement pourquoi elle avait insisté pour m'emmener déjeuner dans ce restaurant. Cela faisait quatre ans jour pour jour que Juliette était morte et comme chaque année à cette date, mon esprit était ailleurs et les souvenirs plus présents que jamais. Mon amie faisait de son mieux pour me divertir et me faire penser à des choses joyeuses et optimistes mais je rentrai difficilement dans son jeu malgré mes efforts.

— Et que feras-tu, s'il te le demande ?

— J'aviserai.

— Tu aviseras ? répéta-t-elle, l'air déçu. Bon, j'ai compris. Pas de bouquet de la mariée à rattraper en perspective donc.

— C'est donc ça ? Tu voulais juste te raccrocher à un nouvel espoir de rencontrer quelqu'un ? dis-je en ricanant.

Elle s'accouda à la table et posa son menton dans sa paume en faisant la moue.

— Je sais, je suis pathétique !

— Mais non, m'exclamai-je pour la rassurer. Jess, tu es une fille géniale, tu finiras par rencontrer quelqu'un, j'en suis convaincue. J'avais abandonné tout espoir quand j'ai rencontré Lucas. Pourtant, ça fait quatre ans qu'il est entré dans ma vie et il a tout changé. Tu connaîtras ça toi aussi. En tout cas, je te le souhaite.

— Mouais, répondit-elle, sceptique, tu sais ce qu'on dit, l'avenir nous le dira…

Nous passâmes le reste du repas à discuter de choses diverses et de nos emplois respectifs. Jessica était infirmière. Elle me parlait de ses patients quand moi je lui parlais de mes élèves. Elle me confia sa peine en me racontant qu'un enfant qu'elle suivait depuis longtemps à cause d'une maladie incurable avait été hospitalisé dans un état critique. Le pauvre Gabriel était tombé dans un coma dont il ne se réveillerait probablement jamais.

— C'est affreux, dis-je sincèrement touchée par l'histoire de ce petit bonhomme.

— Oui, je sais, admit Jess, ça me rend triste. Mais parlons d'autre chose, tu veux bien ? Je préfère qu'on aborde des sujets plus joyeux !

— J'adhère totalement à cette idée, répondis-je avec un sourire franc sur les lèvres.

Le reste de la conversation fut plus léger et détendu. Nous prenions grand soin d'éviter les sujets sensibles qui nous rappelaient nos problèmes et nos blessures passées et, sans que l'on s'en aperçoive, le temps fila à toute vitesse, tout comme le vin dans nos verres. Doucement, au cours de la soirée, je sentais les effets de l'alcool adoucir mes maux et mes remords. J'avais la sensation d'être plus sereine mais aussi plus guillerette, ce qui n'était pas dans mon tempérament. Je devais l'admettre, j'étais un peu éméchée, sans être complètement ivre. Je parvenais encore à contrôler mes paroles et mes actes. Heureusement, sinon Lucas m'aurait sermonnée un bon quart d'heure à mon retour avant de me mettre au lit, à moitié fâché contre moi. Il n'aimait pas que je boive, c'est la raison pour laquelle je ne le faisais qu'à titre exceptionnel. Mais ce soir, je sentais que j'avais besoin d'un peu d'aide pour oublier la dure réalité de la vie.

Jessica était aussi pompette que moi lorsque nous

sortîmes du restaurant. Nous attendîmes ensemble l'arrivée d'un taxi, en grelottant de froid, puis le chauffeur du véhicule déposa mon amie devant chez elle avant de me demander où il devait me conduire. J'allais lui donner mon adresse quand je me décidai finalement à changer de destination. Il parut surpris quand je lui indiquai le lieu où je souhaitais me rendre et me demanda à deux reprises si j'étais sûre de moi. Finalement, en voyant que je perdais patience, il m'emmena là où je lui avais demandé et m'informa qu'il m'attendait dans la voiture. J'acquiesçai et sortis du véhicule pour me retrouver face aux grilles d'un immense cimetière. J'ignorais ce que je faisais là. Je n'avais pas mis les pieds ici depuis les funérailles de Juliette quatre ans plus tôt. J'avais pourtant l'impression d'y être venue la veille. Une boule me serra la gorge et me noua le ventre. Je me sentais oppressée et anxieuse mais enfin prête à faire ce que j'aurais dû faire il y a longtemps. Je pris une profonde inspiration pour me donner un peu de courage et poussai la grande porte en fer en la faisant grincer sur ses gonds. J'arpentai les allées à la recherche de la tombe de mon amie. Je la retrouvai sans mal, recouverte de fleurs, comme dans mon souvenir. Mes parents et ceux de Juliette venaient régulièrement fleurir sa tombe, tout comme Jessica d'ailleurs. Cette dernière m'avait demandé à de nombreuses reprises de l'y accompagner. Elle me disait que ça me ferait du bien et que ça m'aiderait sans doute à me sentir plus proche de Juliette et moins coupable. Mais je n'avais jamais pu me résoudre à l'accompagner. J'avais le sentiment de ne pas y être la bienvenue et que Juliette me reprocherait ma visite si elle était là.

Sur la pierre, son nom était gravé en lettres d'or, suivi de ses années de naissance et de mort. Je me retrouvais là, debout devant sa tombe, sans savoir quoi faire, ni quoi dire, complètement impuissante. En sentant la douleur du souvenir me tordre le ventre, je compris que les effets de l'alcool s'estompaient peu à peu. Je vis l'émotion refaire surface et fus bientôt de nouveau assaillie par les regrets.

Une voix grave derrière moi me salua en me faisant sursauter. Cette voix, je l'aurais reconnue les yeux fermés. Mon corps tout entier se crispa avant que je me retourne pour lui faire face. Je blêmis en voyant ses yeux me regarder avec haine et un sourire sadique se dessiner sur ses lèvres.

— Qu'est-ce que vous faites ici ? lui demandai-je paniquée.

Je laissai mon regard parcourir les alentours. J'étais seule dans ce cimetière déserté par les visiteurs. Seule face à mon agresseur. Seule face à l'homme qui voulait me faire payer son séjour de plus de trois ans en prison. Je pouvais bien hurler, personne ne m'entendrait.

— Que se passe-t-il ? me demanda-t-il en prenant l'air vexé. Tu n'as pas l'air contente de me voir.

— Je croyais que vous deviez rester quatre ans en prison.

— J'ai eu droit à une petite année de remise de peine ! s'exclama-t-il gaiement. Ils m'ont libéré pour bonne conduite.

Je fis un pas en avant pour prendre la fuite mais ma tête se mit à tourner dans la précipitation et je titubai sur quelques mètres. Je réalisai alors que j'étais finalement encore bien avinée :

— Il faudrait penser à y aller mollo sur la boisson, ricana-t-il, ce n'est quand même pas prudent de boire autant. Surtout si c'est pour oublier.

— Comment savez-vous ? Est-ce que vous m'avez suivie ?

— Ça fait quelques jours, oui, et j'ai découvert des choses vraiment intéressantes à ton sujet.

Je déglutis en le voyant regarder la tombe de Juliette derrière moi.

— C'est triste ce qui est arrivé à ton amie... Un terrible accident... Tu étais au volant il me semble, tu as eu beaucoup de chance d'en ressortir presque indemne.

Je détestais la façon dont il jubilait de mon malheur. Il avait dû se renseigner à mon sujet pour en savoir autant, et il avait deviné que cet épisode de ma vie était aussi ma corde sensible car il se faisait un malin plaisir d'insister.

— C'est vrai, avouai-je en faisant de mon mieux pour ne pas rentrer dans son jeu de provocation, j'ai eu beaucoup de chance.

— Ce n'est pas trop dur ? poursuivit-il d'un ton détaché mais provocateur. Je veux dire de vivre au quotidien avec ce poids sur la conscience ? Cette sensation que tu vis ta vie à la place de celle de ta meilleure amie ?

Je réprimai un sanglot. Comment faisait-il pour viser aussi juste ? La culpabilité qu'il décrivait était celle qui me hantait depuis toutes ces années. J'avais toujours pensé ne pas mériter de vivre ma vie alors que Juliette n'aurait jamais cette opportunité. Je l'en avais privée. Une nouvelle fois, je fis un pas pour m'en aller, mais il se plaça devant moi en m'observant de toute sa hauteur. Je me sentais petite, minuscule, comme un insecte qu'il s'apprêtait à écraser.

— Tu penses sérieusement t'en tirer comme ça ? me dit-il la mâchoire serrée en abandonnant son sourire sarcastique au profit d'un regard assassin. Ton petit copain n'est pas là pour intervenir cette fois. Il travaille aujourd'hui, il est au poste, j'ai vérifié ! Il n'y a donc que toi et moi...

J'ignorais si la chance était avec moi ou s'il s'agissait d'un heureux hasard, mais au moment où il me saisissait violemment le bras, un couple entra dans le cimetière et regarda avec intérêt dans notre direction.

— Laissez-moi partir ou je hurle, le menaçai-je.

Il regarda alternativement les visiteurs puis moi, et me lâcha, à regret, en pestant de rage.

— Ce n'est que partie remise, me prévient-il. Nous allons très vite nous revoir.

Sans tarder, je m'éloignai de lui et quittai précipitamment le cimetière.

J'indiquai au chauffeur de taxi l'adresse de mon immeuble avec une voix tremblante.

— Tout va bien, mademoiselle ? me demanda-t-il soucieux en me voyant si fébrile.

Je hochai la tête en prenant mon téléphone dans la poche de mon manteau. Il faillit m'échapper tant mes mains tremblaient. J'avais peur. Cet homme et ses menaces me terrifiaient. Je savais qu'il ne s'arrêterait pas tant qu'il ne m'aurait pas fait payer ses années passées en prison. Je composai le numéro de Lucas, le cœur tambourinant dans ma poitrine mais je tombai sur sa boîte vocale et décidai de ne pas laisser de message.

En rentrant chez moi ce soir-là, je m'enfermai à double tour dans mon appartement et me recroquevillai dans mon canapé, tournée vers la porte d'entrée avec mon téléphone dans la main. J'étais en pleine crise de panique. Ma respiration était rapide, je suffoquais presque et mes larmes coulaient sans arrêt. Je perdais complètement pied. Il avait fallu à peine cinq minutes pour que toutes les blessures et les remords que j'avais pris soin d'apaiser pendant quatre ans refassent surface tout à coup. Mes démons s'étaient réveillés et ils étaient plus puissants que jamais, c'en était insoutenable. Le poids de la culpabilité était si lourd que je ne pouvais pas le supporter. Mon corps tout entier tremblait de peur et d'angoisse et ma tête était tellement fatiguée de lutter qu'une migraine atroce me traversa le crâne avec une intensité sans précédent. J'en avais assez. Assez de supporter ça. Assez de faire semblant. Assez d'espérer qu'un jour tout irait mieux et de m'apercevoir que rien ne changeait. Assez de vivre avec un tel poids sur les épaules. Assez de me lever chaque jour pour vivre une vie qui avait pris fin dans l'accident. Assez d'essayer. Assez de continuer... Je voulais juste m'endormir et ne plus penser à rien.

Je me rendis dans la salle de bains, à la recherche de quelque chose pouvant calmer mes nerfs. Je ne voulais pas que Lucas me voie comme ça lorsqu'il rentrerait. Je trouvai une boîte de somnifères que m'avait prescrits mon médecin après l'accident et laissai glisser un comprimé dans ma paume puis un deuxième. Une pensée que je n'aurais jamais crue possible résonna alors dans ma tête. Je me dis soudain qu'il suffisait de quelques cachets de plus pour que tout s'arrête : la douleur, la souffrance, le chagrin, la culpabilité, la fatigue... J'étais épuisée, je ne pouvais plus lutter.

Après un moment d'hésitation, je fis tomber deux autres comprimés dans le creux de ma main, puis un dernier, et avalai le tout. Puis je m'allongeai dans le canapé en attendant d'en ressentir les effets. Bientôt, je sentis le sommeil m'emporter, ma respiration se ralentir et tous les muscles de mon corps se détendre. Peu à peu, je perdis tout contact avec la réalité et m'enfonçai dans des ténèbres où tous les sons qui m'entouraient me parvenaient sous forme d'échos. J'étais loin mais bien. Et puis tout à coup, plus rien...

36

SARAH

Révélations

Je m'éveillai en sursaut, une fois de plus, encore fébrile de la peur que j'avais ressentie face à mon agresseur et de l'angoisse qui m'avait complètement abattue ce soir-là. J'étais terrifiée à l'idée d'avoir voulu mettre fin à mes jours et de ce qui s'était sans doute passé ensuite. Mais cela demeurait un mystère. Je m'étais finalement réveillée et c'est ici que mes souvenirs s'arrêtaient.

— Est-ce que tout va bien ? me demanda Alice. Un nouveau souvenir ?

Oui, un nouveau souvenir. Mais un souvenir si violent que je ne souhaitais pas le partager. Pas pour l'instant.

— Oui, tout va bien, mentis-je en me levant. Je vais retourner voir comment va Morgan.

Mon amie acquiesça en me regardant curieusement. Elle savait que je ne lui disais pas tout mais elle le respectait. Je lui souris amicalement avant de m'éloigner dans les bois.

Le craquement d'une branche retentit. Je m'arrêtai net, avec l'impression d'être observée. À quelques dizaines de mètres de moi se tenait le spectre, celui qui me suivait depuis mon arrivée à Antara. Il regarda dans ma direction sans bouger comme s'il attendait quelque chose de moi. Il ne me semblait pas hostile, sinon il m'aurait attaquée depuis bien longtemps, il en avait eu maintes fois l'occasion. Je tournai la tête vers Alice qui avait les yeux rivés vers le ciel puis fis un pas en direction du soldat noir. Il fallait que je sache ce qu'il me voulait. Mais en me voyant approcher, il tourna les talons et s'enfonça dans la forêt. Il attendait que je le suive, je le savais, et c'est ce que je fis.

— Qui êtes-vous ? demandai-je en le poursuivant. Qu'est-ce que vous me voulez ?

Mais le spectre ne répondit rien et continua calmement son chemin jusqu'à une petite clairière où il s'immobilisa. Je m'arrêtai à mon tour, gardant mes distances, et le regardai avec curiosité. Il n'était pas armé et ne montrait aucun signe d'agressivité. Tourné vers moi, il continuait à me fixer sans un mot. Je m'approchai lentement, méfiante, en regardant autour de moi si nous étions seuls ou si je me précipitais dans une embuscade. Ses habits, entièrement noirs, et son masque de la même couleur lui donnaient un aspect inhumain effrayant. Je ne savais pas ce que je faisais. J'avais peur. Pourtant, mon instinct me disait de m'approcher davantage. Je voulais savoir qui se cachait sous ce masque. Plus que quelques pas me séparaient de lui. Je tentais de discerner ses yeux mais le déguisement qu'il portait sur la figure et l'ombre du capuchon qu'il avait rabattu sur sa tête m'en empêchaient. Je tendis la main avec prudence vers son visage et posai mes doigts sur le masque avant de le lui ôter lentement.

Je fis un pas en arrière lorsque je découvris ses traits familiers et ses cheveux tombant en cascade sur ses épaules. La surprise et la confusion furent telles qu'elles m'ôtèrent les mots de la bouche. Je restai sans voix. Je n'arrivais pas à croire ce que je voyais.

— Juliette ? demandai-je comme pour m'assurer que je ne rêvais pas.

Un sourire amical se dessina sur les lèvres de mon amie.

— Bonjour Sarah.

Je secouai la tête, sous le choc de ma découverte.

— C'est impossible, dis-je en essayant de comprendre ce qui se passait, tu es morte !

— C'est vrai, avoua-t-elle avec une pointe de tristesse dans la voix.

— Je ne comprends pas, continuai-je, complètement perdue. Est-ce que je suis morte moi aussi ?

Mon amie ricana avant de poursuivre.

— Non, tu es encore en vie.

— Alors qu'est-ce que tu fais ici ? Je deviens folle c'est ça ? Tout ça est le fruit de mon imagination ?

— Si je suis ici, répondit-elle avec bienveillance, c'est uniquement parce que tu refuses de me laisser partir.

— Qu'est-ce que tu racontes ?

— Depuis notre accident, tu as cessé de vivre Sarah. Tu n'as plus fait de projets alors que tu en avais des tas, tu t'es fermée à la vie en te culpabilisant pour ce qui m'était arrivé.

— Mais je suis responsable !

— Non, me dit-elle en secouant la tête. Non, tu ne l'es pas. Ce qui s'est passé ce jour-là n'était qu'un mauvais concours de circonstances. Tu n'aurais pas pu deviner ce qui allait se passer, et encore moins l'éviter.

Je sentis l'émotion me serrer la gorge et ma vue se brouiller progressivement.

— C'est moi qui conduisais, insistai-je, j'aurais dû rester maître de mon véhicule. Tu serais encore en vie si j'avais…

— Arrête, me coupa-t-elle.

Elle s'approcha de moi et posa sa main sur mon épaule en plongeant ses yeux dans les miens.

— Écoute-moi bien, me dit-elle avec calme et indulgence, rien de ce que tu aurais pu faire n'aurait changé les choses. On ne peut rien contre le destin. Ce qui est arrivé devait sans doute arriver, tu n'y es pour rien. Je veux que tu cesses de t'en vouloir et que tu te pardonnes. Je sais que c'est difficile mais sache que je ne t'en veux pas. Je ne t'en ai jamais voulu. La seule chose que je souhaite à présent, c'est que tu te pardonnes et que tu acceptes que les choses ne se passent pas toujours comme on l'avait prévu. Vis ta vie, c'est la meilleure chose que tu puisses faire. Je ne te demande pas de m'oublier, au contraire. Je veux que tu me gardes une place dans ton cœur et que tu te souviennes de moi comme ta meilleure amie avec qui tu aimais rire et parler de tout. Les souvenirs auxquels tu te raccroches, ceux de l'accident, ne sont pas ceux que je veux que tu gardes en mémoire. Ils sont durs et violents, bien loin de ce qui me définissait, et tu le sais.

Combien de fois avais-je rêvé de revoir Juliette pour lui dire combien j'étais désolée. Ces paroles qu'elle me disait aujourd'hui, j'avais eu besoin de les entendre depuis quatre ans. Elles me libéraient d'un poids que je portais seule depuis trop longtemps. Les larmes coulaient à flots le long de mes joues. Avec la joie de me retrouver face à elle pour lui dire ce que j'avais sur le cœur, j'évacuais ainsi mes derniers remords.

— Je suis tellement désolée, dis-je la voix tremblante.

Elle me sourit sincèrement.

— Je te pardonne. Maintenant, c'est à toi que tu dois pardonner. Tu dois me laisser partir Sarah.

— Je ne suis pas certaine d'y arriver.

— Bien sûr que tu l'es. Tu es suffisamment bien entourée pour ça. Accepte l'aide de ceux qui te tendent la main et écoute ton cœur. Je ne serai jamais très loin.

Elle paraissait tellement calme et sereine, je me sentais rassurée de la voir si détendue et apaisée. Je m'étais imaginé des centaines de fois la revoir, et dans tous les scénarios que j'avais envisagés, elle était en colère contre moi et me reprochait ce qui lui était arrivé. J'étais bien loin d'imaginer que nos retrouvailles se passeraient de cette façon.

La voix grave et autoritaire de Morgan nous fit sursauter :

— Écarte-toi d'elle ! ordonna-t-il à mon amie.

La jeune femme fit un pas en arrière avant que je m'interpose en demandant à mon compagnon de baisser son arc. Ses yeux lançaient des éclairs mais lorsque son regard se posa sur moi, c'était l'incompréhension que je lisais dans ses pupilles.

— Qu'est-ce que tout cela signifie ? me demanda-t-il, confus.

— Je vais tout t'expliquer, lui répondis-je calmement. Mais s'il te plaît, ne lui fais pas de mal.

— Tout va bien, murmura Juliette. Je suis là en amie.

— En amie ? répéta le leader avec ironie. Vous étiez là en amie aussi lorsque vous avez tué mon meilleur ami il y a quelques heures à peine ?

— Ce n'était pas moi.

— Peu importe, hurla-t-il. Vous êtes tous pareils !

— Pas tous, non...

— Morgan, s'il te plaît, insistai-je en le suppliant du regard.

Il m'observa un moment avant de finalement baisser son arc et repartir dans la forêt, l'air à la fois abattu et déçu par mon comportement.

Je soupirai en le regardant s'éloigner. Je me doutais que notre prochaine conversation déboucherait sur une nouvelle dispute.

— Tu devrais aller lui parler, me suggéra mon amie. Il y a des choses dont vous devez discuter tous les deux.

— J'ai encore tellement de choses à te dire, lui répondis-je à regret.

— Ne t'inquiète pas, me rassura-t-elle avec son éternelle bienveillance, nous nous reverrons très bientôt.

Elle disparut à son tour dans l'obscurité du bois, me laissant à la fois heureuse de l'avoir revue et nerveuse à l'idée de devoir affronter Morgan.

Mon compagnon faisait les cent pas dans la clairière où je l'avais laissé quelques heures plus tôt. Je n'eus pas le temps d'ouvrir la bouche pour m'expliquer qu'il demanda :

— Ça fait combien de temps ?

J'étais perdue. Je secouai la tête, confuse.

— De quoi est-ce que tu parles ?

— De tes souvenirs qui reviennent. Ça fait combien de temps ? répéta-t-il, l'air désarmé.

Je fus surprise de l'entendre évoquer mon passé. J'ignorais comment il l'avait appris ou bien deviné, mais je regrettais de ne pas avoir été celle qui lui en avait parlé la première. Je devinai en l'observant qu'il pensait la même chose.

— Comment est-ce que tu as su ? lui demandai-je, mal à l'aise.

— Je partage tes nuits Sarah... Tu crois que je n'ai pas remarqué toutes les fois où tu te réveilles en sursaut, fébrile ? Je ne suis pas idiot, j'ai déjà vu ça avant.

— Je suis désolée, je sais que j'aurais dû te le dire.

— Combien de temps ? insista-t-il.

Je gardai le silence un moment. Il n'allait pas aimer entendre ce que je m'apprêtais à lui dire.

— Depuis notre première mission de ravitaillement, répondis-je finalement.

Il se détourna en soupirant.

— Tout ce temps ? Pourquoi est-ce que tu ne m'as rien dit ?

— Je... je ne savais pas quoi en penser. Au début, il s'agissait seulement d'images furtives et imprécises. Je croyais que c'était juste de mauvais rêves. Je ne savais pas comment interpréter ce que je voyais, tout était confus. Avec le temps, les souvenirs sont devenus plus précis, plus... réels. Je ne savais pas si...

— Tu es dans le coma Sarah, me coupa-t-il brusquement.

Sa révélation me laissa sans voix. Je n'étais pas certaine d'avoir bien compris ce qu'il venait de me dire.

— Quoi ? Qu'est-ce que tu racontes ?

— Tu es dans le coma, répéta-t-il, l'air bouleversé. Nous le sommes tous.

Mes pensées se bousculèrent dans ma tête. Un milliard de questions affluèrent toutes en même temps.

— Je ne comprends pas. Est-ce que tu es en train de me dire que tout cela est le fruit de mon imagination ? Que tu n'es pas réel ?

Cette dernière idée me fit frissonner tant elle m'effrayait.

— Non, ce n'est pas ce que j'ai dit, répondit-il en se rapprochant de moi.

Il effleura ma joue du bout des doigts et m'embrassa avec tendresse.

— Tout cela est bien réel, me dit-il, les yeux remplis d'affection.

— Alors explique-moi, murmurai-je, j'ai besoin de comprendre où je suis et ce qui se passe.

Il hocha la tête et rassembla ses pensées avant de poursuivre :

— Antara n'est qu'un lieu de passage pour les âmes qui ne savent pas où aller, perdues à mi-chemin entre la vie et la mort. Le coma est une condition particulière... Notre cœur continue de battre mais notre esprit est ailleurs. La seule chose qui nous maintient en vie, c'est notre volonté de nous battre et l'espoir que nous procurent nos souvenirs. Les soldats noirs sont en réalité des faucheurs. C'est la raison pour laquelle on ne peut rien contre eux. Personne ne peut vaincre la mort. Quant aux murmures que certains prétendent entendre, il s'agit en fait des voix de leurs proches qui les appellent et qui prient chaque jour pour qu'ils se réveillent.

Bien sûr. Je comprenais mieux à présent : les paroles de Lucas et de mes parents qui se répétaient sans cesse dans ma tête n'étaient pas seulement un songe. Elles étaient bien réelles.

— Comment sais-tu cela ? lui demandai-je intriguée.

— Conrad me l'a dit. Il était le seul à être venu ici deux fois. Il est arrivé à Antara la première fois après un AVC et est resté quelques semaines. Et puis un jour, ses souvenirs ont commencé à refaire surface. Quelque temps après il a prétendu entendre sa femme lui parler. Il a fini par partir. Quand il est revenu quelques mois plus tard suite à un second malaise, il m'a raconté ce qu'il avait vécu. Il est resté dans le coma pendant près de deux ans avant de mourir.

— Tu dis qu'il a fini par partir… mais comment ?

Il semblait déçu que je m'intéresse autant à la question.

— C'est difficile à expliquer. Ceux qui sont sur le point de se réveiller se souviennent avec précision de leur vie passée et entendent aussi clairement que je te parle les paroles de leurs familles. Ils sont guidés par un instinct et regagnent la prairie, là où tout a commencé.

— Et ensuite, que se passe-t-il ?

— Je ne sais pas Sarah. Seuls ceux qui l'ont vécu pourraient en témoigner mais ils ne sont plus là pour en parler. Je n'ai jamais eu cette chance.

Devant mon silence, il poursuivit :

— Tu les entends, n'est-ce pas ? Tes proches.

Nous entrions finalement dans le vif du sujet, ce que je redoutais le plus. Mes mains devinrent moites et mon cœur se serra. Je hochai la tête à défaut d'utiliser des mots. J'appréhendais la suite de la conversation.

— Je savais que ça finirait par arriver, me dit-il l'air résigné en se détournant de moi. Tu vas partir toi aussi.

— Quoi ? m'exclamai-je avec étonnement. Non ! Je n'ai pas l'intention de partir.

Je m'approchai et me plantai devant lui pour le forcer à me regarder :

— Morgan, regarde-moi ! lui dis-je en prenant son visage entre mes mains. Je ne partirai pas.

— Tu n'auras pas le choix Sarah.

— Bien sûr que j'ai le choix.

— Ces voix, ces murmures... ils se feront plus présents. Tu ne pourras pas les ignorer très longtemps ou ils finiront par te rendre folle. C'est une chose contre laquelle tu ne peux pas lutter.

Je refusais de croire ce qu'il me disait, tout simplement parce que je refusais de partir. J'aurais adoré avoir eu cette possibilité quatre semaines plus tôt lorsque j'étais arrivée, mais depuis, les choses avaient bien changé.

— Qui était cette femme tout à l'heure ? me demanda-t-il curieusement. Une part sombre de ton passé ?

J'acquiesçai.

— Elle s'appelle Juliette. C'était ma meilleure amie. Elle est décédée dans un accident de la route. C'est moi qui étais au volant.

Je vis ses yeux se remplirent de compassion.

— Pardonne-moi. Je ne voulais pas remuer de vieux souvenirs.

— Tu n'aurais pas aimé celle que j'étais dans ma vie passée, lui avouai-je à contrecœur. J'étais brisée. J'avais perdu espoir et cessé de me battre. J'avais abandonné. Si tu savais ce que j'ai fait !

Je repensais aux comprimés dans le creux de ma main et à la sensation que j'avais éprouvée en sentant les médicaments agir et se répandre dans tout mon corps. Morgan m'avait enseigné à me battre pour ma vie. Qu'aurait-il pensé de moi s'il avait su que dans mon passé, j'avais tenté d'y mettre fin.

— Je suis sûr que tu te trompes. Pour moi, tu restes la Sarah têtue, bornée, déterminée et courageuse qui m'a fait réaliser que m'isoler du reste du monde n'était pas la solution.

— C'est toi qui as fait de moi celle que je suis aujourd'hui. L'ancienne moi était bien différente… complètement différente.

Il me sourit tendrement avant de m'attirer à lui et de me serrer dans ses bras. Je posai ma tête contre sa poitrine en soupirant de bien-être. Puis un long silence s'installa. Il était sur le point de me poser la question qui lui brûlait les lèvres, et celle que je redoutais par-dessus tout. Il hésita longtemps avant d'oser me demander :

— Il y a un autre homme, pas vrai ? C'est la raison pour laquelle tu m'as repoussé ces dernières semaines.

Je gardai le silence, ne sachant que lui répondre. J'avais mal pour lui, mal pour moi. Je ne voulais pas le faire souffrir. Les mots n'étaient pas nécessaires, il comprit à mon absence de réponse qu'il voyait juste. Je sentis ses bras se refermer plus fort autour de moi comme s'il voulait me montrer que je n'appartenais qu'à lui seul.

— Je suis désolée, soupirai-je, je ne savais pas comment te le dire.

— Tu as l'impression de le trahir quand tu es avec moi ?

Je me détachai de lui et le regardai en secouant vivement la tête :

— Non, répondis-je, les larmes au bord des yeux. C'est toi que j'ai le sentiment de trahir à chaque fois que je me souviens.

Il s'assit sur la branche posée au sol, l'air abattu.

— Comment les choses peuvent-elles changer aussi vite ? me demanda-t-il, dépité. Il y a encore quelques heures, nous étions tous les quatre réunis autour d'un feu à rire comme si la vie nous appartenait, j'avais tout pour être heureux. La seconde suivante, je perds mon meilleur ami, mon faucon… et maintenant toi.

— Non ! Tu ne m'as pas perdue, m'exclamai-je en

m'asseyant près de lui. Je suis là, je n'ai pas l'intention de partir…

— Sarah…, commença-t-il.

— S'il te plaît, le coupai-je brutalement, pas ce soir. Je ne veux pas envisager cette solution. Pas pour l'instant.

Il hocha tristement la tête, l'air épuisé.

— Tu préfères que j'aille dormir près d'Alice ? lui demandai-je avec hésitation et appréhension.

Maintenant qu'il connaissait l'existence de Lucas, je craignais qu'il veuille mettre de la distance entre nous. Ce n'était pas ce que moi je voulais. Plus que jamais, je voulais être avec lui. La situation actuelle et la simple possibilité de le perdre me faisaient prendre conscience de l'ampleur de mes sentiments à son égard. Je réalisais à présent ce qu'il avait dû ressentir à chaque fois que je l'avais repoussé ces dernières semaines. Je n'avais pas envie de me retrouver dans la situation inverse, j'en souffrirais trop. Il glissa ses doigts dans les miens et m'embrassa tendrement.

— Reste avec moi, murmura-t-il.

Ses mots sonnaient comme une caresse à mes oreilles. J'enroulai mes bras autour de son cou et l'enlaçai de toutes mes forces, soulagée qu'il veuille encore de moi. Je fermai les yeux et me laissai bercer par le doux confort de ses bras. Je ne voulais pas penser à demain, cela m'effrayait. Mon avenir à Antara devenait incertain et bien que j'aie été prête quatre semaines plus tôt à tout pour quitter cette cité, j'aurais maintenant fait n'importe quoi pour y rester.

37

MORGAN

Le départ

Impossible de trouver le sommeil, je n'avais pas besoin de fermer l'œil pour vivre mon pire cauchemar. Allongé sur le sol de la forêt recouvert de feuilles, je serrai Sarah dans mes bras avec la ferme intention de ne plus la lâcher. Elle ne dormait pas elle non plus. J'entendais sa respiration irrégulière qui trahissait ses larmes silencieuses. Plusieurs fois, elle remua en se pelotonnant plus fort contre moi. J'avais une tonne de questions à lui poser et un millier de choses à lui dire mais toute cette situation me paraissait tellement irréelle que je ne savais pas par où commencer. La curiosité l'emporta finalement.

— Parle-moi de ta vie, lui murmurai-je doucement.

Elle tourna la tête vers moi, les yeux remplis de tristesse.

— Morgan, tu es certain de vouloir entendre ça ?

J'acquiesçai sans hésitation.

— Je veux tout savoir de toi.

Elle soupira puis commença avec une pointe d'émotion dans la voix.

— Après la mort de Juliette, je n'arrivais plus à refaire surface. Je broyais du noir et je me sentais coupable. Reprendre le travail m'a aidée à sortir de chez moi et reprendre le cours de ma vie mais pas à oublier… Un jour, j'ai découvert des traces de coups sur les bras d'un de mes élèves. Je l'ai signalé à la directrice et, ensemble, nous avons reçu les parents. Le père s'est énervé et s'est mis à nous menacer. La police est intervenue et…

Elle marqua une pause, l'air embarrassée. Je compris aussitôt ce qui la mettait aussi mal à l'aise.

— C'est là que tu l'as rencontré ? C'était un des policiers ?

L'entendre évoquer l'homme avec lequel elle partageait sa vie fut la chose la plus difficile que j'aie eu à entendre mais je devais savoir.

Elle hocha silencieusement la tête en baissant les yeux et poursuivit :

— L'homme a été placé en garde à vue. Quelque temps après, Lucas est venu m'avertir que le père de mon élève était particulièrement remonté contre moi et que je devais rester vigilante. Un soir, il a réussi à pénétrer dans mon immeuble et est venu sonner à ma porte. Il m'a menacée mais Lucas est intervenu à temps…

— Un vrai chevalier servant ! dis-je avec ironie, bien que cela m'arrache le cœur.

— Morgan, je ne suis pas obligée de continuer… Je n'ai pas très envie que l'on discute de ça maintenant.

— Je veux savoir, lui assurai-je en hochant la tête.

Elle reprit son discours, à contrecœur :

— Il m'a incitée à porter plainte, ce que j'ai fait. Ensuite, il s'est montré très présent pendant le procès pour me soutenir. C'est comme ça qu'on s'est rapprochés. J'allais mal. La blessure de l'accident était encore fraîche, je ne voulais pas penser à une relation et encore moins m'engager… mais les choses ne se passent pas toujours comme on les avait prévues, pas vrai ?

— Est-ce qu'il te rend heureuse ?

Elle se retourna et plongea ses yeux dans les miens.

— Il y a une chose que je veux que tu saches, me dit-elle, la voix tremblante. Quand toi et moi avons commencé à nous rapprocher, je ne me souvenais pas de

Lucas. Pas de cette façon. Dans mes souvenirs, c'était juste un ami. Quelqu'un qui avait été là pour moi. Quand j'étais avec toi, je ne pensais qu'à toi. Quand les souvenirs sont devenus plus précis et que je me suis rappelé ma relation avec lui, j'ai eu l'impression de te trahir, mais je ne savais pas comment te le dire… Lucas fait partie de ma vie. Mais toi, tu fais partie de ma vie ICI. Si tu n'avais pas été là, je serais probablement morte depuis longtemps. Tu veilles sur ma vie comme s'il s'agissait de la tienne et tu m'as redonné l'envie de me battre pour elle. J'avais perdu cette volonté… Mes parents, Lucas et mon amie Jessica ont toujours fait de leur mieux pour que je me sente bien mais je n'arrivais pas à me pardonner l'accident et c'est en pensant que j'allais de mieux en mieux avec le temps que j'ai réalisé finalement que je m'enfonçais un peu plus. Quand mon agresseur est sorti de prison et m'a menacée à nouveau, en me balançant en pleine figure tout ce pour quoi je me sentais coupable, j'ai craqué. Je voulais juste que tout s'arrête, la peine, la souffrance, le chagrin, les remords… je voulais y mettre fin. J'ai avalé une boîte de somnifères et je me suis sentie sombrer peu à peu. Ensuite, je me suis réveillée ici et la suite tu la connais…

J'étais bouleversé d'entendre son histoire et ce qu'elle avait traversé.

— Je suis désolé mon ange, lui soufflai-je à l'oreille. J'ignorais tout ça.

Je resserrai mon étreinte pour lui montrer que, contrairement à ce qu'elle imaginait, j'aimais autant la Sarah de ses souvenirs que celle que je prenais dans mes bras en ce moment, et elle se rallongea contre moi en posant à nouveau sa tête sur ma poitrine.

— Je crois qu'au fond je suis soulagée que tu saches tout. Je ne veux plus avoir de secret pour toi.

— Moi non plus, répondis-je en lui caressant tendrement les cheveux.

— Je sais ce qui est arrivé à Gabi, tu sais ? me dit-elle subitement.

Je fus surpris par cette révélation et lui demandai de m'en dire davantage.

— Mon amie Jessica est infirmière. Dans mes souvenirs, elle m'a parlé de l'un de ses petits patients, Gabriel, atteint d'une maladie incurable. Quelques semaines avant que j'arrive à Antara, Gabi a été admis aux urgences dans un état critique. Il était tombé dans le coma… un coma dont il ne se réveillerait sans doute jamais. On sait tous les deux qu'il ne s'est jamais réveillé.

L'évocation du garçon me serra le cœur. Sarah était elle-même très émue en me parlant de l'enfant dont elle s'était tellement rapprochée.

— S'il était malade, dis-je pour la rassurer, il vaut peut-être mieux que les choses se soient terminées de cette façon, tu ne penses pas ?

Elle acquiesça en silence et continua :

— Pourquoi Antara ?

Je fronçai les sourcils, ne comprenant pas sa question. Voyant que je restais silencieux, elle précisa :

— Je veux dire… pourquoi nos âmes sont-elles enfermées ici, dans un endroit aussi primaire et hostile, tellement différent du monde duquel on vient ?

— Je n'ai pas la réponse exacte à ta question, mais j'ai mon opinion sur le sujet.

— Dis-moi…

— Selon moi, si Antara est aussi dénuée de confort et de technologie, tels que nous les connaissons, c'est parce que c'est en étant livrés à nous-mêmes, sans l'influence de notre quotidien, que se réveille notre instinct de survie. C'est dans les pires moments et dans les pires conditions que l'on voit naître nos ressources les plus insoupçonnées et qu'on est en droit de décider si l'on veut se battre pour vivre ou bien cesser d'y croire et abandonner.

Je vis ma compagne froncer les sourcils et se tenir la tête en grimaçant de douleur. Je n'étais pas dupe. Depuis le début de notre conversation, elle luttait contre les murmures qu'elle entendait dans sa tête. Combien de temps espérait-elle encore pouvoir les ignorer ?

— Tu devrais essayer de dormir, lui suggérai-je.

Elle hocha la tête, l'air épuisée. J'approchai mes lèvres des siennes pour l'embrasser avec tendresse et refermai mon bras autour de ses épaules. Elle ferma les yeux en tentant de trouver le sommeil. Elle finit par y parvenir, du moins en partie. Sa nuit fut agitée. Sa migraine ne semblait pas se calmer, ni les voix qui se bousculaient dans sa tête. Je passai le reste de la nuit à la veiller, en réalisant au fil des heures que ça ne pouvait pas continuer ainsi, je ne pouvais pas lui imposer cela. Je pris une décision qui me brisa le cœur. Le lendemain à son réveil, je lui en ferais part, elle s'y opposerait sans doute farouchement mais je ne lui laisserais pas le choix. Je levai les yeux vers le ciel, observant avec admiration les étoiles qui scintillaient, et, pour la première fois depuis des années, je me mis à prier. À prier pour avoir la force nécessaire de bientôt devoir dire adieu à la personne qui comptait le plus dans ma vie.

Le soleil se leva doucement et les oiseaux se mirent à chanter. Le cycle éternel des journées recommençait comme si rien n'avait changé. Pourtant, tout avait changé. Nous ne devions pas tarder, nous étions dans cette forêt depuis déjà trop longtemps. Je caressai doucement le bras de Sarah en lui murmurant de se réveiller. Lentement, elle ouvrit les yeux, se redressa, puis me vit déjà debout en train de remballer nos quelques affaires dans des sacs.

— Nous partons ? me demanda-t-elle l'esprit encore embrumé.

— Oui, répondis-je en évitant son regard.

— Tu veux dire que nous rentrons à Antara ? insista-t-elle, l'air surprise. Nous avons abandonné toutes nos provisions en fuyant hier, nous ne pouvons pas rentrer les mains vides en ville. Nous devons rapporter de quoi nous nourrir.

— Alice et moi nous en chargerons.

— Je ne comprends pas, dit-elle confuse.

Je sentais ses yeux posés sur moi et l'interrogation qui s'y trouvait. Je soupirai pour me donner un peu de courage et lui faire enfin face.

— Tu ne viens pas avec nous, lui avouai-je finalement.

Elle se mit à rire nerveusement.

— Quoi ? Qu'est-ce que tu racontes ? Bien sûr que je viens avec vous. Où veux-tu que j'aille ?

— Tu rentres chez toi Sarah.

Je vis quelque chose se briser dans ses yeux. Ils perdirent tout leur éclat et une profonde tristesse les envahit tout à coup. Elle secoua la tête et se rapprocha vivement de moi en prenant mon visage entre ses mains.

— Il n'est pas question que je parte, me dit-elle avec détermination. Je veux rester ici, avec toi.

— C'est impossible, lui répondis-je à contrecœur.

— Bien sûr que si, ça l'est !

— Je t'ai veillée toute la nuit, tu n'as pas cessé de les entendre, pas un seul instant... Les voix de tes proches. Ils attendent que tu te réveilles. Elles ne feront que devenir de plus en plus envahissantes jusqu'à ce que tu ne puisses plus les ignorer. Tu ne peux pas rester Sarah, tu dois partir.

Elle savait que j'avais raison, je le vis dans ses yeux.

Pour autant, elle ne voulait pas partir. Elle baissa la tête, vaincue, et n'arriva plus à retenir ses larmes. J'étais abattu à mon tour de la voir si déchirée. Je la pris dans mes bras en lui murmurant des paroles réconfortantes à l'oreille :

— Tout ira bien, tu verras...

— J'ai peur, souffla-t-elle en enfouissant sa tête dans mon cou.

— Tu n'as pas à avoir peur, tout se passera bien.

— Ce n'est pas pour moi que j'ai peur, me dit-elle dans un murmure à peine audible.

Je me détachai d'elle et la regardai les sourcils froncés, incompréhensif.

— Quand tu m'as emmenée à la grotte aux lucioles la première fois, nous nous sommes fait attaquer, tu te souviens ? me dit-elle la voix étranglée.

J'acquiesçai en repensant à ce jour-là. Je voyais où elle voulait en venir.

— Ce faucheur était juste devant toi, il te menaçait, mais tu ne faisais rien pour te défendre. Tu as hésité...

— Sarah, murmurai-je pour la couper.

Mais elle m'interrompit d'un geste avant de continuer :

— Ce jour-là, j'ai compris à quel point tu étais fatigué de tout cela, fatigué de te battre.

— Les choses ont changé depuis.

— Elles ont changé, c'est vrai, poursuivit-elle. Elles se sont améliorées. Mais aujourd'hui la situation est cent fois pire. Je ne veux pas te laisser seul ici, je ne veux pas te quitter...

La repousser était une terrible épreuve. Au fond de moi, je rêvais de la garder près de moi mais je savais que c'était impossible. Lui demander de partir était pire que ce que j'avais imaginé. Et j'avais pourtant tout imaginé. Je l'embrassai langoureusement avant de lui répondre :

— Une vie t'attend là-bas. Tu dois y retourner. Ici, tu

ne fais que survivre. Antara est un lieu de passage, je te l'ai toujours dit.

Elle plongea ses yeux dans les miens avec une telle intensité que je crus m'y perdre un instant.

— Tu dois me faire une promesse, me dit-elle avec une lueur nouvelle dans le regard. Tu dois me promettre d'être patient.

Je ne comprenais pas pourquoi elle me demandait cela mais elle savait que je ne faisais jamais de promesse sans être certain qu'elle puisse être tenue. Voyant que je gardais le silence, elle continua :

— Si tu refuses de promettre, moi je vais le faire. Je te promets qu'une fois réveillée, je ferai tout ce qui est en mon pouvoir pour te retrouver, où que tu sois. Je veux que tu sois patient et que tu gardes espoir. Tends l'oreille, écoute ma voix et accroche-toi à elle, parce que moi, je n'abandonnerai jamais.

Ses paroles brisèrent un peu plus mon cœur. Bien qu'elles aient été sincères, je savais de façon certaine que Sarah ne se souviendrait pas de moi à son réveil. Touché par sa détermination et son espoir que l'on puisse se retrouver, je l'embrassai à nouveau : un baiser doux-amer, à la fois tendre et douloureux.

— Promets, insista-t-elle en posant son front contre le mien.

— Je te le promets.

Je n'étais pas certain de pouvoir tenir cette promesse. En réalité, j'en doutais même beaucoup, mais je savais qu'elle refuserait obstinément de partir si je ne lui disais pas ce qu'elle voulait entendre. Elle se jeta dans mes bras en posant sa tête contre ma poitrine. J'ignorais combien de temps nous étions restés là, blottis l'un contre l'autre, moi la berçant comme une enfant à apaiser, mais j'aurais voulu que ce moment ne s'arrête jamais.

— Est-ce que tu es prête ? lui demandai-je au bout d'un long moment.

Elle se détacha de moi, me regarda avec tristesse avant de me dire qu'elle ne serait jamais prête pour ça. Je pris sa main dans la mienne puis l'entraînai plus loin dans la forêt, pour rejoindre Alice.

La jeune femme était en train de préparer les chevaux lorsque nous arrivâmes près d'elle. De toute évidence, elle n'avait pas passé une très bonne nuit elle non plus et avait dû beaucoup pleurer la mort de Côme. De grands cernes étaient dessinés sous ses yeux gonflés et elle avait le teint pâle. Elle nous regarda arriver main dans la main :

— Bonjour ! s'exclama-t-elle en tentant vainement de faire illusion. Quel est le plan ? Retour à Antara ou bien nous poursuivons notre chasse ?

Ma compagne et moi échangeâmes un regard. Qui de nous deux devrait annoncer à notre amie la suite des événements ? À notre air morne et taciturne, elle comprit que quelque chose n'allait pas.

— Qu'est-ce qu'il y a ? nous demanda-t-elle subitement inquiète.

— Nous continuerons notre chasse avant de rentrer à Antara, la ville a besoin de se nourrir.

Je regardai Sarah avant de poursuivre :

— Mais avant, nous devrons faire un détour…

Alice nous regarda alternativement Sarah et moi. Ses épaules s'affaissèrent.

— Tu ne viens pas avec nous, n'est-ce pas ? demanda-t-elle à son amie.

Sarah acquiesça silencieusement, les larmes au bord des yeux. Puis elle lâcha ma main et s'approcha de la jeune femme pour la serrer dans ses bras.

— Tu vas me manquer, marmonna Alice.

— Toi aussi.

Quelques minutes plus tard, nous mîmes tous les trois le pied à l'étrier le cœur lourd. Nous chevauchâmes dans un silence presque absolu, partagés entre le chagrin d'avoir perdu Côme et celui de dire bientôt au revoir à Sarah. J'observais ma compagne avec nostalgie. Elle laissait courir son regard sur les vastes paysages environnants comme si elle voulait emporter avec elle le moindre souvenir de sa vie ici. Une part de moi était heureuse qu'elle ait su trouver sa place à Antara, en partie grâce à moi, l'autre était dévastée à l'idée que j'allais la perdre et qu'elle retrouverait un autre homme avec qui elle aurait un avenir. La route jusqu'à notre destination ne fut pas très longue ; en milieu d'après-midi nous avions atteint notre but. Nous arrivâmes au pied d'une colline où courait une prairie dont on ne voyait pas la fin. Un grand chêne solitaire surplombait le sommet et tout autour des fleurs de toutes sortes étaient butinées par des abeilles et des papillons. Sarah la reconnut instantanément. C'était ici que nos chemins allaient se séparer. Nous descendîmes de nos montures et nous approchâmes l'un de l'autre, mal à l'aise. Je ne savais pas comment faire ça, comment lui dire adieu. Alice arriva près d'elle et la serra dans ses bras. Bien qu'elle l'ait murmuré à demi-mot, j'entendis Sarah lui demander de veiller sur moi. La jeune femme acquiesça d'un vif hochement de tête avant d'essuyer les larmes qui roulaient le long de sa joue du revers de la main.

— Je te souhaite d'être heureuse Sarah, lui dit-elle émue.

Puis elle nous regarda à tour de rôle et m'informa qu'elle m'attendrait un peu plus loin. Elle s'éloigna le cœur lourd sans un regard en arrière, trop pudique pour montrer ses larmes.

Je me retrouvai devant la femme que j'aimais, complètement impuissant face à la situation. Je l'enlaçai une dernière fois en me demandant si je prenais bien la bonne décision. Oui, j'en étais certain, même si elle me déchirait le cœur.

— Je t'aime, lui murmurai-je, de tout mon cœur. Tu es la meilleure chose qui me soit arrivée et je n'oublierai jamais ce que tu as fait pour moi.

— Je n'ai rien fait pour toi, me dit-elle dévastée.

— Bien sûr que si. Tu m'as fait prendre conscience de l'importance de tisser des liens, et à quel point il était important de garder espoir.

— Tu le feras, pas vrai ? Tu garderas espoir pour moi. Écoute ma voix, c'est elle qui te ramènera.

Elle couvrit mes lèvres de baisers comme si elle souhaitait en faire des réserves à conserver précieusement dans sa mémoire, puis tourna la tête en direction de la prairie. Une silhouette marchait dans notre direction et s'arrêta au milieu de la pente de la colline pour nous faire un signe amical de la main.

— Je t'avais dit que tout se passerait bien, dis-je à mon amour. Tu n'es pas seule. Regarde, ton amie Juliette est là pour t'accompagner.

J'enlaçai sa taille avec mes bras et l'embrassai à mon tour avec une affection infinie.

— Tu devrais y aller, lui suggérai-je à contrecœur, ton amie t'attend.

J'affichais un sourire qui se voulait rassurant. Je ne voulais pas lui rendre les choses plus difficiles. Elles l'étaient suffisamment. Était-il besoin d'en rajouter ? Elle hésita longtemps mais finit par lâcher ma main et s'éloigna en direction de son amie.

En la voyant me tourner le dos, j'eus l'impression de recevoir un coup de poignard en plein cœur. J'avais mal, c'était insoutenable. Le sourire que j'affichais depuis quelques minutes s'envola et je sentis l'émotion me serrer la gorge et me tordre le ventre. Ma vue se brouilla.

Je ne pouvais pas rester ici plus longtemps. Pas pour la regarder s'éloigner et ne jamais revenir. Je remontai sur mon cheval, saisis les brides des deux autres montures et talonnai la mienne en disparaissant dans la lande pour retrouver Alice. J'avais connu bien des moments sombres mais jamais encore mon cœur n'avait été aussi noir de désespoir.

38

SARAH

La prairie

J'avançais vers Juliette le cœur lourd. Dire au revoir à Morgan s'était avéré encore plus difficile que ce que j'avais imaginé. Mais je pensais à la promesse que je lui avais faite et elle me redonna l'espoir que je finirais par le retrouver. En tout cas, je l'espérais de tout mon cœur. Je me retournai et le vis s'éloigner précipitamment à cheval. Mon cœur se serra de le savoir aussi mal. Je le quittais au moment où il avait le plus besoin de mon soutien. Je ne voulais pas partir mais je savais qu'il avait raison. J'entendais mes proches sans arrêt dans ma tête. Leurs voix devenaient si envahissantes qu'elles me donnaient la migraine. Je poursuivis mon chemin jusqu'à ma meilleure amie, qui me souriait avec des yeux pétillants de malice.

— Et maintenant ? lui demandai-je en ignorant totalement ce qui allait se passer.

— Maintenant, répéta-t-elle, nous faisons un bout de chemin ensemble.

Elle m'encouragea à la suivre le long d'un sentier qui grimpait sur la colline à travers la vaste prairie. Le soleil avait amorcé depuis un petit moment sa descente, il se coucherait bientôt. Ici, l'air était doux et les rayons de l'astre me réchauffaient agréablement la peau. Je me sentais bien et sereine mais mes pensées n'arrivaient pas à se détacher de Morgan.

— Que va-t-il se passer à présent ? demandai-je de nouveau à Juliette.

— Eh bien, tu vas te réveiller et retrouver tes parents, Jess et Lucas, me répondit-elle gaiement.

— Et pour toi ? m'inquiétai-je.

Un sourire sincère se dessina sur ses lèvres. Nous étions arrivées au sommet de la colline sous le grand chêne. Elle se tourna vers le paysage sans fin qui s'offrait à nos yeux. Des montagnes, des prairies et des rivières se présentaient à perte de vue.

— On dit que derrière ces montagnes se trouve un océan infini, me dit-elle avec les yeux remplis d'espoir et d'excitation. On raconte aussi qu'il est parsemé d'îles d'une beauté sans pareille et de lieux où il fait bon vivre. On dit enfin que ceux qu'on a perdus nous y attendent. C'est là-bas que je compte aller.

— Est-ce que tu as peur ? demandai-je timidement.

— Non, me dit-elle sans hésitation. En réalité, je suis plutôt impatiente de voir ce qui m'attend.

J'acquiesçai, soulagée de la voir si heureuse. Nous nous assîmes au pied du grand chêne et elle continua plus sérieusement :

— En revanche, en ce qui te concerne, tu as l'air terrorisée. Ne sois pas inquiète Sarah, tous ceux auxquels tu tiens seront là à ton réveil.

Je tournai instinctivement la tête du côté où se trouvait Morgan quelques minutes plus tôt. Il n'y avait plus personne à présent.

— Tu penses à lui ? m'interrogea-t-elle en remarquant la tristesse sur mon visage.

Je restai silencieuse, je ne savais pas quoi lui répondre. Qui pourrait comprendre ce que je ressentais en ce moment ?

— Il fut un temps où toi et moi nous racontions tout, même nos histoires de cœur, poursuivit-elle en riant.

Elle me donna un léger coup d'épaule qui me rappela nos moments de complicité.

— À l'époque, répondis-je en retrouvant le sourire, il n'y avait pas grand-chose à raconter !

— C'est vrai ! admit-elle en gloussant. Mais les choses semblent avoir changé… Tu veux en parler ?

Je soupirai en rassemblant mes idées. Bien sûr que je voulais lui en parler. C'était ma meilleure amie, je lui disais toujours tout. Quand elle était encore là, je lui confiais mes doutes, mes peines, elle était la mieux placée pour entendre mes plaintes.

— Je ne suis pas certaine de vouloir rentrer, Juliette, avouai-je avec une pointe de culpabilité dans la voix.

— C'est à cause de Morgan ?

— En partie, oui.

— Et Lucas ?

— Je l'aime. Beaucoup. Mais…

— Pas de la même façon ?

Je secouai la tête.

— C'est un homme extraordinaire et je tiens à lui. Sincèrement. Il a toujours été présent pour moi, même dans les moments les plus difficiles. Il a fait preuve d'une patience à toute épreuve et je n'ai rien à lui reprocher…

— Mais ? dit Juliette avec un sourcil relevé, dans l'attente de plus de détails.

— Mais… Avec Lucas, j'ai eu envie d'essayer de vivre à nouveau. Avec Morgan, j'ai eu envie de vivre tout simplement. Et ça, ça fait toute la différence. Il m'a fait prendre conscience de ce qui me manquait avant mon coma, l'espoir et la volonté de me battre pour continuer à avancer, et il m'a donné la force d'y parvenir. Je ressens un manque quand il n'est pas là que je n'ai pas ressenti vis-à-vis de Lucas depuis que je me souviens de lui. Chacun de ses gestes, chaque fois qu'il me touche… c'est comme si nos deux corps s'attiraient et se comprenaient parfaitement, comme deux aimants qu'on ne parvient pas à détacher. Je n'avais jamais ressenti ça avant, cette impression quand je suis dans ses bras d'être au bon endroit avec la bonne personne.

Je n'avais pas réalisé l'ampleur de mes sentiments avant de les évoquer à voix haute et, déjà, je regrettais de ne pas avoir réagi quand il m'avait dit qu'il m'aimait. Le savait-il au moins ? La seule chose à laquelle je pensais, c'était le retrouver à présent.

— Qu'est-ce que je suis censée faire Juliette ? demandai-je à mon amie, complètement désemparée.

Elle hésita avant de me répondre avec compassion.

— Je comprends ce que tu ressens. Mais tu ne peux pas rester ici. Antara n'est pas un lieu pour vivre.

— Je sais.

— Une vie t'attend ailleurs. Et même si elle n'est pas à la hauteur de tes espérances, il te reste toujours la possibilité de tout faire pour l'améliorer. Libère-toi de la culpabilité de l'accident, laisse une chance à Lucas, et profite de la vie comme si chaque jour était le dernier.

Sa réponse n'était pas celle que j'attendais mais je savais qu'elle était sincère et que je n'avais pas d'autre solution que de partir.

Nous regardâmes ensemble le soleil effleurer le sommet des montagnes et poursuivre sa descente en se cachant derrière leurs pentes.

— Il est temps pour moi de partir, me dit-elle en me serrant dans ses bras.

Je l'enlaçai à mon tour, émue. Je ne voulais pas qu'elle parte elle non plus car je savais que, cette fois-ci, je lui disais au revoir pour la toute dernière fois.

— Sois présente pour Jessica, me souffla-t-elle à l'oreille. Elle se montre forte pour tout le monde mais elle a beaucoup souffert de ma mort elle aussi. Souvent quand elle se retrouve seule, elle s'effondre. Elle a besoin de sentir que quelqu'un la soutient.

Je hochai vivement la tête en retenant difficilement mes émotions.

— Promis, je le ferai.

— Bien ! s'exclama-t-elle en balayant une larme qui roulait sur sa pommette. C'est ici que nos chemins se séparent.

Elle se leva et laissa son regard parcourir la prairie avec curiosité.

— C'est un bel endroit pour envisager un nouveau départ, dit-elle avec enthousiasme. Je suis sûre que tu y arriveras !

Elle me fit un clin d'œil qui me fit sourire.

— Au revoir Sarah, me dit-elle en me faisant un signe de la main.

— Au revoir..., lui répondis-je avec affection.

Puis elle s'éloigna sur le sentier en direction des montagnes, sans se retourner, jusqu'à ce que sa silhouette disparaisse derrière les hautes herbes de la prairie.

Je me retrouvai seule sous ce chêne avec pour seule compagnie le bruit du vent qui faisait danser les feuilles de l'arbre, et le chant des oiseaux qui s'agitaient dans ses branches. Je ne savais pas ce que je devais faire, alors je me contentai d'observer la beauté du paysage. Le soleil, maintenant dissimulé derrière les montagnes, teintait le ciel de nuances rouge orangé que je n'avais encore jamais vues. Soudain, je ressentis une immense fatigue. J'appuyai ma tête contre le tronc de l'arbre en fermant les yeux et, bercée par la brise qui me caressait la peau, je sombrai dans un profond sommeil...

39

SARAH

Le réveil

Une lumière vive vacilla derrière mes paupières. Lentement, j'ouvris les yeux, aveuglée par l'éclairage de la pièce. Je ne savais pas où j'étais. Mon esprit était embrumé comme si je sortais d'un très long et profond sommeil. Je discernais deux silhouettes assises près du lit qui se regardaient l'air grave. Je n'arrivais pas à distinguer leurs visages, ma vue était encore brouillée. Je tournai doucement la tête dans leur direction en essayant de reconnaître ceux qui se trouvaient à mon chevet. J'avais l'impression que mon corps tout entier était rouillé, comme s'il était resté trop longtemps sans bouger. La personne qui se trouvait le plus proche de moi me vit remuer et, tout à coup, je reconnus sa voix.

— Sarah ? s'exclama-t-elle à la fois surprise et heureuse. Oh mon Dieu ! Joseph, va chercher un médecin, vite, elle se réveille !

Peu à peu, mes yeux se remirent à voir correctement et mon esprit s'éveilla. Je pris conscience de l'endroit où je me trouvais et tout me revint en mémoire : les menaces du père de Yanis, ma crise de nerfs et d'angoisse et la prise des somnifères…

— Maman ? marmonnai-je la gorge sèche.

— Oui, ma chérie, je suis là, me rassura-t-elle en me prenant la main.

Des larmes de joie roulaient le long de ses joues et un véritable soulagement se lisait dans ses yeux et dans son sourire. Mon père arriva avec le médecin, qui vérifia aussitôt mes constantes avant de m'interroger :

— Bonjour Sarah, comment vous sentez-vous ?

Je ne savais pas vraiment. J'étais comme engourdie. Il me faudrait plus de temps pour remettre mes idées en ordre. Mais j'étais vivante et c'était tout ce qui comptait.

— Ça va, répondis-je faiblement.

— Bien, je suis heureux de vous voir réveillée, poursuivit-il avec un sourire encourageant. Nous nous sommes inquiétés votre famille et moi.

— Pourquoi ? demandai-je surprise.

Le docteur regarda mes parents avant de continuer :

— Vous êtes restée dans le coma pendant quatre semaines.

— Quoi ? m'écriai-je, confuse.

Je ne comprenais pas ce qu'il me disait. J'avais l'impression d'avoir vécu l'enfer à peine quelques heures plus tôt et de me réveiller après un lavage d'estomac qui m'avait remué les organes et donné la nausée. Comment aurais-je pu rester endormie pendant quatre semaines ?

— Votre petit ami vous a trouvée chez vous inconsciente. Il a appelé les secours et vous avez été amenée ici en urgence. Vous aviez pris des somnifères et, de toute évidence, il y avait une quantité d'alcool importante dans votre sang. Les deux n'ont pas fait bon ménage. Vous avez eu de la chance que votre fiancé vous trouve à temps. Plus tard, les choses auraient pu être plus graves.

Je ressentis un pincement au cœur à l'évocation de Lucas. Pourquoi ? Je n'en avais pas la moindre idée. Je regrettais qu'il m'ait trouvée dans cet état. Il avait dû être tellement inquiet.

Je me sentis bientôt plus éveillée. Je tentai de me redresser sur les coudes mais mes bras ne supportèrent pas mon poids et je retombai la tête sur l'oreiller.

— Doucement, me dit-il en me touchant amicalement

le bras. Votre corps est resté inanimé pendant trop longtemps. Vous avez perdu des forces. Il faudra du temps avant que vous ne retrouviez un peu d'énergie.

— Docteur, commençai-je, très intriguée. Vous dites que je suis restée dans le coma pendant quatre semaines. Pourtant, j'ai le sentiment que tout cela s'est passé hier. Comment est-ce possible ?

— C'est une sensation qu'ont souvent les personnes qui sortent d'un coma. C'est un peu comme quand on se réveille le matin avec l'impression que l'on vient de fermer les yeux. On perd la notion du temps lorsqu'on est endormi.

Tout cela m'interpellait. J'éprouvais une sensation étrange. J'avais beau avoir l'impression de m'être assoupie la veille, quelque chose avait changé. Je n'aurais pas su dire avec précision de quoi il s'agissait, c'était davantage un pressentiment qu'une réalité. Je me sentais différente, loin de l'état de léthargie dans lequel il m'était arrivé de me retrouver après l'accident. Une douleur lancinante tambourinait sur l'arrière de mon crâne, comme si des souvenirs dissimulés tentaient de refaire surface. Je fermai les yeux en soupirant et tentai de faire le vide dans ma tête.

— Je vais vous laisser vous reposer, m'annonça le médecin avec un sourire amical. N'hésitez pas à m'appeler si vous avez besoin de quoi que ce soit.

— Je meurs de faim, lui avouai-je avant qu'il quitte la chambre.

Il se mit à rire.

— C'est plutôt une bonne chose. Je vais voir ce que je peux faire, répondit-il en me faisant un clin d'œil avant de disparaître dans le couloir.

Je me retrouvai seule avec mes parents qui me couvaient du regard. Mon père s'approcha de moi pour m'embrasser le front.

— Tu nous as fait vraiment peur ma chérie, m'avoua-t-il, visiblement ému.

— Désolée pour ça. Ce n'était pas mon intention. Il faut vraiment que vous sachiez..., commençai-je avant d'être soudainement interrompue.

— Sarah ? s'exclama une voix familière.

Lucas se trouvait à la porte de la chambre, les yeux ronds de surprise. Il avait les cheveux hirsutes et semblait épuisé. Ce que je ressentis en le voyant m'étonna moi-même. J'étais contente de le voir et plus encore en voyant l'air soulagé sur son visage mais une nouvelle fois je sentis ce pincement au cœur. Et cela n'avait rien à voir avec la joie de le retrouver. Ça ressemblait davantage à de la culpabilité mais j'en ignorais la raison.

Il se précipita vers moi et m'embrassa tendrement sur les lèvres :

— Bon sang, mon cœur, murmura-t-il, ne me refais jamais ça ! J'ai eu la peur de ma vie !

Je n'arrivais pas à comprendre ma réaction. En regardant au fond de ses yeux, j'éprouvais toujours une profonde affection à son égard mais je me sentais loin de lui. Je lui souris tendrement.

— Pardonne-moi, lui répondis-je sincèrement. Je sais que ça n'a pas dû être facile...

— Ça n'a plus d'importance maintenant, me coupa-t-il en me caressant affectueusement la joue. Tu es réveillée et c'est tout ce qui compte.

Ses doigts qui effleuraient ma peau me rappelèrent des sensations que j'avais dû autrefois éprouver : sentir battre mon cœur plus fort, ma peau se mettre à frissonner, mon souffle s'accélérer et un profond bien-être m'envahir. J'ignorais d'où venaient ces sensations car je n'avais jamais ressenti une telle attraction pour Lucas. Pourtant, j'étais absolument certaine de les avoir déjà vécues.

Il se passait quelque chose d'anormal depuis mon réveil.

Je n'avais plus l'impression d'être la Sarah que tout le monde connaissait. Les remords qui m'avaient habitée depuis la mort de Juliette m'avaient finalement quittée, je me sentais plus sereine, plus apaisée et déterminée, mais j'avais la conviction que quelque chose me manquait. C'était sans doute une réaction normale à la sortie d'un coma et je décidai finalement de ne pas donner trop d'importance à cet étrange sentiment.

Mes parents et Lucas restèrent un long moment à mon chevet à me raconter les dernières nouvelles, en faisant de leur mieux pour éviter de parler de ma tentative de suicide. Ils essayaient sans doute de me préserver. J'aurais pourtant voulu leur expliquer, leur dire ce que j'avais ressenti et ce qui m'avait poussée à agir de cette façon. Mais surtout, je voulais les rassurer en leur disant qu'aujourd'hui, mon état d'esprit était différent. Je me sentais prête à affronter la vie et ses épreuves, je n'avais plus ce poids sur les épaules et cette épée de Damoclès au-dessus de la tête. Mais il était peut-être encore trop tôt pour leur parler de tout cela. Je devais leur accorder du temps. Et à moi aussi par la même occasion. En fin de journée, voyant que j'étais épuisée, mes proches quittèrent la chambre pour me laisser me reposer, en ne manquant pas de préciser qu'ils seraient là le lendemain dès l'heure autorisée pour les visites. Lucas déposa un tendre baiser sur mes lèvres, mes parents m'embrassèrent la joue et tous les trois s'éloignèrent dans le couloir l'air profondément heureux et soulagés.

Me retrouver seule me fit du bien. J'appréciais leur compagnie mais je n'étais pas indifférente à ce qui se passait en moi et aux changements que je ressentais. J'aurais voulu en connaître la raison mais j'avais beau chercher dans mes souvenirs, je ne trouvais aucune réponse.

Je tentai une nouvelle fois de me redresser avec difficulté et réussis finalement à m'asseoir sur le bord du lit.

— Où espères-tu aller comme ça ? me dit une voix féminine que je reconnus immédiatement.

Je me tournai vers Jessica qui, appuyée au chambranle de la porte, me regardait avec un large sourire sur les lèvres.

— Salut Jess, lui répondis-je avec la même expression sur le visage. Elle jeta son sac à main sur l'un des fauteuils et s'assit près de moi sur le lit avant de me serrer dans ses bras.

— Je ne m'en serais jamais remise si je t'avais perdue toi aussi, me dit-elle. Je ne l'aurais pas supporté.

— C'est fini maintenant, je vais bien, répondis-je en lui caressant amicalement le dos.

Elle se détacha de moi et me regarda avec les yeux remplis de questions.

— Qu'est-ce qui t'a pris de faire une chose pareille ?

Malgré la gravité du sujet, je me mis à glousser. Nous avions pris soin d'éviter le sujet avec mes parents mais ma meilleure amie mettait directement les pieds dans le plat. J'appréciais sa spontanéité et sa sincérité et, en toute honnêteté, j'étais heureuse qu'elle aborde le sujet car j'avais vraiment besoin d'en parler.

Elle me regarda en haussant les sourcils, étonnée que je rie de quelque chose d'aussi grave.

— Excuse-moi, continuai-je maladroitement, c'est toi qui me fais rire, pas la situation, je t'assure.

— J'espère bien. J'attends tes explications.

Je lui racontai en détail tout ce qui s'était passé ce soir-là après que le taxi l'avait déposée chez elle : ma visite au cimetière et la rencontre avec mon agresseur, ses menaces et les choses affreuses qu'il m'avait dites au sujet de l'accident. Je lui confiai que cela avait réveillé mes vieux démons et que je m'étais sentie si mal que j'avais simplement voulu arrêter la douleur.

— Tu as pensé à ta famille ? À Lucas ? À moi ?

— Non, avouai-je à regret. J'étais tellement mal, je ne pensais à rien d'autre qu'à ma douleur.

Je voyais à quel point ce souvenir était douloureux pour elle. Je pris sa main et continuai avec enthousiasme.

— Avec le recul, j'ai pris conscience de ce que j'ai fait. Crois-moi, j'agirai différemment aujourd'hui. On ne peut pas revenir en arrière malheureusement mais sache que je regrette sincèrement mon geste. Je m'en veux de vous avoir autant inquiétés.

— Tu me dis simplement ce que je veux entendre pour me rassurer, Sarah.

— Non, répondis-je en secouant vivement la tête. Je te jure que non. Je pense sincèrement chaque mot. Je vois les choses autrement à présent.

— Qu'est-ce qui a changé ? me demanda-t-elle, intriguée.

— Tout a changé…

Elle secoua la tête, confuse.

— Tu veux bien m'aider à me lever, lui demandai-je. Je risque de me casser la figure si je tente toute seule d'aller jusqu'à ce miroir.

Je lui indiquai l'objet en question, accroché au mur à l'autre bout de la pièce. Depuis mon réveil, je voulais voir si la transformation que je sentais au fond de moi se trahissait aussi physiquement. Jess s'exécuta et passa mon bras par-dessus son épaule pour me soutenir. Je me rendis compte finalement que, bien que légèrement flageolantes, mes jambes parvenaient quand même à me soutenir. Elle m'accompagna jusqu'à la glace où j'observai enfin mon reflet avec curiosité. Je sortais à peine de quatre semaines de coma et pourtant, j'avais meilleure mine qu'avant mon hospitalisation. Et c'est sans doute ce qui m'étonna le plus. J'avais pris du poids, la pointe de mes épaules et mes clavicules étaient moins saillantes, j'avais repris un peu de joues et de cuisses mais surtout mes yeux brillaient d'un tout autre éclat. Il y a encore peu de temps, je n'y voyais que le reflet terne de la tristesse et des remords. Aujourd'hui, ils pétillaient de détermination et d'audace. Je fus alors certaine d'une chose : un tel changement ne pouvait pas survenir seul. Quelque chose avait dû le provoquer. J'ignorais ce qui s'était passé pendant tout ce temps où j'étais restée inconsciente, mais j'étais déterminée à le découvrir et je n'abandonnerais pas avant d'avoir trouvé les réponses à mes questions.

40

SARAH

Retour à la maison

Cela faisait maintenant quelques jours que j'étais réveillée. Je recouvrais peu à peu mes forces, notamment grâce à mon appétit, qui étonnait mes proches. Dans les années qui avaient suivi l'accident, j'avais perdu goût à tout, y compris l'envie de manger. Je me contentais à l'époque du strict minimum sans en apprécier les saveurs et cela m'avait valu une perte conséquente de poids. Je ne m'en étais pas aperçue à l'époque. Mais à présent, en observant mon reflet et mon corps qui avait repris quelques formes, je réalisai que j'avais été maigre.

Je rassemblais mes dernières affaires dans un sac lorsque le médecin entra dans la chambre.

— Bonjour Sarah, me dit-il gaiement. Alors, ça y est ? Vous nous quittez ?

— Ne le prenez pas mal docteur, répondis-je en riant, mais je suis plutôt contente de vous abandonner.

— Bien sûr, je comprends. Je suis content de vous voir si... enthousiaste !

— Merci, dis-je poliment.

Je voyais cependant à son air hésitant qu'il désirait me parler, et cela semblait l'embarrasser.

— Il y a une petite chose dont je voudrais discuter avec vous avant que vous ne partiez, me dit-il en s'asseyant sur le bord du lit.

— Bien sûr, acquiesçai-je, intriguée. De quoi s'agit-il ?

— Je suis sincèrement heureux de constater que vous

allez mieux mais, compte tenu des circonstances dans lesquelles vous êtes arrivée ici, je pense qu'il serait judicieux que vous voyiez un spécialiste…

— Vous parlez d'un psychologue ?

Il acquiesça, alors je poursuivis :

— Docteur, ça fait trois ans que je vois un psy et je vous assure que je vais bien. Tout cela m'a fait beaucoup réfléchir.

— On parle d'une tentative de suicide Sarah, ce n'est pas rien !

— Ce n'est pas comme ça que ça s'est passé.

— Mais c'est la raison pour laquelle vous avez été admise ici. Je ne cherche pas à vous culpabiliser mais ma conscience professionnelle m'oblige à m'assurer que tout cela est bien derrière vous. Si c'est ce que conclut le psychologue, il vous dispensera rapidement de suivre une thérapie.

Je l'observai en soupirant mais constatai très vite que son inquiétude était sincère.

— D'accord, finis-je par accepter.

— Bien ! s'exclama-t-il en se relevant, l'air soulagé. Passez à l'accueil en partant, ils prendront rendez-vous pour vous avec la psy de l'hôpital, c'est quelqu'un de très bien, vous verrez !

— Je le ferai, promis, dis-je au moment où il s'apprêtait à quitter la pièce.

Il se tourna vers moi et ajouta l'air grave :

— Vous avez eu beaucoup de chance, vous savez ? J'aimerais pouvoir dire ça à tous mes patients…

Il s'éloigna dans le couloir avec un sourire amical, ses dernières paroles m'ayant laissée perplexe. Avait-il donc beaucoup d'autres patients dans le coma ?

Une fois mon bagage terminé, je suivis son conseil et m'arrêtai à l'accueil pour prendre mon rendez-vous. J'y retrouvai mes parents qui réglaient les derniers détails de ma sortie. Enfin, nous rejoignîmes Lucas devant l'hôpital, près d'un taxi. Je n'avais pas mis le nez dehors depuis mon réveil et je me sentais agressée par tout ce qui m'entourait. J'observais les voitures, les bus et les gens s'agiter, supportant à peine les bruits et les odeurs de la rue. J'avais en tête des images d'une vaste prairie fleurie, de paysages infinis de montagnes et d'océans où régnaient un calme et un silence réconfortant et apaisant, bien loin du tumulte de la ville. J'ignorais d'où me venaient ces souvenirs, je n'avais jamais mis les pieds dans de pareils endroits.

— Est-ce que tout va bien ? me demanda Lucas visiblement soucieux de me voir si distraite.

J'acquiesçai, puis nous montâmes tous les quatre dans le taxi qui nous conduisit jusqu'à mon appartement.

Tous voulurent s'assurer que j'allais bien, que j'étais correctement installée et que je ne manquais de rien. J'appréciais sincèrement leurs intentions mais je n'aimais pas être traitée comme une petite chose fragile. Je l'avais été autrefois, mais aujourd'hui je me sentais plus forte, j'étais parfaitement capable de me débrouiller seule. Mes parents quittèrent l'immeuble quelques heures plus tard en ne manquant pas de me serrer dans leurs bras et en me répétant de prendre soin de moi. Il aurait presque fallu les pousser dehors pour qu'ils partent. Je pris alors conscience du traumatisme dont étaient marqués mes proches suite à mes actes. À cause de ce que j'avais fait, je lisais l'inquiétude dans leurs yeux chaque fois qu'ils me disaient au revoir.

Le silence régna dans l'appartement lorsque nous nous retrouvâmes seuls avec Lucas. Ce dernier s'activait dans la cuisine, pendant que je feuilletais distraitement une revue, recroquevillée dans le canapé. Lui et moi n'avions pas eu l'occasion de discuter en tête à tête depuis mon réveil. Il y avait toujours du monde dans ma chambre d'hôpital et ce n'était pas l'endroit idéal pour aborder des sujets sérieux comme celui dont je voulais discuter.

Il s'approcha de moi et me tendit une tasse de thé fumante avant de s'installer face à moi sur le sofa. Il m'observait avec tendresse et je sentis que le moment était venu pour nous deux d'avoir une discussion. Je posai ma tasse sur la table basse avant de ramener mes genoux contre ma poitrine :

— Lucas, commençai-je, un peu nerveuse. Il y a quelque chose dont je voudrais te parler.

— Bien sûr, répondit-il l'air soucieux. De quoi veux-tu me parler ?

— Je voudrais m'excuser... pour tout ce que je t'ai fait subir.

Il soupira en me prenant la main.

— Sarah, dit-il le regard rempli de compassion, tu n'as pas à t'excuser.

— Laisse-moi finir, s'il te plaît, c'est important. Il faut que tu saches ce qui s'est vraiment passé.

Il hocha silencieusement la tête en attendant que je poursuive.

— Ce jour-là, après que le taxi eut déposé Jessica, je lui ai demandé de me conduire au cimetière. Ça faisait quatre ans jour pour jour que Juliette était morte et je n'avais pas remis les pieds là-bas depuis ses funérailles. Je me suis dit qu'y aller m'aiderait peut-être à avancer et à passer à autre chose. Mais en arrivant là-bas, je me suis aperçue que j'avais été suivie...

— Suivie ? répéta-t-il, inquiet. Par qui ?

— Par le père de Yanis...

Il ouvrit de grands yeux surpris mais je l'interrompis d'un geste avant qu'il ne puisse s'exprimer.

— Il a été libéré plus tôt pour bonne conduite... Il m'a menacée. Il avait fait des recherches à mon sujet et savait pour l'accident. En l'espace de quelques minutes, il a réveillé en moi les vieux démons que j'avais mis tant de temps à apaiser. J'ai fui lorsque des visiteurs sont entrés dans le cimetière et je me suis précipitée ici.

— Pourquoi est-ce que tu ne m'as rien dit ? me demanda-t-il furieux. Ce type aurait pu te faire du mal !

— J'ai essayé de t'appeler mais tu étais au travail ! Je suis simplement rentrée et me suis recroquevillée ici même en fixant la porte avec la peur au ventre qu'il vienne une nouvelle fois jusqu'ici. J'étais tellement mal... complètement paniquée. Tout ce que je voulais, c'était dormir et ne plus penser à rien. Je t'assure que je ne voulais pas en arriver là. J'ai pris deux cachets dans ma main avec l'espoir qu'ils me soulageraient. La seconde d'après, je me suis dit que quelques comprimés de plus suffiraient à tout arrêter...

Lucas se crispa et baissa les yeux, tourmenté par les souvenirs qui lui revenaient de façon si brutale en mémoire.

— Je n'ai pas réfléchi, poursuivis-je. J'ai été égoïste. Pas une seule seconde, je n'ai pensé à ce que tu pourrais ressentir ou à ce que mes parents et Jessica pourraient ressentir. Je le regrette sincèrement. J'imagine ce que tu as dû éprouver en rentrant ce soir-là...

— Je t'ai crue morte Sarah ! me coupa-t-il. Ça a été le pire moment de toute ma vie.

En voyant ses yeux se charger de larmes, je sus qu'il disait vrai.

— Ton cœur battait si faiblement que je n'ai pas trouvé de pouls. J'ai cru qu'il était trop tard. Les secours sont arrivés très vite heureusement. Une heure de plus et tu ne serais plus là aujourd'hui...

Le voir me raconter cela avec autant d'émotion me noua l'estomac. Je regrettais de lui avoir causé autant de peine et d'inquiétude.

— Pardonne-moi, lui dis-je avec sincérité. Je n'ai jamais souhaité te faire autant de mal.

Il garda le silence un instant avant de continuer avec hésitation :

— Il y a un moment, au cours de notre deuxième année ensemble, où j'ai vraiment cru que je te suffirais pour être heureuse…

Quelque chose s'était éteint dans son regard. La lueur de malice qui alimentait autrefois ses yeux n'y était plus. Je n'y voyais que la tristesse.

— Bien sûr que tu me rends heureuse, lui dis-je en lui caressant affectueusement la joue.

— Si vraiment c'était le cas, nous n'aurions pas cette conversation en ce moment, me rétorqua-t-il en plongeant ses yeux dans les miens.

Je ne trouvai rien à lui répondre, tout simplement parce qu'il n'y avait rien à ajouter.

— Je n'abandonnerai pas pour autant, continua-t-il avec détermination. Je t'aime sincèrement Sarah, et je ferai n'importe quoi pour te rendre heureuse.

Je ne doutais pas de ses sentiments, ils transparaissaient dans sa façon de me regarder, mais, si je n'avais jamais été malheureuse à ses côtés, je doutais de pouvoir être un jour complètement heureuse. L'affection que je lui portais était immense, je tenais énormément à lui et le pincement au cœur que je ressentis en l'entendant se déclarer ne fit que le confirmer. Pourtant ce n'était pas suffisant. J'étais malgré tout déterminée à lui laisser une chance, et l'embrassai tendrement avant de lui répondre avec un sourire chaleureux :

— Je suis sûre que tu le feras, mais tu n'as pas besoin de te donner tout ce mal. Je suis là, avec toi. Et si c'est le cas, c'est parce que j'en ai envie.

Il retrouva le sourire et me rendit mon baiser, puis regarda sa montre avant de réaliser qu'il était très en retard.

— Il faut que j'y aille, m'informa-t-il. On m'attend au commissariat. Est-ce que ça va aller ?

— Oui, ne t'inquiète pas. Je dois retrouver Jessica pour un café dans l'après-midi.

— Avec ton agresseur dans la nature, je ne suis pas serein.

— Lucas, insistai-je, sois tranquille. Il ne me fait plus peur.

— Mais on ne sait pas de quoi il est capable. Je veux que tu restes prudente, d'accord ? Je crois que tu devrais à nouveau porter plainte.

— Je n'ai pas envie de me lancer à nouveau là-dedans, marmonnai-je.

— On rediscutera de tout ça ce soir, OK ?

Il se pencha vers moi pour m'embrasser :

— À ce soir, me dit-il en me faisant un clin d'œil complice.

Il quitta l'appartement après m'avoir demandé de verrouiller la porte derrière lui.

41

SARAH

Instinct de défense

— Sarah ? Tu es avec moi ? me demanda Jess en passant sa main devant mes yeux comme pour vérifier que j'étais bien éveillée.

Nous étions assises à la table d'un café où je touillais distraitement ma boisson depuis cinq minutes.

— Tu as conscience que tu ne mets jamais de sucre ? Ce que tu fais ne sert à rien, à part me stresser, continua-t-elle en fronçant les sourcils. Est-ce que tout va bien ? Tu es… ailleurs !

— Oui, bien sûr, répondis-je en secouant la tête. Excuse-moi, j'étais plongée dans mes pensées.

— J'ai bien vu. Je peux savoir à quoi tu pensais ? Tu as l'air soucieuse.

J'hésitai d'abord à lui donner les raisons de mes préoccupations mais il s'agissait de Jessica, ma meilleure amie, et je me disais que parler à quelqu'un de mes impressions me ferait le plus grand bien.

— Est-ce que tu me trouves changée ? lui demandai-je à brûle-pourpoint.

— Pourquoi est-ce que tu me demandes ça ? dit-elle, surprise par ma question.

— Je me sens différente depuis mon réveil et je sais que je le suis, je le sens.

— De quoi est-ce que tu parles ? Je ne comprends pas.

— La culpabilité que je ressentais depuis l'accident… Elle s'est dissipée. Pour la première fois depuis quatre ans, j'ai la sensation d'accepter enfin ce qui s'est passé. Je ne suis pas en train de te dire que j'ai tout oublié car je n'oublierai jamais. Mais je crois que j'ai pris conscience que je n'aurais jamais pu l'éviter. Et j'ai le sentiment au fond de moi que si Juliette était encore parmi nous, elle voudrait que je vive ma vie sans me morfondre.

Un sourire sincère étira les lèvres de mon amie.

— Je suis heureuse de t'entendre dire ça, tu ne peux pas savoir à quel point. Je me suis tellement inquiétée à ton sujet. Si aujourd'hui tu te sens mieux, j'en suis soulagée.

Je lui souris à mon tour mais elle me connaissait trop bien, elle savait que ce n'était pas tout. Elle me regarda en haussant les sourcils dans l'attente de plus de détails. Amusée, je poursuivis :

— Ce n'est pas tout...

— J'avais deviné, j'attends la suite !

— Ce n'est pas juste la culpabilité qui a disparu... Je me sens aussi plus forte, plus déterminée. Mais ce qui est le plus troublant, c'est cette sensation permanente...

— Laquelle ? s'impatienta-t-elle.

— Il me manque quelque chose. Une part de moi. C'est difficile à expliquer. C'est comme si j'avais quelque chose d'important à faire mais que je ne parvenais pas à me souvenir de quoi il s'agissait... Ça ne me quitte jamais.

— Tu as parlé de ça à ton psy ?

— Je vais à ma première séance demain.

— Il faut que tu lui répètes tout ce que tu viens de me dire. C'est peut-être un sentiment normal après quatre semaines passées dans le coma...

Mes pensées reprirent le large en l'entendant évoquer mon coma. Je me mis à marmonner, plus pour moi-même qu'à l'intention de Jessica :

— Où est-ce que j'étais pendant tout ce temps ? À mon réveil, j'avais l'impression de m'être endormie la veille. Que s'est-il passé pendant ces quatre semaines ?

— Tu étais sur un lit d'hôpital, Sarah, me répondit-elle tristement.

Reparler de ces souvenirs était visiblement douloureux pour elle mais je devais savoir.

— Non, Jess. Physiquement, j'étais bien sur ce lit d'hôpital. Mais mon esprit, lui, était ailleurs. J'ai des images qui me viennent en tête... comme des souvenirs qui tentent de refaire surface. Je vois des paysages somptueux que je n'avais jamais vus auparavant, je ressens des émotions que je n'avais encore jamais explorées... C'est comme si j'avais vécu une vie pendant ce laps de temps. Je ne peux pas me sentir aussi transformée sans raison. Il s'est forcément passé quelque chose.

— Ces images qui te reviennent proviennent peut-être simplement de rêves que tu aurais faits pendant ton coma !

Je secouai énergiquement la tête.

— Non, tout me semble si réel. Je ne peux pas l'avoir inventé, c'est impossible. Ça ne ressemble en rien à tout ce qu'il y a ici.

Je désignai ce qui nous entourait : le café, les gens pressés et stressés, le vacarme de la rue et l'agitation de la ville qui m'agressaient encore les oreilles.

— Je ne sais pas quoi te dire, me dit mon amie en haussant les épaules.

Bien qu'impuissante face à mes déclarations, elle semblait sincèrement intriguée.

— Est-ce que tu as parlé de tout cela à Lucas ?

Mon silence suffit à sa réponse.

— Est-ce que tout va bien entre vous ? me demanda-t-elle curieusement.

— Oui, tout va bien, répondis-je en pensant avoir l'air convaincant.

Mais Jess posa sa tasse de café, croisa les bras sur la table et se pencha vers moi.

— Je t'ai déjà dit que tu ne savais pas mentir ?

Je fis la moue. Qu'étais-je censée lui répondre ? Une fois de plus, elle avait raison.

— Je ne peux pas dire que les choses vont mal…

— Donc ?

— Que veux-tu que je te dise ?

— La vérité ! Que se passe-t-il ? Avez-vous discuté tous les deux ?

— Oui.

— Et ?

— Et rien. Ça va, je te dis. On va essayer de reprendre les choses comme avant.

— C'est vraiment ce que tu veux ?

— Pourquoi tu me demandes ça ?

— Parce qu'en te regardant, là tout de suite, je me réserve le droit d'en douter. Tu l'aimes encore ?

— Bien sûr, je tiens énormément à lui. Il a toujours été là pour moi…

Je vis mon amie grimacer en entendant ma réponse.

— Sarah, dit-elle en prenant mes mains dans les siennes, TENIR à quelqu'un et AIMER quelqu'un sont deux choses complètement différentes. Je ne doute pas de l'affection que tu as pour Lucas mais cela fait déjà bien longtemps que je vous observe. Ce que je vois dans ses yeux quand il te regarde n'a rien à voir avec ce qui se reflète dans les tiens. Es-tu certaine que continuer à l'ignorer soit la bonne solution ?

— Je n'en sais rien, admis-je en me frottant les yeux pour essayer de remettre mes idées en ordre.

Tout ce que venait de me dire Jessica était vrai, je ne pouvais pas le nier.

— Je ne sais plus, insistai-je. Depuis que j'ai rouvert les yeux, j'ai l'impression que mes sentiments envers lui ont changé. Je l'aime… mais différemment. Mais je le respecte trop pour lui faire du mal.

— Tu ne penses pas que c'est en continuant à faire

semblant que tu lui feras le plus de mal ? Si tu le respectes autant, tu dois être honnête avec lui.

Je m'apprêtai à lui répondre qu'elle avait sans doute raison quand mon regard fut attiré par un homme qui, debout à l'extérieur du café, me fixait avec un sourire sadique. Quelques semaines plus tôt, je me serais sans doute sentie défaillir, paralysée par la peur. Pourtant, là, je sentis une colère monter en moi et une furieuse envie de lui dire ce que j'avais sur le cœur.

Il se détourna et s'éloigna. Je ne pouvais pas le laisser filer de cette façon. Ce petit jeu ne pourrait pas durer éternellement. N'écoutant que mon instinct, j'abandonnai Jessica sans réfléchir et sortis précipitamment du bar pour poursuivre mon agresseur.

— Hey ! l'interpellai-je en le voyant marcher tranquillement à une dizaine de mètres devant moi.

Il s'arrêta et se retourna, surpris que je l'aie suivi.

— Bonjour Sarah, me dit-il en retrouvant un sourire cruel. Ça me fait plaisir de te voir en forme. Tu es rayonnante !

— Ça suffit, lui répondis-je avec fermeté, la ferme !

Il haussa les sourcils, étonné par mon assurance et mon agressivité, dont il n'avait pas l'habitude. Je devais admettre qu'elles me surprenaient moi-même.

— Oh ! oh ! gloussa-t-il. Tu sembles agacée. On dirait que ton petit somme n'a pas suffi à t'apporter la sérénité dont tu avais besoin.

Il approcha sa main de ma joue avec l'intention évidente d'effleurer ma peau pour me provoquer mais avant qu'il me touche, je le poussai violemment contre le mur du bâtiment au pied duquel nous nous trouvions et plaquai mon avant-bras sous sa gorge.

— Tu es complètement folle ! s'exclama-t-il, l'air beaucoup moins malin.

— Essayez de me toucher encore une fois et vous le regretterez, le menaçai-je, le regard noir de colère.

Les passants nous regardaient l'air curieux en se demandant ce qui se passait. Ils restèrent malgré tout indifférents, sans chercher à savoir si l'un de nous avait besoin d'aide. Le père de Yanis, lui, semblait sincèrement mal à l'aise. Je crus même déceler une étincelle de peur dans ses yeux, ce qui me procura un plaisir insoupçonné. D'où me venaient une telle attitude et un tel instinct de défense ? La maîtrise de mon geste ne me laissait aucun doute sur le fait que j'avais appris à me défendre de cette façon. Mais pas ici.

Jessica arriva sur ces entrefaites en me regardant avec des yeux ronds de surprise et de panique.

— Que se passe-t-il ? me demanda-t-elle en regardant alternativement l'homme plaqué au mur et moi-même.

J'ignorai sa remarque.

— Lâche-moi ! grogna ma victime dont la fierté venait probablement d'être réduite à néant.

Je le laissai finalement souffler en ne le quittant pas des yeux.

— Vous allez arrêter de me suivre et vivre votre vie au lieu de vouloir pourrir la mienne ou bien je vous jure que je vous le ferai regretter.

— Ce sont des menaces ?

— Prenez-le comme vous voulez !

— Que t'est-il arrivé ? me demanda-t-il curieux. Lors de notre dernière rencontre, tu étais terrifiée. Aujourd'hui, tu es aussi agressive qu'un chien de garde.

— J'ai simplement ouvert les yeux. Et vous ne me faites plus peur. Vous devriez arrêter de perdre votre temps à vouloir faire de ma vie un enfer et vous occuper davantage de la vôtre.

Il se mit à rire nerveusement.

— La mienne ? répéta-t-il, l'air contrarié. Tu l'as détruite !

— Je n'ai fait que mon travail et si c'était à refaire, je referais la même chose ! me défendis-je avec ardeur. Vous frappiez votre enfant ! hurlai-je presque. J'ai pris la bonne décision et vous le savez vous aussi ! C'est d'ailleurs pour ça que vous voulez me le faire payer. Vous avez du mal à reconnaître que vous avez failli dans votre rôle de père. Si vous tenez autant à Yanis, vous devriez faire tout ce qu'il faut pour vous racheter une conduite et être présent dans sa vie, au lieu de vouloir briser la mienne en aggravant votre cas ! Si vous continuez à me harceler, je n'hésiterai pas à porter plainte à nouveau et vous retournerez en prison. Pour longtemps cette fois. C'est vraiment ce que vous voulez ?

Je vis la haine dans ses yeux se transformer peu à peu en peur, puis en tristesse à l'idée de ne plus jamais voir son fils. Il garda le silence, réfléchissant à mes paroles, et ne trouva rien à redire.

— Vous avez le choix, poursuivis-je, plus calme. Il n'est pas trop tard pour essayer de faire les choses bien. Mon intention n'était pas de gâcher votre vie mais de sauver celle de Yanis. Vous devriez vouloir ce qu'il y a de mieux pour lui, vous aussi.

Un silence pesant s'installa pendant lequel nous nous observions en chiens de faïence. Jessica, elle, restait immobile en nous fixant avec appréhension. Finalement, il ajusta sa veste, comme s'il rassemblait les restes de sa dignité, et s'éloigna sans dire un mot.

— Qui êtes-vous et qu'avez-vous fait de ma meilleure amie ? me dit la jeune femme, horrifiée. Où est-ce que tu as appris à te défendre comme ça ?

— J'aimerais le savoir…

Elle s'approcha de moi et me murmura à l'oreille :

— Tu devrais aussi parler de ça à ton psy !

42

SARAH

L'étranger

Cela faisait presque une heure que j'étais assise sur le divan à me demander ce que je faisais là. J'entendais le balancier de l'horloge résonner dans le silence de la pièce, pendant que la psychologue me fixait sans retenue en jouant distraitement avec son stylo. À mon arrivée, elle m'avait demandé comment je me sentais. Je lui avais parlé de ces images qui me revenaient en tête et du changement qui s'était opéré en moi. Elle m'avait répondu qu'il devait simplement s'agir d'une réaction due au coma et de rêves qui refaisaient surface. Il faudrait du temps pour que tout redevienne normal. Je n'y croyais pas une seconde mais je ne voulais pas non plus qu'elle me catégorise comme folle, je fis donc l'impasse sur le sujet. Je savais que si elle m'observait avec autant d'insistance à présent, c'était pour essayer de déceler en moi des faiblesses ou une éventuelle dépression. J'avais beau crier haut et fort à tout le monde que je me sentais bien, personne ne semblait réellement me prendre au sérieux. Quand la pendule sonna la fin de la séance, je me levai précipitamment en la remerciant pour cette entrevue et sortis du cabinet.

Je soupirai de lassitude en arpentant le couloir de l'hôpital et passai devant une chambre dont la porte était entrouverte. J'y aperçus la silhouette d'un homme allongé sur son lit, inconscient, et m'apprêtai à poursuivre ma route, mais quelque chose m'arrêta. Je n'aurais su l'expliquer mais je sentais qu'il fallait que je rentre dans cette chambre. Moi-même surprise par cette étrange sensation, je fronçai les sourcils, intriguée, et fis marche arrière. Je regardai autour de moi pour vérifier que personne ne me voyait et entrai dans la pièce. Lentement, je m'approchai du corps inerte étendu sur le lit. Je me sentais comme attirée par lui, je ne comprenais pas ce qui se passait. Le visage de cet homme m'était familier, pourtant je ne pensais pas l'avoir jamais rencontré auparavant. Ses yeux étaient clos, j'aurais cependant parié qu'ils étaient bleus, j'en étais certaine. Je sentis une profonde tristesse m'envahir et me serrer le cœur. Ma gorge se noua, je me sentais bouleversée sans y trouver la moindre explication. Je tendis la main pour effleurer ses cheveux hirsutes et une image furtive apparut dans un coin de ma tête. Celle d'un homme debout face à moi. Cet homme... Comme je m'en doutais, ses yeux étaient effectivement bleus. Il me souriait pendant que je passais tendrement ma main dans ses cheveux.

Je secouais la tête pour reprendre mes esprits, troublée par ce qui semblait être un souvenir. Je ne pouvais pas quitter son visage des yeux. Je tirai une chaise entreposée dans le coin de la pièce jusqu'au bord du lit et m'y installai. Mon regard passa de ses paupières closes à la machine qui était reliée à l'un de ses doigts. Un bip régulier émanait de l'écran où une ligne brisée représentait son rythme cardiaque. Des perfusions servant probablement à l'alimenter avaient été installées sur ses bras. Il semblait plongé dans un profond sommeil. Je laissai glisser ma main sur le matelas pour aller trouver la sienne et entrelaçai mes doigts aux siens. J'eus l'impression d'être envahie par une vague de frisson et de bien-être à la fois, je connaissais cette sensation, je l'avais déjà ressentie. De nouvelles images, rapides, brèves mais précises surgirent dans ma tête. Chaque fois le visage de cet homme y faisait son apparition. Je le voyais m'embrasser avec tendresse, puis avec passion, me serrer dans ses bras. Je voyais aussi son affection se refléter dans ses yeux, puis un immense chagrin au moment de me dire au revoir. Les images étaient à la fois claires et confuses dans leur ensemble. Je me sentais proche de cet homme, et pour la première fois depuis mon réveil je ne ressentais plus ce manque étrange que je n'arrivais pas à identifier. Je détaillai ses traits, ses lèvres, ses paupières comme si je les découvrais, avec pourtant la conviction que je les connaissais déjà par cœur.

— Sarah ?

La voix de ma mère me fit sursauter. Je me retournai pour voir entrer mes parents dans la pièce avec une expression qui reflétait la frayeur et la panique sur leur visage.

— Qu'est-ce que tu fais ici ? me demanda ma mère horrifiée.

Je ne comprenais pas pourquoi elle semblait si préoccupée mais, après tout, je ne comprenais pas grand-chose à ce qui se passait depuis dix minutes. Je ne savais même pas quoi répondre à sa question.

— Je... la porte était entrouverte, j'ai voulu rentrer...

— Comment tu as su ? continua-t-elle, la voix tremblante.

Perdue, je fronçai les sourcils. Je ne voyais pas du tout où elle voulait en venir.

— Su quoi ? lui demandai-je en commençant à m'inquiéter.

Je la vis pâlir à vue d'œil. Je compris à ce moment qu'elle en avait trop dit et qu'elle venait de s'en apercevoir elle aussi. Elle se mura dans le silence en lançant un regard désespéré à mon père. Je me tournai vers lui en insistant lourdement.

— Su quoi ?

Ce dernier s'approcha de moi, posa une main sur mon épaule, et d'une voix triste commença :

— Sarah, cet homme était le conducteur de la voiture que tu as voulu éviter il y a quatre ans.

Je cessai de respirer tout à coup. Quelque chose se brisa en moi, ma tête se mit à tourner.

— C'est... impossible, répondis-je. Vous m'aviez dit qu'il s'en était sorti, que l'hôpital l'avait gardé en observation quelques jours avant de le laisser repartir chez lui.

Mon père secoua tristement la tête. Je me tournai alors vers ma mère qui, la main posée devant sa bouche, retenait ses larmes avec difficulté.

— Est-ce que c'est vrai ? lui demandai-je en sentant la colère monter en moi.

Son silence suffit à me convaincre. Je regardai l'étranger, avant de fixer mes parents, le regard noir.

— Vous m'avez menti ?

— C'était pour te protéger Sarah, se défendit ma mère en s'approchant de moi.

Je me relevai précipitamment en l'éloignant d'un simple geste.

— C'est pour cette raison que vous ne vouliez pas que je lui rende visite pour m'excuser. Parce qu'il était ici, dans le coma, par ma faute. Comment vous avez pu me faire ça ?

À son tour, mon père essaya de me calmer :

— Tu souffrais déjà tellement de la mort de Juliette, nous ne voulions pas ajouter de pierres à ton fardeau, tu ne l'aurais pas supporté !

— Parce que c'est plus facile à supporter de savoir que vous m'avez menti pendant quatre ans ? hurlai-je.

Je les regardai tour à tour mais ils ne trouvèrent rien à me dire. Je quittai la pièce, ma mère sur les talons.

— Sarah, s'il te plaît. Laisse-nous t'expliquer !

— Il n'y a rien à expliquer ! Je ne veux plus vous voir ! Laissez-moi tranquille !

J'eus juste le temps de voir ma mère s'effondrer en larmes dans les bras de mon père, puis je quittai cet hôpital avec à la fois la sensation de devoir m'en éloigner le plus vite possible et le regret de prendre mes distances avec l'étranger.

43

SARAH

L'auteur

Je sillonnais les rues de la ville depuis des heures dans le froid, ignorant tout ce qui m'entourait et sans savoir vraiment où j'allais. La seule chose dont j'avais besoin, c'était marcher, prendre l'air et me vider la tête. Je n'arrêtais pas de penser à l'homme étendu sur le lit d'hôpital et aux images des moments que nous avions passés ensemble. Ces souvenirs me troublaient. Je le connaissais, j'en étais certaine, et j'avais le sentiment d'être plus proche de lui à ce moment que de n'importe qui d'autre. Je me sentais responsable de son état. Comment mes parents avaient-ils pu me cacher une chose pareille ? Je leur en voulais et je n'étais pas prête de leur pardonner de sitôt un tel mensonge.

Mes pas me conduisirent jusqu'à la devanture d'une petite librairie peinte en bleu et dont le nom « L'autre monde » était écrit en lettres d'or. Mais c'est le livre qui se trouvait en vitrine qui attira mon attention. Sur sa couverture était dessiné un lieu qui, instantanément, me sembla familier : une sorte de rivière souterraine creusée dans la roche où des milliers de petites lumières vertes luisaient, accrochées aux parois. Un nouveau souvenir apparut : je vis l'inconnu s'approcher de moi en plongeant ses yeux dans les miens à cet endroit même. Intriguée, je laissai mon regard glisser sur l'affiche qui se trouvait près du roman. Elle annonçait une dédicace de l'auteur le jour même. J'observai l'intérieur de la boutique à travers la vitrine et vis un homme d'une quarantaine d'années installé derrière une table où était posée une pile de livres, lancé en pleine conversation avec une lectrice. Je n'hésitai pas longtemps avant d'entrer dans le magasin. Peut-être cet homme réussirait-il à apporter des réponses à mes questions. Il fallait que je découvre la vérité sur ce qui m'était arrivé pendant mes quatre semaines de coma et, pour l'instant, il était mon seul espoir.

Je le laissai terminer sa conversation puis m'approchai de lui sans savoir comment l'aborder.

— Bonjour, me dit-il avec le sourire.

— Bonjour, répondis-je mal à l'aise.

Il constata sans mal mon embarras et me demanda en fronçant les sourcils :

— Est-ce que je peux vous aider, mademoiselle ?

— Oui, répondis-je en prenant le premier livre sur la pile. Je suis désolée, continuai-je avec hésitation, ma question va peut-être vous sembler bizarre mais… ce lieu dessiné sur la couverture… est-ce qu'il existe ?

Je vis aussitôt son regard s'éclairer et un sourire se dessiner sur ses lèvres :

— Comment vous appelez-vous ? me demanda-t-il intrigué.

— Sarah. Je m'appelle Sarah.

Il regarda un instant sa montre avant d'ajouter aimablement :

— Eh bien Sarah, je suis Kevin… Je termine ma séance dans une heure. Pensez-vous que vous pourriez m'attendre ? Je pense qu'il y a des choses dont nous devrions discuter.

Au son de sa voix, je compris qu'il savait quelque chose et qu'il parviendrait peut-être à m'aider. Je ne voulais pas abuser en insistant lourdement pour obtenir des réponses dès maintenant, d'autant que des lecteurs attendaient leur dédicace derrière moi.

J'acquiesçai d'un signe de tête, reposai le livre et m'éloignai. Une heure plus tard, nous nous retrouvâmes devant la librairie.

— Nous pourrions peut-être marcher un peu, me proposa-t-il avec un sourire sincère.

J'ignorais pourquoi, mais je me sentais en confiance avec cet homme que je connaissais à peine.

— Alors dites-moi, commença-t-il. Que vous est-il arrivé ?

Je le regardai curieusement, étonnée par sa question. Voyant la confusion évidente sur mon visage, il poursuivit :

— Les seules personnes qui connaissent l'endroit dont vous me parliez tout à l'heure sont celles qui ont vécu un coma. Ce lieu vous semblait familier, je me demandais donc ce qui vous était arrivé.

Cette première révélation me laissa sans voix. Je n'avais donc rien inventé. Cette grotte existait bel et bien mais pourquoi seulement pour ceux qui avaient été dans le coma ? J'étais perdue. Qu'étais-je censée lui dire ? Les raisons qui m'avaient conduite à cet état étaient très personnelles. Pourtant, je finis par lui répondre en toute honnêteté :

— J'ai traversé une période très difficile suite à un accident de la route dans lequel j'ai perdu ma meilleure amie. Un jour, j'ai voulu mettre un terme à mon mal-être. J'ai avalé des somnifères en grande quantité…

— Je vois, répondit-il sur un ton égal, sans porter de jugement, et combien de temps êtes-vous restée inconsciente ?

— Quatre semaines. Kevin… Il s'est passé quelque chose pendant tout ce temps, je le sais, je le sens. Des images me reviennent… Il y a cet homme… Il est omniprésent dans mes pensées. Et puis il y a les souvenirs de lieux où je ne suis jamais allée. Cette grotte en fait partie. Comment la connaissez-vous ? Avez-vous été dans le coma vous aussi ?

— Non. Mais mon père oui. Deux fois.

Son histoire m'intriguait. Je voulais en savoir davantage.

— Racontez-moi, lui demandai-je, impatiente.

— Mon père était un homme très dynamique mais il avait la santé fragile. Un jour, il a fait un accident vasculaire cérébral et s'est retrouvé inconscient sur un lit d'hôpital pendant plusieurs semaines. Il a fini par revenir à lui. Il lui a fallu quelques jours pour retrouver ses esprits mais tout a fini par devenir limpide. Il nous a parlé d'un lieu à la fois magnifique et hostile, un lieu aux paysages vastes et paisibles, un lieu où il fallait continuellement être sur ses gardes pour protéger sa vie. Un endroit nommé Antara où les âmes livrées à elles-mêmes se retrouvaient dans l'attente de connaître leur destin. Il nous a raconté tellement de fois ce qu'il avait vécu et les personnes qu'il avait rencontrées là-bas que j'avais l'impression d'y être allé moi aussi. Cette grotte était son lieu préféré.

— Qu'est-il arrivé à votre père ensuite ?

— Il a fait un second malaise. Cette fois, il est resté dans le coma pendant plus de vingt-quatre mois. Son cœur a fini par lâcher et il nous a quittés. C'était il y a trois ans.

— Je suis navrée d'entendre ça.

Il haussa les épaules avant de poursuivre :

— Vous savez, mon père était un aventurier, il a vécu plus de choses en cinquante ans que d'autres au cours d'une longue vie ordinaire. Toutes ces années à attendre qu'il se réveille ont été éprouvantes et plus le temps passait, plus nous perdions l'espoir de le retrouver. Son corps et son cœur se fatiguaient. À la fin, son départ fut presque un soulagement. Je sais que ça peut vous sembler horrible à entendre mais…

— Non ! l'interrompis-je vivement, je comprends. J'imagine que c'est sans doute ce que j'aurais ressenti moi aussi.

— Je vous remercie. J'apprécie votre compassion.

— Elle est sincère. Comment s'appelait-il ? demandai-je avec curiosité. Votre père ?

— Il s'appelait Conrad.

J'entendis dans ma tête l'homme que j'avais vu à l'hôpital mentionner ce même prénom et me raconter une histoire semblable. Je me rapprochais du but. Mes souvenirs étaient tout proches, prêts à refaire surface, mais ils hésitaient encore à renaître totalement. Je me sentais à la fois impatiente de retrouver cette partie de ma vie qui me manquait et frustrée de ne pas encore y parvenir.

Kevin devina ma contrariété. Il fouilla dans son sac et en sortit un exemplaire de son livre, qu'il me tendit.

— Prenez ça, me dit-il amicalement. Il vous aidera peut-être à retrouver ce que vous avez perdu.

— C'est gentil mais laissez-moi vous le payer, répondis-je gênée en cherchant mon portefeuille au milieu du bazar qui régnait dans mon sac à main.

— Non, m'interrompit-il en me tendant son roman de plus belle. Je vous assure, ça me fait plaisir de vous l'offrir. S'il peut vous aider, j'en serais ravi.

Ne souhaitant pas le vexer, j'acceptai son présent en le remerciant.

— Vous savez, continua-t-il, je ne me suis pas seulement fié au témoignage de mon père pour écrire cet ouvrage. Son histoire et la possibilité qu'une sorte de « monde intermédiaire » puisse exister m'ont tellement intrigué, puis passionné, que j'ai voulu rencontrer des personnes qui avaient vécu la même expérience. Certains finissent par se souvenir, d'autres non, mais il y a une chose que toutes ces personnes ont en commun.

— Laquelle ?

— La vision qu'elles ont de la vie. Tous ceux que j'ai rencontrés sont revenus transformés, profondément changés. Ils avaient pris conscience de la vraie valeur de la vie et que, bien qu'elle puisse parfois nous mettre à l'épreuve, elle vaut la peine d'être vécue.

Son discours me fit sourire. Je me reconnaissais dans ses paroles et il le vit à ma réaction.

— C'est aussi votre sentiment ? me demanda-t-il avec curiosité.

Je hochai vivement la tête.

— J'ai l'impression de ne plus être la même.

— Vous êtes simplement revenue plus forte.

J'acquiesçai silencieusement, réfléchissant à tout ce que je venais d'apprendre.

— J'espère sincèrement que vous trouverez les réponses à vos questions, Sarah.

— C'est gentil. Merci d'avoir pris le temps de me raconter votre histoire. Enfin, celle de votre père.

— C'était avec plaisir. N'hésitez pas à me contacter si quelque chose vous revient. Je serai ravi d'entendre votre histoire à vous aussi. Ma carte est à l'intérieur du livre.

Je souris avec politesse.

— Je le ferai. Merci encore. Et bonne chance pour votre livre !

Il s'éloigna en me faisant un signe amical de la main, me laissant seule au milieu de la rue avec des débuts de réponses mais encore davantage de questions.

Ce soir-là, à peine rentrée chez moi, je me plongeai dans la lecture de cet ouvrage. Je n'eus aucune surprise en lisant ces lignes. Au contraire, j'avais le sentiment que j'aurais pu écrire tout ce que je lisais : la vaste prairie fleurie, les paysages dignes d'un paradis, une cité située sur une falaise et entourée d'une haute muraille. Il expliquait le fonctionnement de la ville, les entraînements à l'épée, à l'arc ou à la dague pour apprendre à se défendre et mentionnait des soldats menaçant les villageois. Toutes ces descriptions étaient fidèles aux images qui continuaient à affluer dans ma tête. J'étais contente que ce roman occupe autant mon esprit. Cela m'empêchait de trop penser au mensonge de mes parents et à cet homme dont je me sentais si proche, étendu sur un lit d'hôpital par ma faute.

Quand Lucas rentra ce soir-là, je me montrai distante et il le remarqua aussitôt.

— Est-ce que tout va bien ? me demanda-t-il l'air soucieux, en s'installant près de moi sur le canapé.

Je refermai mon livre en lui demandant à brûle-pourpoint :

— Est-ce que tu savais ? Tu savais que l'homme qui conduisait la voiture que j'ai percutée est dans le coma depuis quatre ans par ma faute ?

Il fronça les sourcils et secoua la tête, l'air ahuri.

— De quoi est-ce que tu parles ?

Je le fixai avec insistance, cherchant à déceler la moindre trace de mensonge dans ses yeux.

— Mes parents m'ont fait croire que la victime avait passé quelques jours en observation avant de repartir chez elle. Je suis tellement naïve ! Toutes ces fois où j'ai voulu aller me présenter et m'excuser, ils m'en empêchaient et trouvaient des excuses. Ils disaient que ça ne m'aiderait pas. Tu parles ! C'est leur mensonge que ça n'allait pas aider surtout !

— Sarah, je te jure que j'ignorais tout ça. Tes parents ne m'en ont jamais parlé.

Je voyais dans ses yeux qu'il ne mentait pas. En revanche, j'y vis une nouvelle inquiétude et la peur que cette histoire fasse ressurgir mes vieux démons.

— Comment est-ce que tu gères les choses ? me demanda-t-il sincèrement soucieux.

Je haussai les épaules. Je ne savais pas quoi lui répondre car je ne savais plus moi-même où j'en étais.

— Pour l'instant, je suis en colère, répondis-je agacée. Je ne comprends pas comment ils ont pu me cacher un truc pareil.

— Pour te protéger.

— Ce n'est pas une excuse. En tout cas, je ne la cautionne pas.

— Laisse passer du temps. Tu verras peut-être les choses autrement après une bonne nuit de sommeil.

Je suivis son conseil et me couchai tôt ce soir-là, sans quitter mon livre, complètement happée par ce que je lisais. Quand Lucas se glissa dans les draps et s'approcha de moi en m'embrassant d'abord le cou, puis les lèvres, en laissant glisser sa main sur mon ventre et en remontant progressivement le long de mes côtes, je me sentis mal à l'aise. Ses caresses, bien qu'agréables, me dérangeaient. J'essayai d'abord de faire un effort en lui rendant ses baisers mais compris rapidement que l'envie n'y était pas.

— Lucas, soupirai-je en posant ma main sur son torse pour le repousser légèrement.

Il me regarda à la fois déçu et embarrassé.

— Pardonne-moi, dit-il en s'allongeant à sa place, c'est encore trop tôt.

— Je suis désolée.

Il voulut me rassurer en m'affirmant que tout allait bien mais je n'en croyais pas un mot. Après trois ans de relation et une patience à toute épreuve, cette dernière commençait à s'émousser et je le comprenais. Jess avait sans doute raison. Il allait tôt ou tard falloir que je prenne une décision nous concernant car la situation devenait de plus en plus inconfortable et je ne souhaitais pas lui faire perdre davantage son temps avec moi alors que je n'étais pas certaine de pouvoir le rendre heureux un jour.

Il me tourna le dos et s'endormit rapidement. Bientôt, je fus moi aussi emportée par la fatigue. Je fermai mon livre à contrecœur, le posai sur la table de chevet et m'allongeai avec des questions plein la tête. La nuit fut agitée. Les descriptions du roman firent bouillonner mon esprit et ravivèrent mes souvenirs, qui devenaient plus précis. Subitement, comme si je regardais le film de mes quatre semaines de coma, tout me revint en mémoire : d'abord mon réveil dans la prairie, ma rencontre avec Côme et Alice, puis celle avec Morgan. Ma tentative minable d'évasion, ma vie dans la cité, les nombreux entraînements et la mission de ravitaillement où le leader et moi avions commencé à nous rapprocher. Je me souvenais de l'affection que je portais à mes nouveaux amis et à Gabi. Le sourire du garçon qui surgissait au milieu de mes souvenirs me fit un pincement au cœur. Je me rappelais aussi mes sentiments naissants pour Morgan et de ce besoin continu d'être près de lui, de ses caresses qui me faisaient frissonner et de ses baisers qui m'emportaient ailleurs. Chaque détail était comme une épine qui venait réveiller ma mémoire endormie. Je vis la mort de Côme, de Lazare, le chagrin de mon compagnon et sa douleur au moment de me dire au revoir. Je me rappelais aussi la mienne, et le désir que j'avais eu de rester près de lui, mais je me rappelais par-dessus tout ma promesse : celle de tout faire pour le retrouver.

C'est à ce moment précis que je me réveillai en sursaut, en sueur et essoufflée. Je me redressai et pris une seconde pour reprendre mes esprits.

— Morgan, murmurai-je pour moi-même.

L'homme que j'aimais se trouvait en ce moment sur un lit d'hôpital. Et c'était ma faute.

Assaillie par le chagrin, je ne perdis pas une minute

de plus, me levai et allai m'habiller. Je jetai un dernier coup d'œil avant de quitter la chambre : Lucas dormait profondément. Sans faire de bruit, je fermai la porte et quittai l'appartement au milieu de la nuit avec pour seule et unique envie celle de tout faire pour tenir ma promesse.

44

SARAH

Visite nocturne

Cela faisait une vingtaine de minutes que j'attendais dehors dans le froid et dans la nuit, devant l'hôpital, en me demandant comment je réussirais à entrer sans me faire remarquer par les infirmières. Il faisait nuit noire, les rues étaient calmes. La femme qui se trouvait au guichet s'absenta un instant ; j'en profitai pour rentrer dans le hall et me dirigeai tout droit vers la chambre de Morgan. Par chance, je ne croisai personne dans les couloirs. J'ouvris la porte avec précaution, sans faire de bruit, la refermai derrière moi et me précipitai vers le patient. Mon cœur battait à tout rompre, j'avais la gorge sèche et les yeux humides. Comment avais-je pu ne pas me souvenir plus tôt ? Tout à présent était si clair et distinct. La lumière s'était enfin allumée sur ce qui m'était arrivé pendant mes quatre semaines de coma et la raison de mon changement si évident se trouvait juste devant moi, étendu sur un lit d'hôpital. Je pris sa main dans la mienne et m'assis sur le fauteuil près du lit :

— Morgan, soufflai-je, c'est moi… Pardonne-moi d'avoir mis si longtemps, mais je suis là maintenant, je t'ai retrouvé.

J'observai son visage mais ne vis aucune réaction, aucune pression de ses doigts dans les miens, aucun mouvement derrière ses paupières closes. Il était tout près mais je le sentais très loin.

— Entends ma voix, je t'en prie ! Ouvre les yeux !

Toujours rien.

— Tu m'as juré que tu ne perdrais pas espoir, poursuivis-je désespérée. Tu ne dois pas abandonner, ça ne peut pas se terminer comme ça, tu m'entends ? Il y a une chose dont il faut que je te parle… Peut-être qu'après ça tu ne voudras plus jamais entendre parler de moi et je comprendrais mais au moins tu seras réveillé alors. S'il te plaît, reviens !

Je ne sais pas combien de temps je restai là, accoudée à son matelas en caressant tendrement son bras sans quitter son visage des yeux mais je me sentais impuissante. Qu'étais-je censée faire pour qu'il m'entende, pour qu'il se décide à respirer par lui-même à nouveau ? À Antara, nous avions toujours du mal à communiquer lui et moi et j'avais cessé de compter nos disputes mais jamais je n'avais douté de nos sentiments mutuels.

— C'est de ma faute si tu es ici, finis-je par avouer. C'est moi qui ai percuté ta voiture et qui t'ai envoyé là-bas. Tu me hurlerais sûrement dessus si tu étais là. Tu me répéterais à quel point j'ai gâché ta vie, et tu aurais raison. Je suis sincèrement désolée. Tout ce que tu as vécu, les gens que tu as perdus, Adaline, Conrad, Côme, Lazare, c'est uniquement ma faute.

L'espace d'une demi-seconde, je crus voir ses doigts tressaillir mais je me trompais. J'espérais si fort le voir se réveiller que je finissais par imaginer des choses.

Où était-il en ce moment ? Et que faisait-il ? Peut-être s'était-il de nouveau renfermé sur lui-même, s'isolant du reste de la ville pour veiller à ne plus créer aucun lien. Alice était la seule personne qui lui restait. J'espérais de tout mon cœur qu'elle faisait de son mieux pour ne pas le laisser perdre espoir. À l'instant où je lui parlais, il était probablement réfugié dans la grotte aux lucioles ou sur le chemin de ronde à surveiller l'arrivée des faucheurs. Je posai ma tête sur son torse sans quitter sa main et fermai les yeux en essayant d'imaginer très fort que je le retrouvais dans notre lieu secret, entouré de ces milliers de lumières qui vacillaient, pour lui murmurer à l'oreille que tout irait bien et qu'il n'avait qu'à suivre ma voix. Cette pensée était si vive que je sentis presque sa main venir caresser mon visage, son souffle glisser sur ma joue... Tout à coup une voix me tira de mes songes en me faisant sursauter.

— Qu'est-ce que vous faites là ? me demanda froidement une infirmière, surprise de me trouver là à cette heure de la nuit. Vous n'avez pas le droit d'être ici !

— Je sais, répondis-je maladroitement, en bafouillant.

J'essuyai mes larmes du revers de la main avant de poursuivre :

— Il fallait... il fallait que je le voie.

La jeune femme me fixa un moment puis regarda ma main qui tenait toujours fermement celle du patient. Elle vit le chagrin dans mes yeux et comprit que j'étais sincère.

Elle referma la porte derrière elle et s'approcha de moi avec un sourire discret mais amical.

— Je ne vous ai jamais vue ici auparavant, me dit-elle aimablement.

— Non, répondis-je sans quitter mon ami des yeux. J'étais... ailleurs pendant quelque temps.

Elle acquiesça d'un signe de tête puis un court silence s'installa.

— Vous croyez qu'il peut encore se réveiller ? lui demandai-je tout en appréhendant sa réponse.

Elle prit une profonde inspiration en regardant à son tour le patient et répondit :

— C'est difficile à dire. On ne peut jamais savoir. Chaque patient est différent.

— Mais pensez-vous que c'est possible ?

— Il est dans le coma depuis quatre ans, c'est une longue période où le corps et le cerveau fonctionnent à un rythme ralenti. Je ne suis pas médecin mais je crois que s'il se réveillait, il aurait de graves séquelles.

Sa réponse ne fit que m'abattre davantage. Je ne pouvais rien faire de plus que lui parler pour l'aider mais il ne semblait pas m'entendre. Je voulais juste hurler et le secouer en lui demandant de venir me rejoindre mais je n'étais même pas certaine qu'il m'entende.

— Je suis désolée, me dit l'infirmière avec compassion, mais vous ne pouvez pas rester ici. Vous devez respecter les horaires de visite pour venir le voir ou vous risquez d'avoir des problèmes.

— Bien sûr, je comprends, dis-je complètement bouleversée, ça ne se reproduira pas.

— Ne vous en faites pas pour cette fois, poursuivit-elle en me faisant un clin d'œil, je ne dirai rien.

Elle s'approcha de l'entrée de la chambre en ouvrant la porte. Je compris qu'il était temps pour moi de partir. À contrecœur, je lâchai la main de Morgan et me levai sans enthousiasme. Devoir le laisser là sans pouvoir rien faire m'arrachait le cœur. J'avais l'impression de l'abandonner et de trahir ma promesse. Je jetai un dernier regard dans sa direction avant de quitter la chambre et suivis l'infirmière jusqu'au hall d'entrée.

— Vous savez, me dit-elle alors que nous traversions les longs couloirs sombres de l'hôpital, on dit souvent que les personnes qui sont dans le coma entendent la voix de leurs proches. Comme je vous le disais tout à l'heure, je ne suis pas médecin mais je crois aux miracles. J'espère sincèrement que votre ami se réveillera. Parlez-lui aussi souvent que vous le pouvez, je suis certaine que ça l'aidera.

Elle posa une main réconfortante sur mon épaule et me sourit amicalement avant de s'éloigner.

Je repensai à ses dernières paroles en priant pour qu'elles s'avèrent exactes. Puis, d'un pas lourd et l'esprit ailleurs, je quittai l'hôpital et descendis l'escalier qui se trouvait devant l'entrée du bâtiment. Les yeux tournés vers le sol, je ne prêtai pas attention à la silhouette qui m'attendait, debout en bas des marches. Pourtant, quand je relevai la tête, je fus si surprise que mon cœur eut un raté. L'homme qui se tenait devant moi était fidèle à mes souvenirs : des yeux verts remplis de malice et des fossettes sur les joues. Un sourire étira ses lèvres quand il vit ma réaction stupéfaite. Mon cœur si vide une seconde plus tôt se remplit de joie et d'affection :

— Côme ? dis-je la voix étranglée.

Les mains cachées dans les poches de son long manteau noir, il haussa les épaules dans un geste qui se voulait désinvolte.

— Surprise ! me dit-il, visiblement heureux de me voir lui aussi.

Je me précipitai dans ses bras en soupirant de soulagement et en pleurant tout à la fois. Je n'arrivais pas à croire que mon ami se trouvait là devant moi. Je l'avais vu mourir sous mes yeux.

— Comment est-ce possible ? lui demandai-je en me détachant de lui. Je t'ai… je veux dire NOUS t'avons vu mort…

— Je sais, répondit-il, l'air désolé. Je l'étais… Mais tout ça, c'est une très longue histoire que je serais ravi de te raconter autour d'un café bien chaud. Tu veux bien ?

Il allait bientôt faire jour et, sans hésitation, je hochai vivement la tête avant de le serrer une nouvelle fois dans mes bras.

— Je suis tellement heureuse que tu sois là, si tu savais !

Il enroula ses bras autour de mes épaules en me frottant le dos pour me réchauffer :

— Et moi je suis heureux que tu te souviennes ENFIN…

Je le regardai en fronçant les sourcils, sans comprendre

où il voulait en venir, et il se mit à glousser pour toutes ces questions qu'il devait voir s'afficher dans mes yeux.

— On va le prendre ce café ? me dit-il en me proposant son bras.

Je ricanai devant ses bonnes manières, saisis son bras, et ensemble nous nous éloignâmes, à la recherche d'un endroit paisible où discuter.

45

SARAH

Retrouvailles

Le serveur nous apporta notre commande, l'air endormi, et laissa la note sur une petite soucoupe avant de reprendre sa place derrière le bar. Je ne parvenais pas à détacher mes yeux de mon ami, tant j'étais heureuse de le voir. Je réalisai à quel point il m'avait manqué. C'était étrange de voir Côme ici, à Paris, dans mon quotidien. Mais sa présence me rassurait. À Antara, il avait toujours été un soutien de taille, une épaule sur laquelle se reposer. Il était devenu comme un frère et j'étais sincèrement heureuse de retrouver ce lien, particulièrement après ma visite à Morgan. Morgan… Mes pensées se mirent à dériver. Je ne pouvais cesser de penser à lui. Mon ami dut voir une ombre passer sur mon visage car il me demanda timidement.

— Comment va-t-il ?

Je secouai la tête.

— Je ne sais pas quoi faire. Je suis restée près de lui, lui ai parlé, tenu la main. Il n'a aucune réaction.

— Il faudra plus de temps Sarah. On ne sort pas d'un coma de quatre ans comme d'une simple sieste. Je suis sûr qu'il t'a écoutée.

Si c'était le cas, il savait maintenant que j'étais responsable de son état et il ne voudrait peut-être jamais rouvrir les yeux.

— Que se passe-t-il ? me demanda mon ami en voyant mon air contrarié.

Je lui expliquai toute l'histoire : l'accident qui avait coûté la vie à Juliette et l'état de Morgan. Il n'en fut pas étonné.

— Tu le savais ? dis-je étonnée.

— Je me suis renseigné sur vous depuis mon réveil. Je voulais comprendre ce qui vous était arrivé à vous aussi.

— Et toi ? demandai-je finalement, piquée par la curiosité. Que t'est-il arrivé ? J'ai besoin de savoir !

Il se redressa sur sa chaise et soupira, prêt à commencer ses explications.

— Il y a trois ans, j'escaladais une falaise quand j'ai fait une chute de plus de dix mètres. Ma tête a heurté la roche et j'ai fait un trauma crânien. C'est ce qui m'a conduit à Antara !

— Nous avons vu une flèche traverser ton corps, Côme. Comment peux-tu être encore en vie ?

— Lorsque les faucheurs nous ont attaqués ce soir-là, ici je faisais un arrêt cardiaque. Les médecins ont réussi à relancer mon cœur et... je ne sais pas, j'imagine que ça a réveillé quelque chose en moi. Quand j'ai ouvert les yeux, les faucheurs avaient disparu. J'étais blessé mais encore vivant et je n'avais qu'une seule idée en tête : rejoindre la prairie. J'ignorais pourquoi mais je savais qu'il fallait que j'y aille. Je m'y suis rendu, non sans effort. Là-bas, j'ai retrouvé mon père. Il est mort il y a dix ans... Il m'a assuré que tout irait bien. Je me suis assis au pied d'un grand chêne et, épuisé par ma blessure, j'ai fini par m'endormir. Lorsque j'ai rouvert les yeux, j'étais à l'hôpital.

— Et nous qui te pensions mort.

— C'était tout comme.

— Tu t'es souvenu d'Antara dès ton réveil ?

Il hocha la tête.

— J'ai eu beaucoup de chance, avoua-t-il. Avant mon coma, j'étais un grand sportif, j'avais la bonne condition physique pour me remettre rapidement sur pied. J'ai fait un peu de rééducation et quelques jours après mon réveil, j'ai appris qu'une autre patiente était sortie du coma. J'ai voulu venir te voir mais en t'observant, j'ai compris que tu ne te souvenais pas d'Antara, pas encore. Je n'ai pas voulu te brusquer, alors j'ai patienté. En attendant, j'ai essayé d'en savoir plus sur vous et sur tous les autres. Je suis allé voir Morgan, je lui ai parlé moi aussi, mais je pense que ce n'est pas ma voix qu'il souhaite entendre… Je savais que lorsque tes souvenirs referaient surface, l'hôpital serait le premier endroit où tu irais.

— Tu parles des autres… J'ai découvert des choses moi aussi. Gabi… Il était malade… Il était condamné. Nous n'aurions rien pu faire pour empêcher ce qui est arrivé. Et Conrad, j'ai rencontré son fils, Kevin. C'est en grande partie grâce à lui que mes souvenirs ont pu revenir. Que sais-tu des autres ?

— Alice est dans un autre hôpital à l'autre bout de la ville. Son état fait suite à une crise d'épilepsie sévère survenue il y a un an.

— Alors, elle est encore…

— Vivante ? Oui.

Je fus soulagée d'entendre cela. D'abord, parce que j'éprouvais beaucoup d'affection pour elle. Elle était devenue une véritable amie. Mais aussi parce que j'étais rassurée de savoir que Morgan n'était pas seul à Antara.

— Tout ça paraît fou, n'est-ce pas ? Toute cette histoire… le coma, Antara, les faucheurs… Pourtant c'est bien réel. Ce que j'ai vécu là-bas me paraît plus réel que tout ce que j'ai vécu ici.

Je me frottai le visage, épuisée par cette dernière journée, le manque de sommeil et le chagrin.

— Que dois-je faire Côme ? demandai-je à mon ami d'un air suppliant. Selon l'infirmière que j'ai vue, Morgan a très peu de chance de sortir du coma après tant d'années et quand bien même, il risquerait d'avoir des séquelles irréversibles.

— Ceux qui prétendent cela ne connaissent pas Morgan, me répondit-il avec un sourire encourageant. C'est un battant et tu le sais mieux que personne. Il s'est battu pendant quatre ans pour sa propre vie, mais aussi pour celle des autres. Il n'abandonne jamais. Fais-lui confiance. Je crois que la meilleure chose à faire, c'est de lui montrer que tu es là pour lui.

Je hochai la tête. Il avait raison. Morgan était la personne la plus forte que je connaisse. Je devais garder la tête froide et tout faire pour le ramener à la vie. Il m'avait enseigné à me battre et à garder espoir, j'étais déterminée à faire ce qu'il m'avait enseigné. Peu importe le temps que ça prendrait, je n'abandonnerais pas avant qu'il ait ouvert les yeux.

Mon téléphone se mit à sonner. Je le sortis de ma poche en me demandant qui pouvait bien m'appeler à une heure aussi matinale. Le nom de Lucas s'afficha sur l'écran. Il s'était réveillé en réalisant que je n'étais plus là et il devait sans doute s'inquiéter. Côme me regarda en relevant un sourcil.

— Tu devrais décrocher. Il doit se faire du souci.

Il était donc au courant pour Lucas aussi.

Je pris l'appel. Mon petit ami me demanda où j'étais. Je prétextai un café matinal avec Jess. Premier mensonge. Puis lui assurai que tout allait bien. Deuxième mensonge. Je le rassurai en lui disant que je rentrerais bientôt et écourtai l'appel.

Je soupirai en replaçant mon smartphone dans ma poche. Mon ami, lui, avala une gorgée de son café, les yeux pétillants de malice et un sourire au coin des lèvres.

— J'en connais une qui ne sait plus où donner de la tête avec ses fiancés ! marmonna-t-il dans sa tasse.

Malgré la situation qui n'avait rien de comique, sa remarque me fit sourire. Bientôt, davantage pour détendre nos nerfs que par pure plaisanterie, nous nous mîmes à rire de bon cœur sans plus pouvoir nous arrêter.

46

SARAH

Les causes du changement

Je regagnai l'appartement à la fois soulagée et heureuse d'avoir retrouvé Morgan et Côme. Les souvenirs qui me manquaient ayant retrouvé leur place, j'avais de nouveau le sentiment d'être moi-même. Je connaissais maintenant la raison de mon changement. Je me souvenais de mon arrivée à Antara, de mon affolement et de ma peur quand j'avais ouvert les yeux, seule, dans un endroit qui m'était complètement inconnu. L'arrivée de Côme et Alice m'avait rassurée et j'avais aussitôt créé de forts liens avec eux. Rapidement, ils avaient gagné ma confiance. Mais celui qui était responsable de ma transformation réelle, c'était Morgan. À ses côtés, j'avais retrouvé l'envie de me battre. Il m'avait fait réaliser à quel point la vie était précieuse et méritait d'être défendue. Près de lui, je me sentais plus forte et j'avais l'impression que rien ne pouvait m'arriver. Il m'avait fait éprouver des sentiments que j'ignorais, et même si nous passions notre temps à nous disputer, il était très vite devenu essentiel à ma survie. Je savais avec certitude que je n'aurais pas survécu plus de deux jours à Antara s'il n'avait pas été là. Depuis mon réveil, même si ma mémoire m'avait joué des tours, j'avais senti au fond de moi que quelque chose manquait. C'était lui. J'étais heureuse de l'avoir retrouvé, je regrettais juste de ne pas l'avoir fait avant. Pourtant, les paroles de l'infirmière m'inquiétaient et je n'avais pas la moindre idée de ce que je devais faire pour qu'il se réveille. Côme s'était montré très clair avec moi avant que je le quitte une heure plus tôt. Il avait tenté de me rassurer quant à la volonté de mon compagnon et il m'avait certifié que lui parler était sans doute la meilleure façon de stimuler son réveil. « Mais les choses ne sont pas si simples, avait-il ajouté. Il ne suffit pas de parler au patient pour qu'il se réveille. Il doit aussi en avoir la volonté et la force suffisante. Il a un mental d'acier mais il est inanimé depuis quatre ans. Ça prendra peut-être du temps. Tu devras être patiente… » J'avais senti une certaine appréhension dans ses paroles. Même si nous étions tous les deux déterminés à tout faire pour que notre ami revienne, il y avait aussi la possibilité qu'il ne se réveille jamais. J'écartai cette idée. Je ne voulais pas y penser pour l'instant. Je ne pouvais pas envisager cette éventualité. Tout ce que je voulais, c'était être près de lui autant que possible et rattraper le temps perdu.

Une boule me noua l'estomac quand je montai l'escalier qui menait à mon appartement. Je savais que Lucas m'attendait et je n'avais pas la moindre idée de ce que j'allais lui dire.

— Bon sang, Sarah, me dit-il dès que j'entrai dans l'appartement, où étais-tu passée ? Je me suis fait un sang d'encre.

Je ne l'avais encore jamais vu aussi agacé. J'avais conscience que je n'agissais pas correctement avec lui. Il s'était toujours montré adorable avec moi et très tolérant, mais je sentais que ces derniers temps sa patience était mise à rude épreuve. Il voulait que notre relation évolue et je n'étais pas prête pour cela. Encore moins depuis que Morgan était entré dans ma vie. Depuis, les choses étaient devenues compliquées. Je ne savais moi-même pas quoi faire.

— Tout va bien, répondis-je, en essayant de

dédramatiser la situation. J'étais avec Jessica, je te l'ai dit au téléphone !

— Si tôt ?

— Elle commençait de bonne heure ce matin et elle voulait me parler de quelque chose d'important. Une histoire avec un nouveau prétendant ! Tu la connais !

Je devenais donc une menteuse, et le plus troublant, c'était la facilité avec laquelle je le faisais. J'étais moi-même convaincue par ce que je disais.

Lucas parut rassuré bien que contrarié.

— La prochaine fois, préviens-moi, me dit-il vexé. Je me suis inquiété.

Il se rapprocha en esquissant un sourire et voulut m'embrasser mais je détournai la tête en prétextant que je devais prendre une douche.

Je l'entendis soupirer de lassitude. Je souffrais de le voir souffrir lui aussi. Je me rappelai ma conversation avec Jessica. Cette situation ne pouvait plus durer. Je devais prendre une décision, et vite.

Quelques minutes plus tard, il m'annonça qu'il partait travailler et quitta l'appartement en claquant la porte derrière lui. À peine fut-il parti que j'appelai ma meilleure amie. Il fallait que je la voie au plus vite. Elle comprit au ton de ma voix qu'il s'agissait de quelque chose de sérieux et quelques heures plus tard, nous nous retrouvâmes dans un restaurant pour le déjeuner.

— De quoi voulais-tu me parler ? me demanda-t-elle, intriguée. Ça avait l'air sérieux au téléphone.

— Je me souviens de tout, Jess.

Elle fronça les sourcils sans comprendre.

— Pendant les quatre semaines où j'étais dans le coma... J'avais raison. J'ai vécu une vie pendant tout ce temps. Même si mon corps était inanimé sur un lit d'hôpital, mon esprit, lui, s'en est allé ailleurs, dans un endroit où, livrée à moi-même, j'ai dû choisir entre me battre ou abandonner.

— De quoi est-ce que tu parles ? me demanda-t-elle en haussant un sourcil. Est-ce que tout va bien ?

Je soupirai devant son manque d'enthousiasme et poursuivis :

— Jess, tu m'as promis que tu m'aiderais à savoir ce qui s'était passé pendant mon coma. Je sais ce qui s'est passé. Et même si ça paraît complètement fou, je voudrais que tu m'écoutes et je suis sûre que tu comprendras.

— Comprendre quoi ?

— La raison pour laquelle j'ai autant changé.

Elle s'agita sur sa chaise et se pencha vers moi avec un sourire sur les lèvres.

— Très bien, me dit-elle avec curiosité, je t'écoute.

Je lui racontai toute l'histoire depuis le début : mon réveil dans la prairie, ma rencontre avec Côme, Alice et les autres. Mes premiers échanges tendus avec Morgan, mon évasion ratée, les soldats noirs, la vie à Antara, les entraînements.

— Hé ! Je comprends maintenant d'où venaient tes réflexes quand tu as failli mettre une raclée à ce type l'autre jour !

Sa remarque me fit sourire mais je continuai mes explications. Je lui parlais de Gabi. Elle fut émue en comprenant qu'il s'agissait du patient qu'elle avait si longtemps côtoyé. Je lui racontai aussi la mission de ravitaillement et la façon dont avaient évolué mes sentiments envers Morgan. Le simple fait de lui dire ce que j'avais vécu là-bas l'émut. Aussi absurde que cela puisse paraître, le calme et l'harmonie des paysages d'Antara me manquaient. Tout comme la cité perchée sur sa falaise et ses habitants. Je lui confiai les moments de complicité que j'avais partagés avec le leader et la relation qui s'était nouée entre nous. Avec émotion, je lui détaillai la séparation qui avait été un vrai déchirement et la promesse que je lui avais faite.

— Je me doutais qu'il y avait quelqu'un d'autre, m'annonça-t-elle sans surprise. Depuis ton réveil, tu es distante avec Lucas.

— Je n'arrête pas de penser à Morgan, avouai-je en touillant distraitement mon verre.

— Qu'est-ce que tu comptes faire ?

— Tenir ma promesse. Je veux le retrouver. J'ai besoin de lui. Pourtant, en admettant qu'il se réveille, je ne suis pas certaine qu'il voudra encore de moi.

— Qu'est-ce qui te fait dire ça ?

J'hésitai avant de continuer :

— Morgan était au volant de la voiture que j'ai voulu éviter pendant l'accident.

— Quoi ? me demanda-t-elle avec des yeux ronds de surprise. Attends une seconde, je ne comprends plus rien. Ton Morgan, il est bien dans le coma ?

J'acquiesçai d'un signe de tête.

— Mais je croyais que le conducteur de la voiture avait juste été blessé.

— C'est ce qu'ont dit mes parents, oui.

— Tu veux dire qu'ils t'ont menti pendant toutes ces années ? Comment l'as-tu découvert ?

En parler réveilla la colère qui sommeillait en moi depuis quelques jours.

— En sortant de ma séance de psy l'autre jour, je suis passée devant sa chambre et, sans savoir pourquoi, je suis entrée. J'ai su en l'observant que j'étais liée à lui d'une façon ou d'une autre. Des images me revenaient en mémoire. Mes parents sont arrivés et ont eu l'air horrifiés en me voyant près de lui. Ils m'ont alors dit la vérité.

Jessica paraissait sincèrement sonnée par ce qu'elle entendait. Je pouvais comprendre sa réaction.

— Tout cela est complètement dingue, me dit-elle.

Comment est-ce possible ? Être ici tout en étant ailleurs... J'ai du mal à comprendre.

— Il n'y a pas grand-chose à comprendre, lui répondis-je. Le corps et l'esprit sont deux choses distinctes. Quand le corps s'éteint, l'esprit n'a nulle part où aller. Il trouve refuge ailleurs. Tu penses sans doute qu'il s'agit d'un simple rêve ou du fruit de mon imagination mais nombreux sont ceux qui ont vécu la même expérience.

Je fouillai dans mon sac à la recherche du livre de Kevin et le tendis à mon amie.

— Antara existe bel et bien, poursuivis-je en désignant l'ouvrage. Ce livre en est la preuve. L'auteur est le fils de l'homme qui a tout enseigné à Morgan, Conrad. Lis-le, il t'aidera à comprendre.

— Je te crois Sarah, tu es ma meilleure amie. Tu dis que vous êtes nombreux à avoir vécu la même expérience. Tu en connais d'autres ?

— Côme, répondis-je sans hésitation.

Elle fronça les sourcils, l'air perdu.

— Le meilleur ami de Morgan ? Celui qui s'est fait tuer par les faucheurs ?

— Il a survécu. Et il s'est réveillé. Côme pourra te parler d'Antara aussi bien que moi !

— Tu sembles apprécier cet endroit, constata-t-elle avec une certaine tristesse dans les yeux.

— Malgré les dangers qui se trouvaient là-bas, se contenter de l'essentiel m'a permis de comprendre la vraie valeur des choses et de prendre conscience de ce qui est vraiment important. La vie qu'on mène ici est tellement différente ! On passe notre temps à courir dans tous les sens, à mener des vies trépidantes et stressantes, à tout faire pour améliorer notre confort et notre quotidien au détriment de l'endroit où l'on vit. Nous sommes tellement préoccupés par nos petites personnes qu'on ne voit pas la beauté présente juste sous nos yeux. Là-bas, je passais des heures à observer des paysages qui semblaient ne pas avoir de fin. Le soleil se levait sur l'océan et se couchait en disparaissant derrière les montagnes dans un panel de couleurs que nous ne verrons jamais ici. Le calme régnait, je m'entendais penser. En levant les yeux, je pouvais observer les oiseaux voler et en regardant simplement autour de moi, je pouvais voir la forêt vivre au rythme des animaux qui la peuplaient. Le vent dans les branches des arbres était comme une douce mélodie qui ravissait mes oreilles. Même si le danger était omniprésent, je ne me suis jamais sentie aussi sereine que lorsque j'étais là-bas. Pour la première fois, j'ai eu le sentiment de savoir enfin qui j'étais. Le fait de n'avoir aucun souvenir de ma vie passée m'a d'abord effrayée mais, en réalité, je crois que c'est grâce à cela que j'ai pu repartir de zéro et me laisser une chance de tout recommencer. Ça n'a pas été facile mais je n'étais pas seule. Les personnes que j'ai rencontrées là-bas feront pour toujours partie de moi. Je ne pourrai jamais oublier Gabi ou Alice. Je suis heureuse d'avoir Côme dans ma vie ici et je ferai tout ce qui est en mon pouvoir pour ramener Morgan. C'est grâce à eux que j'ai une seconde chance aujourd'hui, et je veux qu'ils aient la leur eux aussi.

Je vis ma meilleure amie esquisser un sourire.

— La façon dont tu parles de cet endroit... ça donnerait presque envie d'y aller.

— Je ne pense pas que ça te plairait, tu apprécies trop ton confort ! lui répondis-je en m'esclaffant.

Elle rit avec moi de bon cœur et retrouva peu à peu son sérieux, l'air nostalgique. Je trouvais le moment bien choisi pour lui parler de ce qui me brûlait les lèvres depuis quelques minutes.

— Je l'ai vue, tu sais ? lui dis-je timidement. Juliette...

Elle était là quand j'ai quitté Antara. Elle m'a accompagnée jusqu'à ce que je revienne ici.

Je vis les yeux de mon amie se remplir de larmes. Elle se donnait beaucoup de mal pour les retenir mais l'émotion était palpable.

— Que t'a-t-elle dit ? me demanda-t-elle la voix étranglée.

— Elle m'a demandé d'être présente pour toi. Elle m'a dit que tu te montrais forte depuis son départ mais qu'elle savait que lorsque tu te retrouvais seule, il t'arrivait de t'effondrer.

Jessica ne put lutter davantage contre ses larmes et partit bientôt dans un sanglot qu'elle pouvait à peine maîtriser. Sans attendre, je fis le tour de la table pour la serrer dans mes bras, moi-même émue.

— Je suis tellement désolée, lui dis-je en l'enlaçant de toutes mes forces. J'étais tellement aveuglée par ma culpabilité que je ne me suis pas rendu compte que ceux qui m'étaient proches allaient mal eux aussi. J'ai été égoïste. Mais je ne le serai plus. Tu sais que tu pourras toujours compter sur moi, pas vrai ?

Elle renifla et hocha énergiquement la tête avant de se détacher de moi.

— Comment était-elle ? me demanda-t-elle en essuyant ses larmes avec sa serviette de table.

— Heureuse et sereine, lui répondis-je avec réconfort.

— C'est vrai ?

Un sourire sincère étira mes lèvres.

— Elle m'a assuré que tout irait bien pour elle et elle semblait impatiente de découvrir ce qui l'attendait. Elle m'a demandé de cesser de culpabiliser et de vivre ma vie, tout en veillant aussi sur toi.

— Je la reconnais bien là.

— Elle sera toujours avec nous, tu sais ? Dans nos souvenirs, dans nos cœurs…

— Je sais, me dit-elle en tentant de reprendre ses esprits. Mais ça fait tellement de bien de la savoir heureuse, où qu'elle se trouve.

— Je sais.

Je passai le reste du repas à répondre à ses nombreuses questions sur Antara et les gens qui y vivaient. Elle me questionna sur ma relation avec Morgan et comprit très vite que mon avenir n'était pas avec Lucas, quoi qu'il advienne. Elle me confia qu'elle me soutiendrait, quelle que soit la décision que je prendrai. Je l'encourageai une nouvelle fois à lire l'ouvrage de Kevin et promis d'organiser prochainement une rencontre avec Côme pour qu'il puisse lui aussi lui parler d'Antara.

J'écourtai notre repas, car l'heure des visites à l'hôpital approchait. J'étais impatiente de rejoindre Morgan. J'embrassai rapidement mon amie et promis de la rappeler très vite. Puis je filai à la recherche d'un taxi, laissant Jessica seule dans le restaurant, probablement encore sonnée par ce qu'elle venait de découvrir.

47

SARAH

Chaque jour compte

Je déposai mes affaires sur l'un des fauteuils de la chambre avant de m'installer dans le second. J'observais sans m'en lasser le visage de mon compagnon. J'aurais souhaité voir ses yeux bleus s'ouvrir et me fixer à nouveau comme il savait si bien le faire. Une machine l'aidait à respirer. Le voir si vulnérable m'était insupportable. Je pris sa main froide dans la mienne et refermai mes doigts sur les siens, tout en lui effleurant la joue.

— Morgan, murmurai-je la gorge serrée. Je sais à quel point c'est difficile, mais ouvre les yeux. S'il te plaît. Je ne sais pas quoi faire ni comment m'y prendre pour t'aider, et j'ai besoin de toi.

J'observais attentivement une réaction de sa part mais rien ne se produisait. Je repensais à ce que m'avait dit Côme. Cela risquait de prendre du temps. Son corps était faible et il devrait fournir de nombreux efforts pour se réveiller, si toutefois il se réveillait. J'avais conscience que je devrais être forte et garder espoir et j'étais déterminée à ne pas baisser les bras. Je savais qu'il m'entendait. En tout cas, je l'espérais très fort. Tout ce que j'avais à faire, c'était lui donner la volonté de venir me retrouver. Je m'installai dans le fond du fauteuil en gardant sa main dans la mienne et commençai à lui raconter notre histoire. Je n'omis aucun passage, aucun événement, aucun détail, et lui rapportai chacun de mes souvenirs, aussi clairement qu'ils étaient présents dans mon esprit. Je lui confiai que son air froid et austère m'avait d'abord insupportée mais que rapidement je m'étais aperçue de ses vraies qualités et valeurs et que depuis la mission qui nous avait rapprochés, mes sentiments n'avaient fait que grandir. De temps à autre, je m'interrompais et approchais sa main de ma joue en fermant les yeux, comme si j'essayais par tous les moyens de me connecter à son esprit et à ses pensées. Je nous imaginais dans la grotte aux lucioles, face à face, ses yeux bleus plongés dans les miens et son pouce venant caresser ma joue pendant qu'un sourire malicieux étirait ses lèvres. J'avais cette image avec tellement de précision en tête que j'avais presque la sensation de sentir ses doigts contre ma peau. Quand j'ouvris à nouveau les yeux, la pièce était plus sombre. J'ignorais combien de temps j'étais restée comme ça, à communiquer mentalement avec lui, mais l'infirmière que j'avais vue la nuit précédente entra dans la chambre en m'annonçant que les visites étaient terminées.

J'observai mon compagnon avec désarroi.

— Je suis certaine que votre présence lui fait le plus grand bien, me dit-elle avec un sourire aimable pour me rassurer.

J'espérais au fond de moi qu'elle avait raison.

Je me levai et me penchai au-dessus de lui pour lui embrasser le front puis repris mes affaires et quittai la chambre à regret, impatiente d'être déjà le lendemain.

Je rentrai chez moi avec appréhension ce soir-là. J'étais déterminée à parler avec Lucas et je savais d'avance que ça ne serait facile pour personne. J'ignorais même comment j'allais lui annoncer notre rupture, lui qui avait tant fait pour moi. Étais-je censée lui parler de Morgan et de ce qui m'était arrivé pendant mon coma ? Ou bien devais-je simplement lui dire que mes sentiments avaient changé ? J'étais perdue et je décidai que j'aviserais au moment venu en fonction de la façon dont les choses se dérouleraient. Je mis la clé dans la serrure en poussant un soupir censé me redonner un peu de courage et en me préparant au pire. Mais je m'attendais à tout sauf à ce que je vis en pénétrant dans l'appartement : des lumières tamisées et des bougies scintillant partout dans l'appartement. L'espace d'un court instant, j'observai ce décor inhabituel en me demandant ce qui se passait. Puis je vis Lucas se lever du canapé, l'air nerveux, et s'approcher de moi avec appréhension. À ce moment, je compris que les choses n'allaient pas du tout se dérouler comme je l'avais prévu.

— Que se passe-t-il ici ? demandai-je l'air étonnée alors que je savais avec certitude ce qui allait arriver.

En vrai gentleman qu'il était, il m'aida à enlever mon manteau et l'accrocha sur la patère avant de m'entraîner jusqu'au sofa pour que je m'assoie face à lui.

— Sarah, commença-t-il, je sais que ces dernières semaines n'ont pas été faciles pour toi et que depuis ton réveil, tu te sens un peu perdue.

Je voulus l'interrompre avant qu'il n'aille trop loin mais il m'arrêta d'un geste de la main en me demandant de le laisser terminer. Ce qu'il s'apprêtait à faire ne me rendrait pas la tâche facile, bien au contraire.

— Mais je veux que tu saches, poursuivit-il, que tu es la meilleure chose qui me soit arrivée et que je serai toujours là pour toi. J'ai eu si peur en te voyant allongée sur ce lit d'hôpital pendant quatre longues semaines que j'ai réalisé à quel point je t'aimais. Je n'imagine pas la vie sans toi. Je veux te voir chaque jour et tout faire pour te rendre heureuse.

C'était le moment où jamais pour lui parler, pourtant j'en étais incapable. J'avais la gorge sèche et il me fut impossible de prononcer un mot. L'émotion me submergea tout à coup, un mélange de culpabilité et d'affection profonde à son égard. Je me sentais mal, coupable et perfide.

Il fouilla dans la poche arrière de son pantalon et en sortit un petit écrin noir que j'avais déjà vu, un peu plus d'un an auparavant. Il l'ouvrit face à moi et j'y découvris la bague qu'il m'avait offerte lors du réveillon de Noël.

— Je l'ai récupérée lorsque tu étais à l'hôpital, me dit-il avec un mélange d'excitation et d'émotion dans la voix.

J'observais le bijou avec intérêt. Le plus triste, c'est que je n'avais même pas réalisé qu'elle n'était plus à mon doigt depuis mon réveil. J'avais été trop préoccupée par la quête de mes souvenirs manquants pour m'en apercevoir.

— Lorsque je te l'ai offerte la première fois, je t'ai dit qu'elle pourrait un jour devenir un signe de mon engagement envers toi. C'est le cas aujourd'hui. Sarah, je voudrais que tu deviennes ma femme.

Dans ses yeux, je lisais tout l'espoir qui reposait sur ma réponse et son amour sincère envers moi. Je ne pouvais pas me résoudre à lui briser le cœur, pas maintenant. Je tenais trop à lui pour lui faire autant de mal. Mon courage s'envola, tout comme ma voix ; je ne trouvais pas les mots.

Outre mon émotion, il dut se rendre compte de ma surprise car il me rassura aussitôt.

— Tu n'es pas obligée de me répondre maintenant, me dit-il en caressant ma joue avant de déposer un tendre baiser sur mon front. Je sais que tout est un peu agité autour de nous en ce moment. Laissons passer un peu de temps. D'accord ?

La seule chose que je réussis à faire, c'était hocher la tête, après quoi il me serra dans ses bras.

Je me sentais lâche et faible. Ce n'était pas du tout comme ça que devait se passer mon retour à la maison.

Je m'étais même préparée à l'exact opposé. Je ne pouvais pas imaginer pire comme situation : me retrouver fiancée malgré moi alors que l'homme dont j'étais amoureuse gisait sur un lit d'hôpital. Je voulais fuir, sortir de cet appartement et prendre l'air mais je ne pouvais pas, Lucas se serait posé des questions. À cet instant, je rêvais des grands espaces d'Antara, des plaines, des collines et des montagnes à perte de vue laissant tout le loisir de prendre le large. Ça me manquait. Réellement. La nostalgie me fit frissonner.

— Tout va bien ? me demanda mon petit ami, visiblement soucieux.

— Oui, répondis-je en essuyant mes dernières larmes du revers de la main. Tu as sans doute raison. C'est un peu la folie depuis que je suis sortie de l'hôpital. C'est vrai que je me sens un peu… dispersée !

C'était le moins que l'on puisse dire ! « Dispersée », c'était le mot exact.

Je pris beaucoup sur moi pour sauver les apparences et garder le sourire mais au fond, je me sentais prise au piège d'une situation de laquelle je ne savais pas comment sortir et dont j'étais la seule responsable.

Au cours des trois semaines qui suivirent, je passai le plus de temps possible au chevet de Morgan. Je lui parlais comme s'il était près de moi. Pourtant, je ne voyais aucune évolution de son état. Côme lui rendait aussi régulièrement visite. Nous nous étions dit que la présence de son meilleur ami à ses côtés serait une motivation supplémentaire pour stimuler son réveil. Il lui racontait des anecdotes qui lui revenaient de moments partagés avec lui pendant les trois années qu'il avait passées à Antara et riait en lui rappelant les frasques d'Emeric. Je m'amusais à le regarder s'adressant à notre ami comme s'il allait lui répondre. J'avais l'impression de retrouver la complicité que nous partagions là-bas, à l'exception près qu'elle n'était qu'illusoire. Malgré l'enthousiasme permanent de Côme, je ne pouvais ignorer que plus les jours passaient, plus je perdais espoir de voir Morgan ouvrir à nouveau les yeux. Les infirmières me regardaient parfois avec compassion, je n'appréciais pas cette pitié que je lisais dans leurs yeux, comme si elle ne faisait que confirmer mes craintes. Pourtant, je ne voulais pas abandonner, et chaque fois que j'arrivais dans sa chambre, je nourrissais le secret espoir que ce jour serait différent.

J'avais l'impression de mener une double vie. Lucas et moi nous croisions à peine le matin et le soir. Et c'était sans doute mieux comme ça car je ne savais plus quelle attitude adopter vis-à-vis de lui. Je prétextais souvent la fatigue pour éviter la confrontation et lorsqu'il partait travailler le matin, je feignais de dormir.

Jessica m'encourageait sans arrêt à lui révéler la vérité, mais je n'y arrivais pas. Je me justifiais en lui expliquant que je ne voulais pas le faire souffrir et que je cherchais une façon correcte de rompre avec lui. Ma meilleure amie ne prit pas de gants pour me faire comprendre qu'il n'y avait pas de « façon correcte » de rompre et que c'était en laissant perdurer cette situation que je le faisais souffrir. Je savais qu'elle avait raison mais c'était plus facile de repousser l'échéance plutôt que d'admettre la vérité. J'étais lâche, je l'admettais sans mal. Côme, lui, dédramatisait la situation en me taquinant sur l'effervescence de mes prétendants. Mais bien qu'il eût réussi l'exploit de me faire sourire à plusieurs reprises, j'avais beaucoup de mal à voir un côté positif dans tout cela. Je rejetais tous les appels de mes parents depuis que j'avais appris la vérité sur l'accident et je ne me sentais pas prête à leur parler. Côme et Jessica s'étaient rencontrés au cours d'un déjeuner que j'avais organisé quelques jours après mes retrouvailles avec mon ami. La jeune femme l'avait assailli de questions sur Antara et, malgré des chamailleries, ils avaient semblé plutôt bien s'entendre. La présence de mes amis à mes côtés et leur soutien étaient essentiels pour traverser ce moment difficile. Ils étaient toujours prêts à se relayer pour m'encourager, me remonter le moral et m'apporter un peu d'espoir quand je commençais à en manquer. Leur bonne humeur apportait du soleil à mon quotidien, et chaque jour je remerciais le ciel d'être si bien entourée. Parallèlement, Côme poursuivait ses recherches sur toutes les personnes que nous avions rencontrées à Antara. Connaître leur histoire était pour lui une façon de leur rendre hommage. Il avait rencontré Kevin, avec qui il s'était lié d'amitié. L'auteur était plus que ravi de converser avec quelqu'un ayant connu son père pendant son coma. Je pressentais qu'il aurait bientôt l'idée d'écrire un nouveau livre.

Il était difficile d'imaginer que la vie suivait son cours alors que la mienne était en suspens depuis que j'avais dû me séparer de Morgan. J'étais censée reprendre le travail mais l'idée de ne pas pouvoir me rendre à l'hôpital aussi souvent que je le souhaitais n'était pas envisageable. J'avais prétexté avoir besoin de plus de repos, mais mon médecin n'était pas stupide, il me voyait chaque jour arpenter les couloirs de l'hôpital pour me rendre au chevet du même patient et me saluait avec un grand sourire en me disant que j'avais l'air en forme. J'avais compris en discutant avec lui qu'il connaissait lui aussi la vérité au sujet de l'accident et il avait tenté de me raisonner en me demandant de ne pas en vouloir à mes parents, qui avaient selon lui tenu le secret dans mon intérêt. Cependant, malgré ses paroles réconfortantes, j'avais encore du mal à leur pardonner.

On dit souvent que les jours se suivent et se ressemblent. C'est ce qu'on appelle plus communément la routine. Pourtant, un jour arrive où l'on se lève le matin en se disant qu'une journée normale commence et où rien ne se passe comme on l'avait prévu. Il suffit de quelques secondes pour renverser littéralement nos vies, chambouler nos existences, tout remettre en question. Je l'ai compris à mes dépens. En me rendant au chevet de mon ami ce jour-là, je n'aurais jamais imaginé que ma vie connaîtrait un tel bouleversement…

48

SARAH

De nouveaux bouleversements

J'étais venue si souvent à l'hôpital ces dernières semaines que les visages de ceux qui y travaillaient m'étaient devenus familiers. Chaque jour, je les saluais avec politesse et ils me demandaient en retour comment j'allais et s'il y avait de l'évolution dans l'état de Morgan. Lucas ignorait tout de ces visites, et s'il me demandait ce que j'avais fait de ma journée, je disais être restée au calme à l'appartement ou avoir passé du temps avec Jessica. Ce jour-là, en arrivant dans le hall d'entrée de l'hôpital et en voyant le visage gêné de la secrétaire, je compris que quelque chose se passait. L'infirmière avec qui j'avais pris l'habitude de discuter affichait le même sourire embarrassé et voulut me convaincre de repasser plus tard mais son comportement ne fit qu'attiser ma curiosité, ainsi que mon anxiété. J'ouvris la porte de la chambre avec une pointe d'appréhension et découvris avec surprise une femme au chevet de mon compagnon. Elle était grande, blonde et mince, un visage harmonieux sans défaut, une peau de pêche et des yeux magnifiques. Face à elle, tous mes complexes refirent surface instantanément. Je me sentais bien loin de son image de femme parfaite sous tous rapports. Qui était-elle ? Et que faisait-elle ici ? Elle me regarda pénétrer dans la chambre en affichant un sourire aimable et pencha la tête en fronçant les sourcils dans l'attente que je décline mon identité.

— Bonjour, me dit-elle amicalement.

J'eus du mal à cacher ma surprise et elle le constata aussitôt car elle ajouta.

— Est-ce que tout va bien ?

J'essayai de reprendre une contenance en réalisant que je manquais à tous mes devoirs et que j'en oubliais la politesse élémentaire.

— Pardonnez-moi, lui répondis-je en secouant la tête comme pour remettre mes idées en ordre, je suis un peu fatiguée. Je lui tendis la main avant d'ajouter : Je suis Sarah et vous êtes...

— Camille ! me dit-elle avec enthousiasme en secouant ma main. Enchantée.

Son sourire dévoilait une dentition parfaite. C'était le genre de femme que l'on serait incapable de détester, même si on l'avait souhaité, tant elle se montrait gentille et agréable.

— Vous êtes une amie de Morgan ? lui demandai-je avec curiosité.

— Oh non, me répondit-elle en balayant ma réponse d'un geste de la main, je suis sa femme.

J'eus la sensation de recevoir une énorme gifle en plein visage. L'espace d'une minute, j'oubliai où j'étais, qui j'étais. La réponse de la jeune femme résonnait dans ma tête comme un écho au milieu des montagnes. Mes jambes se mirent à flageoler. Bientôt, elles ne pourraient plus me porter. J'étais sous le choc de la révélation et cela se refléta avec une évidence certaine sur mon visage.

— Vous êtes toute blanche, observa la jeune femme en me regardant avec inquiétude. Asseyez-vous donc un instant, vous n'avez pas l'air bien.

— Si, répondis-je sans doute un peu trop sèchement.

Puis je me radoucis en poursuivant avec autant d'assurance que je pouvais :

— Tout va bien, je vous assure.

— Bien, comme vous voulez. Et vous ? Comment connaissez-vous mon mari ?

L'entendre mentionner Morgan comme son époux me pinça le cœur et me noua la gorge. Je sentis une émotion nouvelle prendre vie au creux de mon ventre. Peu à peu je découvrais ce qu'était la jalousie. Je faisais de mon mieux pour ne pas laisser paraître ce que je ressentais à ce moment présent mais c'était une lutte que je ne pourrais pas mener bien longtemps. Je me sentais mal à l'aise et profondément malheureuse.

— Je... je suis une ancienne collègue de travail, répondis-je en bafouillant.

Je ne pouvais évidemment pas lui dire que j'étais la maîtresse de son mari et encore moins que j'étais celle qui l'avait envoyé dans le coma, elle m'aurait demandé de quitter la chambre immédiatement. Mon regard se tourna vers le lit d'hôpital et mes yeux ne quittèrent plus le visage de l'homme que j'aimais. Je voulais m'approcher de lui et lui prendre la main, comme s'il m'appelait, mais je ne le pouvais pas. J'étais à la fois blessée, frustrée et brisée. Je sentis mes yeux me piquer mais je luttai contre mes larmes pour ne rien laisser paraître.

— C'est gentil de venir lui rendre visite, me dit Camille en s'approchant du lit et en replaçant une mèche de cheveux qui cachait une partie du front de son époux.

J'eus envie de la gifler pour ça et sentis à cet instant la jalousie grandir en moi.

Le médecin fit son entrée au même moment et sembla tout à coup mal à l'aise à son tour de nous voir toutes les deux autour du lit de son patient. Je lui lançai un regard lourd de sous-entendus, qu'il esquiva, avant de s'adresser à Camille :

— J'ai les résultats des examens que vous avez demandés. J'aimerais en discuter avec vous.

Je compris que j'étais de trop et entrepris de quitter la

chambre sans rien ajouter. Pour la première fois depuis que je venais ici, je ne me sentais pas à ma place. J'entendis le médecin s'excuser auprès de la jeune femme puis me suivre dans le couloir en refermant la porte derrière lui.

— Sarah, attendez une minute ! me dit-il en m'attrapant par le bras.

Je lui fis face les yeux remplis de colère.

— Sa femme ? lui dis-je sur un ton de reproche. Ça fait des semaines que je viens ici quotidiennement, pourquoi ne m'en avez-vous jamais parlé ?

— Elle vient très rarement.

— C'est une raison suffisante, selon vous ?

Il me regarda l'air sincèrement désolé avant de poursuivre, hésitant :

— Sarah… il y a une raison à sa présence ici.

— Laquelle ? m'impatientai-je.

Il se mordit nerveusement la joue en prenant grand soin de choisir ses mots et continua :

— Morgan est dans le coma depuis quatre ans. Il respire grâce à une machine et son état n'évolue pas, pas plus que son activité cérébrale.

— Où est-ce que vous voulez en venir, docteur ?

— Camille est ici pour prendre une décision cruciale. Nous avons refait des examens pour nous assurer qu'il n'y avait eu aucun changement. Il n'y en a eu aucun. Il est maintenant temps de penser à l'éventualité de débrancher la machine et de laisser Morgan partir en paix.

Sa tirade me coupa le souffle. J'eus l'impression, cette fois, de recevoir un coup de pied dans le ventre. Me voyant défaillir, le docteur me soutint jusqu'à la salle d'attente qui se trouvait à quelques pas et m'aida à m'asseoir sur l'un des fauteuils en skaï.

— Je sais que tout cela est difficile à entendre pour vous, me dit-il affectueusement. Vous aviez tellement d'espoir qu'il se réveille. Et j'ai vu à quel point vous tenez à lui. Mais il faut être réaliste Sarah… Morgan ne se réveillera pas.

Sans pouvoir davantage retenir mes larmes, je m'effondrai dans les bras du médecin. Ce dernier me caressa amicalement le dos en me murmurant des paroles réconfortantes à l'oreille que je n'écoutais même pas. Je ne pouvais détacher mes pensées du leader.

— Je ne peux pas faire ça, balbutiai-je à mon tour.

— Comment ça ? De quoi est-ce que vous parlez ? me demanda-t-il en se détachant de moi.

— Je lui ai promis que je ferais tout ce qui est en mon pouvoir pour le ramener. Je ne peux pas perdre espoir. Je ne veux pas l'abandonner.

— Faire face à la réalité n'a rien à voir avec le fait d'abandonner Sarah. J'ai conscience que vous auriez espéré que les choses se passent différemment…

— Elle va le faire ? Elle va vraiment arrêter la machine ?

— Elle essaie simplement de faire ce qui est le mieux pour lui. Il arrive un moment où il vaut peut-être mieux éviter de s'acharner.

— Vous ne savez rien de lui ! m'énervai-je en me relevant précipitamment de mon siège. Ni vous, ni elle ! Ce qu'il veut, c'est vivre ! Il s'est battu pendant quatre ans pour ça. S'il est encore en vie aujourd'hui, c'est parce qu'il refuse d'abandonner ! Vous ne pouvez pas lui enlever ça !

Je vis le médecin baisser les yeux l'air embarrassé avant de me rendre compte que toutes les personnes présentes dans la salle d'attente me regardaient lui crier dessus avec curiosité. Je les observai à mon tour avec l'envie de leur demander ce qui les intéressait autant mais j'abandonnai l'idée et quittai finalement l'hôpital. J'avais besoin de prendre l'air et de fuir cet endroit qui m'oppressait. J'étais à bout de nerfs, à bout de fatigue et à bout de forces. Je me laissai choir sur les marches de l'hôpital et pris mon téléphone en composant le numéro de la seule personne que j'avais réellement besoin de voir. Et au plus vite.

J'attendis une bonne demi-heure assise dans le froid avant que Côme arrive. Du plus loin que je le vis, je m'élançai, puis me précipitai dans ses bras.

— Que se passe-t-il ? me demanda-t-il inquiet en me caressant affectueusement les cheveux. Tu étais bouleversée au téléphone.

Voyant que je ne lui donnais aucune réponse et que je ne desserrai pas mon étreinte, il insista :

— Sarah ? Parle-moi, tu me fais peur. Est-ce que ça concerne Morgan ?

Je me détachai de lui et plongeai mes yeux dans les siens avant de hocher presque indistinctement la tête. Ses épaules s'affaissèrent et une lueur s'éteignit dans ses yeux. À son tour, il me serra dans ses bras avant de murmurer :

— Allons ailleurs. Et tu me raconteras tout ce qui s'est passé, d'accord ?

Quelques minutes plus tard, nous étions dans mon appartement, installés dans le canapé avec des tasses de thé fumantes nous réchauffant les mains. J'avais une mine affreuse d'avoir pleuré toutes les larmes de mon corps et je sentais Côme tendu comme un arc, dans l'attente de ce que je m'apprêtais à lui dire.

— Il est marié, déclarai-je à brûle-pourpoint, en regardant distraitement le fond de ma tasse. Tu le savais ?

Je vis mon ami ouvrir de grands yeux surpris.

— Bien sûr que non !

— Comment tu as pu passer à côté de ça en faisant tes recherches sur nous ? lui demandai-je sans doute trop froidement.

— Sarah, ne m'accable pas pour quelque chose dont

je ne suis pas responsable, d'accord ? Les recherches que j'ai faites, je les ai menées dans le seul but de savoir ce qui vous avait plongés dans le coma. Je n'ai jamais fouillé dans vos vies privées, je n'ai pas voulu me montrer intrusif. J'ignorais que Morgan était marié, je te le jure.

Il n'avait pas besoin de promettre, je le croyais sur parole. Côme était incapable de mentir, c'était l'une de ses grandes qualités.

— Ce n'est pas ça le pire, continuai-je en détournant le regard.

— Qu'est-ce qui pourrait être pire ? me demanda-t-il avec sollicitude.

— Son état n'ayant pas évolué depuis qu'il est dans le coma, elle envisage de le débrancher.

Je vis mon ami devenir pâle à son tour. La malice présente habituellement dans son regard s'envola, son sourire se dissipa et pour la première fois depuis que je le connaissais, je ne discernais plus ses fossettes. Il posa sa tasse sur la table et plongea ses yeux dans les miens en me demandant de répéter. Je m'exécutai, la voix étranglée.

— Le médecin dit qu'il n'y a plus d'espoir, qu'il ne se réveillera pas.

Un silence s'installa pendant lequel aucun de nous ne trouva les mots justes pour réconforter l'autre.

— Qu'est-ce qu'on va faire ? lui demandai-je d'un air suppliant.

Je n'avais pas la réponse à cette question et j'espérais que mon ami m'aiderait, mais ce dernier secoua la tête, l'air impuissant.

— Qu'est-ce que TOI tu veux ? me demanda-t-il à son tour.

— Ce que je veux, c'est continuer à me battre.

— Mais ?

— Mais ça fait des semaines que je passe chaque seconde de mon temps libre à ses côtés et il n'y a eu aucune évolution… Et si le médecin avait raison ? S'il n'y avait plus d'espoir ? Et même si un miracle se produisait, s'il ouvrait à nouveau les yeux, quelle vie l'attendrait ici ? Il aurait probablement des séquelles irréversibles. Il ne serait plus le Morgan qu'il était avant l'accident. Et s'il y a une chose dont je suis absolument certaine, c'est que…

— … c'est qu'il préférerait être mort plutôt que de ne pas pouvoir vivre la vie qu'il aurait voulue.

Je regardai mon ami en hochant la tête. Il connaissait Morgan encore mieux que moi et il savait que ce dernier ne supporterait pas une vie passée dans un lit d'hôpital à être nourri à la petite cuillère, sans pouvoir bouger, tout en ayant pleinement conscience de ce qui se passait.

— Alors tu penses qu'il est temps de lui dire au revoir ? Tu es prête pour ça ? me demanda-t-il ému.

— Je ne serai jamais prête pour ça. Jamais. Mais je n'ai aucun pouvoir de décision sur ce qui va lui arriver. C'est sa femme qui a sa vie entre ses mains.

— Pourquoi n'essaies-tu pas de lui parler ?

— Pour lui dire quoi ? « Hé, je me présente, je suis Sarah, la maîtresse de votre mari. Je l'ai rencontré pendant notre coma, on est tombés amoureux, maintenant je veux qu'il revienne. Vous voudriez bien lui laisser un peu plus de temps pour qu'il daigne enfin ouvrir les yeux et me retrouver ? » C'est impossible.

Un nouveau silence s'installa.

— Tu sais, finis-je par lui avouer. Depuis le début, je m'accroche à la promesse que je lui ai faite avant qu'on se sépare. Mais en réalité, souvent je me dis que je suis égoïste. Je lui ai demandé de ne pas abandonner parce que c'est ce que MOI je voulais, mais jamais je n'ai pensé à ce que LUI désirait vraiment. Quand on était à Antara, un jour, je l'ai vu affronter les soldats noirs, et face à l'un d'eux, il a cessé de se battre pendant un court instant. Je l'ai vu hésiter. Je crois qu'il était fatigué de lutter pour sa vie. Je ne peux pas lui imposer ça.

En voyant l'émotion me submerger à nouveau, Côme prit ma main et me regarda avec un sourire compatissant.

— Quoi que tu décides, je te soutiendrai.

— Dans ce cas, dis-je à contrecœur, nous devrions aller lui rendre une dernière visite et lui dire adieu.

Mon ami encaissa silencieusement le coup. Je savais qu'au fond de lui, il souffrait autant que moi de cette situation. Nous aurions aimé faire tellement plus pour notre ami, mais nous avions tout essayé et ça n'avait rien changé. Il était peut-être temps d'admettre que nous avions échoué. Je n'étais pas prête à renoncer, pourtant il le fallait.

Cette nuit-là, je ne trouvai pas le sommeil. Je savais que la journée du lendemain serait l'une des plus difficiles à laquelle j'aurais à faire face. Je ne pensais qu'à lui, qu'à Morgan. Je me répétais dans ma tête ce que j'allais lui dire, espérant au fond de moi qu'un miracle se produirait et qu'il ouvrirait finalement les yeux, alors que j'avais perdu tout espoir. J'éprouvais un sentiment étrange. À la fois une profonde solitude et la sensation qu'il se trouvait là, tout près de moi, à me murmurer qu'il me libérait de ma promesse et que tout irait bien.

49

SARAH

Une belle vision de l'avenir

Antara, un mois plus tôt

Cela faisait des jours que je voyais à peine Morgan. Depuis l'attaque des soldats noirs dans la cité, la sécurité de la ville avait été renforcée et il passait beaucoup de temps à organiser la défense et à se préparer à toutes les éventualités. De mon côté, je m'occupais avec Alice en essayant de me rendre utile au fonctionnement de la ville, mais j'étais distraite. De temps à autre, lorsque je croisais le leader, nous nous échangions un regard rempli de malice et de sous-entendus. Nous faisions de notre mieux pour rester discrets et ne rien dévoiler de notre relation aux habitants, mais ces derniers n'étaient pas stupides et nous cachions tellement mal notre attirance que la cité tout entière devait déjà être au courant.

Ce soir-là, je montai jusqu'au chemin de ronde dans l'espoir de le retrouver et de pouvoir partager un moment avec lui. Il discutait avec Côme et Emeric et leur donnait des instructions que ces derniers écoutaient avec intérêt. Puis, les deux hommes s'éloignèrent. Je voulus profiter de l'occasion pour me rapprocher de mon compagnon mais une jeune femme s'approcha de lui avant même qu'il ne remarque ma présence. Elle avait le regard pétillant et un sourire enjôleur sur les lèvres. Je reculai derrière un pilier en pierre pour observer cette demoiselle faire les yeux doux à mon compagnon et remarquai avec amusement que ce dernier n'y semblait pas du tout sensible. Il semblait même surpris de la trouver là. Elle lui demanda d'un air aguicheur s'il pouvait l'entraîner à l'épée car elle maîtrisait mal cette arme. Il répondit qu'il n'entraînait plus les habitants depuis plusieurs années et qu'elle devrait s'adresser à Côme pour une telle requête. Vexée, la jeune femme lui rétorqua qu'il passait pourtant beaucoup de temps à m'enseigner l'art du combat. Un sourire distrait apparut sur les lèvres de Morgan avant qu'il lui réponde qu'il s'agissait là d'un « cas particulier ». Je gloussai en voyant son visage tout entier trahir ses émotions.

Blessée, sa prétendante soupira et s'éloigna d'un pas vif, les sourcils froncés en marmonnant des paroles incompréhensibles.

Je sortis de ma cachette et m'approchai de lui, l'air amusé.

— Cette fille te draguait, affirmai-je d'un air taquin.

Un sourire franc apparut sur son visage lorsqu'il me vit avancer lentement vers lui.

— Est-ce que tu serais jalouse ? me demanda-t-il en m'attirant vers lui.

— Je n'en sais rien, est-ce que j'ai des raisons de l'être ?

Il glissa une main dans le creux de mes reins, la seconde derrière ma nuque, et m'embrassa avec tendresse. Je sentis mes genoux trembler et mon cœur s'accélérer. Comme à chaque fois, j'avais l'impression que nos baisers me vidaient de toute mon énergie.

— Absolument aucune, murmura-t-il avant de me serrer contre lui en calant sa tête dans le creux de mon cou pour respirer mon parfum. Son souffle qui glissait sur ma peau me fit frissonner. Je me pelotonnai contre lui en soupirant de bien-être.

— Ça fait des jours qu'on ne s'est pas vus, lui dis-je tristement, tu me manques.

— Je sais, admit-il à contrecœur. Pardonne-moi. Il y a tellement à faire.

— Ne pourrais-tu pas déléguer un peu ? lui demandai-je en me détachant de lui pour l'observer.

Il se mit à sourire comme un gamin avant de répondre :

— Je viens justement de confier à Côme et Emeric des tâches qui libéreront ma soirée. Tu as des projets ?

Je me mis à ricaner, trop heureuse à la perspective de passer enfin un moment en tête à tête avec lui.

— Maintenant oui.

Je l'embrassai avec plus de fougue. Il resserra son étreinte, m'emprisonnant dans ses bras et me forçant à reculer jusqu'à ce que mon dos vienne se plaquer contre la pierre froide du rempart.

— Pas ici, chuchotai-je. On pourrait nous voir.

Il prit ma main et m'entraîna jusqu'à la bâtisse où nous prîmes quelques provisions et des couvertures avant de nous faufiler à travers le portail pour rejoindre la grotte aux lucioles.

Nous nous allongeâmes sur les couvertures en observant avec émerveillement les milliers de petites lumières qui scintillaient au-dessus de nos têtes. Blottie contre lui, la tête posée sur sa poitrine, j'entendais son cœur battre à un rythme effréné. Il me caressait distraitement les cheveux et déposait de temps à autre un tendre baiser sur mon front.

— J'en ai assez de me cacher, lui confiai-je à brûle-pourpoint.

Il me regarda d'un air étonné, les sourcils froncés.

— Tu sais que c'est mieux comme ça. Je ne veux pas que les autres s'en prennent à toi en prétendant que tu as mes faveurs.

Je me mis à rire. J'appréciais l'attention mais ses craintes n'étaient pas justifiées.

— C'est ridicule, continuai-je, sûre de moi. La ville tout

entière est déjà au courant et tout le monde s'en moque. Les habitants ne sont pas comme ça. Je crois que tout ce qu'ils veulent, c'est voir leur leader heureux. Et j'en ai marre de devoir te voir à l'abri des regards.

— Tu es certaine que c'est ce que tu veux ?

— Absolument.

Je l'observai dans l'attente de sa réponse.

— Dans ce cas…

Je ne le laissai pas terminer sa phrase et l'embrassai avec enthousiasme.

— Merci, mon amour, murmurai-je à son oreille.

Il rit avant de se pencher au-dessus de moi pour m'embrasser de plus belle, puis plongea ses yeux dans les miens.

— Tu as déjà pensé à l'avenir depuis que tu es ici ? me demanda-t-il sérieusement en me caressant affectueusement la joue.

Je réfléchis un instant avant de lui répondre :

— En arrivant ici, j'ai renoncé à mon passé. Pour l'instant, je profite de chaque moment présent passé avec toi, avec Côme et Alice. Tu dis toi-même qu'à Antara les gens sont de passage. Je ne veux pas penser à un avenir que je n'aurai peut-être jamais.

Je lis la déception dans ses yeux et cela me serra le cœur. Qu'essayait-il de me dire ?

J'effleurai ses lèvres du bout des doigts.

— Pourquoi est-ce que tu me demandes ça ?

Il parut hésiter un moment puis se résigna en secouant la tête et en se rallongeant sur la couverture.

— Pour rien.

Je n'avais certainement pas l'intention de le laisser se défiler comme ça. Il fallait que je sache ce qu'il avait sur le cœur.

Je me redressai sur le coude et me penchai à mon tour au-dessus de lui.

— Parle-moi, lui dis-je en laissant glisser mes doigts

le long de la barbe de quelques jours qui naissait sur son menton.

— Avant ton arrivée ici, commença-t-il, je n'avais aucun projet, tout simplement parce que je n'avais pas la certitude d'avoir un avenir. Aujourd'hui, je ne sais toujours pas de quoi demain sera fait mais je sais avec certitude que je n'imagine pas la vie sans toi.

Je sentis ma gorge se nouer et mon cœur se serrer. Ses paroles provoquèrent en moi un flot d'émotions que j'eus beaucoup de mal à maîtriser.

— Je veux me réveiller chaque matin à tes côtés, poursuivit-il, continuer à me disputer avec toi régulièrement, et par-dessus tout, je veux que tu continues à me faire la morale et à me dire quand je vais trop loin, car tu es la seule personne qui a une telle influence sur moi. Tu m'as rendu meilleur et je veux le rester. Grâce à...

Je ne le laissai pas terminer et l'embrassai fougueusement.

— J'aime ta vision de l'avenir, lui chuchotai-je à l'oreille. Et je la valide.

Nous nous mîmes à rire tous les deux en reprenant notre étreinte, effrayant les lucioles qui nous plongèrent dans le noir pendant quelques instants avant de se rallumer progressivement.

50

SARAH

L'au revoir

Des nombreux souvenirs que j'avais de Morgan, c'était celui de cette soirée passée dans la grotte aux lucioles qui occupait toutes mes pensées lorsque je me réveillai. Je me souvenais de chaque mot, de chaque geste, de chaque sensation. Ça ne faisait que rendre plus douloureuse cette journée qui s'annonçait déjà difficile. Je n'étais pas prête à lui dire au revoir, je ne le serai sans doute jamais, mais cette décision ne dépendait pas de moi.

J'avais le cœur lourd et meurtri. Côme ne semblait pas en meilleure forme quand je le retrouvai devant l'hôpital en début d'après-midi. Il m'enlaça silencieusement, les mots n'étaient pas nécessaires. La tristesse dans nos yeux parlait pour nous. Puis, il me tendit sa main et m'entraîna dans le bâtiment. Nous nous arrêtâmes devant la porte de la chambre en soupirant pour nous donner du courage et entrâmes finalement.

Mon ami s'assit sur le bord du lit, pendant que je prenais place sur le fauteuil qui était disposé à côté, et salua le leader :

— Salut mon frère, dit-il sans enthousiasme. Il faut qu'on parle, toi et moi…

Il me regarda tristement avant de poursuivre.

— Je te dois des excuses, continua-t-il. Je n'ai pas réussi à faire ce que tu as passé tant de temps à faire pour moi… te sauver la vie. Je sais que tu es là quelque part et que tu nous entends. Je veux que tu saches que je ne pourrai jamais t'oublier. Plus qu'un ami, tu as été un frère pour moi. Et j'espérais sincèrement qu'on le serait dans cette vie-là aussi... Mais je ne t'en veux pas. Si tu restes silencieux, c'est peut-être parce que tu sais que ton corps ne peut rien encaisser de plus et que ta vie ne serait plus vraiment une vie. Je comprends. Je te connais assez pour savoir que tu préfères être mort plutôt qu'un poids pour ceux qui t'entourent. J'aurais aimé faire plus. Sincèrement.

J'écoutais le discours de Côme avec un poids dans le ventre et la sensation qu'on serrait mon cœur dans un étau. Je luttais difficilement contre le chagrin. Mon ami tourna la tête vers moi, les yeux embués de larmes, avant de poser sa main sur l'épaule de Morgan. Il continua :

— J'espère que tu trouveras la paix... où que tu sois. Au revoir, mon frère.

Il renifla avant d'essuyer les larmes qui coulaient le long de sa joue du revers de la main, se leva et s'arrêta près de moi.

— Je t'attends dans le couloir, me dit-il en déposant un baiser sur le haut de ma tête.

Je me contentai d'acquiescer silencieusement et le laissai quitter la chambre d'un pas lourd. Le silence qui régnait dans la pièce m'assaillit. Je me sentais oppressée et brisée. À mon tour, je m'approchai de mon compagnon, pris sa main dans la mienne et commençai, la voix tremblante :

— Morgan, mon amour... J'ai fait un rêve cette nuit... Je n'arrête pas de repenser à cette fois où tu m'as demandé comment j'envisageais l'avenir. À ce moment, je n'avais pas su quoi te répondre car j'ignorais ce qui m'attendait. Maintenant je sais. J'ai eu le temps d'y réfléchir et je sais exactement à quoi je veux que mon avenir ressemble. Moi aussi, je veux que tu sois la première personne que je vois le matin à mon réveil. Je veux que tu continues à me suggérer des choses alors que tu sais pertinemment que je n'en ferai qu'à ma tête de toute façon. Je veux vivre loin de tout ça, loin du brouhaha de la ville et de sa pollution. Je nous imagine, toi et moi, dans une petite maison de campagne, à proximité de la plage, au milieu de grands espaces qui nous rappelleraient ceux d'Antara. Nous aurions un chien que nous appellerions Gabi, pour ne jamais oublier ceux qu'on a perdus. C'est à ça que je veux que mon avenir ressemble.

J'observais son visage qui restait de marbre et, subitement, je ne pus retenir davantage mes larmes.

— Morgan, je t'en prie, réveille-toi. L'avenir c'est avec toi que je le vois. J'ai besoin de toi. Ouvre les yeux mon amour…

Je serrai plus fort sa main dans la mienne, caressai sa joue et poursuivis :

— Je sais que ce que je te demande est difficile. Je sais aussi que tu es fatigué mais si tu ne te réveilles pas, ils débrancheront cette machine qui te permet de respirer. J'ai besoin que tu respires par toi-même. Tu n'as qu'un pas à faire, qu'un seul souffle à donner. Je suis juste là, tu n'es qu'à un souffle de ma voix… S'il te plaît…

Toujours aucune réaction. Je fermai les yeux, laissant une larme tracer un sillon humide le long de ma joue.

— C'est de ma faute si tu es ici, dans le coma. Tu ne me le pardonneras sans doute jamais et je suis prête à l'accepter mais je veux que tu vives…

Je savais en venant ici que les chances de le voir se réveiller étaient minces, mais tout au fond de moi, j'avais espéré qu'un miracle se produise et qu'il ouvre enfin les yeux. Je réalisais maintenant que ça n'arriverait pas et j'avais le cœur brisé. À présent, je n'avais plus aucun espoir. Il était près de moi mais déjà loin et il n'avait de toute évidence pas l'intention de revenir. Je devais me résoudre à abandonner. À l'abandonner. Je pris quelques minutes pour retrouver mes esprits et maîtriser mes émotions et lorsqu'enfin je me sentis prête, je poursuivis :

— Je suis désolée. Désolée de t'avoir fait subir tout cela et désolée de t'avoir fait cette promesse. J'ai été égoïste. Je t'ai demandé de continuer à te battre parce que c'est ce que JE voulais. Je n'ai pas pensé que tes envies étaient peut-être différentes. Tu ignores à quel point c'est difficile d'être là à te parler en sachant que je n'obtiendrai aucune réponse. Mais Côme a raison, et même si j'en ai le cœur brisé, je comprends aussi pourquoi tu cesses de te battre... Je ne t'en veux pas parce que je t'aime... comme je n'ai jamais aimé personne...

De nouveau, ma voix s'étrangla et mes larmes se mirent à couler :

— J'aurais dû te le dire au moment où je t'ai quitté à Antara. Je t'aime.

Je me penchai au-dessus de lui pour embrasser son front. Sa peau était froide, lui dont les mains étaient habituellement si chaudes :

— Je vais partir, dis-je pour conclure cet adieu. Pour de bon. Je ne peux plus rester ici.

Le trou béant qui s'était formé dans mon cœur ne faisait que croître. On dit souvent qu'on a mal au cœur lorsqu'on souffre d'une situation. Mais cette fois, je le ressentais dans le sens littéral du terme. Je souffrais physiquement, comme je souffrais moralement. Je posai mon front contre le sien en fermant les yeux, faisant tomber une larme sur sa peau :

— Au revoir mon ange, dis-je la voix tremblante, tu peux partir maintenant. Lâche prise et trouve enfin la paix, je te libère de ta promesse, tu peux cesser de te battre.

J'entendis la voix du médecin prononcer tristement mon nom. Je relevai la tête. Il se trouvait à l'entrée de la chambre, l'air désolé. J'essuyai mes larmes en me forçant à lui sourire par politesse mais tout cela sonnait faux. Il s'approcha de moi, posa une main sur mon épaule, le regard rempli de compassion.

— Je sais que c'est difficile.

— C'est pire que ça, répondis-je sans pouvoir détacher mes yeux du visage que je voyais pour la dernière fois.

— Sa femme sera bientôt là. Je ne pense pas que vous vouliez voir ça...

Je secouai la tête.

— Non, c'est vrai. J'ai juste besoin d'une minute, une dernière minute.

Il acquiesça d'un signe de tête avant de rejoindre Côme dans le couloir. De nouveau, je tournai toute mon attention vers mon compagnon, qui semblait apaisé et serein.

— Où que tu sois et où que tu ailles, j'espère qu'un jour nous nous reverrons, chuchotai-je à son oreille.

Puis, j'embrassai ses lèvres avec affection et tendresse. Un baiser au goût salé par mes larmes.

Le cœur lourd, je me redressai, ôtai sa main de la mienne avant de la poser délicatement sur le lit et rassemblai mes dernières forces pour quitter la pièce. Je m'arrêtai près de la porte en sachant que plus jamais je ne le reverrai. Me retourner une dernière fois rendrait les choses encore plus difficiles. Je fermai les yeux, pris une profonde inspiration et quittai la chambre sans un regard en arrière, en ayant l'horrible sensation d'être seule et vide.

Le docteur me salua tristement et lorsque mon regard croisa celui de Côme, je m'effondrai en larmes dans ses bras, incapable de me maîtriser. Mon ami me serra contre lui en me caressant affectueusement le dos. Je le savais presque aussi malheureux que moi. J'ignorais combien de temps nous étions restés ainsi enlacés mais lorsque nous quittâmes l'hôpital, je me sentis vidée de toutes mes forces. J'avais l'impression d'être une machine sans âme, incapable d'éprouver le moindre sentiment.

— Est-ce que ça va aller ? me demanda-t-il. Je peux rester avec toi si tu veux.

— Non, répondis-je, je te remercie mais j'ai besoin d'être un peu seule.

Il fourra ses mains dans les poches de son long manteau noir en haussant les épaules :

— Qu'est-ce que tu vas faire maintenant ?

— Partir. J'ai besoin de recommencer à zéro... ailleurs. Mais dans l'immédiat, il faut que je parle à Lucas.

— Tu sais que je serai toujours là pour toi, pas vrai ? Quoi qu'il advienne et où que tu sois. Si tu as besoin, tu appelles et j'arrive.

Je souris malgré moi et malgré mon chagrin. Les paroles de Côme me réchauffaient le cœur. Je le savais sincère et c'était rassurant de savoir que j'aurais toujours quelqu'un sur qui compter.

— Tu sais que c'est aussi valable dans le cas inverse.

— J'espère bien ! s'exclama-t-il en me serrant trop fort dans ses bras et en m'ébouriffant les cheveux.

Je savais ce qu'il essayait de faire et j'appréciais sincèrement sa tentative de me redonner le sourire mais tout ce dont j'avais besoin pour l'instant, c'était marcher seule pour faire le point et me préparer à ce que j'allais dire à Lucas...

Jessica essaya de m'appeler une dizaine de fois au cours de l'heure qui suivit. Je supposais que Côme lui avait raconté ce qui s'était passé et j'envisageais bien sûr de parler très vite à ma meilleure amie mais pas pour l'instant. Je m'étais donné beaucoup de mal pour effacer les dernières traces de mes larmes avant d'affronter Lucas et je savais que discuter avec Jess ne ferait qu'accentuer mon chagrin. Je devais remettre de l'ordre dans ma vie mais je devais le faire correctement. J'avais essayé d'imaginer à plusieurs reprises ce que j'allais lui dire mais j'en étais arrivée à la conclusion que j'improviserais en temps voulu.

Je posai ma main sur la poignée de la porte en m'entraînant à afficher un faible sourire qui n'était qu'illusoire et entrai dans l'appartement.

— Salut mon cœur, s'exclama gaiement Lucas depuis la cuisine. Je nous prépare un bon petit plat pour ce soir. Comment s'est passée ta journée ?

Sa bonne humeur ne me rendrait pas les choses faciles mais j'étais déterminée à aller au bout de ma décision.

— Lucas, je peux te parler, s'il te plaît ? lui demandai-je l'air sérieux.

Il comprit au ton de ma voix que la discussion qui allait suivre ne présageait rien de bon. Nous nous installâmes face à face dans le canapé et il attendit avec appréhension que je commence.

— J'aimerais avoir un chien.

Il fronça les sourcils et parut étonné par ma révélation mais se mit à glousser avant de répondre :

— Tu détestes les animaux, me dit-il sûr de lui.

— Non, c'est faux, rétorquai-je. Ils m'effrayaient avant, mais ce n'est plus le cas. Et j'aimerais en avoir un.

— Sarah, dit-il en me prenant les mains. Quel est le vrai problème ? Parle-moi. Je sais que les choses sont un peu compliquées depuis ton réveil mais il te faut un peu de temps, tout va rentrer dans l'ordre.

— Non, Lucas, les choses ne rentreront pas dans l'ordre. Tu ne comprends pas… j'ai changé.

— C'est parce que tu as été perturbée, ça va…

— Non, l'interrompis-je d'un geste de la main. Ne cherche pas d'explications. J'ai changé ! C'est une réalité. Je ne suis plus la Sarah d'avant mon coma, celle dont tu es tombé amoureux.

Je le vis se redresser en fronçant les sourcils. Son visage se ferma et toute trace de sourire s'effaça.

— Qu'est-ce que tu essaies de me dire ? demanda-t-il en connaissant pertinemment la réponse.

— Je ne peux pas t'épouser Lucas.

Il accusa le coup et détourna le regard en haussant les sourcils.

— Est-ce qu'il y a quelqu'un d'autre ? me demanda-t-il, l'air sévère. Le gardien de l'immeuble te voit sortir tous les jours à la même heure alors que tu prétends rester ici à te reposer. Et il t'a vue monter avec un homme hier.

— Tu me fais suivre ? demandai-je complètement abasourdie et agacée par ces questions.

— Pas du tout. Tu sais bien que je ne ferais jamais ça. J'ai confiance en toi. En tout cas je pensais avoir confiance. C'est lui qui m'en a parlé. Est-ce qu'il a raison ? Tu vois quelqu'un d'autre ?

— L'homme qui est venu hier est un ami, il s'appelle Côme. Il n'y a rien entre nous.

— Et où vas-tu tous les après-midis ?

Je réfléchis un instant à ma réponse. Je ne pouvais évidemment pas lui parler d'Antara, ni de ma relation avec Morgan, mais je ne pouvais pas non plus lui mentir, il méritait un minimum de respect.

— Chaque jour, je rends visite à l'homme qui a fait une sortie de route par ma faute et qui se trouve dans le coma à cause de moi.

— Sarah, souffla-t-il en me caressant le bras.

Il voulait sans doute prononcer des paroles réconfortantes mais je n'en avais pas besoin. La seule chose qu'il me fallait, c'était mettre un terme à toute cette histoire.

— Sa famille va le débrancher. C'est probablement déjà fait à l'heure qu'il est…

— Je suis désolé… sincèrement. Mais quel est le rapport avec nous ?

— Il n'y en a aucun. Je ne peux juste plus continuer comme ça. Ça fait trois ans que tu fais tout pour moi, que tu fais preuve d'une patience sans limite. J'ai sincèrement cru qu'un jour je parviendrais à en faire autant pour toi mais ce n'est pas le cas. Tu me donnes bien plus que je ne rends, ce n'est pas équitable. Tu mérites de rencontrer quelqu'un qui t'aimera autant que toi tu l'aimeras.

— Je ne suis pas certain qu'un tel amour existe.

— Bien sûr qu'il existe.

Je le savais de source sûre et il parut étonné par ma réponse mais il ne posa pas davantage de questions. Il ne semblait pas surpris par ma déclaration, et quelque chose me disait qu'il devait s'attendre à ce que ce moment arrive.

— Je regrette de ne pas avoir été honnête avec toi, d'avoir attendu si longtemps. Mais crois-moi quand je te dis que j'ai vraiment cru que les choses finiraient par changer.

Il hocha machinalement la tête, le regard dans le vide, et me demanda avec curiosité :

— Que s'est-il passé pendant ton coma ? Qu'est-ce qui t'a transformée à ce point ?

— J'ai simplement décidé de me battre et j'ai pris conscience de la vraie valeur des choses. Je vois la vie autrement. J'ai enfin découvert qui j'étais et ce que je voulais. J'ai besoin de tout recommencer, de prendre un nouveau départ.

— De quoi est-ce que tu parles ? me demanda-t-il confus.

— Je vais partir.

— Quoi ? Mais où ?

— Je n'en sais rien encore, mais j'ai besoin de m'éloigner, de voir autre chose. J'ai envie d'air, d'espace.

C'était d'Antara que j'avais besoin. Et de la personne qui s'y trouvait. Mais je savais que c'était impossible.

Un silence s'installa. Lucas comprit que j'étais très sérieuse et que je n'avais pas l'intention de revenir sur ma décision. Je retirai la bague qu'il avait glissée à mon doigt quelques semaines plus tôt et la posai dans la paume de sa main. Il la regarda avec tristesse.

— Alors, c'est fini ?

— Je suis désolée.

— Est-ce que tu m'as au moins aimé ? me demanda-t-il avec hésitation.

À mon tour, je pris ses mains dans les miennes et le forçai à me regarder dans les yeux.

— Oui. Et j'aurai toujours de l'affection pour toi, n'en doute jamais !

Il hocha la tête, après quoi je le serrai dans mes bras. C'était la deuxième personne que j'aimais sincèrement à qui je disais au revoir aujourd'hui, et malgré l'effort que cela me coûtait et la peine que j'éprouvais, j'avais conscience que c'était un passage obligé pour recommencer ma vie.

51

SARAH

Nouvelle vie

Six mois plus tard

J'arpentais depuis de longues minutes le sentier de sable qui menait jusqu'à la plage. À cette période de l'année, tout était calme. Les beaux jours, tout comme les touristes, n'étaient pas encore arrivés et j'adorais me balader au milieu de ce vaste espace qui me rappelait des paysages dont j'étais souvent nostalgique. La maison que je louais se trouvait à seulement un kilomètre de là et possédait une vue imprenable sur l'océan. Mais ce que j'aimais le plus, c'était fouler la grève et sentir l'eau venir me caresser les pieds. C'était aussi ce que préférait mon chien, Gabi. Après mon installation en Normandie, je m'étais rendue à la SPA la plus proche dans le but de trouver un compagnon. Ce n'était encore qu'un chiot quand mes yeux s'étaient posés sur lui : un petit berger australien bleu merle, blanc et brun, au regard couleur azur, d'à peine quelques semaines. Il avait été retrouvé avec ses frères et sœurs, abandonnés dans une vulgaire poubelle. Il était le seul à avoir survécu. Instantanément, j'avais su que c'était le chien qu'il me fallait. Lui et moi avions traversé des moments difficiles mais malgré les obstacles rencontrés, la vie nous avait épargnés. Il était venu vers moi en jappant et s'était roulé par terre lorsque je m'étais mise à le flatter. Je n'avais pas pu me résigner à quitter le centre sans lui. Depuis, il était devenu l'objet de toute mon attention.

Quitter Paris n'avait pas été facile. Côme et Jessica avaient bien tenté de m'en dissuader mais je ne pouvais plus rester dans cette ville où j'avais le sentiment d'étouffer. J'avais demandé une mutation qui m'avait été refusée. J'avais alors décidé de quitter l'éducation nationale. J'enseignais à présent dans une petite école privée où je me sentais bien et épanouie. Je m'étais réconciliée avec mes parents avant mon départ ; je ne voulais pas commencer ma nouvelle vie en étant fâchée avec qui que ce soit. Et puis, au cours des semaines qui avaient suivi notre dispute, j'avais fini par comprendre les raisons qui les avaient poussés à me mentir.

J'étais restée en bons termes avec Lucas et je prenais régulièrement de ses nouvelles. Je crois que c'était à ça que s'était toujours résumée notre relation : une profonde et sincère amitié.

Pour la première fois depuis des années, j'avais le sentiment de parvenir enfin à me reconstruire. Ça ne signifiait pas pour autant que toutes mes blessures s'étaient refermées. Même si m'occuper de Gabi me prenait beaucoup de temps et m'occupait l'esprit, je pensais à Morgan tous les jours. Constamment. Je me demandais où il se trouvait, ce qu'il faisait, s'il était en paix. J'espérais au fond de mon cœur qu'il était heureux quel que soit l'endroit où il était. Je savais que ma famille et mes amis voulaient que je fasse de nouvelles rencontres mais je n'étais pas prête pour ça, pas encore. Le leader était encore trop présent dans mes souvenirs et dans mon cœur.

J'arrivai sur la plage et détachai la laisse de Gabi, qui se mit à courir comme un fou jusqu'au rivage. Je ris en le voyant aboyer après les éclaboussures qu'il provoquait lui-même. J'enlevai mes chaussures, que je laissai près des dunes, et ramassai un morceau de bois flotté échoué sur le sable avant de rejoindre mon camarade. Je passai un bon moment à lui envoyer l'objet dans l'eau, et lui à me le rapporter en attendant impatiemment que je recommence. Ce petit jeu pouvait durer des heures et, le plus souvent, je me fatiguais avant lui.

L'ombre d'un volatile se refléta sur le sable. Je levai la tête en plissant les yeux, éblouie par la lumière du soleil, et vis un rapace voler en cercle au-dessus de nous. Je l'observai avec mélancolie. Il me rappela Lazare. Gabi, lui, n'y prêta pas attention, il était déjà à mes pieds à réclamer que je lui lance son morceau de bois. Je m'exécutai en le regardant foncer sur sa cible. Finalement, il se désintéressa de l'objet quand un autre morceau plus gros vint s'échouer sur le sable.

— Gabi, criai-je à son attention, reviens par là !

L'animal obéit mais passa devant moi en m'ignorant totalement :

— Qu'est-ce que tu fais ? Où est-ce que tu vas ? dis-je en me retournant.

Je le vis faire la fête à un inconnu qui se trouvait à quelques pas derrière moi. Je ne parvenais pas à voir le visage de l'homme qui était accroupi en train de flatter mon chien mais lorsqu'il se redressa pour me faire face, je sentis mes jambes se dérober sous moi et dus faire un effort surhumain pour rester debout.

— Gabi, hein ? C'est un drôle de nom pour un chien, me dit-il un grand sourire sur les lèvres, en se rapprochant lentement de moi.

L'espace d'un instant, j'oubliai de respirer. Mes yeux ne pouvaient pas quitter son visage et son regard qui me fixait comme s'il me découvrait pour la première fois. Ma gorge devint sèche et je déglutis bruyamment. Je n'arrivais pas à y croire, c'était impossible.

— Morgan ? dis-je la voix étranglée.

Un sourire ravi étira ses lèvres et une lueur de malice éclaira ses yeux. Il savourait chaque seconde de ce moment, je le voyais.

— Bonjour mon ange, souffla-t-il en me caressant la joue avec délicatesse.

Sentir sa peau contre la mienne réveilla tous mes sens. Je fermai les yeux en soupirant, réalisant soudain que mes poumons avaient besoin d'air. Je devais probablement rêver. Pourtant quand j'ouvris à nouveau les paupières, il était bien là devant moi, ses yeux bleus plongés dans les miens, ses lèvres appelant les miennes. Je me jetai dans ses bras et me hissai sur la pointe des pieds pour enlacer son cou.

— C'est impossible, murmurai-je à son oreille. Tu étais... Ils allaient te... Quand... quand t'es-tu réveillé ?

Il rit de l'effet que me faisait son apparition. Je sentis ses bras encercler ma taille et il cala son visage dans le creux de mon cou pour respirer mon parfum.

— Il y a six mois, répondit-il en chuchotant. Juste après ton départ.

Je me détachai de lui et l'observai les sourcils froncés, l'air interrogateur.

— Pourquoi ? Pourquoi est-ce que personne ne m'a prévenue ?

— Le médecin avait raison, quatre ans de coma avaient laissé des séquelles sur mon corps, sur mes muscles. Il m'a fallu de longs mois de rééducation.

— Mais j'aurais dû être là ! Pourquoi tu ne m'as rien dit ? lui demandai-je complètement ahurie.

— Je ne voulais pas que tu me voies comme ça. Je me suis juré de me remettre sur pied avant de te retrouver. Je dois dire que ça a été une vraie source de motivation, continua-t-il en riant. Le médecin jure ne jamais avoir vu une rééducation aussi lourde être aussi rapide. J'étais impatient de te retrouver !

Peu à peu, je prenais conscience qu'il se trouvait là, vivant, devant moi. Combien de fois avais-je rêvé de ce moment ? Si souvent que j'avais l'impression d'être complètement déconnectée de la réalité. Il approcha sa bouche de la mienne en me relevant le menton avec son pouce. Ses gestes délicats et son souffle contre ma peau me firent frissonner. Je voulais seulement l'embrasser et m'abandonner totalement à lui, mais je fus rattrapée par ma conscience.

— Je ne peux pas, dis-je à contrecœur en détournant la tête. Tu ignores ce que j'ai fait. C'est de ma faute si tu étais dans le coma. Je suis celle qui a provoqué l'accident et ta sortie de route.

— Sarah, me raisonna-t-il, en prenant mon visage entre ses mains. Tu n'es en rien responsable de ce qui m'est arrivé.

— Bien sûr que si, rétorquai-je les larmes au bord des yeux. J'ai perdu le contrôle de ma voiture. C'était ma faute.

— Non, insista-t-il. Je n'étais pas attentif à ce que je faisais. J'étais en train de lire un SMS. Il était trop tard quand j'ai relevé les yeux. Je n'aurais pas pu éviter l'accident. C'est MA faute ce qui m'est arrivé. À moi seul. Tu n'y es pour rien, cesse de te faire des reproches… et laisse-moi t'embrasser !

— Alors, tu ne m'en veux pas ?

— Comment le pourrais-je ? Je suis amoureux de toi…

Sa réponse m'arracha un sourire de soulagement. Il se pencha à nouveau vers moi mais le signal « homme marié » s'alluma dans ma tête. Une nouvelle fois, je me détournai.

— Et ta femme ?

Il soupira, à la fois amusé et frustré d'être éconduit pour la deuxième fois.

— Ma femme m'annonçait qu'elle me quittait pour

mon meilleur ami quand j'ai eu l'accident. Par SMS ! Ça fait bien longtemps qu'elle a refait sa vie. Et je suis heureux pour elle.

Il glissa sa main dans le creux de mes reins et m'attira davantage contre lui.

— Est-ce que...

— Sarah ! me coupa-t-il d'un ton sec.

— Quoi ?

— Tais-toi !

Et sans attendre de réponse, il m'embrassa langoureusement. Avec tellement de tendresse que je sentis tout mon corps se détendre. Il avait une emprise totale sur tout mon être, je ne maîtrisais plus rien. Hissée sur la pointe des pieds, je laissai glisser mes doigts sur sa nuque puis dans ses cheveux sans décoller mes lèvres des siennes.

— Je n'arrive toujours pas à y croire, dis-je à bout de souffle en me blottissant contre lui. Je t'en prie, dis-moi que je ne suis pas en train de tout imaginer.

De nouveau il m'embrassa, sa langue venant chercher la mienne.

— C'est assez réel pour toi ?

Ça l'était. Et, prenant peu à peu conscience que j'avais enfin retrouvé l'homme que j'aimais, je me mis à rire de pur bonheur.

— Je t'aime ! murmurai-je en me pendant à son cou.

— Moi aussi, je t'aime, dit-il en posant son front contre le mien.

— J'ai tellement de questions ! Et tellement de choses à te dire !

— Je sais déjà tout.

— C'est impossible. Si tu savais... Côme et moi avons tout fait pour te ramener.

— Je sais Sarah, répéta-t-il en riant. J'ai tout entendu. Chaque mot.

Il reprit son sérieux avant de poursuivre.

— Je t'ai entendue me raconter notre histoire tous les jours pendant des semaines, te confondre en excuses pour l'accident et me supplier de revenir.

Le souvenir de cette période sombre me serra le cœur.

— Tout ? Tu as tout entendu ?

Il hocha la tête, déposa un tendre baiser sur mes lèvres et continua.

— Je voulais revenir vers toi mais j'étais trop faible. Je ne me suis jamais battu aussi fort. Je n'avais qu'un pas à faire, qu'un seul souffle à donner…

Un sourire esquissa ses lèvres lorsqu'il me cita mot pour mot.

— Je n'étais qu'à un souffle de ta voix. Ça n'a pas été le plus facile mais tu t'es montrée assez convaincante lorsque tu m'as dit adieu. J'ignore comment, mais j'ai finalement trouvé la force qui me manquait pour suivre ta voix et revenir jusqu'à toi. C'est grâce à toi si je suis en vie. C'est toi qui m'as ramené. Lorsque j'ai ouvert les yeux, tu quittais ma chambre. Et depuis ce moment, je n'ai cessé de penser à l'instant où je te retrouverais !

— Et comment m'as-tu retrouvée ? lui demandai-je, les yeux remplis de malice.

— Tu parlais de petite maison de campagne, proche de la mer, d'un chien nommé Gabi…

Je n'étais pas stupide, ces détails n'étaient pas suffisants pour lui permettre de me retrouver. Je le regardai en haussant un sourcil.

— Côme ?

Il rit avant de finalement hocher la tête.

— Il ne m'a pas fallu longtemps pour le convaincre de me dire où tu te cachais !

— Et lui non plus n'a rien dit ! Il savait que tu étais réveillé ! Le traître !

— Je lui ai demandé de garder le silence.

Je gloussai à cette idée.

— On parle bien de Côme ? Il est incapable de mentir !

— Dites donc ! s'exclama la voix de ce dernier. Il ne s'agit pas là d'un défaut mais plutôt d'une qualité !

Je fus à la fois surprise et heureuse de le voir là. Morgan haussa les épaules en souriant.

— Il a tenu à être présent, se justifia-t-il d'un air amusé.

— C'est vrai, je n'aurais manqué ça pour rien au monde ! répondit-il gaiement en me serrant dans ses bras. Salut ma belle ! C'est sympa chez toi ! dit-il en laissant son regard parcourir la plage, l'horizon, puis ma maison que l'on apercevait au loin.

Je m'esclaffai devant son air candide.

— Tu es venu seul ? lui demandai-je avec curiosité.

Jessica se montra sur ces entrefaites, sa paire de talons hauts dans la main.

— Tu ne pensais tout de même pas que j'allais le laisser partir sans moi ! me dit-elle en se jetant dans mes bras. Je voulais assister à vos retrouvailles moi aussi !

Je jetai un œil à la dérobée à Morgan qui me dévorait du regard. Je sentis ses doigts se glisser dans les miens et ses bras encercler ma taille. Le simple fait qu'il me touche électrisait complètement l'ensemble de mon corps et me faisait frissonner jusqu'à l'échine. J'ignorais comment j'avais pu me passer de cette sensation pendant si longtemps. Je me laissai aller contre lui en fermant les yeux pour savourer chaque seconde de notre étreinte.

Jessica se mit à toussoter d'embarras.

— Nous aurions peut-être dû attendre un peu avant d'intervenir, mon amour, murmura-t-elle à Côme. Ils ont de toute évidence besoin de temps pour se retrouver et… d'intimité.

— Tu as raison, acquiesça ce dernier. Nous passerons

vous chercher pour le dîner… En attendant… enfin voilà quoi !

Leurs comportements gênés nous firent sourire.

Gabi nous regardait tour à tour, nous et le couple qui s'éloignait, sans savoir ce qu'il devait faire.

— Va mon chien, lui dis-je. Ce sont des amis, suis-les !

Sans attendre son reste, il se précipita vers nos amis en prenant au passage un morceau de bois dans sa gueule.

Enfin seule avec Morgan, je me tournai face à lui avec une nouvelle question :

— Dis-moi, cet oiseau qui tourne au-dessus de nos têtes depuis tout à l'heure, il est à toi ?

Il s'esclaffa en lançant un regard à l'animal.

— Je ne sais pas, j'ai l'impression qu'il me suit depuis ma sortie de l'hôpital. Il n'est jamais très loin.

— Alors nous n'avons pas tout perdu finalement. L'essentiel est ici.

— C'est vrai, admit-il en m'embrassant tendrement, l'essentiel est juste là…

52

MORGAN

Ensemble pour Noël

Un an et demi plus tard

— Ça fait une heure qu'on attend, râla Jessica, vous êtes certains qu'elle a bien compris l'heure à laquelle nous devions nous retrouver ?

— Arrête de te plaindre, rétorqua Sarah en riant, nous avons encore le temps…

— Tes parents vont nous attendre, continua-t-elle. Et je déteste arriver en retard !

— Calme-toi mon cœur, lui murmura Côme en lui caressant affectueusement le dos, je t'assure que nous serons à l'heure pour réveillonner.

Sarah, Gabi et moi étions partis tôt de Normandie pour retrouver nos amis à Paris avant de nous rendre tous ensemble chez Joseph et Marianne pour fêter Noël. Garés dans une rue passante, nous attendions dehors dans le froid, pendant que le chien dormait paisiblement dans le coffre de la voiture. Appuyé contre l'aile arrière du véhicule, je serrais fermement ma compagne dans mes bras pour la réchauffer. Côme et Jess se chamaillaient et se bécotaient tout en même temps. Ces deux-là s'étaient bien trouvés ! Leurs caractères opposés étaient finalement complémentaires.

Cela faisait maintenant un an et demi que Sarah et moi nous étions retrouvés, et depuis nous profitions de chaque jour comme si c'était le dernier. Je n'avais jamais été aussi malheureux que lorsqu'elle avait dû quitter Antara. J'avais alors perdu toute envie de continuer à me battre parce que je pensais ne jamais la revoir. Et puis, les souvenirs de ma vie passée avaient fini par ressurgir peu à peu : la rencontre avec ma femme, mon mariage, le SMS, l'accident… Pourtant, c'est à Sarah que je pensais et c'est sa voix que j'entendais dans mes rêves. Je m'étais accroché à elle et battu avec acharnement pour la retrouver. En arrivant à la prairie ce jour-là, j'avais revu Adaline. Mon amie m'avait accompagné jusqu'au grand chêne en me confiant qu'elle était en paix et pleinement heureuse, et j'avais enfin pu lui dire au revoir.

Les mois de rééducation qui avaient suivi mon réveil n'avaient pas été faciles mais j'étais motivé et déterminé à rejoindre Sarah au plus vite et je n'avais jamais baissé les bras, même si j'avais alors souhaité que mon rétablissement soit encore plus rapide. En la voyant sur la plage le jour où nous nous étions retrouvés, j'avais su avec certitude que je me trouvais à la bonne place avec la bonne personne. J'avais alors réalisé que la vie nous réservait parfois des surprises après avoir semé d'obstacles notre route, mais j'étais aussi persuadé que deux personnes faites pour être ensemble finissaient toujours par se retrouver. Paradoxalement, avoir été séparés n'avait fait que nous rapprocher davantage, et le besoin de savoir l'autre tout près était omniprésent, chez l'un comme chez l'autre.

Son dos appuyé contre ma poitrine, elle se pelotonna pour se réchauffer pendant que je resserrai notre étreinte en refermant mes bras autour de son ventre. Côme et Jess se taquinaient toujours mais nous y prêtions à peine attention. Sarah ferma les yeux et bascula sa tête en arrière pour la caler dans le creux de mon cou. J'en profitai pour embrasser tendrement son front. Le monde pouvait s'effondrer autour de nous, je ne suis pas certain que nous en aurions eu conscience.

— De toute façon, poursuivit Jessica, nous ne pourrons pas fêter éternellement Noël chez tes parents, Sarah. Plus les années passent, plus nous sommes nombreux, je ne dis pas que leur maison est trop petite, mais nous commençons sérieusement à être à l'étroit. L'an prochain, nous fêterons le réveillon chez nous. Pas vrai, mon cœur ? demanda-t-elle à Côme en se tournant vers lui.

Ce dernier fit la moue en haussant un sourcil.

— Nous allons déjà laisser notre maison sortir de terre, d'accord ? Nous parlerons de repas de famille lorsqu'elle sera terminée !

L'empressement de la jeune femme nous fit rire. Sarah me lança un regard plein de sous-entendus. Je savais à quoi elle pensait. Le moment était peut-être bien choisi pour leur parler de notre petit secret. Je hochai la tête en souriant pour lui indiquer qu'elle pouvait parler.

— Tu penses que votre salle à manger sera assez grande pour accueillir tout le monde ? dit-elle à son amie avec un sourire espiègle au coin des lèvres.

— Bien sûr, quelle question !

— Tu dis toi-même que nous sommes plus nombreux chaque année.

— C'est vrai mais maintenant que nous sommes tous en couple, il n'y aura pas de nouveaux invités.

— J'ai bien peur que si…

Elle me regarda en fronçant les sourcils sans comprendre, puis son regard s'arrêta sur mes mains qui se refermaient d'une façon protectrice sur le ventre de Sarah. Elle ouvrit de grands yeux surpris en s'exclamant :

— Oh mon Dieu, vous êtes enceintes ?

Nous nous esclaffâmes face à sa réaction.

— Euh, techniquement JE suis enceinte, répondit ma

compagne, mais... oui, nous l'avons fait tous les deux, ajouta-t-elle en me regardant avec affection.

Jessica se jeta dans les bras de sa meilleure amie en pleurant d'émotion et en nous félicitant avec enthousiasme.

— Je suis tellement contente pour vous ! me dit-elle en me serrant dans ses bras à mon tour.

Côme prit un air surpris qui ne convainquit pas Sarah. Cette dernière le regarda avec suspicion avant de se tourner vers moi :

— Tu lui as dit ?

— Quoi ? répondis-je. Qu'est-ce qui te fait croire ça ?

— Oh, je t'en prie, pas de ça avec moi ! Côme est incapable de mentir, tu le sais très bien ! Ça se voit sur son visage qu'il savait !

Je ris en admettant qu'elle avait raison. De son côté, Jessica regarda son compagnon d'un air chargé de reproches.

— Tu savais et tu ne m'as rien dit ?

— Je le sais depuis à peine vingt minutes ! se défendit-il en levant les mains en l'air en signe de résignation.

— Peu importe, intervins-je pour interrompre les prémices d'une dispute, ce n'est pas le plus important...

Visiblement, j'avais de nouveau leur attention, et je poursuivis.

— Sarah et moi aimerions que vous soyez le parrain et la marraine.

Ils se regardèrent complètement éberlués et répondirent, émus :

— Ça nous ferait tellement plaisir !

— Dans ce cas, félicitations à vous deux aussi ! dit ma fiancée avec amusement.

Les embrassades se poursuivirent et les larmes de joie avec, quand la personne que l'on attendait arriva finalement.

— Que se passe-t-il ici ? demanda Alice avec curiosité. J'ai raté quelque chose ?

— Sarah est enceinte ! rétorqua Jess avec enthousiasme. Et Côme et moi serons le parrain et la marraine de ce petit bout de chou !

Le visage de notre amie s'éclaira de joie.

— C'est génial ! s'exclama-t-elle en nous prenant tous les deux dans ses bras. Je suis tellement heureuse pour vous !

Peu de temps après nos retrouvailles, Sarah et moi avions appris la mort d'Emeric. Même si nos relations avec le jeune homme n'avaient jamais été au beau fixe, nous avions ressenti une certaine tristesse en apprenant la nouvelle. D'autres après lui avaient succombé à leur coma. Côme nous tenait régulièrement informés car il poursuivait ses recherches sur tous ceux que nous avions connus à Antara. Il rendait régulièrement visite à Alice en espérant que cette dernière finirait par revenir parmi nous. Et nous profitions de chaque passage à Paris pour en faire autant. Finalement, notre amie avait ouvert les yeux au printemps, et dès que Côme nous avait annoncé la nouvelle, nous nous étions précipités à son chevet. Nous étions tous sincèrement heureux de nous être retrouvés et nous réalisions avec difficulté la chance folle que nous avions d'être réunis et si bien entourés. À présent, nous formions un groupe soudé et nous savions avec certitude que rien ne détruirait les liens solides qui s'étaient tissés entre nous après tout ce que nous avions traversé.

— C'est bon, tout le monde est là maintenant, observa Jessica. Mettons-nous en route, il fait un froid de canard !

Elle grimpa dans la voiture en entraînant son petit ami avec elle. Alice s'apprêtait à en faire autant quand Sarah la retint par le bras.

— Attends une seconde, lui dit cette dernière, il y a une chose dont je voudrais te parler…

Son sérieux attisa la curiosité d'Alice, et la mienne par la même occasion.

— Que se passe-t-il ? demanda la jeune femme. Est-ce que tout va bien ?

— Oui, bien sûr, dit ma compagne en riant nerveusement. C'est juste que… j'ai invité un ami à se joindre à nous pour le réveillon de ce soir… Il est célibataire lui aussi et je ne veux pas que tu t'imagines que j'essaie de te caser. Même si je suis certaine que vous vous entendrez à merveille ! Tu sais que ce genre de situation me met mal à l'aise mais je ne voulais pas qu'il fête Noël seul. Mais si ça t'embarrasse, dis-le-moi et j'annulerai.

Je sentis naître en moi une pointe de jalousie en devinant très vite qui était le célibataire dont parlait ma fiancée. Je n'intervins pas pour ne pas faire des vagues, bien que l'envie fût grande.

Alice lui sourit amicalement avant de lui répondre d'un ton affectueux :

— J'apprécie que tu te soucies de ce que je pense, sincèrement. Mais ce n'est pas un problème, je t'assure. Noël ne devrait pas être une fête que l'on passe seul. Et qui sait ? Ça sera peut-être une rencontre agréable !

Elles s'esclaffèrent toutes les deux pendant que j'attendais patiemment, l'air renfrogné, d'éclaircir tout ça. Puis notre amie alla rejoindre Côme et Jessica dans la voiture. Sarah me regarda avec un sourire forcé et voulut les imiter mais j'attrapai sa main en la forçant à se retourner pour me faire face.

— Oh non, non, non ! dis-je avec malice. Tu ne t'en sortiras pas comme ça. Toi et moi, nous devons discuter…

— Discuter ou nous disputer ? me demanda-t-elle avec un grand sourire.

— Ça ne m'amuse pas ! Ôte-moi d'un léger doute… Tu n'as pas invité ton ex à venir passer Noël avec nous ?

Elle fit la moue en levant les yeux au ciel, l'air de rien. Son silence suffit à ma réponse.

— Sarah, soupirai-je en secouant la tête.

— Relaxe, me dit-elle en prenant mon visage entre ses mains, il n'y a absolument aucune ambiguïté entre Lucas et moi. Nous sommes amis, c'est tout !

— Un ami avec qui tu as couché pendant trois ans !

— Morgan, ta jalousie n'est pas justifiée, tenta-t-elle de me raisonner en plongeant ses yeux dans les miens. J'ai vécu plus de choses avec toi en deux ans qu'avec lui pendant ces trois années. C'est toi que j'ai choisi, je te rappelle.

Elle enroula ses bras autour de mon cou, se hissa sur la pointe des pieds et m'embrassa tendrement avant de murmurer à mon oreille :

— C'est toi que j'aime et c'est à toi seul que j'appartiens.

Elle prit ensuite ma main, qu'elle posa sur son ventre avant d'ajouter avec un sourire sincère :

— Le petit être qui grandit là-dedans en est la preuve. Je peux comprendre que ça soit bizarre pour toi. Mais Lucas est mon ami, il a été présent pour moi avant que je te rencontre, et je ne tourne jamais le dos à mes amis. Et puis je suis certaine que lui et Alice pourraient s'entendre à merveille.

Son sous-entendu m'amusa et me rassura par la même occasion. Je tenais néanmoins à ce que les choses soient bien claires.

— OK, ça va. Ça ira pour cette fois mais s'il a un regard de travers vers toi, je ne donne pas cher de sa peau !

Elle rit devant mes menaces et m'embrassa à nouveau avec plus de fougue. Dans la voiture, nos amis s'impatientaient. Jessica appuya sur le klaxon avant d'ouvrir la vitre pour nous réprimander.

— Vous pourrez vous bécoter plus tard ! On va vraiment finir par être en retard !

Quelques heures plus tard, nous étions tous réunis autour d'un repas copieux et divinement bon. Marianne avait passé sa journée en cuisine, au grand ravissement de nos papilles. L'arrivée de Lucas me fit perdre mon sourire. J'arrivais difficilement à cacher ma jalousie mais force est de constater qu'il était le genre de personne avec qui il était difficile de ne pas s'entendre, et je finis par me dérider. Le petit jeu qui s'installa entre Alice et lui au cours du dîner me rassura. Plus encore quand je vis que Sarah semblait ravie. Elle avait raison, les choses étaient très claires entre eux, je n'avais pas à m'inquiéter. D'autant que ma compagne ne lésinait pas sur les démonstrations d'affection à mon égard. Nous profitâmes d'être rassemblés pour annoncer à ses parents qu'ils allaient bientôt devenir grands-parents. Bien sûr, ils se mirent à pleurer. Je trouvai drôle, en y pensant, que deux sentiments contraires, le chagrin et le bonheur, puissent s'exprimer de la même façon, avec des larmes…

Au cours de la soirée, Lucas informa Sarah que le père de Yanis s'était réinséré professionnellement et qu'il avait à présent une situation correcte avec l'ambition de récupérer la garde de son fils. Il se demandait quelle mouche avait bien pu piquer cet homme pour qu'il ait eu une telle prise de conscience. J'avais alors surpris Jess et Sarah s'échanger un sourire discret qui, pourtant, ne m'avait pas échappé. Je savais ce qu'elles avaient en tête. Sarah m'avait parlé de son agresseur et de la façon dont elle l'avait remis à sa place après son réveil du coma. De toute évidence, sa petite humiliation publique avait remis les idées de cet idiot en place.

L'échange des cadeaux fut également un moment riche en émotions : Côme demanda Jessica en mariage et j'offris à Sarah un voyage pour la Nouvelle-Zélande. J'avais lu quelque part qu'il y avait là-bas une grotte extraordinaire où des lucioles par milliers scintillaient le long des parois rocheuses. Elle fut presque hystérique en découvrant notre destination. Nous parlions souvent d'Antara, et bien qu'il ne se fût agi que d'un lieu de passage où régnait le danger, il arrivait que cet endroit nous manque. Parfois, nous rêvions de retrouver ses grands espaces et, par-dessus tout, le calme et la beauté de la grotte où était née notre histoire. Les paysages de la Nouvelle-Zélande nous en rapprocheraient peut-être un peu, et nous étions tous les deux impatients de les découvrir. Gabi, couché sur le tapis au pied de la table, nous observait en penchant la tête d'un côté puis de l'autre, l'air suppliant, comme s'il attendait lui aussi son cadeau. Sarah lui tendit un paquet dont il déchira l'emballage en à peine quelques secondes. Il passa le reste de la soirée à mâchouiller son os.

Un peu plus tard, j'observais distraitement tous les visages qui se trouvaient autour de moi. Ils paraissaient tous sincèrement heureux. Alors, pour la première fois de ma vie, je pris conscience d'une chose pourtant évidente : je n'avais besoin de rien de plus, l'essentiel était ici, et je n'aurais rien changé à tout ça, pour rien au monde.

Je serai toujours surpris par ce que la vie nous réserve et par la vitesse à laquelle les choses peuvent changer. Il y a un an et demi, j'étais à moitié mort, perdu dans un endroit où je perdais peu à peu espoir et où l'avenir n'était qu'une supposition. Pourtant aujourd'hui, j'étais bien vivant, entouré des personnes qui comptaient le plus pour moi. J'étais sur le point de fonder une famille et, ensemble, nous avions des projets plein la tête. Je n'aurais jamais cru tout cela possible et pourtant… Je songeai : « La vie est précieuse. Elle mérite que l'on se batte pour elle. Car même dans les moments les plus sombres, quand on est sur le point d'abandonner, il existe toujours un chemin alternatif au-delà duquel on peut apercevoir la lumière. Il faut savoir se battre, saisir sa chance et garder espoir car la vie finit toujours par rendre justice à ceux qui ne baissent jamais les bras. On ne doit jamais douter de notre capacité à rendre notre propre vie meilleure. Tout est une question de volonté, de courage et de détermination. En mettant ces trois choses bout à bout, on prend souvent conscience de la force insoupçonnée que l'on possède. Et c'est elle qui déterminera notre réussite, quel que soit ce que nous entreprendrons. La route est parfois longue pour parvenir à ses fins et atteindre ses objectifs, mais la balade en vaut la peine. Et ce sont les difficultés rencontrées en chemin qui font autant apprécier la destination… »

Remerciements

Tout d'abord, je souhaiterais remercier mes lecteurs pour leur soutien et leur confiance. Pour leurs nombreux messages qui, chaque fois, me touchent sincèrement et me poussent à continuer. Pour leur enthousiasme vis-à-vis de mes romans et leur impatience de découvrir les suivants. À chaque nouvelle publication, il me tarde de partager avec eux mes nouveaux personnages et leurs aventures. Cela reste inchangé pour *À un souffle de ta voix*.

Un merci spécial aux lecteurs de Nouvelles Plumes qui ont évalué mon manuscrit et grâce à qui il a pu être édité.

Merci à Nouvelles Plumes et Karine Obringer de continuer l'aventure avec moi et de me faire confiance en publiant mes histoires.

Je remercie également ma famille pour son soutien : mes parents, ma sœur, mes oncles et tantes, ma grand-mère, mon oncle Maxime pour ses corrections et mes amies proches pour leur soutien.

Merci enfin à tous ceux qui liront ce roman. Je vous souhaite à tous une bonne lecture et un agréable voyage à Antara.

À très vite.

Marine

Composition et mise en page
Nord Compo à Villeneuve-d'Ascq

Cet ouvrage a été imprimé par
CPI Bussière à Saint-Amand-Montrond
en novembre 2020

FSC
www.fsc.org
MIXTE
Papier issu de sources responsables
FSC® C108412

Le papier entrant dans la composition de ce produit provient de forêts certifiées FSC®
FSC® se consacre à la promotion d'une gestion forestière responsable.

Numéro d'éditeur : 2062165
Numéro d'imprimeur : 2054082
Dépôt légal : décembre 2020

Imprimé en France